Le secret de Mila

Sombres missives

RITA HERRON

# Le secret de Mila

*Traduction française de*
FLORENCE BERTRAND

BLACK ROSE

HARLEQUIN

*Collection :* BLACK ROSE

*Titre original :*
HIDEAWAY AT HAWK'S LANDING



**HARPERCOLLINS FRANCE**
83-85, boulevard Vincent-Auriol, 75646 PARIS CEDEX 13
Service Lectrices — Tél. : 01 45 82 47 47

www.harlequin.fr

ISBN 978-2-2804-1501-9 — ISSN 1950-2753

# Prologue

— Je vous en prie, prenez mon bébé.

La jeune fille se cachait dans l'ombre de l'auvent, frissonnant dans l'air humide de l'automne.

Mila Manchester la regarda, le cœur serré. Elle connaissait son histoire. La mère de Catrina était morte en lui donnant naissance. Son père l'avait maltraitée avant de la vendre à un homme qui avait fait d'elle une esclave sexuelle.

Lorsqu'elle s'était enfuie, Mila l'avait aidée à trouver un foyer.

À présent, le visage mince et pâle de Catrina était à demi dissimulé par un foulard. Elle portait des vêtements foncés pour mieux se fondre dans la nuit.

Elle était terrifiée.

Le nourrisson geignit, et la jeune fille le berça doucement dans ses bras.

— S'il découvre qu'Isabella est sa fille, il me tuera, et Dieu sait ce qu'il fera d'elle.

Le chagrin et la peur altéraient sa voix. Catrina était tout juste sortie de l'enfance. À son âge, elle aurait dû fréquenter les bancs du lycée, sortir avec des amies, aller aux matchs de football, choisir une robe pour le bal de fin d'année.

Lorsque Mila avait voulu alerter la police, l'adolescente l'avait suppliée de n'en rien faire.

— Je vous en prie, docteur Manchester, vous êtes la seule en qui j'aie confiance. Promettez-moi que vous la rendrez heureuse, gémit la jeune fille.

— Bien sûr que je te le promets, murmura Mila, déchirée.

Comment aurait-elle pu refuser ?

— Mais toi, que vas-tu devenir ? Veux-tu rester avec moi…

Le regard empreint de panique, l'adolescente secoua la tête.

— Non. Il finirait par le savoir et il nous tuerait toutes les deux.

Le cœur de Mila se mit à cogner dans sa poitrine. Malheureusement, elle avait raison.

— Que vas-tu faire ?

— J'ai suivi vos conseils et parlé aux femmes qui s'occupent du refuge. Elles connaissent quelqu'un qui me donnera une nouvelle identité. Elles m'ont même trouvé une famille d'accueil pour que je puisse aller à l'école.

La gorge nouée, Mila acquiesça. Catrina méritait d'avoir sa chance. Et son enfant aussi.

Un bruit s'entendit dans la rue, et la jeune fille regarda par-dessus son épaule.

— Il faut que je parte.

Elle déposa un baiser sur la joue du bébé.

— Je ne veux pas que vous pensiez que je suis une mauvaise mère…

— Je ne le pense pas, lui assura Mila. Il est évident que tu aimes ton enfant, sinon tu ne serais pas venue ici.

Mais comment pouvait-elle s'occuper du nourrisson alors qu'elle était elle-même en train de terminer son internat ?

Soudain, l'adolescente se jeta dans ses bras, et un sanglot

lui échappa. Mila l'étreignit avec émotion, murmurant des paroles de réconfort.

— Ne t'accable pas, mon chou. Ce qui t'est arrivé est terrible, et injuste. Tu mérites d'aller à l'école et de reconstruire ta vie.

La jeune fille acquiesça contre son épaule.

Malgré tout, elle tremblait de tous ses membres et pleurait de plus belle lorsqu'elle pivota et s'enfuit vers la voiture qui l'attendait.

Mila cilla, refoulant ses larmes. Elle pouvait remettre le bébé aux autorités. On lui trouverait un foyer. Deux parents.

Mais alors, elle ne saurait jamais ce qu'elle était devenue…

Et si Catrina revenait un jour chercher sa fille ?

Elle contempla le visage adorable du bébé. Ses grands yeux étaient rivés sur elle. Puis sa petite main se posa sur la poitrine de Mila.

Celle-ci se sentit fondre. Cette enfant avait besoin d'elle.

Elle ferait tout pour la protéger.

# 1

*Trois ans plus tard*

Isabella, Izzy, avait changé la vie du Dr Manchester pour toujours. Elle aurait fait n'importe quoi pour sa petite fille.

Justement, il était l'heure de lui téléphoner.

Mila entra dans la salle de repos du cabinet médical et composa le numéro de son domicile. Quand elle travaillait, Izzy lui manquait, mais elle l'appelait par visiophone au moins trois fois par jour. Et Izzy adorait sa nounou, Roberta.

Le visage d'Izzy apparut, ses grands yeux marron tout excités.

— Maman, maman, regarde !

La fillette virevolta dans la cuisine, un diadème étincelant posé de travers sur la tête.

— Regarde, maman, je suis une princesse !

— Tu es toujours ma petite princesse, répondit Mila en souriant.

Izzy exhiba les perles de strass sur la robe rose que Roberta lui avait confectionnée.

— Tu vois ? Elle brille !

— Je vois. Je parie qu'on te verra même en pleine nuit, assura Mila.

Izzy acquiesça gravement.

— C'est ce que Bertie a dit.

Elle avait du mal à prononcer correctement le nom de la nounou, si bien qu'elle l'avait raccourci. L'intéressée ne semblait pas s'en émouvoir.

Izzy courut à la table et attrapa une baguette argentée.

— Regarde ! Bertie m'a fait ça aussi. C'est une baguette magique !

— J'ai hâte de rentrer à la maison pour que tu me montres ce que tu peux faire avec.

— Tu rentres bientôt ?

— Tout à l'heure.

À l'arrière-plan, Roberta sortait un plateau de cookies du four.

— On dirait que Bertie et toi avez préparé des gâteries.

Roberta sourit en posant le plat chaud sur le plan de travail pendant qu'Izzy s'installait sur le tabouret. La fillette plongea un doigt dans le bol de chocolat fondu destiné au glaçage et le lécha avec délice.

— Miam !

Mila fit mine de se frotter l'estomac.

— Garde-m'en un peu, d'accord ?

Brusquement, la porte de la cuisine s'ouvrit à la volée. Roberta tressaillit et faillit laisser tomber un second plat de cookies alors que deux hommes vêtus de noir faisaient irruption dans la pièce, l'arme au poing.

La main de Mila se figea sur l'appareil.

— Roberta, Izzy…

La nourrice hurla, serrant l'enfant contre elle.

— Je vous en prie, ne nous faites pas de mal !

— Izzy, sauve-toi ! cria Mila.

Trop tard. Un des deux individus s'était déjà emparé de l'enfant.

— Je veux descendre ! protesta Izzy, qui se débattait,

assenant de petits coups de poing sur le bras musclé de l'inconnu.

Il la hissa sans ménagement sur son épaule, puis se tourna vers l'écran.

— Docteur Manchester, obéissez-leur, sinon vous ne reverrez jamais votre fille.

Mila le fixa, abasourdie. De qui parlait-il ?

Elle ouvrait la bouche pour le supplier quand un bruit venant de la porte de service la fit sursauter. Ses doigts se crispèrent sur le téléphone tandis qu'elle faisait volte-face.

Un homme tout en noir se tenait sur le seuil, un pistolet à la main.

— Débarrassez-vous des gens qui sont là. Et discrètement.

Elle jeta un nouveau coup d'œil à l'écran afin de s'assurer qu'Izzy était saine et sauve, mais la communication avait été coupée. Une bouffée de panique la submergea. Luttant contre la terreur, elle croisa les bras et s'efforça de rester calme.

— Vous… Vous avez ma fille ? Pourquoi ?

L'homme en noir haussa les épaules et s'approcha.

— Si vous faites ce que nous vous demandons, il ne lui arrivera rien.

La gorge nouée, Mila le dévisagea.

— Que voulez-vous ?

— Vous allez donner un nouveau visage à notre chef. Quand ce sera fait, votre famille sera libérée.

Il la prit par le bras et la poussa vers la porte.

— Maintenant, faites vider les lieux. Le chef veut que tout soit fait rapidement et sans perdre de temps.

— Qui est votre chef ?

— Pas de noms, doc. Ça vaut mieux.

Mila prit une brève inspiration.

— Comment puis-je être sûre que vous allez tenir parole ?

Le regard froid de l'intrus se souda au sien.

— Il va falloir que vous nous fassiez confiance.

Là était le problème, songea Mila. Elle n'avait pas la moindre confiance en cet homme.

L'arme braquée sur elle, il lui fit signe de sortir. Elle se résigna à obéir. Elle n'avait pas le choix. Ils détenaient sa fille. Ils n'hésiteraient pas à lui faire du mal si elle refusait de coopérer, elle n'en doutait pas une seconde.

Elle gagna le couloir et regarda en direction du bureau des infirmières. L'une d'elles fronçait les sourcils. Elle avait dû entendre le bruit.

— Si vous tenez à votre personnel, vous avez intérêt à la boucler, grommela l'homme derrière elle.

Mila fit un pas en avant.

Brayden Hawk en avait terminé avec les femmes. Surtout celles que ses amis et connaissances lui faisaient rencontrer.

Son associé au cabinet d'avocats, Conrad Barker, lui avait affirmé que Penny Lark était superbe. Sur ce point, il avait eu raison.

Ce qu'il avait omis de préciser, c'était qu'elle n'avait rien entre les oreilles. Que rien ne l'intéressait hormis son régime minceur, l'argent et la mention de son nom dans les potins mondains.

Évidemment, peu importait à Conrad. Il ne sortait pas avec les femmes pour leur intellect ou parce qu'il cherchait une relation durable. Ce qu'il voulait, c'était des aventures sans lendemain.

Brayden sentit sa tension se dissiper alors qu'il pénétrait sur les terres de Hawk's Landing, le ranch familial.

Il entendait le vent siffler entre les vitres ouvertes de son 4x4, voyait les arbres osciller doucement dans la légère brise de cette fin d'automne.

Il y avait eu un temps où il avait été comme Conrad. Une relation durable ne l'intéressait pas.

Ces derniers mois passés auprès de sa famille avaient tout changé.

Pendant près de deux décennies, le ranch avait été un rappel constant de la disparition tragique de sa jeune sœur, Chrissy, suivie de celle de leur père, qui les avait abandonnés peu après.

Récemment, le meurtre de Chrissy avait enfin été élucidé, et la famille avait pu faire son travail de deuil.

Peu après, son frère aîné, Harrison, le shérif de Tumbleweed, avait épousé Honey Granger.

Enfin, quelques semaines plus tôt, Lucas, le cadet, agent du FBI, s'était marié avec Charlotte Reacher, qu'il avait rencontrée au cours d'une de ses enquêtes : elle avait été blessée lors d'une fusillade causée par le réseau Shetland, un gang de malfaiteurs qui se livrait au trafic de jeunes filles.

À la suite de ces événements, sa mère avait ouvert les portes du ranch à quatre adolescentes, des élèves de Charlotte que Lucas avait arrachées aux trafiquants et qui avaient besoin d'une famille d'accueil.

Malheureusement, le chef du réseau était parvenu à s'enfuir et était toujours en cavale.

À présent, Honey était enceinte et devait accoucher dans quelques semaines, si bien que la vie avait repris ses droits au ranch : on ne parlait plus que du bébé à venir et de la prochaine génération de la famille Hawk.

Bizarrement, ces conversations avaient éveillé en lui le désir de fonder un foyer à son tour.

Chassant cette pensée, il descendit du véhicule et sourit

au son du galop des chevaux sur la colline. Depuis que les filles avaient emménagé, ils avaient agrandi le cheptel, et Brayden avait embauché son ami, Beau Fortner, comme contremaître.

Sa mère l'accueillit dans l'entrée et l'embrassa affectueusement.

— Je suis si contente que tu aies pu venir dîner, Brayden.

— Je n'aurais pas voulu manquer ça, maman.

La réunion familiale hebdomadaire avait beaucoup compté pour sa mère durant les années difficiles.

À dire vrai, pour lui aussi. Il s'était senti coupable de la disparition de sa sœur et avait apprécié le soutien des siens.

Charlotte, Honey et les filles étaient en train de servir un véritable festin, tandis que, debout à côté du buffet, Lucas, Harrison et leur troisième frère, Dexter, sirotaient un whisky. Ce dernier lui tendit aussitôt un verre que Brayden accepta avec reconnaissance.

— Merci, j'en avais besoin.

— Des soucis au tribunal ? s'enquit Lucas.

Brayden haussa les épaules. Il aurait de loin préféré être au tribunal plutôt qu'avec Penny. Dieu merci, le déjeuner ne s'était pas éternisé.

Sa mère les appela pour passer à table. Bientôt, les femmes devisaient avec excitation de la nursery que Honey aménageait pour le bébé, et Dexter décrivait à ses frères les chevaux qu'il venait d'acquérir.

Le téléphone de Lucas vibra, annonçant l'arrivée d'un texto. Sa mère lui lança un regard désapprobateur. Elle respectait leur travail, mais insistait pour qu'ils laissent leur portable dans leur poche durant les repas.

— Désolé, maman, murmura Lucas. C'est au sujet de Shetland.

Un silence se fit dans la pièce. La tension était palpable.

Lucas se leva et gagna l'entrée, suivi de Harrison. À

table, une seule interrogation hantait tous les esprits. Le réseau avait-il frappé de nouveau ?

Mila ravala tant bien que mal la terreur qui s'était emparée d'elle et s'approcha de l'infirmière en chef.

— Rhoda, pourriez-vous dire à tout le monde de partir, s'il vous plaît ? Il faut que je rentre à la maison. Izzy est malade.

Rhoda lui décocha un regard inquiet.

— J'espère que ce n'est rien de grave.

Mila étouffa un sanglot.

— Je suis sûre que non, mais elle a besoin de sa maman. Renvoyez les patients chez eux, et nous leur fixerons un autre rendez-vous.

Elle pressa le bras de l'infirmière.

— Rentrez chez vous aussi. Je me charge de fermer.

Rhoda, qui élevait seule son fils de dix ans, accepta sans se faire prier. Elle relaya rapidement le message de Mila aux patients. Quelques secondes plus tard, la salle d'attente était vide, et l'infirmière éteignait l'ordinateur.

— Je peux faire autre chose ?

— Non, merci, répondit Mila, consciente du regard de l'homme sur elle. Passez une bonne soirée.

Dès que la jeune femme eut franchi la porte, l'homme fit signe à Mila de fermer à clé. Elle se hâta de s'exécuter, puis baissa les stores. Des bruits lui parvenaient de l'arrière du bâtiment. Les jambes en coton, elle se dirigea vers les salles d'auscultation.

— Pourquoi moi ? Pourquoi ici ? demanda-t-elle.

L'inconnu lui enfonça le canon de son pistolet dans le dos.

— Nous savons que vous avez aidé certaines de nos filles à s'enfuir.

Un frisson glacé parcourut l'échine de Mila. « Certaines de nos filles » ?

Elle avait envoyé quelques adolescentes désemparées au foyer. Et puis, il y avait eu la mère d'Izzy…

La porte du fond s'ouvrit brusquement, et quatre autres individus armés s'engouffrèrent à l'intérieur, leurs silhouettes massives encadrant celle d'un cinquième homme vêtu d'un costume.

Les gardes du corps parcoururent les lieux du regard, prêts à faire feu. Quand ils se déployèrent afin d'inspecter le reste du bâtiment, elle put enfin voir pour de bon celui qu'elle supposait être le chef.

Ses épais cheveux noirs encadraient un visage anguleux qui aurait été séduisant sans la cicatrice qui courait sur le côté de sa joue, et l'expression cruelle de ses yeux noirs.

Des yeux qui semblèrent familiers à Mila.

La panique lui coupa le souffle.

Elle savait qui était cet homme.

Arman DiSanti – l'homme qui avait acheté la mère d'Izzy et en avait fait une esclave sexuelle.

Savait-il qu'Izzy était sa fille ?

Quand Lucas revint, il était visiblement tendu.

— Nous avons un tuyau concernant le chef du réseau Shetland. Il semblerait qu'il soit sur le point de subir une intervention de chirurgie esthétique dans le but de changer d'identité, expliqua-t-il en sortant ses clés de voiture. Il faut que je parte.

Harrison se pencha pour donner un baiser à Honey.

— Je l'accompagne.

En théorie, la juridiction de Harrison ne dépassait pas les limites du comté de Tumbleweed, mais il avait été mêlé à l'affaire lors de la tentative d'enlèvement des élèves de Charlotte. C'était lui qui avait fait appel à Lucas. Le démantèlement du réseau Shetland était désormais une priorité pour tous les membres de la famille.

— Tu as besoin de renforts ? demanda Dexter.

Ses talents de détective privé s'étaient révélés efficaces pendant qu'ils recherchaient les jeunes filles disparues.

Lucas secoua la tête.

— Non, merci. Cette opération doit être menée par le FBI.

Charlotte se leva et effleura le bras de son mari.

— Où allez-vous ?

— Dans un cabinet médical en banlieue d'Austin. Une chirurgienne plastique du nom de Manchester va donner un nouveau visage à ce salopard.

Charlotte écarquilla les yeux.

— Le Dr Manchester ?

Lucas acquiesça.

— Mila Manchester. Pour autant que nous le sachions, elle est à sa solde. Ses activités de bénévole ne sont peut-être qu'une couverture.

Charlotte secoua vigoureusement la tête.

— Non, Lucas. Mila ne peut pas être leur complice.

Son mari plissa les yeux.

— Tu la connais ?

— C'est sa mère qui a retiré ma tache de naissance quand j'étais plus jeune. J'ai rencontré Mila au cabinet. Et j'ai lu des articles sur son bénévolat. C'est quelqu'un de bien.

Lucas jeta un coup d'œil à la tablée. Tous suivaient la conversation avec intérêt. La peur se lisait sur les visages des adolescentes, et le front de sa mère était plissé par l'inquiétude.

— Peut-être que tu crois la connaître, déclara Lucas.

Mais, Charlotte, ces hommes ont pu lui verser une fortune pour qu'elle leur vienne en aide.

Charlotte secoua la tête de plus belle.

— Non, Mila n'aurait pas accepté. Elle est bonne et généreuse, exactement comme sa mère l'était.

Lucas parut ébranlé, mais se contenta de déposer un baiser sur la joue de sa femme.

— Il faut que j'y aille. Nous ne pouvons pas nous permettre de laisser ce type s'enfuir.

— Sois prudent, murmura Charlotte d'une voix anxieuse. Et promets-moi que tu ne feras pas de mal à Mila.

Son mari la serra étroitement contre lui.

— Tout va bien se passer.

Brayden se leva pour accompagner Lucas et Harrison à la porte, imité par Dexter.

— Je vous téléphone dès que j'ai du nouveau, lança Lucas en sortant.

Brayden acquiesça.

— Arrête ce salaud.

# 2

D'ordinaire, il fallait à Mila plusieurs semaines pour planifier une reconstruction faciale. Le processus comportait une série de rendez-vous avec le patient, une analyse des traits problématiques nécessitant une correction, des simulations par ordinateur représentant le résultat final et, éventuellement, un suivi psychologique. En outre, elle effectuait des analyses de sang et divers tests afin de s'assurer que l'intéressé était suffisamment bien portant pour subir une intervention.

Parfois, des greffes de peau étaient indispensables. Ou bien des interventions supplémentaires.

Ce jour-là, toutes ces étapes avaient été négligées.

DiSanti lui avait fourré une photo dans la main en expliquant précisément ce qu'il voulait. Autrement dit, des changements qui le rendraient méconnaissable.

Elle était à l'œuvre depuis des heures déjà. Sa main tremblait lorsqu'elle acheva de recoudre les points de suture autour du front de l'homme. Des perles de sueur coulaient sur ses tempes. L'épuisement ajoutait encore à la tension qui vibrait dans son corps. Ses pieds étaient douloureux, elle avait mal à la tête et la vision floue.

Par deux fois, la tension artérielle du criminel avait atteint un niveau anormalement élevé, et elle avait cru le perdre. D'un côté, elle aurait été soulagée, mais on l'avait mise en garde. Si elle commettait une erreur ou si DiSanti venait à succomber, elle le payerait de sa vie.

— Il y en a encore pour longtemps ? demanda un des gardes.

— J'ai presque terminé. Mais il a besoin de repos, ajouta-t-elle. Je ne procède jamais à tant de corrections en une seule fois.

— Nous n'avons pas de temps à perdre, aboya l'homme. Finissez-en !

L'image d'Izzy et de Roberta terrifiées la hantait depuis le début de l'intervention. Elle avait changé la forme du nez, relevé les paupières et injecté du silicone dans les joues et les lèvres. Quant à la cicatrice, elle avait disparu.

DiSanti paraissait dix ans de moins et était presque beau.

Sauf que rien ne pouvait changer le monstre tapi sous la surface.

Les sbires qui surveillaient la salle étaient immobiles, leurs armes braquées sur elle.

Son doigt glissa, et elle laissa échapper son instrument. Le garde fit un pas en avant, menaçant. Mila se mordit la lèvre. Si DiSanti succombait, elle ne survivrait pas longtemps.

Elle prit une profonde inspiration, s'efforçant de maîtriser ses nerfs, puis continua à recoudre les points de suture, tamponnant le sang au fur et à mesure.

— Il va avoir besoin de repos, de poches de glace, et de calmants pour la douleur, déclara-t-elle. Je vous ferai parvenir tout ce dont vous aurez besoin pour vous occuper de lui.

Un sourire mauvais fendit le visage de la brute.

— Ce n'est pas nous qui allons nous occuper de lui, doc. C'est vous.

Le pouls de Mila s'accéléra.

— Écoutez, j'ai fait tout ce que vous m'avez demandé. Maintenant, laissez-moi retourner à ma petite fille.

Il secoua la tête.

— Pas si vite. Pas avant qu'il soit en voie de rétablissement et qu'on soit sûrs que vous ne nous avez pas joué un sale tour.

À cet instant, le téléphone de son compagnon se mit à vibrer. Il s'écarta un peu pour répondre, puis parla d'une voix basse, étouffée. Lorsqu'il se retourna vers eux, la colère brillait dans son regard.

— Les fédéraux sont en route. Il faut qu'on file.

Mila s'agrippa au plan de travail métallique où elle avait disposé ses instruments. Si les fédéraux arrivaient, peut-être pourraient-ils sauver Izzy…

Les hommes se jetèrent dans l'action. Veillant à garder la perfusion en place, ils firent sortir le lit dans le couloir, puis le chargèrent à bord de leur camionnette. Le plus corpulent empoigna Mila par le bras.

— Dépêchez-vous, doc. Prenez tout ce qu'il vous faut, et allons-y.

Elle résista.

— Je vous en prie, laissez-moi rejoindre ma fille. Je vais vous donner tout ce dont il aura besoin.

L'homme appuya le canon de son pistolet sur la tempe de Mila.

— Je vous ai dit de vous magner !

Une sirène hurla non loin. Un des gardes fit irruption dans la salle.

— Vite ! Les fédéraux sont là !

Malgré elle, Mila fut entraînée dans le couloir. Le désespoir l'envahit. S'ils l'emmenaient, ils la tueraient. Elle ne reverrait jamais Izzy.

Le canon était toujours pressé contre sa tempe.

— Si vous tentez quoi que ce soit, je vous descends.

La sirène se rapprochait. Ils n'avaient pas le temps d'emporter quoi que ce soit.

Mila réprima un sanglot alors que l'homme la tirait au-dehors.

Dans un crissement de pneus, un 4x4 s'engouffra sur le parking, aussitôt suivi d'une voiture de police, la lumière bleue du gyrophare éblouissante sur fond de ciel nocturne.

Les portières s'ouvrirent.

— FBI ! Ne bougez plus !

En guise de réponse, deux des hommes de DiSanti ouvrirent le feu. L'homme qui tenait Mila lâcha prise et riposta à son tour, puis fit signe à ses compagnons de grimper dans le véhicule. Un autre se rua côté conducteur. Le moteur rugit.

Il y eut des cris, suivis de plusieurs coups de feu. Le costaud poussa Mila vers la camionnette mais elle lui décocha un coup de pied dans le genou. Il jura et la poussa de nouveau, si bien qu'elle plongea et percuta le sol en ciment. Comme une nouvelle volée de balles sifflait autour d'elle, il renonça et sauta à bord du véhicule qui démarrait en trombe.

Mila se couvrit la tête des mains tandis que la fusillade se poursuivait. Enfin, le grondement du moteur s'éloigna, remplacé par des éclats de voix et des bruits de pas. Les agents se lançaient à la poursuite du gang. Elle leva la tête. Un homme aux cheveux bruns et à la silhouette élancée se tenait devant elle, un pistolet à la main.

— Docteur Manchester ?

Elle acquiesça, secouée de tremblements.

Il l'aida à se remettre debout.

— Vous êtes en état d'arrestation.

Elle ouvrit la bouche pour protester. Trop tard. Il la fit pivoter, lui empoigna les bras et lui passa les menottes.

*
* *

En dépit des efforts de Brayden et de Dexter pour diriger la conversation sur des thèmes anodins, tels que l'intérêt des filles pour l'équitation ou la nursery en cours d'aménagement, les femmes refusèrent de jouer le jeu.

Même Honey n'avait pas envie de parler de la chambre du bébé, ce qui n'était pas bon signe.

Charlotte faisait les cent pas devant la cheminée du petit salon où ils s'étaient réunis pour boire le café et goûter le clafoutis aux myrtilles que leur mère avait confectionné. Seulement, personne n'avait faim.

— Je voudrais bien qu'ils téléphonent, soupira Charlotte pour la dixième fois au moins.

— Il faut que Harrison revienne, ajouta Honey en posant une main sur son ventre. Ce petit garçon a besoin de son père.

Un silence gêné s'ensuivit. Brayden et ses frères aussi avaient eu besoin de leur père, mais il s'était volatilisé.

— Excusez-moi, murmura Honey. C'était un manque de tact de ma part.

— C'est la vérité, intervint leur mère en lui tapotant l'épaule. Nous ne sommes pas du genre à garder des secrets enfouis ou à mâcher nos mots. Ton bébé a besoin de Harrison, et il va revenir.

Le téléphone de Brayden vibra soudain. Tous tressaillirent.

— C'est Lucas ?

— C'est Harrison ?

Il jeta un coup d'œil à l'écran.

— Harrison, dit-il en prenant la communication.

— Salut, lança son frère. Je n'ai pas beaucoup de temps. Arman DiSanti était bel et bien dans ce cabinet médical à Austin, mais il a réussi à s'échapper. Deux agents du FBI l'ont poursuivi en vain. Toutes les forces de l'ordre ont été alertées.

Les femmes le dévisageaient avec anxiété.

— Lucas et toi allez bien ? demanda-t-il pour les rassurer.

— Oui. Lucas a arrêté le Dr Manchester. Nous l'emmenons au poste à Austin où nous l'interrogerons. Dis à Honey de rentrer à la maison sans moi. Je la rejoindrai tout à l'heure.

— Entendu.

Dès qu'il eut raccroché, Charlotte et Honey l'assaillirent de questions.

— Que s'est-il passé ? Ils vont bien ?

— Lucas et Harrison sont indemnes. Malheureusement, DiSanti s'est enfui.

Il se tourna vers Honey.

— Harrison te dit de ne pas l'attendre, qu'il rentrera plus tard.

Elle poussa un soupir, soulagée.

— Je sais qu'il adore son métier, mais je ne peux pas m'empêcher de me faire du souci.

Charlotte l'entoura de ses bras.

— C'est pareil pour moi. Chaque fois que Lucas quitte la maison, je prie pour qu'il revienne sain et sauf.

Mme Hawk tapa dans ses mains.

— Eh bien, maintenant que nous savons qu'ils vont bien, que diriez-vous d'une part de clafoutis ?

Pendant qu'elle servait le dessert, Charlotte attira Brayden à l'écart.

— Qu'est-il arrivé à Mila ?

Il se servit un second whisky, hésitant à répondre.

— Brayden ?

— Lucas l'a arrêtée, lâcha-t-il à regret. Ils vont la conduire au poste pour la questionner.

Le visage de Charlotte se décomposa.

— J'y vais. Il faut que je la voie.

Aussitôt, elle se dirigea vers le portemanteau et récupéra son sac, Brayden sur les talons.

— Attends, Charlotte. Je suis sûr que Lucas va t'appeler.

— Il a eu tort de l'arrêter, rétorqua-t-elle. Je sais que Mila n'aurait jamais aidé ces hommes.

— Apparemment, elle l'a fait. Ils se trouvaient dans son cabinet.

Charlotte secoua la tête avec vigueur.

— Non. Tu ne sais pas tout. Et elle va avoir besoin d'un avocat.

Brayden leva les mains en signe de refus. Pour rien au monde il ne voulait se retrouver au centre d'une querelle entre Charlotte et son frère.

— S'il te plaît, insista-t-elle. Viens avec moi et écoute ce qu'elle a à dire.

Son ton suppliant fit à Brayden l'effet d'un coup de poing. Il ne connaissait pas Mila Manchester. En revanche, il connaissait bien Charlotte, et l'épouse de son frère était une des femmes les plus honnêtes et les plus généreuses qu'il ait jamais rencontrées.

Il tira ses clés de voiture de sa poche.

— Très bien. Je t'emmène. Mais je ne te promets rien.

Après avoir brièvement expliqué la situation à sa famille, il escorta Charlotte à sa voiture.

— Parle-moi de ce médecin, dit-il alors qu'ils traversaient la petite ville en direction de l'autoroute.

Elle sortit son téléphone et lui montra une photo qui lui coupa le souffle.

Mila Manchester était chirurgien esthétique – mais elle aurait pu être mannequin. Enfin, peut-être pas. Elle n'était pas maigre à faire peur, et son visage n'était pas recouvert de couches de maquillage.

En revanche, elle avait une beauté naturelle. D'immenses yeux sombres, un teint d'ivoire et des lèvres rose pâle, des cheveux d'un roux foncé flamboyant.

Et il émanait d'elle une douceur qui ne faisait qu'ajouter à son charme.

Il reporta son regard sur la route, irrité contre lui-même. Il ne devait pas se laisser influencer par les apparences. Parfois, les femmes séduisantes étaient superficielles.

Charlotte se tordit les mains.

— J'avais une tache de naissance, expliqua-t-elle. Personne ne voulait m'adopter à cause d'elle. Le Dr Manchester, la mère de Mila, faisait du travail bénévole et me l'a retirée à titre gracieux.

Sa voix tremblait, et elle marqua une pause.

— J'ai fait la connaissance de Mila la veille de mon intervention. Elle avait environ mon âge, mais elle n'avait pas l'air troublée par mon aspect. Je suppose qu'elle avait vu pire au cabinet médical.

— Sa mère était quelqu'un de bien.

— Oui. Je lui dois beaucoup. Et à Mila aussi. Elle m'a rendu visite chaque jour pendant ma convalescence. Elle m'a raconté qu'elle voulait suivre la même voie que sa mère.

— Et tu penses qu'elle l'a fait ? demanda Brayden, ébranlé malgré lui.

Charlotte acquiesça.

— Oui. Comme je le disais, j'ai lu des articles à son sujet. Elle fait partie de Médecins sans frontières. Il est complètement impossible qu'elle ait aidé un réseau qui s'attaque à des jeunes filles innocentes.

Brayden pria silencieusement pour qu'elle ait raison. L'épouse de Lucas avait traversé plus que sa part d'épreuves. Découvrir qu'une femme qu'elle considérait comme une amie était une criminelle en serait une de plus.

Ils accomplirent le reste du trajet en silence, Charlotte

devenant de plus en plus fébrile à mesure qu'ils se rapprochaient de leur destination.

Lucas allait sans doute le réduire en bouillie pour l'avoir amenée.

Malgré tout, la description qu'elle avait donnée du Dr Manchester avait piqué sa curiosité.

Harrison les accueillit à l'entrée.

— Lucas est sur le point de l'interroger, annonça-t-il.

— J'aimerais observer l'entretien, déclara Brayden.

Harrison fronça les sourcils, mais jeta un coup d'œil à Charlotte et dut deviner qu'il essayait d'apaiser l'épouse de Lucas. Il les guida vers le contrôle de sécurité, puis jusqu'à une pièce équipée d'un écran permettant de visionner l'interrogatoire.

L'estomac de Brayden se noua brusquement lorsqu'il vit apparaître Lucas, une main sur le bras du Dr Manchester.

Bon sang ! Même avec ses longs cheveux emmêlés, sa queue-de-cheval approximative, ses vêtements froissés, le visage pâle et l'air épuisé, elle était ravissante.

Elle poussa un long soupir et leva les yeux vers la caméra fixée dans le coin, comme si elle savait qu'il était là. Pour autant, elle ne tenta pas d'ajuster sa coiffure ou de prendre des poses.

Ses grands yeux bruns étaient hantés, emplis d'effroi.

Un effroi qui donna envie à Brayden de découvrir la vérité sur ce qui s'était passé.

Mila Manchester était-elle impliquée dans le réseau Shetland ?

# 3

Mila avait beau lutter contre les larmes, elles roulaient sur ses joues.

L'agent spécial Lucas Hawk avait veillé à lui expliquer où ils se trouvaient et pour quelle raison. Que faire ? Elle ignorait si Izzy et Roberta étaient encore en vie.

Elle était submergée de panique et de douleur.

Si elle parlait, les criminels qui l'avaient enlevée se vengeraient sur Izzy.

L'agent Hawk déposa une bouteille d'eau sur la table. Mila avait vu assez de séries policières à la télévision pour savoir qu'elle était filmée. Que tout ce qu'elle dirait serait enregistré. Qu'on relèverait ses empreintes sur la bouteille d'eau.

La sueur ourlait sa lèvre supérieure et perlait sur son front.

Elle n'avait rien mangé ni bu depuis des heures. Depuis que ces hommes s'étaient introduits dans son bureau et l'avaient menacée, forcée à effectuer les interventions qui allaient permettre à ce misérable de DiSanti de s'enfuir.

L'agent Hawk fixait sur elle son regard d'acier. Un autre agent nommé Hoover se tenait près de la porte, les bras croisés et l'air condescendant, comme s'il l'avait déjà jugée et condamnée.

Les pas de l'agent Hawk résonnèrent sur le sol en béton.

Il traversa la pièce sans détacher les yeux d'elle, puis tira une clé de sa poche et lui ôta ses menottes.

Elle lâcha un soupir de soulagement, reconnaissante d'être libérée du lourd métal qui lui enserrait les poignets, et de pouvoir s'emparer de la bouteille. Déshydratée, elle l'ouvrit et en but une bonne moitié d'un seul trait.

De l'eau dégoulina sur son menton, qu'elle essuya de ses doigts. Elle avait porté des gants durant l'intervention, mais la puanteur du sang de l'homme semblait lui coller à la peau.

— Docteur Manchester, commença l'agent. Vous savez pourquoi vous êtes ici ?

Elle hocha la tête et le regarda. Incapable de supporter les accusations qu'elle lisait dans ses yeux, elle baissa la tête et fixa ses mains de nouveau.

D'un geste brusque, il abattit une photo d'Arman DiSanti sur la table.

— Vous avez procédé à une intervention esthétique sur cet individu aujourd'hui ?

Elle mâchonna sa lèvre inférieure. Il le savait déjà, sinon il ne l'aurait pas arrêtée.

— Répondez, ordonna-t-il sur un ton froid.

Elle hocha brièvement la tête. À quoi cela lui servirait-il de mentir puisqu'il l'avait plus ou moins prise en flagrant délit ?

— Nous soupçonnons cet homme, Arman DiSanti, d'être le chef d'un réseau appelé Shetland, reprit l'agent. Ce groupe a enlevé des dizaines de jeunes filles au Texas au cours de cette dernière année.

Elle s'obligea à ne pas réagir, mais la vision d'Izzy en pleurs la torturait. Où était sa petite fille à présent ?

L'agent Hawk étala d'autres clichés sur la table.

— Voici des photos de certaines de ces adolescentes. Celles que nous avons réussi à secourir.

Il les nomma tour à tour avant de la fixer d'un air accusateur.

— Impossible de savoir combien d'autres victimes il a enlevées.

Mila ravala le flot de bile qui lui montait à la bouche. Elle savait à quel point cet individu était horrible. C'était précisément pourquoi elle avait accepté d'élever Izzy.

Le policier continuait à étaler des clichés devant elle. Le premier montrait l'intérieur obscur d'un bâtiment, équipé d'une cage, le sol maculé de taches de sang.

Sur le suivant, on voyait des chaînes reliées à un poteau. Sur un autre encore figuraient en gros plan les mots « AU SECOURS », grossièrement gravés dans le mur.

— Il les enchaînait et les enfermait dans une cage. Ensuite, il les vendait aux enchères comme du bétail. C'est cela qui lui a inspiré le nom du réseau, Shetland.

Il tapota la photo de DiSanti.

— Voilà qui est l'homme que vous avez aidé aujourd'hui, docteur Manchester.

Il abattit une dernière image, celle d'une jeune fille morte, au corps squelettique en voie de décomposition.

Mila retint un cri.

— Elle s'appelait Louise Summerton. Elle a été assassinée alors qu'elle essayait d'échapper à l'homme qui l'avait achetée.

Une vague de nausée envahit Mila. Elle lutta pour la réprimer, mais son cœur se souleva malgré elle. Affolée, elle se couvrit la bouche, et l'agent qui se trouvait devant la porte dut comprendre ce qui arrivait, car il se rua vers elle, une poubelle à la main.

Suffoquant d'émotion, les larmes roulant sur ses joues, elle se mit à vomir.

*
* *

Brayden observait la scène, la sueur perlant sur son front.

— C'est affreux, Brayden ! s'écria Charlotte, bouleversée. Regarde-la ! Dis à Lucas d'arrêter cet interrogatoire tout de suite. Je veux voir Mila.

Il serra les dents. Lucas n'allait pas autoriser cela, en tout cas pas avant d'être certain d'avoir obtenu toutes les informations possibles du Dr Manchester. Il avait été formé aux techniques d'interrogatoire, et on lui avait appris à ne pas laisser ses émotions influer sur la conduite de l'entretien.

Tout comme Brayden, il avait appris à lire le langage corporel des gens. Et celui de cette femme indiquait qu'elle était terrorisée.

Charlotte tendit la main vers la poignée, mais il mit la main sur son bras.

— Attends. Laisse-moi faire.

Les larmes aux yeux, Charlotte le regarda.

— Elle est innocente, Brayden. Dis à Lucas que je le sais.

Sauf qu'elle avait opéré DiSanti. Qu'elle lui avait donné un nouveau visage.

Elle ne l'avait pas nié.

Charlotte redressa le menton.

— Dis à Lucas que je t'ai engagé pour défendre Mila.

Brayden étouffa un juron. Son frère allait être ravi.

— Écoute, je ne veux pas me retrouver entre Lucas et toi…

— Ce ne sera pas le cas, le coupa-t-elle. Mais il faut que je fasse ce que me dicte ma conscience. Mila et sa mère ont aidé tant de gens ! À présent, c'est à moi de l'aider.

Peut-être avait-elle raison.

Il sortit dans le couloir. Harrison vint à sa rencontre, l'air soucieux.

— Un adjoint a repéré la camionnette à la sortie

d'Austin, mais les hommes ont tiré sur lui et l'ont semé. Apparemment, ils se dirigent vers l'ouest.

— Espérons qu'ils soient arrêtés bientôt, murmura Charlotte derrière Brayden.

Harrison hocha la tête.

— Le docteur a donné des informations à Lucas ?

— Pas encore.

— J'ai engagé Brayden pour lui servir d'avocat, intervint Charlotte sur un ton sans réplique. Peut-être se confiera-t-elle à lui.

Ainsi que ce dernier s'y attendait, Harrison fronça les sourcils.

— Dis à Lucas que je veux lui parler, veux-tu ?

— Brayden…

— Vas-y, ordonna Charlotte. Sinon j'entre et je m'en charge moi-même.

Brayden réprima un sourire en coin. Lucas lui avait dit que sa femme avait du caractère. Il ne s'était pas trompé.

Harrison répondit par un grognement, mais leur fit signe de le suivre. Quelques secondes plus tard, il toquait à la porte de la salle d'interrogatoire.

— Lucas, tu as un instant ?

Leur frère sortit, vit Charlotte et fit la grimace.

— Tu aurais dû rester à la maison.

Sa femme croisa les bras.

— Je ne pouvais pas. Je connais Mila, et elle est innocente.

— Nous avons des preuves.

Brayden s'éclaircit la voix.

— Laisse-moi lui parler.

— Ceci est un interrogatoire, Brayden. Nous essayons de retrouver le chef du réseau Shetland.

Il jeta un coup d'œil à Charlotte.

— Tu veux qu'il soit arrêté, non ? Parce qu'il continuera son abominable trafic à moins qu'on ne le mette sous les verrous.

— Bien sûr que oui ! s'exclama Charlotte, un mélange de surprise et de colère sur les traits.

— Si tu laissais Brayden tenter sa chance ? suggéra Harrison. Elle acceptera peut-être de lui parler.

Lucas le foudroya du regard.

— S'il lui parle en tant qu'avocat, il sera lié par le secret professionnel. À quoi cela nous servira-t-il ?

Brayden se redressa.

— Écoute, Lucas, je découvrirai la vérité. Si je pense qu'elle a aidé le réseau de son propre gré, je ne la défendrai pas.

Il indiqua d'un geste la porte close.

— Mais je l'ai observée avec attention. Elle a l'air terrifiée. Quand elle a vu les photos, sa réaction n'était pas feinte.

Lucas se tenait raide comme un piquet.

— Donne-moi encore une minute. Si elle ne me dit rien, tu pourras venir.

Brayden acquiesça. Lucas retourna à l'intérieur tandis que les trois autres regagnaient la pièce équipée de l'écran.

Mila s'épongeait le visage à l'aide d'une serviette en papier. Elle semblait épuisée, sur le point de craquer.

— Docteur Manchester, commença Lucas d'une voix calme mais ferme. Nous savons que vous avez opéré DiSanti. Ce que nous ignorons, c'est pourquoi vous l'avez aidé.

Mila se passa une main sur le front, mais resta muette.

— DiSanti va avoir besoin de temps pour se rétablir. Il sera gardé par ses sbires. Où l'emmenaient-ils ?

La lèvre inférieure de Mila frémit.

— Je ne sais pas.

La mâchoire de Lucas se durcit.

— Si nous ne parvenons pas à l'arrêter, il va enlever d'autres jeunes filles.

Une fois de plus, il tapota les clichés un à un.

— D'autres adolescentes innocentes deviendront des esclaves sexuelles tandis qu'il étendra son empire et accroîtra sa fortune.

Mila fixa les photos, livide.

— Où allaient-ils ? insista Lucas.

— Je l'ignore. C'est la vérité.

Il la dévisagea longuement, puis rassembla la pile de photos, les fourra dans une enveloppe et quitta la salle.

Brayden se hâta d'aller à sa rencontre, Charlotte et Harrison sur les talons.

— Très bien, vois ce que tu peux faire, grommela Lucas. L'important est de trouver DiSanti. Tu peux lui dire que nous sommes prêts à conclure un marché avec elle si elle parle.

Brayden se dirigea vers la porte close.

— J'espère vraiment que tu ne te trompes pas à son sujet, entendit-il son frère dire à Charlotte juste avant qu'il entre dans la pièce.

À la vue du visage tourmenté de Mila, il dut se rappeler d'être neutre. Les jolies femmes mentent et trompent autrui comme les autres.

Il devait la persuader de lui révéler la vérité. C'était la seule chose qui comptait. Cela et mettre le réseau Shetland hors d'état de nuire.

Mila se tordit les mains, refoulant une nouvelle vague de nausée. Son souhait le plus cher était de tout avouer à l'agent Hawk. De le supplier d'envoyer quelqu'un chez elle s'assurer qu'Izzy et sa nourrice étaient saines et sauves.

Seulement, s'il l'apprenait, DiSanti ferait peut-être du mal à Izzy. Son estomac se noua. Avait-on déjà emmené sa fille Dieu savait où ?

La panique lui rongeait les entrailles. La porte s'ouvrit, livrant passage à l'agent Hawk accompagné d'un homme qui lui ressemblait. Grand, large d'épaules, il avait d'épais cheveux bruns et les mêmes sourcils.

— Docteur Manchester, je vous présente Brayden Hawk. Il est avocat, et ma femme l'a engagé pour vous défendre.

Mila le regarda, perplexe.

— Je vous demande pardon ?

— Ma femme s'appelle Charlotte Reacher, expliqua-t-il. Elle est ici et exige que vous soyez représentée.

— Charlotte est votre femme ?

— Oui. Nous nous sommes rencontrés quand elle a été blessée par les hommes de DiSanti.

Oh ! Bien sûr. Mila avait entendu parler de cet incident. Pas étonnant que l'agent soit résolu à arrêter DiSanti. Pour lui, c'était une affaire personnelle.

Mais il l'autorisait à avoir un avocat…

Lui tendait-on un piège ?

Une idée subite lui vint. Les deux hommes portaient le même nom. Étaient-ils apparentés ?

Elle les dévisagea avec attention. Pas de doute, ils étaient frères.

L'agent Hawk lança un regard sombre à son frère, puis s'éclipsa.

Mila avait le vertige.

L'avocat s'éclaircit la voix.

— Docteur Manchester, je sais que vous avez eu une journée épouvantable. J'aimerais entendre votre version des faits.

La poitrine de Mila se comprima. Était-il réellement là pour l'aider ?

Pouvait-elle lui avouer la vérité ? Ou risquait-elle d'exposer sa fille à un danger plus grand encore ?

# 4

Brayden étudia Mila tandis que Lucas quittait la salle d'interrogatoire. Si certains clients avaient hâte de donner leur version des faits, d'autres avaient besoin de persuasion, surtout lorsqu'ils avaient peur.

Comme cette femme…

Dans l'espoir de la mettre à l'aise, il s'assit en face d'elle et adopta un ton rassurant.

— Docteur Manchester, j'ai accepté de vous parler parce que Charlotte est inquiète à votre sujet.

Sa voix s'adoucit encore.

— Elle vous fait confiance, et Lucas et moi lui faisons confiance.

Des émotions contradictoires traversèrent les traits de la jeune femme.

— Tout ce que vous me dites restera confidentiel. Cela dit, si je dois vous défendre, il est nécessaire que vous me racontiez votre version des faits.

Elle se massa le front, puis baissa les yeux sur la table.

— Je vous en prie, parlez-moi, murmura-t-il.

Le Dr Manchester émit un soupir las.

— J'ai déjà dit que j'ignorais où ils emmenaient DiSanti.

Brayden laissa passer un moment de silence.

— Ils n'ont pas mentionné d'endroit particulier ?

Elle secoua la tête.

— Non. Je suis désolée… Je ne sais pas quoi vous dire de plus.

— Cessez d'éluder mes questions, ordonna-t-il, plus fermement cette fois. Saviez-vous qui était DiSanti lorsque vous l'avez opéré ?

Une lueur d'angoisse jaillit dans son regard.

— Oui, devina-t-il, déchiffrant sa réaction. Mais vous l'avez aidé quand même.

Elle détourna les yeux, puis se frotta de nouveau le menton d'une main tremblante.

— Nous savons que DiSanti a amassé une fortune, continua-t-il. C'est pour cette raison que vous l'avez aidé ? Pour gagner de l'argent ?

Elle tressaillit et leva vers lui un visage troublé, mais se mordit la lèvre sans répondre.

— D'après Charlotte, vous êtes très généreuse, vous donnez votre temps et votre expertise pour aider autrui, surtout les enfants.

Il arqua un sourcil.

— Cette description s'accorde mal avec celle d'une femme prête à fournir une nouvelle identité à un individu tel que DiSanti.

Le Dr Manchester pressa un poing contre sa bouche et respira plus fort.

— Expliquez-moi, doc. Je n'arrive pas à comprendre.

— Personne ne peut comprendre, murmura-t-elle, un frémissement dans la voix.

— J'y parviendrais peut-être si vous me parliez.

À son grand dam, il avait envie de la croire. Il avait envie qu'elle soit la personne que Charlotte lui avait décrite.

— A-t-il offert de financer votre établissement en échange d'un nouveau visage ?

Elle secoua la tête, les yeux assombris par la tristesse.

Brayden commençait à être à bout de patience.

— Avez-vous une quelconque dette envers lui ?

Elle se tordit les mains.

— Allons, docteur, je ne peux pas vous aider si vous ne me dites rien.

Alors qu'il se creusait les méninges pour comprendre, une explication évidente s'imposa soudain à lui.

— Vous avez peur, constata-t-il. DiSanti et ses hommes vous ont menacée, c'est ça ?

Mila brûlait de lui relater toute l'histoire, de lui assurer qu'elle méprisait DiSanti et les siens, qu'elle ne les aurait jamais aidés, et qu'elle avait eu la nausée du début à la fin de l'intervention.

Surtout, elle brûlait de supplier Brayden Hawk d'envoyer quelqu'un s'assurer qu'Izzy était indemne.

Mais que se passerait-il si les hommes de DiSanti surveillaient les lieux ?

À en croire la police, le malfaiteur avait un contact à Tumbleweed. Qui savait combien il en possédait à Austin ? Et qui ils étaient. Peut-être avait-il des complices au sein même du FBI ou des forces de l'ordre.

À qui pouvait-elle se fier ?

Brayden Hawk se pencha par-dessus la table et la transperça de son regard bleu et glacial.

— Parlez-moi, doc.

Elle choisit ses mots avec soin.

— J'aimerais pouvoir vous dire ce que vous voulez entendre, Me Hawk, mais je ne peux pas.

Il s'éclaircit la voix.

— Appelez-moi Brayden. Si vous craignez que je ne répète notre conversation au FBI, rassurez-vous. En tant qu'avocat, je suis lié par le secret professionnel.

Peut-être devait-elle lui parler, après tout. S'il comprenait, il enverrait quelqu'un prendre des nouvelles d'Izzy.

— Vous êtes le frère de l'agent Hawk. Comment pourrais-je être sûre qu'il ne s'agit pas d'un piège ?

Le regard de Brayden Hawk se durcit.

— Parce que je suis un homme d'honneur. Si j'ai décidé d'étudier le droit, c'était pour aider autrui.

Il se pencha vers elle.

— Et je crois que vous avez peur et que vous avez besoin d'aide.

La compassion qui perçait dans sa voix submergea Mila d'émotion.

Elle ouvrit la bouche pour parler, mais à cet instant l'agent Hawk rentra dans la pièce, flanqué d'un homme vêtu d'un coûteux costume trois pièces.

— Excusez-moi, mais Me Polk, l'avocat du Dr Manchester, vient d'arriver.

L'intéressé entra dans la salle. Son teint était pâle, son regard sombre et intimidant.

— Docteur Manchester, ne dites pas un mot de plus.

Mila se mordit la lèvre. Les sourcils froncés, Brayden Hawk dévisagea le nouveau venu avant de se retourner vers elle. La suspicion se lut sur ses traits, suivie de la colère.

Les doigts moites de Mila se crispèrent sur les bords de sa chaise.

— Docteur Manchester, Me Polk est bien votre avocat ? demanda-t-il.

Non sans mal, Mila réprima un cri de protestation. L'homme au complet lui décocha un regard d'avertissement.

— Docteur ? insista Lucas.

Refoulant les larmes, elle acquiesça. Elle était incapable de lever les yeux vers Brayden Hawk. Elle avait la certitude que Polk était à la solde de DiSanti et que l'avocat le savait.

Polk n'était pas venu l'aider. Il était venu s'assurer de son silence.

Brayden se leva, les épaules rigides, cherchant le meilleur moyen de réagir à la situation. Bon sang, il était sur le point d'arriver à quelque chose quand ce prétendu avocat avait débarqué. Il avait vu l'expression du médecin lorsque Lucas lui avait montré les clichés, et il était enclin à partager l'opinion de Charlotte : Mila Manchester avait agi sous la contrainte.

C'était la seule explication possible.

Quant à Polk, il avait été envoyé par DiSanti pour protéger ses intérêts, c'était évident.

Mila semblait terrifiée par cet homme.

Il lui répugnait de se retirer, mais il n'avait pas le choix.

Lucas s'éclaircit la voix.

— Nous allons vous laisser seuls.

Sur quoi il fit signe à Brayden de le suivre.

— Qu'est-ce que tu fabriques, bordel ? grommela ce dernier dès qu'ils furent dans le couloir. Tu sais bien que ce type n'est pas son avocat. DiSanti l'a envoyé pour la faire taire.

Lucas le fit entrer dans une petite pièce voisine de la salle d'interrogatoire et se passa une main dans les cheveux.

— Sans doute. Mais à moins qu'elle lui ordonne de partir ou qu'elle décide de répondre à nos questions, je ne peux rien faire.

Les deux frères s'affrontèrent du regard.

— Tu ne peux pas inculper Polk de complicité ou quelque chose du même genre ?

Lucas lui adressa un sourire ironique.

— Pas sans preuve et sans raison valable. Et nous n'avons rien sur lui.

— Eh bien, trouvez quelque chose ! lança Brayden. Tu ne peux pas l'autoriser à rester seul avec Mila ou lui permettre de l'emmener. C'est peut-être lui qui la menace.

Lucas plissa les yeux.

— Elle t'a dit qu'elle avait été menacée ?

Brayden se tut, au comble de la frustration. Elle ne l'avait pas dit, mais il avait vu l'effroi dans ses yeux.

— Tu sais très bien que je ne peux rien divulguer de ce qu'elle m'a confié.

— Hum !

Une fois de plus, ils se défièrent du regard.

Brayden plaqua une expression impassible sur son visage. S'il voulait que Mila lui accorde sa confiance, il devait s'en montrer digne.

Si seulement il avait pu avoir cinq minutes de plus avec elle…

— Que comptes-tu faire ? demanda-t-il à son frère.

Lucas fronça les sourcils.

— Découvrir tout ce que je peux sur Polk d'ici à demain matin.

— Et que va-t-il se passer ce soir ?

— Il va falloir qu'elle reste ici. Peut-être qu'une nuit en cellule l'incitera à nous parler. Sinon, et si Polk revient demain pour verser sa caution, il faudra que je la relâche.

— Sera-t-elle inculpée de quoi que ce soit ?

Lucas hocha la tête.

— Oui. Ce sera peut-être notre unique moyen de pression.

L'idée que Mila passe la nuit en prison répugnait à Brayden. La seule consolation, c'était qu'au moins elle y serait à l'abri de DiSanti.

*
* *

L'estomac noué, Mila regarda Polk prendre place en face d'elle. Ses lèvres serrées et ses yeux perçants lui donnèrent envie d'appeler Brayden Hawk à l'aide.

Au moins, ce dernier lui avait paru sincère.

Elle avait promis d'élever Izzy et de la protéger. Comment pouvait-elle s'acquitter de son devoir en prison ?

— Vous travaillez pour lui, n'est-ce pas ? murmura-t-elle.

Un sourire sinistre se dessina sur les lèvres de l'homme.

— Que leur avez-vous dit ?

— Rien.

Il arqua les sourcils.

— Rien ? Vous en êtes sûre ?

— Oui. Je ne vois pas comment ils ont pu savoir qu'il était dans mon cabinet.

— Vous n'avez pas ordonné à l'infirmière de leur téléphoner ?

— Non, répondit-elle, d'une voix raffermie par la colère. J'ai fait exactement ce qu'on m'a dit de faire. Où est ma fille ? Est-elle en sécurité ?

L'avocat émit un grognement.

— Avez-vous songé à ce qui risquait de lui arriver quand vous avez essayé de vous enfuir ?

L'estomac de Mila se souleva. Etranglée par les larmes, elle secoua la tête. Ils ne pouvaient pas avoir fait du mal à sa petite fille, si ? Il fallait qu'Izzy soit saine et sauve. Elle était toute sa vie !

— Où est-elle ? répéta-t-elle, les dents serrées. Que lui avez-vous fait ? Si vous lui avez fait du mal, qu'est-ce qui m'empêche de parler au FBI ?

— Calmez-vous, ordonna-t-il sur un ton condescendant. Votre fille est saine et sauve. Pour le moment au moins.

Mila relâcha son souffle, envahie par une haine profonde envers cet homme et envers DiSanti.

— Elle est innocente, plaida-t-elle. Ne lui faites pas de mal. Elle n'a rien à voir avec tout cela.

— Mais elle compte pour vous, rétorqua Polk. Par conséquent, si vous voulez qu'elle fête son prochain anniversaire, vous allez coopérer.

— J'ai déjà coopéré, lui rappela Mila. J'ai effectué cette fichue intervention. DiSanti a son nouveau visage. Laissez-nous en paix, ma fille et moi !

— Vous avez dit vous-même qu'un risque d'infection subsistait. Vos services seront peut-être requis.

Il se leva et ajusta l'épingle en diamant de sa cravate.

— Je serai de retour demain pour régler la caution. Dans l'intervalle, ne soufflez mot de notre conversation à personne.

Arrivé à la porte, il se retourna pour lui faire face.

— Souvenez-vous de ce que je vous ai dit, lança-t-il sur un ton empreint de menace. Votre fille a des yeux et des cheveux magnifiques, docteur Manchester. Et un visage parfait. Il serait regrettable qu'un accident change tout cela, n'est-ce pas ?

Un frisson glacé parcourut Mila. Elle pressa la main contre sa bouche pour étouffer un cri horrifié tandis qu'il sortait, refermant la porte derrière lui.

Brayden n'avait vraiment aucune envie de laisser Mila seule toute la nuit dans sa cellule. Pour autant qu'ils le sachent, DiSanti pouvait avoir un complice dans les murs, quelqu'un susceptible de la réduire au silence.

À moins que Polk n'y soit déjà parvenu.

— Je voudrais retourner lui parler, annonça-t-il à Lucas.

— Elle a un avocat, rétorqua son frère sur un ton crispé. Et tu sembles oublier qu'elle a commis un délit.

— Pas si elle a agi sous la contrainte.

Brayden serra les dents.

— Bon sang, Lucas, ne sois pas si pénible. Ta propre femme m'a demandé de la défendre.

— Je pense justement à ma femme et à toutes ces filles que DiSanti a enlevées.

Brayden compta silencieusement jusqu'à dix pour se maîtriser. Légalement parlant, Lucas avait raison.

Cependant, il y avait des circonstances atténuantes.

— Elle allait me parler, insista-t-il. Donne-moi une dernière chance.

Un muscle tressauta à la mâchoire de son frère.

— Très bien. Cinq minutes. Après, je la fais conduire en cellule.

Le visage fermé, Lucas l'escorta à la salle d'interrogatoire. Brayden entra, s'obligeant à arborer une expression neutre. Malgré tout, les yeux pleins de larmes de Mila faillirent avoir raison de lui.

Il s'obligea à rester impassible et s'assit en face d'elle.

— Je ne crois pas que vous ayez agi de votre plein gré, docteur, dit-il à voix basse. Mais j'ai besoin que vous me racontiez exactement ce qui s'est passé.

Le visage altéré par l'émotion, elle détourna les yeux.

— Si on vous a forcée, je vous protégerai.

Elle fixa ses mains, puis releva la tête et rencontra enfin son regard.

— Je vous remercie, Me Hawk, mais vous ne pouvez pas m'aider. Me Polk est mon avocat.

Il la dévisagea longuement, frustré, car il sentait qu'elle désirait son aide, et qu'elle en avait besoin. Cependant, comme Lucas le lui avait fait remarquer, ils étaient impuissants.

Avec un soupir, il se leva.

— Très bien. Si vous changez d'avis, faites-le-moi savoir.

Elle considéra la carte de visite qu'il avait déposée

sur la table, mais ne la prit pas. Il attendit encore un instant, espérant qu'elle se ravise, en vain : elle se remit à contempler ses mains et resta muette.

Ces mains avaient offert à DiSanti un nouveau visage pour qu'il puisse s'enfuir et continuer à diriger le réseau Shetland.

Si Brayden se trompait au sujet du Dr Manchester, elle était aussi méprisable que lui et méritait d'être condamnée.

Malgré tout, ce fut l'estomac noué qu'il quitta la pièce.

# 5

Au comble de la frustration, Brayden regarda impuissant son frère enfermer Mila Manchester dans une cellule.

Son instinct lui soufflait qu'elle était terrifiée, qu'on l'avait forcée à agir comme elle l'avait fait. Mais si ses larmes et ses mains tremblantes n'avaient été qu'une comédie bien orchestrée ?

Des leçons apprises par le passé revenaient le hanter.

Il lui était arrivé d'être trompé par une cliente. Une jolie jeune femme au regard candide qui avait battu des cils et pleuré sur son épaule. Elle s'était servie de lui pour faire accuser son petit ami d'un délit qu'elle avait commis. Il avait obtenu son acquittement avant de se rendre compte qu'il avait été manipulé.

Par chance, elle avait tenté de répéter l'opération avec un autre homme et avait été prise sur le fait.

Néanmoins, Brayden avait eu l'impression d'être un idiot et s'était promis de ne plus jamais se laisser mener en bateau par un joli minois.

Cela dit, le visage défait de Mila lui nouait l'estomac.

Il se détourna, et lut une frustration semblable sur les traits de son frère.

— Charlotte va être furieuse, marmonna-t-il.

Brayden éprouva une bouffée de compassion envers lui. Charlotte avait vécu un enfer à cause du réseau Shetland. Blessée, elle avait un temps perdu la vue, et avait été malade d'inquiétude pour les étudiantes qui avaient été enlevées. Elle avait hâte que DiSanti soit mis hors d'état de nuire. Les éloges qu'elle avait faits du Dr Manchester plaidaient lourdement en faveur de celle-ci.

— Que vas-tu faire ? demanda-t-il à Lucas.

— Me renseigner sur cet avocat. Peut-être qu'on trouvera un motif pour l'arrêter et forcer la main du médecin.

— Si j'allais interroger ses collègues ? proposa Brayden.

Lucas haussa les épaules.

— Tu n'es pas son avocat.

— Je sais, concéda-t-il. Mais je pourrais découvrir la raison pour laquelle elle a accepté d'opérer ce monstre. Quelque chose ne colle pas dans cette histoire.

Lucas acquiesça.

— Tu as raison. Je vais demander à notre analyste de rassembler toutes les informations disponibles sur Polk et sur Mila Manchester.

— DiSanti a forcément un moyen de pression sur elle, insista Brayden, songeur. Peut-être une indiscrétion passée.

— À moins qu'elle ne l'ait rencontré pendant qu'elle était bénévole à l'étranger, lui rappela Lucas. Elle a dû voir tant de pauvreté qu'elle a pu être tentée d'accepter de l'argent pour financer son cabinet.

C'était possible, admit Brayden intérieurement. Si tel était le cas, Charlotte serait bouleversée.

— Tu veux que je ramène Charlotte à la maison ?

Lucas secoua la tête.

— Il faut que je lui parle moi-même.

Brayden songea à part lui qu'il n'aurait pas aimé être à sa place. Dans l'intervalle, il s'adresserait à Dexter. Ses talents de détective privé lui permettraient peut-être de dénicher des renseignements utiles.

***

Mila s'enfouit le visage dans les mains, grelottant de peur et d'inquiétude. Où se trouvait Izzy à présent ?

Était-elle en sécurité ? Sa nourrice était-elle restée avec elle ? Ou les hommes avaient-ils emmené sa fille ailleurs ?

Elle se leva et fit les cent pas dans la cellule, de plus en plus agitée. La vision de cet individu braquant son arme sur Roberta et sur Izzy la torturait. Izzy devait être terrorisée.

Elle n'avait que trois ans. C'était un petit bout de chou aux grands yeux sombres et au rire espiègle, qui adorait jouer à la poupée et se déguiser en princesse, mais aussi creuser des trous dans le jardin, jouer avec des vers de terre et donner des coups de pied dans un ballon.

Elle s'était mis en tête de demander un chiot au Père Noël et avait fait des dessins de l'animal dont elle rêvait.

Elle aimait la glace à la fraise, les brownies et les burgers. Elle détestait le thon, les brocolis et poussait les petits pois dans son assiette pour donner l'impression qu'elle en avait mangé alors qu'elle n'en avait pas ingurgité un seul.

Elle était têtue, braillarde et se levait bien trop tôt le week-end, mais Mila l'aimait de toutes les fibres de son corps.

Une nouvelle vague de peur déferla en elle.

Qu'allait-il advenir de sa fille ?

Prise de panique, elle dut se faire violence pour respirer.

DiSanti allait-il la garder en otage ou attendre qu'elle soit plus grande et faire d'elle une esclave sexuelle ?

Cette pensée était si épouvantable que Mila en eut le vertige. Elle se laissa retomber sur le matelas, luttant pour ne pas perdre connaissance.

Brayden se fit le plus discret possible pendant que Lucas expliquait la situation à son épouse.

Charlotte fondit en larmes.

— Tu ne peux pas faire ça, Lucas !

Il lui caressa les bras doucement.

— Brayden a proposé de la défendre, mais un autre avocat s'est présenté, et elle l'a accepté.

— Il y a forcément une explication.

— Sans doute. Nous en aurons le cœur net, lui assura-t-il en la prenant dans ses bras. Je vais me renseigner sur ce type dès ce soir.

Il jeta un coup d'œil en direction de Brayden, son expression suggérant qu'il avait besoin de renfort. L'intéressé réprima un sourire. Rien n'effrayait Lucas dans la vie, hormis décevoir sa femme.

— Tiens bon, Charlotte, intervint-il. Je vais mener l'enquête de mon côté.

Bien qu'encore inquiète, elle hocha la tête et le remercia.

Brayden leur souhaita bonne nuit et se hâta vers son véhicule. Dès qu'il fut à l'intérieur, il appela Dexter et le mit au courant.

— Je verrai ce que je peux faire, promit ce dernier.

— Vérifie ses finances, suggéra Brayden. Si DiSanti lui a versé de l'argent, cela doit apparaître quelque part. Il nous faut ces informations de toute urgence. DiSanti a le bras long. Si Polk verse la caution et emmène Mila Manchester à l'étranger, nous ne la reverrons peut-être jamais.

Epuisée, Mila finit par s'allonger sur le matelas. Elle doutait fort de pouvoir dormir, mais la fatigue et l'inquiétude lui avaient coupé les jambes.

Fermant les yeux, elle pria pour qu'Izzy et Roberta soient saines et sauves. Une chose était sûre : Roberta adorait Izzy et la protégerait de son mieux.

Et Polk avait affirmé qu'Izzy allait bien.

Pour le moment.

Elle devait obéir à ces hommes. Elle était prête à donner sa vie pour Izzy.

Le visage de Catrina s'imposa à son esprit. Izzy lui ressemblait un peu. Pourvu que DiSanti ne se reconnaisse pas dans le regard de sa petite fille !

Elle n'avait pas eu de nouvelles de Catrina depuis la nuit où celle-ci s'était enfuie, terrifiée. Non qu'elle se soit attendue à en avoir. Mais elle ne pouvait s'empêcher de se demander si la jeune fille était toujours au lycée, si elle avait trouvé une famille ou des amis, un cercle où elle se sentait acceptée.

Non seulement elle avait été maltraitée tout au long de sa jeune existence, mais avait également accouché dans la solitude d'un bébé issu d'un viol, et elle avait renoncé à cet enfant. Bien qu'elle n'ait aucune raison de s'en vouloir, elle se sentait peut-être coupable d'avoir pris cette décision. Et pourtant, elle avait fait le choix le plus généreux possible : elle avait placé l'avenir d'Izzy avant le sien.

Catrina avait-elle pu surmonter ce traumatisme et recommencer de zéro, bâtir une nouvelle vie ?

Incapable de garder les yeux ouverts plus longtemps, Mila sombra dans un sommeil lourd, traversé de cauchemars.

Dans l'un d'eux, Izzy et elle étaient à la plage. Les rayons du soleil se reflétaient sur la chevelure brune de sa fille qui courait au bord de l'eau. Mila la poursuivait en riant, Izzy s'esclaffait en zigzaguant pour esquiver les vagues. Elle adorait l'eau, le sable et les petits animaux qu'elles trouvaient sur la plage.

Elles regardèrent un bébé crabe regagner son domicile souterrain, après quoi, armées de pelles en plastique, elles creusèrent un trou et construisirent un château entouré d'une douve. Izzy renversa son seau d'eau sur ses pieds et gloussa, enchantée, lorsque sa mère la déposa sur une bouée en forme de baleine.

L'instant d'après, Izzy hurlait de terreur. Le soleil et l'océan avaient disparu, et un homme corpulent avait fait irruption chez elles afin de l'enlever. La petite fille hurlait et se débattait, mais l'homme plaqua une main sur sa bouche et la jeta à l'arrière d'une camionnette qui démarrait en trombe.

Un coup de feu retentit, et Roberta se rua derrière le véhicule. Sa silhouette s'effaça presque aussitôt, et la camionnette s'immobilisa à côté d'une cabane sombre et délabrée en plein cœur du désert.

Désespérée, Mila marchait des heures durant à la recherche de sa fille avant de s'effondrer face contre terre sur le sable brûlant. Une tempête se levait, elle n'y voyait plus rien, pas même sa propre main devant ses yeux.

Un nouveau cri. Izzy. Elle était perdue là, quelque part, au beau milieu de la tempête.

Izzy hurlait de plus belle. Mila se releva tant bien que mal et repartit, chancelante.

Il fallait qu'elle rejoigne sa fille, qu'elle la sauve…

Elle courait de nouveau, ses pieds s'enlisaient dans le sol meuble.

Soudain, le petit corps inerte d'Izzy apparut à ses pieds, déjà à demi recouvert. Mila creusa frénétiquement pour l'atteindre, mais le sable mouvant l'aspirait…

Mila s'éveilla en sursaut, tremblante et en larmes, le cœur en lambeaux, au moment où Izzy était happée par les ténèbres.

Brayden et ses frères adoraient le ranch, mais à présent qu'ils étaient adultes, ils avaient besoin de leur vie privée.

Récemment, Lucas et Harrison avaient chacun construit une maison sur les terres de Hawk's Landing pour leur famille.

De leur côté, Brayden et Dex avaient un bureau à Austin. Brayden louait un appartement non loin de son cabinet, et Dex s'était installé dans un chalet aux abords de la ville.

Hanté par le regard éperdu de Mila Manchester, incapable de trouver le sommeil, Brayden se rendit chez son frère, lequel l'accueillit en lui offrant une bière fraîche.

Dexter était un as de l'informatique et possédait un système ultra-sophistiqué. Brayden le soupçonnait parfois de flirter avec l'illégalité pour obtenir les renseignements qu'il cherchait. Peut-être était-ce pour cette raison qu'il avait choisi de devenir détective privé au lieu d'étudier le droit.

S'il franchissait la ligne, Brayden ne voulait pas le savoir. Jusqu'à maintenant, Lucas et Harrison ne lui avaient pas posé de questions. En tant que shérif, Harrison avait fait appel à lui plusieurs fois. Brayden était sûr que Lucas aussi, même s'il ne le lui avait jamais dit.

Dex pressa quelques touches sur son clavier, et une photo du Dr Manchester apparut à l'écran, accompagnée de divers articles sur son travail pour les associations caritatives.

— Regarde. À en juger par les distinctions qu'elle a reçues, Charlotte a raison. Elle dirige son propre cabinet et soigne gratuitement les enfants des familles démunies, ici et à l'étranger.

Brayden parcourut des yeux la série d'articles portant sur la mère de Mila, Andrea Manchester, qui avait été récompensée par une médaille pour son travail au sein de Médecins sans frontières un mois à peine avant de périr au cours d'une fusillade en Syrie.

— Je suppose qu'il est possible qu'elle ait été débordée

par les demandes d'aide et qu'elle ait accepté de l'argent pour les financer, reprit Dexter, mais mes recherches préliminaires n'ont rien révélé de suspect. Pas de virement important, pas de compte à l'étranger.

Il désigna d'un geste un autre écran.

— Il existe aussi un compte consacré aux dons qui contient environ cent mille dollars. Il va me falloir un certain temps pour vérifier que tout est réglo.

Brayden se passa une main dans les cheveux. L'argent pouvait être un mobile, mais si elle avait agi sous la contrainte, ses raisons devaient être plus personnelles.

— Et du côté de sa famille ? A-t-elle des parents, frères et sœurs, quelqu'un que DiSanti aurait pu menacer pour la forcer à faire son sale boulot ?

— Attends, j'ai quelque chose d'intéressant.

— Quoi ?

— Mila a été adoptée. Cela dit, ses parents adoptifs sont décédés tous les deux.

Brayden arqua les sourcils.

— Des informations sur ses parents biologiques ?

Dexter secoua la tête.

— Apparemment, elle a été abandonnée tout bébé. Andrea Manchester travaillait à l'hôpital où Mila a été amenée par les ambulanciers. Son mari et elle l'ont adoptée.

*Pas étonnant qu'elle ait voulu suivre les traces de sa mère*, songea Brayden.

— Que sais-tu de ses collègues ?

Dexter haussa les épaules.

— L'infirmière en chef s'appelle Rhoda Zimmerman. Elle élève seule son fils de dix ans et vit près du cabinet.

Il appuya sur une touche, et l'imprimante expulsa une liste de noms et d'adresses.

— Il y a d'autres employés, dont une seconde infirmière, une réceptionniste et une secrétaire.

Brayden jeta un coup d'œil à sa montre.

— Il est trop tard pour les interroger ce soir. Je m'en occuperai à la première heure demain matin.

— Nous irons plus vite en nous partageant la tâche, lui fit remarquer Dexter.

— Merci. Je me charge de l'infirmière en chef et de la réceptionniste.

— Je parlerai aux autres.

Brayden remarqua soudain un dossier posé sur le bureau. Le nom de Hawk figurait dessus.

Il tressaillit et planta le regard dans celui de son frère.

— Qu'est-ce que c'est que ça ?

La gêne se lut sur les traits bien dessinés de Dexter.

— Un dossier sur Chrissy.

— Tu l'as cherchée pendant tout ce temps ?

Son frère hocha la tête.

— Je suis soulagé que ce soit réglé.

Malheureusement, elle était morte, et ce le jour même de sa disparition.

— Je suppose que je peux le ranger, ajouta-t-il en le fourrant dans un tiroir.

Sa précipitation éveilla les soupçons de Brayden. D'ordinaire, il déchiffrait son frère sans difficulté. Pas ce soir.

Dexter lui cachait-il quelque chose ?

# 6

Mila n'émergea de son cauchemar que pour en affronter un autre, bien réel. La cellule froide et lugubre semblait à des années-lumière de sa maison et de sa fille.

Elle se frotta les yeux, refoulant les larmes. Elle devait rester maîtresse d'elle-même jusqu'à ce qu'elle soit libérée et qu'elle puisse se mettre à la recherche d'Izzy.

Résolue à tenir bon, elle se focalisa sur son travail. Les visages d'anciens patients, d'enfants qu'elle avait soignés, à qui elle avait donné la possibilité d'avoir une vie normale, défilèrent dans sa mémoire.

Comme le petit Robin, défiguré par une chute. Ou Jacob qui, à l'âge de sept ans, avait été maltraité par son père – elle avait réparé les dégâts causés à ses traits, mais le pauvre enfant avait définitivement perdu la vue de l'œil gauche. Ou encore Sariana, toute menue, dont la jambe avait été brûlée lors d'un accident de voiture. Le bébé au nom inconnu, qu'on avait laissé pour mort dans les bois et qui avait été attaqué par un animal.

Il y avait d'autres familles, d'autres enfants qui avaient besoin d'elle.

Mais que penseraient tous ces gens s'ils savaient qu'elle avait donné un nouveau visage à un trafiquant de chair humaine afin qu'il puisse échapper à la justice ?

Catrina avait subi sa violence, et il s'en était fallu de peu qu'elle meure.

Mila s'était engagée à protéger son bébé. Elle avait échoué. Izzy était aux mains des sbires de DiSanti.

« Nous savons que vous avez aidé certaines de nos filles à s'enfuir », avait déclaré l'homme qui avait fait irruption au cabinet.

Elle se massa la tempe. Comment l'avaient-ils appris ? L'avaient-ils observée ? Avaient-ils découvert une des évadées et l'avaient-ils forcée à parler ? Pis encore, avaient-ils appris l'existence du réseau clandestin qui aidait femmes et jeunes filles à fuir et à reconstruire leur vie ?

Catrina… Était-elle saine et sauve ?

Quand Brayden ouvrit les yeux, un texto de Lucas l'attendait.

Audience à 10 heures.

Il fila sous la douche, s'habilla et sortit en hâte. Il s'arrêta dans une cafétéria non loin où il acheta du café et un hot-dog qu'il engloutit en roulant vers le cabinet du Dr Manchester.

En temps normal, l'établissement ouvrait à 8 heures. Un pick-up et une berline étaient garés dans le parking réservé aux visiteurs, un 4x4 côté employés. Il aperçut une femme en tenue d'infirmière devant la porte, flanquée d'une dame plus âgée qui portait un nourrisson dans les bras, ainsi que d'une femme d'une trentaine d'années accompagnée d'un adolescent.

— Je suis désolée, disait l'infirmière. Le cabinet est fermé aujourd'hui. Le Dr Manchester n'est pas là.

Brayden resta légèrement en retrait et tendit l'oreille pour voir si elle allait fournir une explication, mais elle n'en fit rien.

— Nous fixerons un nouveau rendez-vous dès que j'aurai de ses nouvelles.

Les deux femmes parties, il s'approcha à pas lents. L'infirmière était en train de fixer un panneau « FERMÉ » sur la porte. L'instant d'après, elle se retourna, farfouillant dans son sac à la recherche de ses clés.

— Mademoiselle Zimmerman ?

Elle écarquilla les yeux à sa vue.

— Oui ?

— Le cabinet est fermé ?

— Oui, en effet. Vous aviez rendez-vous ?

Il fit non de la tête.

— Dans ce cas, si vous en désirez un, rappelez et laissez votre numéro. Je veillerai à ce que notre réceptionniste vous contacte.

— Je ne suis pas un patient.

Sur quoi Brayden se présenta.

— Saviez-vous que le Dr Manchester avait procédé hier à une intervention sur un criminel recherché ?

L'infirmière étouffa un cri, stupéfaite.

— Comment ? Mon Dieu ! Non, ce n'est pas vrai.

— Malheureusement si. Reconnaissez-vous cet homme ? ajouta-t-il en lui montrant une photo de DiSanti.

La jeune femme paraissait sincèrement choquée.

— Non. Je ne l'ai jamais vu de ma vie. Pourquoi pensez-vous qu'il était ici ?

— Nous le savons, répondit Brayden sur un ton sec. Vous ne l'avez pas vu ?

Elle secoua la tête de nouveau.

— Non. Et le Dr Manchester n'aurait jamais aidé un criminel, en tout cas pas sciemment. Ce n'est pas du tout son genre.

— C'est possible, mais elle l'a opéré.

Un silence tendu se fit. L'infirmière hésita, puis jeta un coup d'œil par la porte vitrée et fronça les sourcils.

— Qu'y a-t-il ? Vous savez quelque chose, insista Brayden. Vous travailliez hier ?

Elle hocha la tête, une émotion indéfinissable dans les yeux.

— Oui, mais le Dr Manchester m'a priée de renvoyer les derniers patients chez eux et de rentrer chez moi. Elle a dit que sa fille était souffrante et qu'elle devait s'en aller.

— Sa fille ? répéta-t-il, stupéfait. J'ignorais qu'elle avait une fille.

L'expression de son interlocutrice s'adoucit.

— Elle s'appelle Izzy. Le Dr Manchester l'adore.

— Semblait-elle contrariée ? Effrayée ?

Elle fronça les sourcils de nouveau.

— Maintenant que j'y pense, elle paraissait un peu nerveuse, en effet. J'ai seulement pensé qu'elle se faisait du souci pour Izzy.

— Avez-vous vu quelqu'un d'autre ? Ou une voiture dans le parking ?

— Je n'ai rien remarqué de particulier, mais je suis sortie par la porte principale.

L'inquiétude se lisait sur ses traits.

— Que se passe-t-il ?

— C'est ce que j'essaye de comprendre, soupira Brayden. Après votre départ hier, le FBI a appris que DiSanti et ses hommes étaient ici et a lancé un raid. Le Dr Manchester a été arrêtée.

La femme étouffa un cri.

— Mon Dieu ! Ce n'est pas possible. Mila ne ferait jamais…

— Elle l'a fait, assura-t-il. Et je crois qu'elle a agi sous la menace.

L'infirmière pinça les lèvres, triturant ses clés.

— Je ne sais pas quoi vous dire. Mais je vais faire un crochet chez elle et vérifier qu'Izzy et sa nourrice vont bien.

Brayden mit une main sur son bras.

— Non. Je vais y aller moi-même.

Si quelque chose clochait, la situation risquait d'être dangereuse. Il remercia Mlle Zimmerman et, tout en se dirigeant vers le domicile du médecin, appela Dexter pour le mettre au courant.

— Une fille ? répéta ce dernier, surpris.

— D'après l'infirmière en chef, elle s'appelle Izzy.

— Curieux. Je n'ai trouvé aucune référence à cet enfant. Le Dr Manchester doit être très vigilante quant à sa vie privée.

Possible, songea Brayden. Sauf qu'en général quand les gens avaient des secrets, cela signifiait qu'ils cachaient quelque chose.

— Qui est le père ?

— Je n'ai aucune information à son sujet, répondit Brayden en se frottant le menton. Rien ne suggère qu'elle a été mariée ?

— Je n'ai rien vu de tel.

Un mystère de plus.

— Écoute, je vais faire un saut chez elle pour m'assurer que la nourrice et l'enfant vont bien. Ensuite, j'irai droit au bureau pour l'audience.

— J'ai mis du personnel sur l'affaire. Je te tiens au courant si j'ai du nouveau.

Brayden le remercia, coupa la communication et s'engagea dans la rue où vivait le médecin, au cœur d'un quartier tranquille d'Austin, à quelques kilomètres seulement de son cabinet. À en juger par les bicyclettes et les jouets d'enfants éparpillés sur les pelouses bien entretenues, décorées de citrouilles à l'approche de

Halloween, la plupart des maisons étaient occupées par de jeunes familles.

Le Dr Manchester vivait tout au bout de la rue. À l'arrière, son jardin donnait sur les bois et les champs, offrant un espace paisible, à l'abri des regards.

Il se gara et remonta l'allée à pied, envahi par un vague malaise. Une berline vert foncé se trouvait devant le garage, le seul véhicule sur les lieux. Appartenait-elle à la nourrice ? Un peu plus bas dans la rue, il remarqua une camionnette blanche et, en face, une Cadillac noire.

Il parcourut des yeux la galerie couverte et les fenêtres de la façade, mais les stores étaient baissés, et il ne voyait rien à l'intérieur. Aucun bruit ne lui parvenait. Quant à l'extérieur, tout paraissait normal.

Il appuya sur la sonnette et attendit, tapant légèrement du pied. Au bout d'une minute, il s'impatienta et toqua à la porte. S'il n'obtenait pas de réponse, il ferait le tour et irait voir si une fenêtre était ouverte à l'arrière.

Des pas s'entendirent dans la maison. Une voix étouffée. Celle d'une femme ?

Il se redressa et plaqua un sourire sur son visage alors qu'on entrouvrait le battant. Une petite brune apparut et leva les yeux vers lui.

— Bonjour, je m'appelle Brayden Hawk, expliqua-t-il. Je suis un ami du Dr Manchester. Je suis passé la voir à son cabinet mais il était fermé et je me suis dit qu'elle était peut-être à la maison.

— Non, je suis désolée. Je lui dirai que vous êtes venu.

Elle fit mine de refermer la porte, mais Brayden la retint d'un geste et l'observa, à la recherche d'un indice suggérant qu'elle était émue ou effrayée.

— L'infirmière m'a appris que sa fille était malade. Elle est ici ?

La femme jeta un regard furtif sur le côté, puis acquiesça.

— Elle est couchée. Elle a de la température, et il faut qu'elle se repose.

Il lui tendit une carte de visite.

— J'espère que ce n'est rien de grave, déclara-t-il. Si vous avez besoin de quoi que ce soit, appelez-moi.

Elle la glissa d'une main tremblante dans la poche de son tablier.

— Excusez-moi, monsieur. Il faut que j'aille m'occuper d'elle.

Sur quoi elle lui referma la porte au nez.

Les mains moites et l'estomac noué, Mila attendait l'avocat. Son cœur cognait à toute allure dans sa poitrine.

Enfin, la porte de la salle d'interrogatoire s'ouvrit, et l'agent Hawk apparut, suivi de Polk. Les yeux perçants de ce dernier se posèrent sur elle, durs et menaçants.

— Vous avez cinq minutes, annonça l'agent, le regard allant de l'un à l'autre. Ensuite, il sera l'heure de voir le juge.

— Deux minutes suffiront, lança Polk sèchement.

Son crâne chauve luisait à la lueur des lampes fluorescentes. Il s'avança vers elle et s'assit, les lèvres serrées.

— Ma fille va bien ? demanda Mila dans un murmure.

Les épais sourcils de l'homme se froncèrent pour n'en former qu'un seul.

— Comme je vous l'ai dit hier soir, elle ira bien aussi longtemps que vous coopérez.

— Je vous en prie, laissez-moi aller la voir. Je vous ai promis de ne rien dire à personne à propos d'hier et j'ai tenu parole.

— Il a passé une mauvaise nuit, grommela Polk, évitant délibérément de prononcer le nom de DiSanti. Dès qu'il sera en bonne voie de rétablissement, votre fille vous sera rendue.

Vraiment ?

Mila croisa les bras.

— Comment puis-je savoir que vous dites la vérité, que vous ne l'avez pas déjà tuée ? Je veux une preuve qu'elle est en sécurité. Ensuite, je ferai ce que vous me demandez de faire.

Polk émit un juron, mais tira son téléphone de sa poche et fit apparaître une photo sur l'écran.

La gorge de Mila se noua. Le cliché montrait Izzy dans sa chambre, pelotonnée sur son lit, avec sa couverture rose et son poupon. Son horloge rose indiquait 7 heures du matin. La photo avait été prise deux heures plus tôt.

Les épaules de Mila se tassèrent sous l'effet du soulagement, mais celui-ci ne dura guère.

DiSanti ne laissait jamais de témoins derrière lui. Quand il avait enlevé les étudiantes de Charlotte, ses hommes avaient tiré sur elle et l'avaient crue morte. Elle était la seule à lui avoir échappé.

Si DiSanti la tuait, qui s'occuperait d'Izzy ?

# 7

Brayden résuma à Lucas ce qu'il avait appris au sujet de Mila avant d'entrer dans la salle d'audience.

— Je sais que tu veux qu'elle soit innocente. Charlotte aussi. Vous avez peut-être raison, concéda son frère, mais si elle refuse de parler, j'ai les mains liées.

On réclama le silence dans la salle, et le juge statua sur deux affaires avant celle de Mila. Il n'hésita pas un instant à accorder sa libération sous caution. L'avocat resta tout près d'elle, les épaules frôlant les siennes alors qu'ils se dirigeaient vers la sortie. Mila, elle, était silencieuse, les mains crispées, le corps rigide.

Un instant, son regard croisa celui de Brayden. Mais déjà Polk lui avait pris le bras et l'entraînait au-dehors.

Lucas et lui les suivirent. L'instinct de Brayden lui hurlait que quelque chose n'allait pas. Que la nourrice lui avait menti. Et si Izzy n'était pas malade, mais qu'un homme armé la menaçait ?

Son imagination lui jouait-elle des tours ? Projetait-il ses désirs sur Mila comme il l'avait fait avec cette autre femme dont il avait voilà longtemps résolu d'oublier le nom, parce qu'il souffrait trop d'avoir été aussi stupide ?

Il ne répéterait pas la même erreur.

Ils descendirent les marches du palais de justice. Les feuilles d'automne chatoyaient sous le soleil matinal, les piétons se hâtaient vers leur petit déjeuner ou leur travail, se mêlant aux joggers et aux parents qui emmenaient leur progéniture au jardin public.

Devant eux, Mila marchait tête baissée. Polk la tenait fermement par le bras comme s'il s'attendait qu'elle prenne la fuite d'un instant à l'autre, et la guidait vers un parking.

— Je n'aime pas ça, grommela Brayden.

— Moi non plus.

Lucas accéléra l'allure afin de ne pas les perdre de vue, aussitôt imité par Brayden. À présent, l'avocat traversait la rue, une main sur le bras de Mila, l'autre dans la poche de sa veste.

— Il est armé !

Lucas s'élança sur la chaussée. Brayden le suivit, esquivant de justesse une voiture qui dut freiner brutalement, et ne s'arrêta qu'à quelques centimètres de lui. Il leva la main en signe d'excuse, mais ne prit pas le temps de s'arrêter. Le regard terrifié de Mila avait rencontré le sien, et son cœur avait manqué un battement.

— Une minute ! cria Lucas en s'approchant de Polk.

À cet instant, une camionnette foncée s'arrêta à côté de l'avocat, qui tendit la main vers la poignée.

— Attendez, Polk !

Celui-ci pivota et ouvrit le feu. Brayden se jeta de côté tandis que Lucas s'abritait derrière un véhicule. Des cris s'élevèrent, et les passants se mirent à courir, désertant la rue pour se réfugier sur le parking ou dans les boutiques avoisinantes. Des agents de police postés au palais de justice se ruèrent vers la scène.

Lucas riposta. Polk tira de nouveau, poussant Mila vers la camionnette. Elle lâcha un cri, résista, puis trébucha et tomba. Un petit homme corpulent sauta du véhicule et la saisit par le bras.

— Lâchez-la ! ordonna Brayden.

Une fois de plus, Lucas pressa la détente de son pistolet,

visant Polk. Sa balle se ficha dans le torse de l'homme, qui fut projeté en arrière par la force de l'impact avant de chanceler et de s'effondrer.

Brayden se précipita vers Mila, mais le gros homme avait posé une arme sur sa tempe. Il se figea, glacé de terreur.

Toujours abrité par un véhicule, Lucas lui adressa un signe discret. Brayden comprit qu'il lui demandait de faire diversion.

Il leva les mains comme s'il capitulait.

— Ne faites pas ça, mon vieux. Relâchez le docteur et il ne vous arrivera rien.

Pour toute réponse, le type poussa sans ménagement Mila vers la camionnette. Elle la heurta avec un cri de douleur.

Lucas se faufila derrière le type et lui enfonça le canon de son arme dans le dos.

— Lâche ton pistolet.

Au lieu d'obtempérer, l'homme fit volte-face et tenta de l'assommer. Lucas contra son geste et, au terme d'une brève lutte, parvint à lui faire lâcher le pistolet. Son adversaire plongea pour le récupérer, mais Lucas ne lui en laissa pas le temps. Il tira et toucha l'homme en pleine poitrine.

Quant à Brayden, il s'était rué vers Mila pour l'aider à se relever. Visiblement secouée, elle tremblait de tout son corps.

Quelques secondes plus tard, plusieurs agents surgirent pour leur prêter main-forte. Lucas fit signe à Brayden d'emmener Mila à l'abri. Il l'entoura de son bras et la ramena au palais de justice au cas où d'autres sbires de DiSanti auraient rôdé dans les environs.

Une fois à l'intérieur, il la regarda avec attention, vérifiant qu'il n'y avait aucune trace de sang sur elle.

— Ça va ? Vous n'êtes pas blessée ?

Elle fit non de la tête, mais la terreur se lisait dans son regard.

Il l'attira vers lui et lui frictionna doucement le dos avant de s'adresser à un policier qui se hâtait vers eux.

— Pouvez-vous nous conduire quelque part où attendre l'agent Hawk ?

— Bien sûr.

Il les précéda jusqu'à une petite salle de conférences.

— Installez-vous. Je vais chercher de l'eau.

Brayden le remercia d'un signe de tête et guida Mila vers un canapé. Au lieu de s'asseoir, elle le saisit par les pans de sa veste.

— Vous n'auriez pas dû vous en mêler ! Vous auriez dû me laisser partir ! gémit-elle, les joues striées de larmes. Pourquoi ne m'avez-vous pas laissée faire ?

— Vous étiez en danger.

— Je savais ce que je faisais !

Brayden déglutit, se forçant à rester calme.

— Lucas a vu que Polk était armé. Il a pensé qu'il allait vous faire du mal.

— Vous ne savez pas ce que vous avez fait ! Vous… Vous auriez dû me laisser partir.

Elle se mit à sangloter. Brayden captura ses mains dans les siennes.

— Je sais que vous êtes bouleversée, mais Polk était un individu dangereux et son acolyte aussi.

Renonçant à lutter, elle se laissa aller contre lui. Il la serra dans ses bras et murmura des paroles de réconfort.

— Tout ira bien, Mila. Je vous le promets.

Elle le repoussa, un éclair de colère dans le regard alors qu'elle séchait ses larmes.

— Non. Vous ne savez pas de quoi vous parlez.

— Dans ce cas, expliquez-moi. Dites-moi pourquoi vous avez aidé DiSanti. Pourquoi vous étiez prête à partir avec un homme qui vous menaçait d'une arme et allait sans doute vous abattre tôt ou tard.

Un mélange d'impuissance et de panique se lut dans ses yeux. Un gémissement étranglé lui échappa, puis elle enfouit le visage dans les mains, saisie de tremblements plus violents qu'avant.

Une série de scénarios défilèrent dans l'esprit de Brayden, tous aussi déplaisants les uns que les autres. Tous liés à la petite fille de Mila et à sa nourrice.

Au bout de quelques instants, il lui tendit la bouteille d'eau que l'agent avait apportée.

— Buvez un peu.

Elle dévissa le bouchon, mais sa main tremblait tant qu'elle le fit tomber sur le sol. Elle but avidement, vidant la moitié de la bouteille avant de la reposer sur la petite table devant elle.

Quand elle releva les yeux vers lui, elle semblait terrassée par le désespoir.

Alors qu'ils s'installaient sur le canapé, il ramassa le bouchon et le mit sur la table.

— Mila, je sais que vous êtes quelqu'un de bien. Charlotte se porte garante de vous. J'ai parlé à votre infirmière en chef. Je sais aussi que vous avez une petite fille.

Sa lèvre inférieure frémit.

— Si vous me dites la vérité, je vous promets de vous aider.

Son visage se décomposa.

— Ils l'ont, lâcha-t-elle dans un murmure. Ils ont menacé de lui faire du mal si je refusais de coopérer.

La colère durcit sa voix.

— Vous savez ce que ça veut dire ?

Son regard torturé rencontra le sien. Le cœur de Brayden cognait dans sa poitrine.

— Ça veut dire que votre frère et vous venez peut-être de signer son arrêt de mort.

Mila se mordit la lèvre pour ne pas se confier davantage à Brayden. Elle avait juré à la mère d'Izzy de ne jamais révéler la vérité concernant ses origines, et elle se devait de tenir parole.

C'était le seul moyen de protéger sa fille.

Son cœur battait à tout rompre. Elle se reprochait déjà d'avoir parlé.

Mais quel choix avait-elle eu ?

— Je vais aller chercher Lucas. Il peut…

— Non, le coupa Mila en prenant sa main dans la sienne. Vous m'avez promis que tout ce que je vous dirais resterait entre vous et moi.

Brayden changea de position et la dévisagea.

— Si vous voulez que je sois votre avocat, oui, tout ce que vous me dites restera confidentiel.

Elle lâcha un soupir de soulagement.

— L'agent Hawk est votre frère…

— Peu importe. Il comprend que je suis lié par le secret professionnel.

Mila voulait le croire. Elle avait besoin de faire confiance à quelqu'un. Et il semblait sincère.

— Je suis désolé, Mila, reprit Brayden d'une voix sourde. Je peux vous appeler ainsi, n'est-ce pas ?

— Ça m'est égal, rétorqua-t-elle. Tout ce qui m'importe, c'est de protéger ma fille.

Il acquiesça.

— Hier, quand je vous ai parlé, je me doutais que quelque chose clochait. Par conséquent, j'ai effectué quelques recherches. Quand j'ai appris que vous aviez une fille, je suis allé jeter un coup d'œil chez vous pour jauger la situation.

Mila écarquilla les yeux.

— Vous avez vu Izzy ? Elle va bien ?

Brayden hésita.

— La nourrice a ouvert la porte. Elle a déclaré qu'Izzy était au lit, qu'elle était souffrante.

Le pouls de Mila s'accéléra.

— Mais vous ne l'avez pas vue ?

Il secoua la tête.

— J'ai peur que non.

Une bouffée de panique déferla en Mila. Elle lui pressa le bras.

— Il faut que j'y aille. Que je la conduise en lieu sûr. Dès que DiSanti saura ce qui s'est passé, il va l'emmener ailleurs ou lui faire du mal.

— Entendu. Je vais dire à Lucas où nous allons.

— Non ! protesta-t-elle. Vous ne comprenez donc pas ? Il y a des hommes armés chez moi. Izzy et moi étions en train de parler sur FaceTime quand ils ont fait irruption à l'intérieur pour les prendre en otage.

Brayden couvrit sa main de la sienne. Son contact était réconfortant, et elle éprouva une envie soudaine de tout lui révéler.

Mais c'était impossible.

Elle devait garder son secret pour protéger sa fille.

Brayden dévisagea Mila, soulagé qu'elle se soit enfin confiée à lui. Lucas serait mécontent d'avoir été tenu de côté, mais il était lié par le secret professionnel.

De toute façon, Lucas ne mettrait sans doute pas longtemps à deviner ce qui se passait.

Il avait enquêté sur l'avocat. Le FBI était probablement déjà au courant de l'existence de la fille de Mila.

— Allons-y, s'il vous plaît, le supplia-t-elle. Il faut que je voie Izzy.

— Mais vous venez de dire qu'il y a des hommes armés chez vous. C'est trop dangereux.

Mila bondit du canapé.

— Je m'en moque. Ma petite fille a besoin de moi. Soit vous m'emmenez, soit vous me laissez partir.

— Mon frère peut envoyer le FBI sur place pour la sauver.

Elle secoua la tête.

— Si ces hommes voient des agents fédéraux, ils la tueront.

Il effleura de nouveau le bras de Mila. Ce léger contact éveilla en lui un trouble qu'il n'aurait pas dû ressentir à l'égard d'une cliente, encore moins à celui d'une femme qui avait des ennuis à la fois avec la justice et avec un individu tel que DiSanti.

Mais rester avec elle était le seul moyen de veiller sur sa sécurité et de vérifier qu'elle disait la vérité sur son rôle dans l'opération de DiSanti.

— Très bien. Je vous conduis là-bas, mais à condition que vous obéissiez à mes instructions.

Leurs regards se soudèrent un bref instant. Enfin, elle acquiesça.

— Je vais dire à Lucas que vous êtes secouée, que je vous emmène quelque part où nous pourrons parler.

L'indécision se lut sur ses traits.

— Vous ne lui direz rien de plus ?

— Faites-moi confiance, Mila.

Une lueur étrange dans ses yeux suggérait qu'elle ne faisait confiance à personne. Il se demanda qui l'avait trahie pour qu'elle soit soupçonneuse à ce point.

*Ce ne sont pas tes affaires*, lui souffla une petite voix. *La seule chose qui compte, c'est que la vie d'une petite fille est peut-être en danger.*

Il devait faire son travail.

Après tout, peut-être avait-elle raison de se méfier de tout le monde. DiSanti avait des gens à sa solde partout. Pour autant que Brayden le sache, il avait soudoyé des juges et des policiers aussi.

Il sortit et envoya un texto à son frère. Celui-ci se trouvait dans le hall, si bien qu'il alla le rejoindre.

— Comment va-t-elle ?

— Elle est secouée, mais sinon, ça va.

— Il faut qu'on la persuade de nous en dire plus long sur DiSanti.

— Je sais. Mais elle a peur, Lucas.

Son frère le dévisagea, visiblement déchiré.

— Tu crois qu'on l'a forcée, hein ?

Brayden adopta une expression impassible, mais se permit un imperceptible hochement de tête.

— Confie-la-moi, Lucas. Je vais découvrir ce qui se passe. Je te le promets.

Lucas le considéra longuement.

— Très bien. En tout cas, ne la laisse pas filer. Elle est la seule qui puisse nous mener à DiSanti.

Brayden le savait. Cependant, à cet instant, il était plus préoccupé par le sort de l'enfant de Mila que par l'arrestation de ce monstre.

— Je vais demander à un agent de vous escorter jusqu'à ta voiture au cas où les hommes de DiSanti seraient toujours dans les parages.

Après avoir remercié son frère, Brayden retourna chercher Mila. Comme convenu, un policier les raccompagna à son véhicule, puis regagna le palais de justice.

— Je vais demander à mon frère Dexter de nous retrouver chez vous. Il est détective privé.

— Vous aviez promis que tout ce que je vous dirais resterait confidentiel, lui fit remarquer Mila sèchement.

Il se tourna vers elle.

— Je n'ai pas changé d'avis. Cela dit, je ne suis pas inconscient non plus, Mila. Ces hommes sont dangereux. Ce serait de la folie d'aller là-bas sans renfort.

— Mais il risque d'avertir Lucas…

— Non. Dex aime contourner les règles. Si je fais confiance à quelqu'un pour garder votre secret, c'est à lui.

Le doute demeurait dans son regard, mais elle dut se rendre compte qu'elle n'avait pas le choix et se contenta de hocher la tête. Brayden appela aussitôt son frère, lui résuma la situation et lui donna rendez-vous sur place.

La communication terminée, il démarra et s'engagea dans le flot de circulation. Un silence tendu s'installa dans l'habitacle.

À l'approche de chez elle, il ralentit et se gara à quelque distance de son domicile afin d'attendre Dex. Enfin, celui-ci arriva et les rejoignit. Après de rapides présentations, Brayden redémarra et passa devant la propriété de Mila.

Tout semblait calme.

Mila était penchée en avant, une expression anxieuse sur les traits. Parvenu au bout de la rue, Brayden fit demi-tour, puis revint se garer deux maisons plus loin.

— Restez ici, Mila. Dex et moi allons trouver Izzy.

Elle acquiesça, les poings crispés, l'air terrifiée. Bon sang, l'idée de la laisser seule répugnait à Brayden. Et si les hommes de DiSanti les surveillaient et revenaient s'emparer d'elle ?

— Tu peux rester avec elle, proposa Dex, comme s'il lisait dans ses pensées.

— Non, intervint-elle. Ne vous inquiétez pas pour moi. Vous ne serez pas trop de deux face à ces hommes.

Brayden récupéra son arme sur le tableau de bord.

— Elle a raison. Si tu peux détourner leur attention, je ferai sortir Izzy et la nourrice.

Il pressa brièvement la main de Mila, après quoi les deux frères descendirent et se faufilèrent dans le jardin du voisin. Courbés en deux, veillant à rester dissimulés derrière les buissons, ils se dirigèrent vers l'arrière de la maison.

# 8

Brayden fit signe à Dexter de vérifier la porte pendant qu'il gagnait la fenêtre et jetait un coup d'œil à l'intérieur.

Le couloir était obscur et silencieux. Il ne discernait aucun mouvement.

Pendant ce temps, son frère monta les marches de la terrasse en bois. L'arme au poing, il tenta d'actionner la poignée.

La porte s'ouvrit sans résister.

Mauvais signe.

Hormis le ronronnement de la chaudière, aucun bruit ne leur parvenait.

Brayden sentit ses cheveux se dresser sur sa nuque. Ce silence n'augurait rien de bon. Ce matin encore, la nourrice était là. À présent, l'endroit semblait désert.

Les hommes de DiSanti avaient-ils été informés de la fusillade qui avait eu lieu au palais de justice ? Étaient-ils partis en emmenant la fille de Mila ?

Dexter remonta le couloir, Brayden sur les talons. Ils passèrent devant une salle de bains vide, puis se trouvèrent face à deux portes, l'une sur la gauche, l'autre sur la droite.

Brayden ouvrit la première. C'était manifestement la chambre de Mila. Le lit en fer peint en blanc était recouvert d'une courtepointe bleue, une commode occupait l'un des murs, et la salle de bains attenante était flanquée d'un dressing.

D'un signe de tête, Dexter indiqua que la seconde pièce était vide.

De plus en plus troublé, Brayden poussa une troisième porte, Dex prêt à le couvrir au cas où.

Sur le lit à baldaquin blanc, une couette rose était jonchée de peluches. Une maison de poupées occupait tout un coin de la chambre. À côté d'elle gisait une petite chaussure de tennis rose, ainsi qu'un jeu qui semblait avoir été piétiné. Par un des intrus, peut-être ?

Le lit était défait, la penderie vide.

Pas de fillette en vue.

L'estomac noué, il fit signe à Dexter de se diriger vers le salon.

Son frère le précéda, l'arme à la main. Comme ils s'approchaient de l'avant de la maison, une odeur âcre parvint à leurs narines.

La pièce à vivre était située à leur droite, la salle à manger à gauche. Brayden remarqua en vrac une lampe renversée, des magazines éparpillés sur le sol, une empreinte boueuse près de la porte.

Aucun signe de l'enfant ou de la nourrice.

Un berlingot de lait ouvert était posé sur le plan de travail, près d'un paquet de biscuits salés. Sur la longue table se trouvaient un emballage de pizza et une bouteille de whisky vide.

De nouveau, une odeur âcre prit Brayden à la gorge. Au même moment, son regard s'arrêta sur les taches de sang qui maculaient le sol de la cuisine.

Il s'approcha à pas lents et contourna le plan de travail, priant pour qu'Izzy ne soit pas là.

Pour que ce sang ne soit pas le sien.

*
* *

Mila était à deux doigts de craquer complètement.

Les yeux rivés sur l'horloge du tableau de bord, elle comptait les minutes et les secondes qui s'étaient écoulées depuis que Brayden et son frère étaient entrés chez elle. Si seulement ils trouvaient Izzy et l'arrachaient aux hommes de DiSanti, elle leur dirait toute la vérité.

Ses pensées s'arrêtèrent sur Brayden. Agé d'une trentaine d'années, il était indéniablement séduisant. Grand et large d'épaules, doté d'épais cheveux bruns coupés court et d'un regard intense, il était à la fois élégant et imposant dans son complet d'avocat.

Combien y avait-il de frères Hawk ? Étaient-ils tous membres des forces de l'ordre ?

Peu importait du moment qu'il pouvait sauver sa fille… Quant aux chefs d'inculpation dont elle était l'objet, elle espérait qu'ils seraient levés en échange de sa coopération. Elle pourrait proposer de travailler avec un physionomiste pour établir un portrait-robot de DiSanti, par exemple. Après tout, elle avait été forcée de procéder à l'intervention.

Mila se tortilla un peu et parcourut la rue des yeux. Elle avait acheté cette maison parce que le quartier était sûr et proche de son cabinet, ce qui lui permettait de rentrer déjeuner. Parfois, quand il faisait beau, Roberta amenait Izzy, et elles improvisaient un pique-nique dans le parc voisin.

À cette heure-ci, les rues étaient désertes. Les enfants étaient à l'école, les parents au travail. Hormis la mère des jumeaux qui habitait la maison du coin dont Mila avait vu les petits faire de la balançoire et jouer au ballon dans le jardin.

Elle passa la main dans ses cheveux emmêlés, consciente d'avoir bien besoin d'une douche et de vêtements propres. Après la terrible expérience de la veille, elle sentait la sueur et le sang.

Quand tout serait terminé, elle pourrait peut-être prendre un congé. Passer quelque temps à la maison avec Izzy.

Malgré tous ses efforts, il lui arrivait parfois de rentrer tard et de manquer l'heure du coucher d'Izzy. Cependant, les rires partagés pendant les repas, les histoires qu'elle lisait à sa fille pour qu'elle s'endorme, comptaient énormément pour elle à présent. Plus encore que son travail, qui avait toujours dominé sa vie.

Cela dit, elle voulait être un exemple pour Izzy, comme sa propre mère adoptive l'avait été pour elle. Ses parents l'avaient recueillie tout bébé, après qu'elle avait été découverte abandonnée dans une vieille voiture laissée à la casse.

Elle voulait donner à Izzy autant d'opportunités qu'elle en avait eues dans sa vie.

Fermant les yeux, elle pria pour en avoir la possibilité.

Le sang avait giclé jusque sur les placards et le mur de la cuisine.

Brayden émit un juron, partagé entre le soulagement et la colère.

Ce n'était pas Izzy qui gisait là, heureusement. Mais la nourrice était morte.

Elle était étendue sur le dos, un bras au-dessus de la tête, l'autre sur la poitrine, les doigts repliés. Elle avait dû lever les mains pour essayer de se protéger le visage.

En vain. La balle s'était fichée au centre de son front. Des gouttes de sang jonchaient ses joues, et une flaque s'était formée sous son crâne.

C'était du travail de professionnel.

Cela n'avait rien d'étonnant. Les hommes de DiSanti n'avaient aucun scrupule à exécuter des femmes.

— Il n'y a personne ici, lança Dexter depuis la salle à manger.

Brayden lui fit signe de venir.

— Ils ont tué la nourrice. Une balle dans la tête.

Dexter jura à son tour et le rejoignit. Soucieux de ne pas contaminer la scène de crime, ni l'un ni l'autre ne s'avancèrent davantage.

— C'est ma faute, murmura Brayden. Ma visite de ce matin a dû les effrayer. Ils l'ont tuée et ils sont partis avec Izzy.

— Ne te fais pas de reproches. Ils ont sans doute eu vent de ce qui s'est passé au palais de justice.

Brayden se fit violence pour respirer.

— Mila m'avait averti que si je m'en mêlais, je mettrais en danger la vie de sa fille.

Dex mit une main sur son dos.

— Arrête. Izzy est peut-être encore saine et sauve. Nous la retrouverons.

Mais la retrouveraient-ils à temps ?

Perdue dans ses pensées, Mila tressaillit lorsque Brayden toqua à la vitre. Son visage sombre lui noua l'estomac.

— Qu'y a-t-il ? Oh mon Dieu ! non ! Pas Izzy…

— Non. Izzy n'était pas là.

Elle ravala un cri, redoutant de l'interroger davantage.

— Ils ont dû l'emmener, ajouta-t-il doucement. Elle est le seul moyen de pression qu'ils possèdent pour vous imposer le silence, et ils le savent, Mila.

Mila acquiesça, cramponnée à l'espoir que sa logique instillait en elle.

Il s'éclaircit la voix.

— Je suis désolé d'avoir à vous annoncer cela, mais ils ont tué votre nourrice.

Elle secoua la tête comme pour refuser ses paroles. Roberta était morte.

La douce Roberta qu'Izzy aimait comme une seconde mère. Mila l'avait rencontrée dans un refuge pour sans-abri, encore marquée par les vingt années qu'elle avait passées à subir les violences de son mari. Ce dernier avait fini par être abattu lors d'une fusillade entre gangs. Sa mort avait libéré Roberta, à cela près qu'elle s'était retrouvée entièrement sans ressources.

Touchée par son histoire, Mila avait voulu l'aider. Quand Roberta avait accepté d'être la nourrice à domicile d'Izzy, ça avait été une solution idéale pour toutes les trois.

À présent, à cause d'elle, Roberta était morte.

— Écoutez-moi, Mila, reprit Brayden en lui prenant le bras pour l'obliger à se tourner vers lui. Je sais ce que vous pensez, mais vous vous trompez. Ce n'est pas votre faute.

Mila eut beau lutter contre les larmes, celles-ci roulèrent sur ses joues.

— Elle n'aurait pas été tuée si elle n'avait pas travaillé pour moi.

— Je ne sais rien d'elle, insista-t-il, mais il est évident que vous aviez beaucoup d'affection pour elle. Avait-elle de la famille ?

— Non. Quand je l'ai connue, elle était seule et sans-abri.

— Et vous l'avez recueillie, vous lui avez donné un foyer.

— Elle adorait Izzy, et Izzy l'adorait en retour.

Brayden captura le visage de Mila entre ses mains.

— Elle savait que vous l'aimiez et elle est morte en protégeant la petite fille qu'elle adorait.

Mila s'accrocha à lui, le cœur en lambeaux.

— Izzy doit être anéantie. Et si elle les a vus tuer Roberta ? Elle sera traumatisée !

— Chut ! souffla-t-il. Un pas à la fois, doc. Je sais

que vous êtes bouleversée par la mort de votre nourrice. Mais maintenant, ce qui compte c'est de chercher Izzy.

Il avait raison, bien sûr. Mais dès qu'elle aurait retrouvé son enfant, elle veillerait à organiser des funérailles dignes de Roberta. Elle était morte en héroïne.

— Concentrez-vous sur le fait qu'Izzy est en vie. Et souvenez-vous que, dans l'immédiat, DiSanti a besoin de vous. Il ne lui fera pas de mal.

— Vous ne devez rien dire à votre frère de ce qui s'est passé, dit-elle soudain. C'est trop dangereux pour Izzy.

Le déchirement se lut sur le visage de Brayden.

— Je suis désolé, Mila, mais un meurtre a eu lieu chez vous. Je suis obligé de le signaler. Nous ne pouvons pas laisser le corps de Roberta ici des jours durant.

Mila garda le silence, partagée entre le chagrin et la colère, craignant quoi qu'elle fasse de ne jamais revoir sa petite fille.

— Vous pouvez avoir confiance en Lucas, affirma Brayden. C'est quelqu'un de bien. Il vous protégera toutes les deux.

Peut-être. Cependant, il était hors de question qu'elle révèle la vérité concernant la paternité d'Izzy. Personne ne devait savoir.

— Mila ?

Elle lui agrippa le bras, réfléchissant à toute allure.

— D'accord, mais à condition que vous fassiez savoir à DiSanti que je ne vous ai pas parlé.

— C'est promis. Je demanderai à Lucas de diffuser un communiqué en ce sens à la presse. D'accord ?

Elle acquiesça.

— Qu'allons-nous faire pour retrouver Izzy ?

Brayden lui caressa le bras.

— D'abord, une équipe de l'identité judiciaire va passer

la maison au crible. Il est possible que les hommes qui ont tué Roberta aient laissé des indices.

— Cela nous importe-t-il de connaître leur nom ? demanda-t-elle. Nous savons déjà qu'ils sont à la solde de DiSanti.

— Identifier un ou plusieurs membres du groupe pourrait nous aider à les localiser.

L'estomac noué, Mila redressa le menton.

— Allons plus loin. Donnez à DiSanti le moyen de me contacter.

S'il le fallait, elle était prête à servir d'appât.

# 9

Un bruit de moteur leur fit tourner la tête à tous les deux.

Lucas.

Mila se tordit les mains, la peur revenue dans son regard.

— Et si c'était une erreur ? Si l'intervention de votre frère conduisait à la mort d'Izzy ?

Le pouls de Brayden s'accéléra. Il fronça les sourcils.

— Mila, je pense que nous savons tous les deux que vous n'êtes pas de taille à vous défendre seule contre un adversaire tel que DiSanti. En dehors de ses hommes, il n'y a que vous qui puissiez l'identifier. Croyez-vous qu'il hésiterait à vous éliminer ?

Elle blêmit, mais ne répondit pas.

Brayden avait dit la vérité, elle le savait. Malgré tout, elle était terrorisée à la perspective de mêler le FBI à l'affaire.

Si les agents fédéraux découvraient qu'Izzy n'était pas sa fille biologique et que DiSanti était son père, elle risquait de perdre son enfant…

Elle devrait surveiller la moindre de ses paroles face au frère de Brayden. Ne lui dire que le strict nécessaire pour retrouver Izzy.

L'agent Hawk gara sa voiture derrière celle de Brayden, qui alla le rejoindre. Mila les observa avec attention, priant pour ne pas avoir commis d'erreur en faisant confiance en Brayden.

L'espace d'un moment, les deux frères parurent avoir un échange assez vif. En fin de compte, ils revinrent ensemble vers la voiture.

— Lucas insiste pour vous parler, Mila.

Le cœur battant à tout rompre, elle prit une profonde inspiration, prête à tout pour protéger sa petite fille, y compris mentir au FBI.

À regret, elle descendit de voiture.

— Docteur Manchester, Brayden m'a expliqué la situation. Je suis désolé que votre nourrice ait été tuée. Et surtout, que votre fille ait disparu.

Il semblait la jauger du regard tout en parlant.

Mila s'éclaircit la voix.

— Il la tuera s'il pense que je vous ai parlé.

Lucas acquiesça.

— Je comprends vos craintes. Et je vous promets de tout faire pour vous rendre votre enfant.

— Dans ce cas, vous devez faire savoir à DiSanti que je ne vous ai rien dit, déclara-t-elle en redressant le menton. Et tant pis si ça signifie que je dois retourner en prison.

Brayden jeta un coup d'œil à son frère, prêt à protester si ce dernier la prenait au mot. Après toutes les épreuves qu'elle avait traversées au cours des dernières vingt-quatre heures, sa place n'était pas dans une cellule.

— Je ne crois pas que ce soit nécessaire, répondit Lucas. Au contraire. DiSanti a déjà envoyé Polk dans le but de vous éliminer. Il pourrait facilement envoyer quelqu'un d'autre.

Mila frissonna. Cette fois, elle ne survivrait peut-être pas.

— Je veux vous mettre sous protection jusqu'à ce

que nous ayons arrêté DiSanti, reprit Lucas avant de se tourner vers son frère. Tu es d'accord ?

Brayden hocha la tête.

— Je pourrais emmener Mila au ranch.

Mila hésita.

— Comment DiSanti pourra-t-il me contacter au sujet d'Izzy ?

— Elle a besoin de son téléphone, intervint Brayden.

— Je vais arranger ça, déclara Lucas. Dans l'intervalle, j'aimerais que vous travailliez avec un physionomiste.

Mila se mordilla la lèvre inférieure.

— Si vous diffusez son nouveau portrait-robot à la télévision, il saura que je vous ai parlé.

— Nous ne le rendrons pas public.

Elle croisa les bras.

— Et si quelqu'un dans la police ou le FBI travaille pour lui ?

Le silence s'étira entre eux, lourd de tension.

— Elle a raison, murmura Brayden. DiSanti y a peut-être des gens à sa solde à notre insu.

Le regard de Lucas s'assombrit.

— Je vous promets que nous serons discrets. Je ne montrerai cette image qu'à ceux en qui j'ai toute confiance. Une fois que le contact aura été établi et que votre fille vous aura été rendue, nous lancerons une chasse à l'homme en bonne et due forme.

Une camionnette blanche apparut, portant l'insigne de l'identité judiciaire. Elle ralentit à l'approche de la maison.

— Je dois aller parler aux techniciens, reprit-il.

Mila soupira.

— Pourrais-je entrer chez moi récupérer quelques affaires ?

Les deux frères échangèrent un regard.

— Il vaut mieux que vous ne voyiez pas votre nourrice, dit Brayden doucement. Je peux aller chercher des vêtements pour vous si vous voulez.

Lucas haussa les épaules.

— Entendu. Mais donne-nous le temps d'examiner les lieux.

Il plissa les yeux.

— Vous n'avez touché à rien, au moins ?

— Non. Dex et moi avons traversé la maison, c'est tout. Nous avons trouvé la nourrice dans la cuisine.

Mila serra les poings, comme si elle avait du mal à maîtriser son émotion.

— Je te ferai signe quand tu pourras entrer, lança Lucas en remontant dans sa voiture.

L'angoisse et le désespoir gravés sur le front de Mila donnèrent à Brayden l'envie de la prendre dans ses bras et de la réconforter. De lui assurer que tout allait s'arranger.

Mais c'était impossible.

La gorge nouée, Mila observait Lucas et l'équipe de techniciens rassemblés dans l'allée.

Ce petit pavillon était son foyer. Elle l'avait acheté dans l'espoir d'y vivre jusqu'à la fin de ses jours, d'offrir à Izzy une enfance heureuse, pleine de souvenirs à chérir.

Au lieu de quoi Roberta était morte à l'intérieur, et sa fille avait été enlevée.

Pis, Izzy avait peut-être été témoin du meurtre de sa nourrice. Mila espérait que non. Le traumatisme causé par l'irruption des hommes armés risquait déjà d'avoir des conséquences à long terme sur son bien-être.

Les images que Mila avait vues sur son écran la hantaient. Elle revoyait les hommes s'engouffrer dans la pièce, les pistolets braqués sur Roberta et sur Izzy. Les cris de sa fille résonnaient dans sa mémoire.

Lorsque tout serait terminé, pourraient-elles retourner dans cette maison qui avait été leur foyer ?

Elle ne le savait pas.

— Mila, je sais que vous êtes dans une situation épouvantable, mais vous devez essayer de rester positive. C'est vous que DiSanti veut, pas Izzy.

Une douleur soudaine transperça Mila. Si DiSanti apprenait qu'il était le père d'Izzy, il voudrait la garder.

Et il la tuerait, elle, pour l'avoir privé de sa fille ces trois dernières années. Quant à Izzy, jamais elle ne connaîtrait une existence normale.

Sans doute traquerait-il Catrina aussi.

— Je vous promets de tout faire pour l'arrêter dès qu'Izzy sera saine et sauve, murmura-t-elle.

Un long silence s'installa entre eux. Une seconde camionnette les dépassa et s'engagea dans l'allée de sa maison.

— Qui est-ce ?

— Le médecin légiste. On va transporter le corps de Roberta à la morgue.

Le cœur de Mila se serra alors qu'elle songeait de nouveau au sourire chaleureux de Roberta, à son amour de la vie. Même si Izzy et elle survivaient à cette épreuve, il y aurait à jamais un vide dans leur existence.

— Une équipe viendra faire le ménage quand tous les indices auront été relevés, ajouta-t-il.

Mila s'en félicita intérieurement. Elle avait l'habitude de voir du sang lors d'interventions chirurgicales, mais là c'était différent. Personnel.

Brayden se tourna vers elle.

— Mila, il faut que je vous pose une question.

Elle se raidit au ton grave de sa voix.

— Je ne veux pas être indiscret, mais cela pourrait

avoir une incidence sur les recherches que nous allons mener pour retrouver Izzy.

Elle prit une profonde inspiration.

— Allez-y.

Le regard bleu de Brayden s'adoucit.

— Le père d'Izzy est-il présent dans sa vie ?

Oh ! mon Dieu… Elle se fit violence pour garder son calme.

— Pourquoi vous intéressez-vous à lui ?

Il haussa les épaules.

— Ne devrions-nous pas l'avertir de sa disparition ?

— Il n'a jamais joué de rôle dans sa vie.

— Est-il possible qu'il ait été payé par DiSanti pour lui donner un moyen d'accéder à vous ?

Mila comprit brusquement. Souvent, dans les affaires d'enlèvement, un des parents était impliqué.

C'était bel et bien le cas ici, mais pas pour les raisons que Brayden imaginait.

Elle le fixa avec gravité, espérant mettre fin une fois pour toutes à cette conversation.

— C'est impossible. Le père d'Izzy est mort.

# 10

Les nerfs tendus à craquer, Mila attendait que l'équipe de l'identité judiciaire ressorte de sa maison.

Une seule pensée la hantait. Où ces hommes avaient-ils emmené Izzy ? Que lui était-il arrivé ? Était-elle blessée ?

Izzy n'aimait pas les films effrayants à la télé. Elle demandait toujours à Roberta ou à Mila de vérifier qu'il n'y avait pas de monstre caché sous son lit le soir. Elle dormait avec la veilleuse allumée.

Elle devait être terrorisée.

— Nous la trouverons, lui assura Brayden doucement.

Elle voulait le croire. Elle avait besoin de le croire.

— Combien de frères avez-vous ? demanda-t-elle, songeant qu'elle allait devenir folle si elle n'essayait pas de se changer les idées.

— Nous sommes quatre. Harrison, l'aîné, est le shérif de Tumbleweed. Ensuite, c'est Lucas, puis Dex et moi.

Il hésita. Son regard s'était assombri.

— Nous avions une petite sœur, Chrissy, mais nous l'avons perdue quand elle avait dix ans.

Mila fronça les sourcils.

— Que s'est-il passé ? s'étonna-t-elle avant de se reprendre aussitôt. À moins que vous préfériez ne pas en parler.

Il haussa les épaules, mais détourna les yeux et fixa la vitre. Une brise d'automne agitait les arbres, et des feuilles aux couleurs flamboyantes pleuvaient sur le sol. Des nuages menaçants donnaient au ciel la couleur du plomb.

— Elle a disparu un soir que mes parents étaient sortis. Pendant des années, nous n'avons pas su ce qui s'était passé. Nous n'avons découvert la vérité que voilà quelques mois.

Il marqua une pause.

— Malheureusement, elle était morte, et cela depuis le soir où elle avait disparu.

— Je suis tellement désolée, murmura Mila. Cela a dû être terrible pour votre famille.

— Oui, admit Brayden d'une voix sourde. Mes frères et moi avons beaucoup culpabilisé parce que nous étions censés veiller sur Chrissy ce soir-là. Ma mère a sombré dans la dépression après sa disparition, mais elle n'a jamais abandonné l'espoir de la retrouver. Quant à mon père… Il nous a quittés.

— Il a abandonné sa famille ? se récria Mila, atterrée.

Brayden acquiesça.

— Il y a des années que nous n'avons pas eu de ses nouvelles.

*Comment un homme peut-il abandonner les siens ainsi au moment où ils ont le plus besoin de lui ?*

— Et vous ? s'enquit-il. Vous avez des frères et sœurs ?

Au même moment, Mila vit le médecin légiste sortir de la maison. Aidé d'un assistant, il portait une civière sur laquelle reposait la dépouille de Roberta, dissimulée dans un sac mortuaire. L'estomac noué, elle lutta contre les images que lui suggérait son imagination.

— Mila ?

Ramenée au présent, elle se força à détacher le regard de la scène.

— Non. Et j'ai malheureusement perdu mes parents adoptifs.

— Charlotte m'a parlé un peu de votre histoire. Je suis désolé.

Elle écarta sa sollicitude d'un geste.

— J'ai eu de la chance d'avoir les parents que j'ai eus. Ma mère voyageait beaucoup à l'étranger pour soigner des enfants qui en avaient besoin. J'ai voulu suivre son exemple, et je l'ai fait.

C'était aussi pour cela qu'elle avait recueilli Izzy : pour qu'elle puisse bénéficier de toutes les chances que ses parents adoptifs lui avaient données.

Lucas sortit de la maison à son tour et vint les rejoindre.

— Vous êtes prête à parler à un physionomiste ?

Mila hésita. Elle n'avait confiance en personne.

— Pourrais-je travailler avec Charlotte ? De cette manière, personne d'autre n'aurait besoin d'être informé.

Un muscle tressauta à la mâchoire de Lucas.

— Je suppose que oui.

— Et mes vêtements ?

— Dites-moi ce que vous voulez, et j'irai le chercher, proposa Brayden.

Mila redressa les épaules.

— J'irai moi-même. Je suis médecin, j'ai déjà vu du sang.

— C'est différent, objecta Lucas.

— Je vous assure que ça ira, dit-elle sèchement. Je n'en ai pas pour longtemps.

— Je vous accompagne, déclara Brayden aussitôt.

Lucas acquiesça.

— D'accord. Je reste devant la maison au cas où.

Brayden escorta Mila à la porte.

— Il y a sans doute de la poudre phosphorescente un

peu partout, l'avertit-il. N'y faites pas attention. Comme je vous l'ai dit, une équipe viendra tout nettoyer.

Mila crispa les poings.

— Vous avez dit qu'elle était dans la cuisine ?

— Oui. Il n'y a pas de traces de sang dans votre chambre ni dans celle d'Izzy.

Un malaise se lut dans le regard de Mila. Quoi qu'il lui dise, elle se sentirait sans doute toujours en partie responsable de la mort de la nourrice.

Il comprenait. Encore maintenant, il ne pouvait s'empêcher de penser que s'il n'avait pas encouragé Chrissy à l'accompagner à l'étang où Lucas et les autres jeunes célébraient la fin de l'année scolaire, elle serait en vie à présent.

Agé de onze ans à l'époque, il brûlait d'explorer les grottes qui se trouvaient à flanc de montagne. Il était tombé, s'était fait mal à la cheville et avait perdu Chrissy de vue. Plus tard, il était rentré à la maison à bicyclette, en pensant qu'elle l'avait précédé. Il se trompait.

Elle n'était jamais revenue.

Au lieu de quoi…

Il se secoua. Il ne servait à rien de ressasser le passé.

Mila avait besoin de lui. Il n'avait pu sauver sa petite sœur. Il devait sauver la fille de Mila.

Quand ils franchirent le seuil, une odeur de sang et de mort assaillit leurs narines. Brayden avait déjà vu des scènes de crime, cependant celle-ci lui semblait plus personnelle, peut-être parce qu'il savait qu'une enfant avait été enlevée.

Mila avait beau être habituée aux salles d'opération, elle sembla éprouver aussitôt un malaise : on sentait là une terrible violence. Et sa petite fille était concernée.

Elle expulsa l'air de ses poumons et passa rapidement devant la cuisine, puis se hâta vers sa chambre. Désireux de lui laisser assez d'intimité pour assimiler le choc et rassembler ses pensées, Brayden la suivit mais resta à la porte.

Visiblement habituée à gérer les situations de crise, elle redressa le menton et se mit au travail. Attrapant un fourre-tout dans le placard, elle y jeta deux jeans, quelques T-shirts et un pull. Quand elle ouvrit son tiroir de sous-vêtements, il se tourna discrètement.

Il ne tenait absolument pas à voir la lingerie que portait le ravissant docteur, ni même à y songer. À vrai dire, son imagination s'était déjà emballée, et la vision des jolies courbes de Mila enveloppées de fine dentelle noire s'imposa à lui.

Son corps se raidit aussitôt, et il étouffa un juron. Il ne pouvait pas se permettre de fantasmer sur elle. Pas maintenant. La recherche de sa fille passait avant tout.

Il se frotta les yeux pour se ressaisir. Derrière lui, des pas s'élevèrent.

— Je suis prête. J'ai besoin de mon téléphone.

— Il est encore en train d'être analysé, mais nous allons vous en procurer un autre qui aura le même numéro.

Sans répondre, Mila jeta un coup d'œil dans la chambre d'Izzy. En dépit de sa maîtrise d'elle-même, elle accusa le coup à la vue du désordre.

— Elle ne dort jamais sans Brownie, son singe en peluche, murmura-t-elle. S'il n'est pas là, elle pleure.

La poitrine de Brayden se comprima.

— Je sais que c'est difficile, répondit-il, mais il faut que vous restiez forte, Mila. Elle aura besoin de vous quand nous la ramènerons à la maison.

*
* *

Mila se faufila dans la pièce pour chercher la peluche, en vain. Celle-ci demeura introuvable. Peut-être Izzy l'avait-elle emportée. Au moins le jouet lui apporterait-il un peu de réconfort.

La vue du lit vide et défait de sa fille lui brisait le cœur. Une seconde, elle songea aux sévices que DiSanti infligeait aux jeunes filles, mais chassa résolument cette pensée. Izzy n'avait que trois ans. Il ne la toucherait pas.

Du moins, pas maintenant. En revanche, lorsqu'elle serait adolescente…

Non. Ils allaient la retrouver.

Se cramponnant à cet espoir, elle prit la couverture rose que sa fille affectionnait, quelques affaires de rechange pour elle et une de ses poupées qu'elle mit avec ses propres affaires dans le sac.

Enfin, elle regagna le couloir où Brayden l'attendait. Ils traversèrent la maison en silence et retrouvèrent Lucas, qui faisait toujours le guet à la porte.

— Voulez-vous que je vous suive jusqu'au ranch ?

Brayden secoua la tête.

— C'est inutile.

Mila hésita. Lucas l'avait arrêtée, certes, mais la famille Hawk semblait résolue à se conduire avec courage et droiture. D'ailleurs, Lucas lui-même ne pouvait pas être foncièrement mauvais, puisque Charlotte l'avait épousé et qu'il ne songeait qu'à une chose : mettre DiSanti hors d'état de nuire.

— Emmenez-moi à l'hôtel, Brayden. Je ne veux pas exposer votre famille au danger.

Les deux frères échangèrent un regard, après quoi Lucas prit la parole.

— Ne vous inquiétez pas pour nous. Harrison peut organiser une protection renforcée du ranch.

— Et si DiSanti apprend que je suis là-bas ?

Brayden mit une main sur son bras.

— Faites-moi confiance, personne n'en saura rien.

« Faites-moi confiance. »

Elle monta dans la voiture de Brayden et regarda le paysage pendant qu'il conduisait. À la sortie d'Austin, les habitations cédèrent la place à la campagne, aux ranchs et aux prairies.

Izzy aurait adoré cet endroit.

Des larmes lui picotèrent les yeux, mais elle les refoula. Dès qu'Izzy serait en sécurité, elle veillerait à ce que DiSanti paye pour le mal qu'il avait fait.

Assommée de fatigue et de stress, elle ferma les yeux. Lorsqu'elle les rouvrit, un panneau indiquait l'entrée de Hawk's Landing.

Elle cilla, émerveillée par les terres magnifiques qui s'étendaient devant elle. Des granges et écuries ponctuaient les collines, des chevaux galopaient dans les prés. Au loin, elle distingua une vaste maison pittoresque entourée d'une galerie ouverte et, un peu à l'écart, deux chalets rustiques.

— C'est là que vous avez grandi ?

Brayden sourit.

— Oui.

— Vos frères et vous gérez le ranch ensemble ?

— Disons que nous participons tous un peu à l'entreprise. Dexter a un appartement à Austin, mais il s'occupe aussi des chevaux. Il a justement agrandi le cheptel cette année, depuis que les étudiantes de Charlotte sont venues vivre avec ma mère.

Il désigna un chemin qui menait à d'autres prés verdoyants.

— Mon frère Harrison et sa femme vivent là-haut.

Il pointa le doigt dans la direction opposée.

— Lucas et Charlotte sont installés de ce côté. L'épouse de Harrison, Honey, a une société spécialisée dans la rénovation des maisons. C'est elle qui s'est chargée de moderniser celle où ils habitent et celle que Lucas et Charlotte ont choisie.

— Et la vôtre ?

Il haussa les épaules.

— Un jour, peut-être. Pour le moment, je suis célibataire, par conséquent, je n'ai pas besoin de grand-chose.

— C'est un endroit magnifique.

Un sourire illumina le visage de Brayden, si sincère qu'il réchauffa le cœur meurtri de Mila.

— Je possède un appartement en ville, comme Dex, mais j'ai aussi un chalet au ranch.

Il ralentit à l'approche de la piste qui menait à la maison principale.

— Voulez-vous faire la connaissance de ma mère et des filles ?

Elle secoua la tête.

— Je ne veux pas qu'elles soient mêlées à tout cela. S'il arrivait quelque chose à l'une d'elles à cause de moi, je ne me le pardonnerais jamais.

— Mila.

La voix de Brayden était rauque.

— Ma mère héberge quatre adolescentes qui avaient été enlevées par DiSanti. Ma famille souhaite autant que vous qu'il soit mis derrière les barreaux.

— Merci de me dire cela. Mais j'ai passé la nuit derrière en prison. J'aimerais prendre une douche et me rendre plus présentable avant de voir qui que ce soit.

— Bien sûr. Excusez-moi. Je ne voulais pas faire pression sur vous.

Il s'engagea sur un chemin creusé d'ornières qui passait devant un étang et grimpait à flanc de colline. Sur la droite, Mila aperçut un cow-boy qui rassemblait des chevaux dans un pré. Aussitôt, elle se raidit.

— Qui est-ce ?

Brayden mit une main apaisante sur la sienne.

— Détendez-vous, Mila. C'est notre contremaître. C'est lui qui m'a incité à étudier le droit.

Mila fronça les sourcils.

— Comment cela ?

— Il a été victime d'un coup monté, accusé à tort, expliqua Brayden. J'étais dans la police à l'époque. Quand j'ai compris ce qui s'était passé, j'ai décidé d'étudier le droit pour l'aider. Je l'ai fait, et maintenant il travaille pour nous.

Mila s'humecta les lèvres. Brayden était indubitablement quelqu'un de bien. Un rancher au grand cœur, un avocat qui défendait la veuve et l'orphelin.

Elle accepterait son aide, après quoi elle sortirait de sa vie pour ne pas causer à cet homme ou aux siens plus d'ennuis qu'elle ne l'avait déjà fait.

C'était le seul moyen de protéger son secret concernant Izzy.

Jade Kramer enveloppa la petite Izzy dans une couverture douillette et la serra contre elle, la berçant doucement pour qu'elle s'endorme.

Le pauvre ange avait tant pleuré qu'elle avait les paupières rougies et gonflées. À présent, épuisée, elle sombrait peu à peu dans le sommeil.

Elle avait réclamé sa mère. Comment aurait-il pu en être autrement ? Jade aussi avait prié pour être auprès de sa mère lorsque DiSanti l'avait amenée là, et pourtant elle avait quatorze ans.

Une année avait passé, et sa famille lui manquait toujours autant. Elle ne pouvait se résoudre à croire que son père l'avait vendue, comme DiSanti l'avait prétendu.

Certes, elle l'avait cru au début.

Mais elle savait désormais que cet homme était un menteur et un salaud, et que seul l'argent comptait à ses yeux.

La petite fille s'agita contre elle, le corps secoué de tremblements tandis qu'elle se débattait en dormant.

Jade lui caressa les cheveux, déposa un baiser sur sa joue et se mit à lui chanter une berceuse que sa mère lui chantait autrefois.

Des larmes brûlantes lui montèrent aux yeux. Il y avait bien longtemps qu'elle avait cessé de pleurer sur son sort. Sa vie n'avait plus d'importance.

Celle de cette petite fille, si.

Jade ferait tout pour la sauver.

# 11

Brayden avait brièvement envisagé d'installer Mila dans un des chalets réservés aux invités, mais il rechignait à la laisser seule, si bien qu'il la conduisit chez lui. Elle était si indépendante et si terrifiée pour sa fille qu'elle tenterait peut-être de faire face à DiSanti seule si ce dernier la contactait.

Et cela serait une folie pour elle et pour Izzy.

— C'est joli, commenta-t-elle alors qu'il lui montrait la pièce à vivre.

Il lui désigna la chambre d'amis et la salle de bains.

— Prenez votre temps. Je vais faire un saut à la maison et nous rapporter de quoi grignoter.

Visiblement exténuée, elle acquiesça et entra dans la salle de bains. Brayden ressortit aussitôt, ayant pris soin de fermer la porte à clé.

Les jeunes filles pansaient les chevaux dans la cour en compagnie du contremaître, mais il trouva sa mère dans la cuisine, où flottait l'arôme appétissant du pain de maïs.

— Lucas a téléphoné et m'a dit que tu avais une invitée, dit-elle en posant sur lui un regard pénétrant. Puis-je faire quoi que ce soit pour t'aider ?

Brayden lui sourit.

— Eh bien, si tu as des restes, ça nous arrangerait. Nous n'avons rien mangé de la journée.

Un sourire éclaira le visage de sa mère. Elle ne demandait pas mieux que de nourrir ses ouailles.

— Je peux vous donner de la soupe, du pain de maïs et une tarte au potiron qui sort du four.

L'estomac de Brayden se mit à gronder.

— Parfait.

Elle s'affaira, versa de la soupe dans une boîte, coupa deux gros morceaux de pain, couvrit la moitié d'une tarte de papier aluminium et mit le tout dans un sac isotherme.

— Merci, maman, dit-il en l'embrassant.

Elle le serra affectueusement contre elle.

— Fais bien attention à toi, mon petit. Et retrouve l'enfant du docteur.

Comme il remontait en voiture, son téléphone vibra, annonçant l'arrivée d'un message. Lucas était en route avec Charlotte, et apportait un téléphone pour Mila.

Il se hâta de regagner son chalet. Avec un peu de chance, la description que Mila ferait du nouveau visage de DiSanti allait les aider à localiser ce misérable.

Mila prit une douche rapide, soulagée de se débarrasser enfin de l'odeur du sang de DiSanti sur sa peau. Puis elle enfila un survêtement et se sécha les cheveux. Elle sortait de sa chambre quand elle entendit la porte s'ouvrir et Brayden l'appeler.

Elle le rejoignit dans la cuisine où il remplissait deux bols de soupe.

— Un cadeau de ma mère. J'espère que vous aimez la soupe.

— Elle sent délicieusement bon.

Mila se souvenait à peine de la dernière fois qu'elle avait mangé. La veille au matin, sans doute, avant de se rendre à la clinique. Elle avait manqué le déjeuner parce qu'elle opérait DiSanti. Plus tard, en prison, on avait proposé de lui apporter un sandwich, mais elle avait l'estomac trop retourné pour en avoir envie.

Ils emportèrent leurs bols à table, puis Brayden sortit des couverts et des serviettes.

— Voudriez-vous boire quelque chose ? J'ai de la bière, du bourbon et sans doute une bouteille de vin qui reste du mariage de Lucas et de Charlotte.

— De l'eau ira très bien, merci.

Il remplit deux verres d'eau auxquels il ajouta des glaçons et en fit glisser un vers elle.

Mila se rendit compte avec stupeur qu'elle mourait de faim. Elle engloutit son repas en silence, et Brayden ne parla pas non plus.

— Votre mère cuisine bien, observa-t-elle lorsqu'ils eurent terminé.

— Elle adore ça. Quand j'étais petit, avant la disparition de Chrissy, nous avions un potager.

Il haussa les épaules.

— Elle parle d'en refaire un l'été prochain, maintenant qu'elle a les filles pour l'aider.

— C'est admirable de sa part de les avoir accueillies chez elle.

— Oui. Ma mère est quelqu'un de remarquable. Elle est forte… comme vous.

Leurs regards se soudèrent, l'électricité palpable entre eux. Elle s'était crue forte avant de voir ce pistolet pointé sur la tête d'Izzy, songea-t-elle. À ce moment-là, elle avait failli s'effondrer.

— Charlotte et Lucas arrivent, annonça Brayden.

Justement, on toquait à la porte. Il se hâta d'aller ouvrir. Lucas entra, suivi de Charlotte.

Mila et elle ne s'étaient pas vues depuis des années,

mais le lien qu'elles avaient partagé était toujours aussi solide. Charlotte se rua vers elle et l'étreignit.

— Oh ! Mila, tu dois être si inquiète pour ta fille…

Les larmes aux yeux, Mila se laissa aller contre son amie, acceptant son réconfort.

Quand elles se séparèrent enfin, Charlotte garda la main de Mila dans la sienne.

— Je sais que tu as peur, mais Lucas et ses frères sont des hommes exceptionnels, les meilleurs qui soient. Ils trouveront ta petite fille.

Mila lui offrit un sourire.

— J'ai appris ce qui t'était arrivé. Je suis désolée pour tes étudiantes et pour toi.

Charlotte lui pressa la main.

— Ça n'a pas été facile, mais j'ai surmonté cela. Les filles sont heureuses maintenant qu'elles ont un foyer ici, à Hawk's Landing, entourées de l'affection et du soutien d'Ava.

Elle jeta un coup d'œil en direction de Lucas.

— Et puis cette épreuve m'a permis de rencontrer mon mari. Il a été fantastique.

— Je suis si contente que tu aies trouvé le bonheur, murmura Mila, sincère.

Enfant, Charlotte avait souvent été en butte aux moqueries à cause de sa tache de naissance. Quand la mère de Mila l'avait retirée, ça avait été un premier pas vers le rétablissement de son estime d'elle-même.

Brayden proposa du café à tout le monde, mais Charlotte déclina, et Mila fit de même. Elle était déjà nerveuse. La caféine ne ferait qu'aggraver la situation.

Charlotte avait apporté un grand carnet à dessin et des fournitures qu'elle disposa sur la table du salon.

De son côté, Lucas tendit à Mila un téléphone portable.

— Vous avez le même numéro qu'avant. Si DiSanti

appelle, il ne se rendra pas compte de la différence. Cet appareil est sur écoute. Gardez-le en ligne aussi longtemps que possible pour que nous puissions déterminer sa position.

Elle hocha la tête, puis rejoignit Charlotte.

Celle-ci désigna un cliché de DiSanti.

— Je me suis dit que cette photo ferait un bon point de départ. Tu peux m'expliquer les changements que tu as effectués, et je les superposerai à ce portrait.

Laissant Mila et Charlotte travailler au croquis, Brayden et Lucas s'installèrent à la table de cuisine. L'agent fédéral tira une carte et trois photos d'un classeur.

— Nous avons établi des liens entre DiSanti et chacun de ces hommes, même si, malheureusement, nous n'avons pas encore assez de preuves pour les interpeller.

Il tapota le premier cliché, celui d'un homme brun, à la peau mate, qui arborait un grain de beauté au-dessus de la lèvre.

— Il s'appelle Juan Andres. Nous pensons qu'il est le contact principal du cartel en Colombie. Personne n'ose s'opposer à lui. Les deux seuls à avoir essayé ont été torturés et massacrés. Leurs corps ont été laissés pendus dans leur village en guise d'avertissement à quiconque envisageait de s'adresser aux autorités.

Lucas désigna la deuxième photo.

— Cet homme, Lem Corley, possède un ranch entre ici et Austin. Son affaire s'est beaucoup développée au cours des cinq dernières années.

— Tu l'as interrogé ?

— Pas encore. J'essaye de rassembler assez d'informations pour obtenir un mandat de perquisition. Corley est également propriétaire d'une maison près de Juarez.

Nous le soupçonnons de faire passer des filles au Mexique en douce. De là, il est facile de les envoyer n'importe où.

Brayden étouffa un juron.

— Le troisième va te surprendre.

Il tressaillit.

— Ce n'est pas Jameson Beck, le candidat au poste de maire ?

— Précisément. Des soupçons de corruption pèsent sur lui en tant que conseiller municipal, mais il a de l'argent, du charme et il sait plaire aux électeurs. S'il gagne cette campagne électorale, qui sait quels dégâts il pourrait causer !

Brayden réfléchissait à toute allure. Même s'ils parvenaient à retrouver Izzy, Lucas aurait fort à faire pour démanteler l'empire de DiSanti.

Au bout d'un moment, Charlotte et Mila se levèrent et sortirent sur la terrasse en bois.

Lucas reprit du café, Brayden aussi. Il avait conscience du regard de son frère sur lui.

— Tu crois que Mila t'a tout dit ?

Il porta la tasse à ses lèvres et souffla sur le café brûlant.

— Oui.

Lucas allait-il lui rappeler la fois où il s'était fourvoyé en croyant aveuglément à l'innocence de sa cliente ?

— Elle n'a jamais été mariée ? insista son frère.

Une bouffée d'irritation gagna Brayden.

— Il n'est pas rare de nos jours qu'une femme ait des enfants en dehors du mariage, Lucas.

Son frère soupira.

— Je sais. Mais que sais-tu du père de la petite ? T'a-t-elle dit son nom ?

Brayden secoua la tête.

— Il est mort.

Un silence tendu suivit ses paroles.

— Tu la crois ?

— Je n'ai aucune raison de douter de ce qu'elle m'a dit. Tenons-nous-en aux faits.

— Et si elle t'a menti ?

Brayden se refusait à penser que Mila ait pu lui mentir. Cela dit, il avait été abusé par le passé.

— Écoute, Brayden, reprit Lucas. Sers-toi de ton charme. Débrouille-toi pour apprendre son nom. Autant qu'on le sache, il travaille peut-être pour DiSanti.

Mila se figea en entendant les paroles de Lucas. Ainsi, il n'allait pas se contenter des affirmations de Brayden. Sans doute continuerait-il à fouiller dans sa vie jusqu'à ce qu'il ait découvert la vérité.

Il fallait à tout prix qu'elle l'en empêche.

— Mila, ça va ?

La voix de Charlotte l'arracha brusquement à ses réflexions.

— Je pensais à Izzy, murmura-t-elle. Je n'arrête pas de me demander si elle a faim, si elle a dormi la nuit dernière. Si elle croit que je l'ai oubliée.

Charlotte lui caressa l'épaule avec sollicitude.

— Izzy sait que tu l'aimes. Elle va s'accrocher à cela.

Elle jeta un coup d'œil vers les frères Hawk, le regard empreint d'une tendresse que Mila lui envia.

Les Hawk formaient une famille soudée, affectueuse. Ils avaient traversé de terribles épreuves et les avaient surmontées ensemble. Quant au ranch, c'était un endroit superbe, un lieu merveilleux où grandir, un sanctuaire à l'abri des dangers du monde.

Non qu'elle ait à se plaindre de son enfance. Ses parents avaient été des gens généreux, qui luttaient pour aider leur prochain. Mais ils avaient voyagé et déménagé constamment, si bien qu'elle n'avait de racines nulle part.

Elle voulait qu'il en aille autrement pour Izzy.

Elle voulait lui donner un foyer, un sentiment de stabilité.

Charlotte montra le croquis à Lucas. Les deux hommes le regardèrent avec attention, comme s'ils s'efforçaient d'en mémoriser tous les détails.

— En gros, j'ai fait disparaître la cicatrice, j'ai mis des implants dans les joues, redessiné les lèvres et le nez, et rehaussé les paupières, résuma Mila. Il va falloir quelque temps pour que les hématomes se résorbent, mais ensuite personne ne saura qu'un monstre se cache sous ces traits séduisants.

Et savoir qu'elle l'avait aidé lui donnait la nausée.

# 12

Mila devait tout faire pour protéger son secret. Si Brayden et Lucas apprenaient qu'Izzy était la fille de DiSanti, elle risquait d'être arrêtée sur-le-champ, voire accusée d'enlèvement et jetée en prison.

Lucas la regardait, l'air soupçonneux.

— Docteur Manchester…

— Je vous en prie, appelez-moi Mila.

— Mila, pourquoi, à votre avis, DiSanti a-t-il fait appel à vous ?

Elle mâchonna sa joue, songeuse.

— Parce que je suis chirurgienne plastique ?

L'irritation se lut sur les traits de Lucas.

— Mais pourquoi vous ? D'autres chirurgiens plastique auraient pu se charger de cette opération aussi bien.

Elle haussa les épaules.

— Je n'en sais rien. Peut-être a-t-il entendu parler de mon travail dans la presse.

Il arqua un sourcil.

— L'aviez-vous rencontré auparavant ? L'aviez-vous déjà opéré ?

— Non, je ne l'avais jamais rencontré.

Cela au moins était la vérité.

— DiSanti est originaire de Colombie, lui fit remarquer Lucas. Vous avez effectué des interventions dans ce pays ?

— Par deux fois, oui. Et ma mère a travaillé dans un dispensaire gratuit là-bas pendant un temps.

Lucas plissa les yeux.

— L'avez-vous accompagnée ?

— Oui. C'est son exemple qui m'a incitée à travailler pour Médecins sans frontières.

Charlotte mit une main apaisante sur le bras de Mila.

— C'était une héroïne à mes yeux.

Lucas hésita, son regard radouci alors qu'il contemplait sa femme.

— Est-il possible que DiSanti ait connu votre mère ? demanda-t-il en se retournant vers Mila.

— Je ne l'ai jamais entendue prononcer son nom. Et si elle avait su quel genre d'homme il était, elle ne l'aurait jamais aidé.

— Permettez-moi de vous poser une autre question. Quand vous étiez en Colombie, avez-vous entendu des rumeurs concernant DiSanti et ses agissements ?

Mila fouilla sa mémoire en vain.

— Je n'avais qu'une douzaine d'années à l'époque, je ne comprenais sans doute pas tout. Je me souviens que la clinique était gardée, et que je n'avais pas le droit de m'éloigner…

Un frisson soudain lui parcourut l'échine.

— Une fois ou deux, on a amené des filles qui avaient été victimes de viols. Elles étaient très jeunes, traumatisées. Cela m'a fait peur.

Lucas la dévisagea longuement, puis sembla se contenter de sa réponse.

— DiSanti ou ses hommes vous ont-ils dit quoi que ce soit pendant qu'ils étaient dans votre cabinet ?

— Hormis les menaces concernant ma fille ? lâcha Mila, un soupçon de sarcasme dans la voix.

— Je sais que c'était terrible pour vous, admit-il, mais

essayez de vous en souvenir. Peut-être ont-ils évoqué l'endroit où ils allaient emmener DiSanti se rétablir.

— Si je savais où il est, je vous le dirais.

Elle se massa la tempe, s'efforçant de réfléchir malgré tout.

— J'étais tellement terrifiée que j'ai fait ce qu'ils m'ont demandé. J'ai essayé de leur expliquer que ce genre d'opération s'effectue normalement par étapes, mais ils n'ont rien voulu entendre.

Lucas sortit une enveloppe brune de sa veste et en tira une photo.

— Nous avons pris ceci chez vous. C'est une photo récente ?

Mila effleura du bout du doigt le visage innocent d'Izzy.

— Elle date de cet été. Je l'ai emmenée faire du camping. Nous avons fait un feu de camp et dormi à la belle étoile.

Elle se mordit la lèvre.

— Elle était si heureuse ce jour-là.

— J'aimerais lancer une Alerte Enlèvement, déclara Lucas. Si vous êtes d'accord, bien sûr.

Mila regarda Charlotte, quêtant son opinion. Les paroles de DiSanti résonnaient encore à ses oreilles. Si la photo de sa fille était diffusée dans les médias, il en conclurait forcément qu'elle avait parlé.

— Pas encore.

Lucas soupira.

— Bien. Mais si nous n'avons pas de nouvelles de DiSanti demain, nous devrions passer à l'action. Il est probablement inutile que je vous dise qu'à chaque heure qui passe, les chances de retrouver un enfant disparu diminuent.

Mila déglutit avec difficulté.

Charlotte prit Lucas par le bras.

— Si nous laissions Mila se reposer ? Peut-être certains souvenirs lui reviendront-ils en mémoire lorsqu'elle sera moins fatiguée.

— Bien sûr. Si vous vous rappelez quoi que ce soit, appelez-moi.

Il lui pressa le bras.

— Tenez bon, Mila. Nous trouverons votre fille.

La gorge nouée par l'émotion, Mila les regarda partir. La nuit était tombée.

Et elle était toujours sans nouvelles de sa fille.

Elle attrapa le téléphone que Lucas lui avait apporté, sortit sur la terrasse et se laissa tomber dans un rocking-chair, priant pour que l'appareil se mette à sonner.

Brayden mit un peu d'ordre dans la cuisine, luttant contre la tension qui l'avait envahi. Mila était sur la terrasse, la main crispée sur son téléphone. Quelque chose à propos de l'échange qu'elle avait eu avec son frère le troublait. Il avait le sentiment confus qu'elle lui cachait quelque chose.

Mais de quoi pouvait-il s'agir ? Tout ce qu'elle avait raconté au sujet de sa mère était aisément vérifiable.

DiSanti avait au moins quinze ans de plus que Mila. Il avait pu rencontrer sa mère lors du séjour qu'elle avait fait en Colombie. Il avait également pu lire un article au sujet de Mila. Tout cela était plausible.

Un autre sujet le taraudait : Lucas voulait qu'il obtienne de Mila l'identité du père d'Izzy.

Au comble de la frustration, il ouvrit son ordinateur portable et envoya un e-mail à Dexter, lui demandant de se renseigner sur les trois suspects mentionnés par Lucas.

À vrai dire, il avait déjà croisé le chemin de Jameson Beck. Il avait même son numéro personnel. Pourquoi ne pas fouiner un peu de son côté ?

Il composa le numéro de Beck, mais ce fut la boîte vocale qui se déclencha. Brayden laissa un message disant qu'il avait besoin de lui parler d'une affaire urgente et raccrocha.

Deux heures s'écoulèrent lentement tandis qu'il effectuait des recherches sur divers individus mêlés à des trafics sexuels. Deux arrestations retinrent son attention, si bien qu'il envoya un texto à Harrison afin de lui demander d'aller interroger ces détenus. Peut-être pourraient-ils fournir des informations sur le repaire de DiSanti…

Enfin, conscient de ne pas pouvoir accomplir davantage, il sortit rejoindre Mila sur la terrasse.

Elle le gratifia d'un bref coup d'œil, puis recommença à fixer le vide. En temps normal, il aurait parlé du développement du ranch, des succès qu'ils avaient connus ces dernières années.

Cependant, ce soir, il ne pouvait penser qu'à Mila, à la tristesse et à l'effroi qui hantaient son regard.

Mila se réveilla en sursaut, le cœur battant à tout rompre. Un instant désorientée, elle se crut dans la salle d'opération de son cabinet. Et puis la mémoire lui revint brusquement.

Peu avant l'aube, elle avait fini par sombrer dans le sommeil, épuisée. Elle avait rêvé de l'intervention qu'elle avait pratiquée sur DiSanti. De la conversation qu'elle avait entendue entre ses hommes. Ils parlaient en espagnol, une langue qu'elle ne maîtrisait pas, mais elle avait saisi quelques mots au vol.

Ils avaient dit quelque chose à propos d'un établissement médical à proximité de l'endroit où ils se rendaient.

S'agissait-il d'une clinique ? D'un hôpital ?

Elle cilla, repoussa les couvertures et gagna le couloir.

Une faible lueur émanait de la lampe du salon. Brayden s'était assoupi et ronflait doucement, la tête sur le bureau.

Mila traversa sans bruit la pièce déjà éclairée par les rayons du soleil matinal qui filtraient à travers la porte-fenêtre.

— Brayden ? murmura-t-elle en posant une main sur son épaule.

Il tressaillit, puis se redressa brusquement.

— Oui ?

— Je me souviens de quelque chose.

# 13

Elle lui résuma son souvenir en quelques mots. Il se frotta les yeux.

— Ont-ils parlé d'un lieu précis ?

Mila passa une main dans ses cheveux ébouriffés. Les yeux lourds de sommeil, des boucles vagabondes sur les épaules, elle était ravissante, sexy même dans son pyjama en coton.

S'efforçant de chasser cette pensée, il se leva et se mit en devoir de préparer du café.

— Non, je ne crois pas, répondit-elle d'une voix empreinte de frustration. Ils parlaient espagnol. Je n'ai pas tout compris.

— Ils n'ont pas évoqué une direction ? Un repère géorgraphique ? Un pont, une rivière, par exemple ?

Mila se pinça l'arête du nez.

— Il me semble qu'ils ont parlé d'un corral.

Brayden fronça les sourcils. Au Texas, les ranchs étaient monnaie courante, et chacun d'entre eux possédait au moins un corral.

Il lui servit un café, puis consulta son téléphone. Beck ne l'avait pas rappelé. En revanche, Dexter lui avait envoyé un mail au sujet d'une propriété que ce dernier possédait. Brayden lui répondit, lui demandant de se renseigner sur une clinique ou un cabinet médical à l'abandon dans la région, éventuellement doté d'un corral.

Dex promit de s'en occuper immédiatement.

— Avec un peu de chance, Dex va dégoter quelque chose. De mon côté, je vais parler à Jameson Beck.

Mila but une gorgée de café, l'air perplexe.

— Quel rapport a-t-il avec tout cela ?

— Il est possible qu'il soit impliqué dans l'opération de DiSanti.

Elle parut choquée.

— Vraiment ?

— Si nous parvenons à prouver qu'il est le complice de DiSanti, non seulement il pourra dire adieu à sa carrière politique, mais il sera envoyé en prison.

— Je viens avec vous.

Brayden hésita.

— Je ne suis pas sûr que ce soit une bonne idée. Je n'en ai pas parlé à Lucas…

— Peu importe, le coupa Mila. DiSanti ne m'a pas contactée. Si Beck est son complice et qu'il sait ce qui est arrivé à ma fille, je veux le voir.

Peut-être n'avait-elle pas tort. Beck aurait beau jeu de l'évincer s'il était seul, mais un face-à-face avec Mila aurait un impact infiniment plus personnel.

— Très bien. Mais c'est moi qui parle, d'accord ?

Mila étudiait Jameson Beck d'un œil critique. Elle l'avait toujours considéré comme un politicien habile, rusé. Impeccablement habillé, coiffé avec soin, il arborait un sourire étincelant, disait ce que les gens voulaient entendre et caressait tout un chacun dans le sens du poil.

Il feignait d'être le défenseur des classes défavorisées, et cela tout en roulant dans une automobile de luxe et en portant des chaussures italiennes d'un coût exorbitant.

Beck leur serra la main, les invita à entrer dans son

bureau et leur offrit du café. Pour sa part, elle avait l'estomac trop noué pour accepter.

Et elle n'avait certainement pas l'intention d'avaler ses mensonges s'il éludait leurs questions.

Et s'il était le complice de DiSanti et qu'il rapportait à ce dernier qu'elle coopérait avec la police ?

— J'ai eu votre message d'hier soir, commença Beck en s'adressant à Brayden. Vous disiez que c'était urgent ?

— Oui. Je suppose que vous avez vu le journal télévisé et que vous avez appris l'arrestation du Dr Manchester. Je suis son avocat.

Les yeux gris de Beck demeurèrent impassibles.

— Je crains de ne pas être au courant. J'étais hors réseau hier toute la journée et je ne suis rentré que très tard chez moi.

Mila n'en crut pas un mot. Un homme dans sa position avait une équipe qui le tenait informé de tout ce qui passait dans sa ville. D'autant qu'avec l'élection qui se profilait, il devait être prêt à faire feu de tout bois.

— Le Dr Manchester a été forcée sous la menace d'une arme à effectuer une intervention sur DiSanti, un homme soupçonné d'être à la tête du réseau Shetland. Vous en avez entendu parler, je pense.

Le ton mordant de Brayden sembla irriter Beck, mais il se hâta de dissimuler sa réaction.

— Bien entendu, acquiesça-t-il en faisant tourner un stylo coûteux entre ses doigts. Je crois me souvenir que votre frère a procédé à plusieurs arrestations voilà quelques mois et qu'il a retrouvé quatre jeunes filles qui avaient été enlevées par ce groupe.

— En effet. Nous avons besoin de votre aide. Si vous savez quoi que ce soit concernant DiSanti ou l'endroit où il se trouve, il est important que vous nous le disiez.

Beck se cala contre son fauteuil, le calme personnifié.

— J'aimerais pouvoir vous aider, mais j'ai peur d'en être incapable.

— Vraiment ? insista Brayden sur un ton de défi.

Beck referma son stylo d'un geste sec.

— Je représente le peuple, Me Hawk. Je ne m'associerais jamais à quelqu'un qui est mêlé à des activités illégales.

Brayden se leva et mit les mains sur le bureau.

— Nous savons tous les deux que vous mentez. Maintenant, écoutez-moi. Ce n'est pas vous qui m'intéressez. Je veux seulement savoir où se terre DiSanti.

Un éclair de colère fusa dans le regard de Beck.

— Je viens de vous dire que je n'ai rien à voir avec lui.

— Peut-être que non, aboya Brayden. Mais vous avez des liens avec quelqu'un qui le fréquente.

Beck boutonna son gilet.

— J'ai répondu à votre question. À présent, je vous demande de partir.

N'y tenant plus, Mila se leva d'un bond.

— M. Beck, non seulement cet individu enlève et vend des jeunes filles comme esclaves sexuelles, mais ses hommes ont kidnappé ma petite fille.

Sa voix se brisa. Elle tira une photo de son portefeuille, un cliché d'Izzy à Noël, sa poupée entre les mains.

— Elle s'appelle Izzy. Elle a trois ans, elle a peur du noir, elle aime les macaronis au fromage, les arcs-en-ciel et les glaces.

Une veine palpita dans le cou de Beck.

Mila l'implora du regard.

— Si vous savez où il l'a emmenée, je vous en prie, dites-le-moi.

Les yeux de Beck croisèrent les siens. Ils étaient froids comme de l'acier.

— Je suis navré, docteur. J'espère que vous la retrouverez.

Le calme de sa voix acheva de mettre Mila en rage. Il

mentait, elle le sentait. Brusquement, elle le saisit par le col de sa chemise et l'obligea à lui faire face. Elle s'attendait à moitié que Brayden intervienne, mais il n'en fit rien.

— S'il lui fait du mal et que j'apprends que vous saviez où elle était, dit-elle, les dents serrées, vous n'aurez plus à vous inquiéter de savoir si vous allez gagner les élections.

Il regarda Brayden.

— Vous devriez calmer votre cliente, Me Hawk.

— Je suis calme, M. Beck, rétorqua Mila sur un ton empreint de venin. Et je vous promets que si je ne récupère pas ma fille saine et sauve, la prison sera le dernier de vos problèmes.

— Vous êtes témoin de ses menaces, lança Beck à Brayden.

Ce dernier haussa les épaules.

— Je n'ai rien entendu.

Mila se redressa, lâchant sa proie à regret. Beck s'éclaircit la voix.

— La prochaine fois que vous voudrez me parler, adressez-vous à mon avocat.

Brayden lui décocha un sourire cynique.

— Pas de problème. Je suis sûr que cela intéressera les habitants d'Austin d'apprendre que vous avez choisi de vous faire protéger par un avocat plutôt que de venir en aide à une femme qui cherche son enfant disparu.

Sans attendre la réponse, il prit Mila par le bras et l'entraîna au-dehors.

Le cœur de Mila cognait dans sa poitrine.

Le téléphone de Brayden sonna alors qu'ils remontaient en voiture. Dex.

— Nous venons de quitter Beck, dit-il à son frère. Ce salaud sait quelque chose, mais il ne veut pas parler.

— Je vais continuer à creuser, assura Dex. Entre-temps, j'ai trouvé un truc pour toi – enfin, je crois. Tu as dit que Mila avait mentionné un corral ?

— Oui, encore qu'elle ne soit pas sûre d'avoir bien compris.

— Apparemment, il y aurait un hôpital désaffecté dans une bourgade au milieu de nulle part qui s'appelle O'Kade Corral.

Le pouls de Brayden s'emballa.

— Où est-ce ?

— Je t'envoie l'adresse par texto. La ville a été construite autour de mines, d'où la construction de l'hôpital. Quand les mines ont cessé de produire, la ville a été laissée à l'abandon.

Ce qui en faisait un endroit idéal pour abriter la convalescence de DiSanti.

Dex accepta de les retrouver sur place. Brayden coupa la communication, puis jeta un coup d'œil à l'adresse que son frère lui avait envoyée. De son côté, Mila vérifia son propre téléphone, mais le remit sur ses genoux avec un soupir.

Brayden lui expliqua en deux mots la trouvaille de Dex.

— Ce n'est pas loin d'ici.

Elle avait déjà bouclé sa ceinture.

— Allons-y.

Un instant plus tard, ils prenaient l'autoroute à Austin. Mila regardait constamment son téléphone, espérant vainement qu'il finisse par sonner. Brayden songea à appeler Lucas, puis y renonça. Il ne voulait pas lui faire perdre son temps si c'était une mauvaise piste.

Le paysage urbain céda bientôt la place aux champs et aux fermes, et Brayden emprunta une route étroite qui serpentait à travers la campagne.

Enfin, au détour d'un virage, il aperçut des maisons

au loin. La bourgade n'était plus qu'une ville fantôme : le magasin, la banque, le bar, étaient tous fermés, la peinture s'écaillait sur les murs des bâtiments délabrés.

Il parcourut du regard les rues désertes, cherchant un indice qui aurait trahi une présence. Quelques machines rouillées gisaient abandonnées près du chemin qui conduisait aux anciennes mines, désormais envahi par les ronces et les broussailles.

— On dirait qu'il n'y a personne, murmura Mila, d'une voix empreinte de déception.

Un peu à l'écart, un bâtiment plus spacieux que les autres attira leur attention. Pouvait-il s'agir de l'hôpital mentionné par Dex ?

En s'approchant, ils virent une camionnette et une ambulance garées à proximité, à demi dissimulées par les mauvaises herbes.

Mila saisit Brayden par le bras.

— Ils avaient une camionnette comme celle-ci quand ils ont amené DiSanti au cabinet.

Prudent, Brayden s'arrêta sous un bosquet. La dernière chose à faire aurait été d'alerter les hommes de DiSanti avant l'arrivée de son frère.

S'il commettait un faux pas, Mila et lui seraient abattus sans pitié. Et il ne pourrait pas sauver Izzy.

Il mit Dex au courant par texto, et l'attente commença. L'air dans l'habitacle était chargé de tension, l'anxiété de Mila palpable.

Quelques minutes plus tard, le pick-up noir de Dex apparut. Il ralentit et se gara à côté de Brayden. Ce dernier sortit son pistolet de la boîte à gants et vérifia qu'il était chargé.

Les deux frères ouvrirent leur portière sans bruit et descendirent. Comme Mila faisait mine de se joindre à eux, ils échangèrent un regard.

— Il vaut mieux que vous restiez ici pendant qu'on jette un coup d'œil, déclara Brayden.

— Mais si Izzy est là, elle aura peur. Elle aura besoin de moi.

Il lui effleura le bras avec douceur.

— C'est trop dangereux, Mila. Nous allons seulement effectuer une reconnaissance. S'il y a quelqu'un, nous appellerons Lucas pour qu'il amène des renforts.

— Mais si Izzy est là…

— Nous précipiter à l'intérieur sans avoir de plan ne serait pas une bonne idée, la coupa-t-il. L'essentiel, c'est de sortir Izzy de là saine et sauve.

Mila lâcha un profond soupir.

— Trouvez-la, Brayden, je vous en prie.

Le cœur de Brayden manqua un battement. L'émotion se lisait sur le visage de Dex aussi.

— Nous ferons de notre mieux, promit-il. Mais je veux que vous restiez dans la voiture. Verrouillez les portières et restez baissée. Si DiSanti a des gardes qui patrouillent le périmètre, il ne faut pas qu'ils vous voient.

Mila s'exécuta, après quoi Dexter et lui se faufilèrent à travers les bois en direction du bâtiment désaffecté.

Dex observa les véhicules et les environs à la jumelle, puis secoua la tête, confirmant qu'il ne voyait aucun mouvement. Les doigts de Brayden se crispèrent sur son arme.

D'un signe, Dex indiqua qu'il allait vérifier les fenêtres latérales tandis que Brayden prenait à droite pour examiner l'arrière de l'hôpital.

Comme il s'approchait de l'ambulance, un objet par terre attira son attention.

Un petit singe en peluche.

# 14

Brayden se baissa et ramassa la peluche, ému à la vue du tissu élimé, des oreilles qui s'effilochaient. Izzy avait aimé ce jouet. Sans doute l'avait-il réconfortée.

Il le glissa dans sa poche et gagna à pas lents la porte de service. Au même moment, Dex émit un sifflement, et lui fit signe qu'il ne pouvait rien voir à l'intérieur.

Toutes les fenêtres étaient condamnées.

Bizarre.

Brayden fit un pas en avant et tenta d'actionner la poignée. En vain. La porte était fermée à clé.

Une seconde plus tard, Dex réapparut à côté de lui. Brayden ne s'émut pas de constater que son frère était équipé d'un passe-partout alors qu'ils n'avaient pas de mandat de perquisition. S'il le fallait, il prétendrait avoir entendu pleurer un enfant à l'intérieur.

Dex crocheta la serrure puis tourna la poignée, poussant la porte qui s'ouvrit lentement. Brayden scruta l'ouverture. Le bâtiment était plongé dans la pénombre. Silencieux.

Son cœur cognait dans sa poitrine.

Il passa le premier. Son frère le suivit, l'arme au poing. Ils s'immobilisèrent dans le couloir, tendant l'oreille, mais n'entendirent que le sifflement du vent dans les fenêtres cassées.

Ils s'avancèrent prudemment, vérifiant au fur et à mesure les pièces de part et d'autre du couloir. Des salles d'auscultation, une pharmacie pleine d'armoires vitrées qui avaient autrefois contenu des médicaments, puis plusieurs chambres dont deux abritaient encore des lits.

Aucun n'était occupé.

Enfin, ils atteignirent la dernière porte. Brayden jeta un coup d'œil par la vitre et sentit son pouls s'accélérer. La pièce était vide, mais il distinguait un drap et une couverture roulés en boule sur le matelas.

Il poussa le battant et sortit sa lampe de poche. Un flacon d'alcool et des pansements étaient disposés sur une petite table. Des vêtements ensanglantés débordaient d'une poubelle, et le lit avait manifestement été occupé récemment. Une seringue usagée traînait sur une autre table.

— Ils ont filé, grommela Dexter. Penses-tu qu'ils savaient qu'on était sur leurs traces ?

— Je ne vois pas comment. Tu n'as découvert cet endroit qu'aujourd'hui.

— À moins qu'ils n'aient compris que Mila avait entendu leur conversation.

— Je suppose que c'est une possibilité.

Brayden tira la peluche de sa poche.

— Fouillons les placards, veux-tu ? Au cas où Izzy…

Dex acquiesça, l'inquiétude se lisant sur ses traits. Si l'enfant avait bel et bien été là, et que les hommes de DiSanti pensaient que Mila les avait trahis, ils l'avaient peut-être éliminée.

Il pria pour que ce ne soit pas le cas.

Pourquoi mettaient-ils si longtemps ?

Mila demeurait dissimulée, mais les minutes se succédaient, et son anxiété ne faisait que grandir. Les frères Hawk avaient-ils découvert quelque chose ?

Elle se redressa enfin et parcourut les environs des yeux. L'endroit était désert. Des traces de pneus étaient visibles sur le chemin de terre qui menait à l'hôpital et qui en repartait.

Quelqu'un l'avait emprunté récemment. Mais pour aller où ?

Elle tendit la main vers la poignée, puis se souvint de la mise en garde de Brayden.

Encore nerveuse, elle jeta un coup d'œil à son téléphone. Pas de texto ni d'appel.

Pourquoi ne l'avait-on pas contactée ? Lucas avait annoncé qu'elle refusait de coopérer avec la police.

À l'heure qu'il était, DiSanti et ses hommes pouvaient être à l'autre bout du pays. Peut-être ne reverrait-elle jamais sa petite fille…

Une bouffée de panique l'envahit à cette pensée. Elle reposa la main sur la poignée, mais discerna un mouvement devant elle : Brayden et Dexter sortaient du bâtiment.

Cette fois, ce fut la déception qui déferla en elle.

Izzy n'était pas avec eux.

Les propos de Lucas s'imposèrent de nouveau à son esprit. Elle avait lu les statistiques, elle aussi. À chaque minute, chaque heure, chaque jour qui s'écoulait, les chances de retrouver sa fille en vie s'amenuisaient.

Brayden ouvrit la portière de la camionnette et grimpa à l'intérieur pendant que son frère inspectait l'arrière de l'ambulance. Elle attendit, retenant son souffle. Enfin, ils revinrent vers elle.

À bout de patience, elle descendit du véhicule.

— Vous n'avez rien trouvé ?

L'expression sombre de Brayden lui noua l'estomac.

— Ils étaient ici. Nous avons vu des draps maculés de sang et toutes sortes de fournitures médicales. Mais ils sont partis.

Mila pointa le doigt vers les traces de pneus.

— On dirait qu'une voiture a filé dans cette direction.

Dex braqua sa torche sur les empreintes pendant qu'elle se tournait vers Brayden.

— Est-ce qu'Izzy était là aussi ?

Il sortit de sa poche le petit singe en peluche.

— C'est bien le sien ?

Mila ferma les yeux, prit le jouet et le serra contre son cœur.

— Les hommes de DiSanti l'ont sans doute emmenée ailleurs, murmura Brayden, peut-être dans un endroit où ils détiennent d'autres victimes.

Dans le cas des étudiantes de Charlotte, elles avaient été retenues captives dans un ranch isolé. Si Izzy se trouvait avec d'autres filles, peut-être serait-elle moins terrifiée.

Son téléphone vibra.

— C'est Lucas.

Mila s'adossa à la voiture tandis qu'il s'éloignait de quelques pas.

— Où êtes-vous ? demanda son frère.

Brayden se prépara à un sermon, mais il n'avait pas d'autre choix que de tout expliquer à Lucas. S'il voulait retrouver DiSanti et Izzy, il était essentiel qu'ils travaillent de concert.

Comme prévu, l'agent explosa.

— Bon sang, Brayden, pourquoi ne m'as-tu pas averti ?

Parce qu'il ne voulait pas lui attirer d'ennuis au cas où Dex et lui auraient pris quelques libertés avec la loi. Cependant, il était hors de question de l'admettre.

— Tout s'est passé trop vite. Et puis, je ne savais pas si la piste était sérieuse. Je voulais t'éviter de perdre du temps pour rien.

— Hum ! Dex est avec toi ?

— Oui, mais nous n'avons rien fait d'illégal, Lucas.

Nous nous sommes contentés de jeter un coup d'œil dans un hôpital désaffecté. DiSanti était là, mais il a filé.

Lucas étouffa un juron.

— Tu as une idée de l'endroit où il a pu aller ?

— Non, mais j'ai retrouvé la peluche de la fille de Mila sur les lieux.

Lucas poussa un long soupir.

— J'ai aussi appris que tu avais rendu visite à Jameson Beck.

Brayden serra les dents.

— C'est exact, mais il est muet comme une carpe.

— Il fallait s'y attendre. En revanche, après votre départ, il a téléphoné à un bar situé dans une bourgade à une cinquantaine de kilomètres au sud d'Austin.

Autrement dit, dans la direction indiquée par les traces de pneus.

— Envoie-moi l'adresse.

— Brayden, laisse-moi m'en charger.

— Retrouvons-nous sur place, Lucas. Si Izzy est là, elle aura besoin de Mila.

Il baissa la voix afin que celle-ci ne puisse pas l'entendre.

— Et si Izzy est blessée, ou qu'il y a d'autres otages, on pourrait avoir besoin d'un médecin.

Une seconde s'écoula.

— C'est d'accord.

Les nerfs à fleur de peau, Mila triturait la peluche tandis que Brayden roulait vers Cactus Grove, une petite ville connue des touristes pour son jardin aride, lequel abritait une collection variée de cactées, et son petit musée qui relatait l'histoire des caravanes de pionniers.

— Dexter ne vient pas ?

Brayden secoua la tête.

— Il rentre au bureau vérifier des informations.

— Lucas pense que DiSanti est dans cette ville ?

Il haussa les épaules.

— Disons que c'est une possibilité.

Mila regarda son téléphone.

— Pourquoi ne m'ont-ils pas appelée, Brayden ?

Il hésita.

— Peut-être ont-ils été trop occupés à fuir.

À moins qu'ils n'aient déjà quitté le pays en emmenant Izzy… Mais il se refusait à l'envisager.

À l'approche de Cactus Grove, la circulation se fit un peu plus dense. Ils passèrent devant la gare de chemin de fer et le musée, puis devant un bar d'aspect récent, décoré en prévision de Thanksgiving. Au bout de la place principale, un saloon à l'ancienne invitait les clients à revivre les distractions du passé. Brayden se gara devant.

Quelques instants plus tard, une berline noire ralentit à leur hauteur. Lucas se gara à son tour et leur fit signe de le rejoindre.

— C'est moi qui donne les ordres ici, déclara-t-il tout de go, en leur adressant un regard sévère.

— Bien, chef, rétorqua Brayden avec une pointe d'agacement.

— Je parle sérieusement, Brayden. Je sais que tu as de l'expérience mais je ne veux pas que l'un ou l'autre d'entre vous soit blessé.

— Peu m'importe d'être blessée, lança Mila. Une seule chose m'intéresse : récupérer ma fille.

Lucas fronça les sourcils.

— C'est précisément ce qui m'inquiète.

Brayden se passa une main dans les cheveux.

— Il a raison, Mila. Une fois sur place, il faudra que vous restiez à l'abri dans la voiture. Si nous trouvons quoi que ce soit, nous reviendrons vous chercher. Je vous le promets.

Mila se mordit la lèvre et acquiesça. Elle avait été menacée d'une arme par les sbires de DiSanti. Elle savait ce qu'il en était que de se sentir impuissante. Pour rien au monde elle ne voulait que sa fille soit blessée ou devienne orpheline par sa faute.

Lucas démarra et se dirigea vers la sortie de la bourgade.

— Le bar est à l'écart de la ville, expliqua-t-il. À l'origine, il était destiné aux mineurs. Il a été abandonné voilà quelques années quand on a construit le nouveau, près de la gare.

La route étroite les mena jusqu'à quelques cabanons délabrés autour d'un hangar qui avait sans doute abrité diverses fournitures à usage des mines. Enfin, Mila aperçut le vieux saloon. C'était une grande maison d'avant-guerre, dotée d'une galerie ouverte qui lui donnait un air désuet et chaleureux.

Une camionnette noire était garée à l'arrière du bâtiment, et un vieux pick-up près du hangar.

— Nous allons inspecter l'hôtel d'abord, décréta Lucas.

Brayden plongea le regard dans celui de Mila.

— Je ne plaisantais pas tout à l'heure. Ne bougez pas, d'accord ?

— D'accord, souffla-t-elle, en caressant machinalement le singe.

— Si vous voyez quelque chose de suspect, envoyez-moi un texto.

Sur quoi il glissa un petit pistolet au creux de sa main.

Stupéfaite, elle regarda l'arme, ne sachant si elle serait capable de s'en servir. Cependant, la vision d'Izzy prisonnière s'imposa à elle, et la décida.

Les deux frères descendirent et s'avancèrent sans bruit vers la maison.

Mila retint son souffle et attendit.

Le temps semblait s'être arrêté. La tension vibrait dans chacune des cellules de son corps.

Soudain, son téléphone bourdonna. Elle tressaillit, surprise. Brayden ?

Non.

Elle retint un cri.

C'était la photo d'Izzy blottie dans un coin obscur, l'air terrifiée et les larmes aux yeux.

Un message l'accompagnait.

*Si vous voulez revoir votre fille, débarrassez-vous des flics. On vous envoie des instructions.*

# 15

Brayden s'approcha de l'hôtel, tous les sens en alerte. Lucas lui avait fait signe de le suivre, et il ne protesta pas. Son frère avait plus d'expérience que lui dans ce genre de situation.

Arrivé à la porte, Lucas marqua une pause et colla son oreille contre le battant, puis se retourna vers Brayden, indiquant d'un geste qu'il avait entendu du bruit.

Quelqu'un était à l'intérieur.

L'arme au poing, son frère entrebâilla la porte et se faufila dans l'ouverture. Brayden l'imita, scrutant la pénombre. L'endroit semblait déserté. Des tableaux représentant des chevaux sauvages étaient encore accrochés au mur, mais le papier peint était fané, tout comme la couleur des rideaux.

Lucas passa à gauche, Brayden à droite. Il parcourut des yeux la salle de restaurant pendant que son frère se chargeait d'un grand salon où on avait dû autrefois servir le thé aux clients.

La pièce était vide, mais menait à une cuisine spacieuse où trônait une énorme table en chêne. Un pack de bouteilles d'eau était posé sur le plan de travail crasseux, à côté d'un carton plein de miches de pain et de boîtes de conserve.

Des courses récentes.

Soudain, une sorte de grincement s'éleva au premier étage. Quelqu'un était-il encore là ?

Les pas de Lucas résonnèrent dans l'escalier. Brayden se dirigea vers lui, pestant intérieurement contre le plancher en bois qui grinçait sous son poids.

Parvenu sur le palier, il jeta un coup d'œil autour de lui. À droite, une grande chambre. À gauche, une série d'autres chambres disposées de part et d'autre du couloir.

Lucas apparut à l'extrémité du couloir, puis s'engouffra dans une pièce. Brayden pénétra dans la vaste chambre, qui avait dû être utilisée comme suite. Elle disposait d'un côté salon et d'une porte intérieure qui devait donner sur une salle de bains privée.

Brayden s'approcha silencieusement de celle-ci et crut entendre un bruit.

Il tendit l'oreille, résolu à ne pas tomber dans un piège. Ce n'était pas une voix d'homme, songea-t-il. Peut-être quelqu'un qui pleurait.

Son pouls s'accéléra. Izzy ?

Tendu à craquer, il poussa doucement la porte, prêt à tirer au cas où les hommes de DiSanti l'attendraient de l'autre côté. Un nouveau son lui parvint. Une plainte.

Plus de doute. Quelqu'un pleurait.

La colère le propulsa en avant, et sa rage ne fit que grandir lorsqu'il vit trois lits dans la pièce, tous occupés par des jeunes filles.

Au premier coup d'œil, il comprit qu'elles avaient été droguées. Deux d'entre elles dormaient ou étaient sans connaissance. La troisième, une adolescente chétive, était pelotonnée sur elle-même, les genoux remontés jusqu'au menton, et sanglotait, le visage couvert de ses mains.

Il prit une profonde inspiration et s'avança vers elle. Une lame de plancher craqua sous son pied, et elle tressaillit, ouvrant des yeux écarquillés de terreur.

— Chut ! n'aie pas peur, murmura-t-il. Je suis ici pour vous aider.

Elle recula jusqu'à être coincée contre le mur, tremblant de tout son corps. Ses yeux étaient rougis et gonflés à force d'avoir pleuré. Il fit un pas de plus afin de vérifier le pouls des deux autres jeunes filles, mais elle poussa un cri et secoua frénétiquement la tête, si bien qu'il s'immobilisa.

Il leva la main pour lui faire comprendre qu'il n'était pas un ennemi.

— Tout va s'arranger. Je vais appeler les secours.

Elle le fixa, hébétée, et il recula dans le couloir où il faillit percuter Lucas.

— Il y a trois filles là-dedans !

— Et deux de plus dans une autre chambre, grommela son frère. Droguées et sans connaissance. J'appelle une ambulance.

Brayden acquiesça.

— Et moi, je vais chercher Mila.

— Bonne idée.

Mila consultait son téléphone sans arrêt, en vain. Pas de nouveau message.

Elle devait obéir aux ordres de DiSanti, mais il n'allait pas lui être facile de fausser compagnie à Brayden et à Lucas. Et comment parviendrait-elle à sauver Izzy sans leur aide ?

Si elle partait avec les hommes de DiSanti, ils risquaient de la tuer et Izzy avec.

Un mouvement sur la colline attira son attention. Brayden sortait du saloon. Le visage fermé, il scruta les bâtiments voisins puis se hâta de traverser le bosquet pour la rejoindre.

Elle avait espéré qu'il trouverait Izzy, mais le texto qu'elle avait reçu avait anéanti ses illusions. Sans doute était-il prêt à rentrer en ville. Elle lui demanderait de la reconduire chez elle ou au cabinet, quelque part où elle aurait accès à une voiture.

Il toqua à la vitre, et elle l'abaissa d'une main tremblante.

— Il y a des filles à l'intérieur, annonça-t-il. Elles ont été droguées. On a besoin de vous.

Elle se hâta de descendre.

— Je n'ai pas de trousse médicale sur moi, murmura-t-elle, frustrée.

Elle en gardait toujours une dans sa voiture. Comment n'y avait-elle pas songé ?

— Ce n'est pas grave. Lucas a appelé une ambulance. Les secours ne devraient pas tarder, mais une des filles est consciente et terrorisée. J'ai pensé que vous pourriez la calmer en attendant.

— Oui, bien sûr.

Ils remontèrent la colline en courant.

— Aucune trace de DiSanti ou de ses hommes ?

— Non. Nous avons trouvé des provisions, mais pas de fournitures médicales. Difficile de savoir depuis combien de temps ces filles sont là. C'est sûrement un lieu de transit.

Lucas les attendait au pied de l'escalier.

— Il y en a deux dans la chambre du bout. Elles respirent, mais leur pouls est faible. L'ambulance sera ici dans dix minutes.

— Aucune trace d'Izzy ? demanda Mila faiblement.

Lucas secoua la tête.

— Non, mais l'adolescente qui est consciente pourra peut-être nous en dire davantage.

Se cramponnant à cet espoir, Mila suivit Brayden jusqu'au premier étage.

— Préparez-vous, conseilla Brayden d'une voix sourde. Ce n'est pas joli à voir.

Mila acquiesça. Quand Brayden ouvrit la porte, elle

lui fit signe de la laisser entrer la première. La pièce était faiblement éclairée, une odeur de sueur, d'urine et de vomi imprégnait l'air.

Elle expulsa l'air de ses poumons, envahie par l'émotion à la vue des filles étendues sur les lits. La terreur de la troisième, qui tremblait de tous ses membres, était palpable.

Mila s'approcha d'elle lentement.

— Bonjour, dit-elle avec douceur. Je suis le Dr Mila Manchester.

Elle adressa à l'adolescente un sourire chaleureux.

— Mon ami Brayden travaille avec la police. Nous sommes ici pour vous secourir. Je te promets qu'on ne vous fera pas de mal. On va vous emmener à l'hôpital, et puis vous irez dans un endroit sûr.

Le visage de la jeune fille se décomposa, et elle lâcha un gémissement. Mila craignit de l'avoir effrayée davantage. Qui savait ce que les hommes de DiSanti avaient fait subir à cette enfant ?

Elle s'avança vers les deux jeunes filles sans connaissance. Leurs cheveux étaient déployés sur les oreillers, leurs corps inertes. Mila toucha doucement la joue de la première. Elle avait les cheveux blonds, le teint clair, le visage constellé de taches de rousseur. Sa peau était froide et moite, mais au grand soulagement de Mila elle sentit un pouls, si faible soit-il.

Elle se tourna vers la seconde, une petite rousse qui portait des traces de coups sur le visage et sur les jambes. Là encore, elle caressa doucement la joue glacée de l'adolescente, puis chercha son pouls. Par chance, elle respirait aussi.

Remerciant le ciel, elle reporta son attention sur l'adolescente qui la fixait toujours de ses yeux terrifiés et méfiants.

Mila lui sourit avec compassion.

— Tes amies sont vivantes. Elles vont s'en sortir, ne t'inquiète pas. Je veillerai à ce qu'elles soient bien soignées.

Et qu'elles reçoivent toute l'aide psychologique dont elles pouvaient avoir besoin.

— Je comprends que tu aies peur, reprit-elle, mais tu n'as plus rien à craindre. Tu ne reverras plus ces hommes.

La jeune fille lâcha un hoquet entre ses pleurs.

— Comment t'appelles-tu, mon chou ?

— Keenan, chuchota-t-elle.

— Je suis contente de faire ta connaissance, Keenan. Comme je te l'ai dit, je m'appelle Mila. Je suis médecin. Peux-tu m'expliquer comment tu es arrivée ici ?

— Ils m'ont… prise au foyer, lâcha-t-elle dans un murmure.

Mila lui tapota la main gentiment.

— As-tu de la famille ? Quelqu'un que je peux appeler ?

Keenan fit non de la tête.

— Ma grand-mère m'a emmenée au foyer quand nous avons été expulsées, mais elle était malade… Elle est morte.

— Je m'occuperai de toi, je te le promets.

Le son d'une sirène leur parvint, de plus en plus distinct alors que l'ambulance se rapprochait.

— On va te transporter à l'hôpital avec les autres filles, expliqua Mila.

La peur revint dans les yeux de l'adolescente. Elle s'agrippa à la main de Mila, lui enfonça les ongles dans la paume. Bouleversée, Mila pressa les doigts autour des siens.

— Je vais vous accompagner. Je resterai avec vous jusqu'à ce que tout soit terminé.

La jeune fille hocha vigoureusement la tête, les larmes roulant sur ses joues.

— Ils ont dit qu'ils reviendraient nous chercher, dit-elle dans un sanglot.

Mila échangea un regard avec Brayden et mit une main rassurante sur l'épaule de Keenan.

— Ils ne vous trouveront pas, je te le promets. Le frère de Brayden est agent du FBI.

— Nous posterons des agents ici, renchérit ce dernier. Ils les arrêteront.

Mila prit une profonde inspiration.

— Keenan, les hommes qui t'ont amenée ici travaillent pour le compte d'un certain DiSanti. Ce nom te dit-il quelque chose ?

Keenan eut un petit haussement d'épaules.

— Peut-être.

Mila sortit son téléphone.

— Il faut que je te pose une question. Je crois que ces hommes ont enlevé ma fille. Elle a trois ans. Elle s'appelle Izzy. Tu la reconnais ? demanda-t-elle en lui montrant une photo.

La jeune fille écarquilla les yeux, le souffle coupé par le choc.

La panique s'empara de Mila.

— Tu l'as vue ? Elle était ici ?

# 16

Le cœur de Mila avait cessé de battre.

— Keenan, as-tu vu cette petite fille ?

L'adolescente essuya ses larmes d'un revers de main et hocha la tête.

— Elle était ici ? insista Mila, la bouche sèche.

— Oui.

Mila ravala un sanglot.

— Elle allait bien ? Elle n'était pas blessée ?

L'expression de Keenan s'adoucit.

— Non. Elle avait peur mais Jade s'occupait d'elle.

— Jade ?

— L'une de nous, expliqua Keenan. Elle gardait la petite avec elle et veillait sur elle.

Une fraction de seconde, une bouffée de soulagement triompha de la peur de Mila. Au moins, ils n'avaient pas fait de mal à Izzy. Pas encore.

Elle reprit la main de Keenan entre les siennes.

— Quand vous ont-ils laissées ici ?

— Ce matin.

Si seulement ils étaient arrivés plus tôt…

Elle se redressa. Il fallait qu'elle se concentre.

— Jade était avec Izzy quand elles sont parties ?

— Oui. La petite se cramponnait à elle.

Le cœur de Mila cognait follement dans sa poitrine à présent.

— Les hommes ont-ils dit où ils allaient ?

L'adolescente se massa le front.

— Non… Du moins je ne les ai pas entendus.

Des pas résonnèrent dans le couloir, et Brayden sortit à la rencontre des secouristes. Mila tapota de nouveau la main de Keenan.

— Tout va s'arranger, maintenant, promit-elle. Tiens bon, d'accord ?

Quelques minutes plus tard, les adolescentes étaient transportées à bord de l'ambulance. Mila monta avec elles tandis que Brayden et Lucas les suivaient en voiture.

Une fois aux urgences, Brayden téléphona à Dexter pour le mettre au courant des derniers événements.

— Je me suis intéressé à Lem Corley, annonça son frère. D'après les bruits qui courent, il aurait pris sa retraite et engagé un cow-boy d'El Paso pour gérer son ranch. Il a également acheté une propriété près de la frontière mexicaine.

— J'étais déjà au courant, lui fit remarquer Brayden, déçu. Tu n'as rien de nouveau ? Sur ses finances, par exemple ?

— Il a des économies considérables, mais il pourrait arguer que ce sont des profits tirés de son exploitation. Cela dit, j'ai trouvé un compte offshore contenant deux millions de dollars. Je vois mal comment le ranch aurait pu rapporter autant.

— Tu as raison, c'est suspect.

— Trafic de drogue ?

— Ou de jeunes filles.

Brayden jeta un coup d'œil en direction de Lucas, qui s'entretenait avec l'un des médecins.

— Envoie-moi l'adresse de son ranch. Nous irons lui parler dès que nous en aurons terminé ici.

— Entendu. Je vais continuer à creuser de mon côté.

Brayden mit fin à la communication et alla rejoindre Lucas.

— Ces jeunes filles sont traumatisées, disait le médecin. Deux d'entre elles ont repris connaissance, mais elles sont terrifiées et refusent de parler. J'ai demandé une assistance phsychologique.

— Laissez-moi appeler ma femme, Charlotte, suggéra Lucas. Vous vous souvenez peut-être d'elle. Voici quelques mois, quatre de ses étudiantes ont été enlevées.

— En effet. J'ai été heureux d'apprendre qu'elles avaient été retrouvées saines et sauves.

— Nous pensons que l'auteur du rapt est à la tête du réseau Shetland, et qu'il est aussi responsable de l'enlèvement des jeunes filles que nous avons découvertes aujourd'hui. Il est essentiel que je les interroge au plus vite. Elles pourraient nous fournir des informations cruciales.

— Je comprends, mais comme je vous le disais, ces adolescentes sont encore sous le choc. Elles ont besoin de repos et de soins.

— Ma femme peut les aider, insista Lucas. Elle est spécialisée dans l'art-thérapie et a déjà travaillé avec des victimes de DiSanti. Je crois qu'elle pourrait mettre ces jeunes filles à l'aise et les inciter à s'ouvrir.

— Très bien. Dans ce cas, je n'y vois pas d'inconvénient, au contraire.

Lucas le remercia et se hâta d'aller téléphoner à Charlotte. Comme Brayden attendait, Mila apparut sur le seuil de la salle d'attente. Elle semblait si soucieuse, si épuisée, qu'il éprouva une envie soudaine de la prendre dans ses bras, de lui promettre que tout allait s'arranger.

— Keenan a fini par s'endormir, murmura-t-elle.

— A-t-elle dit quoi que ce soit d'autre ?

Mila secoua la tête.

— Malheureusement, non. La pauvre était tellement choquée...

Le cœur de Brayden se serra. L'inquiétude qui la rongeait ne l'empêchait pas de témoigner sa compassion à ces jeunes victimes. Il ne put résister plus longtemps et l'attira à lui, l'entourant de ses bras.

— Tout ira bien, Mila. Nous allons la retrouver.

Elle respirait fort. Un instant, il crut qu'elle allait se dégager, mais non. Au contraire, comme si elle ne pouvait plus maîtriser son propre besoin de réconfort, elle se laissa aller contre lui. Il lui caressa le dos, la berçant tendrement. Quand elle releva la tête et rencontra son regard, la tristesse qu'il lut dans ses yeux lui coupa le souffle.

— Keenan est si perdue, murmura-t-elle. Je ne sais pas si elle pourra jamais surmonter ce qui lui est arrivé. Et c'est pareil pour les autres.

— Cela peut paraître sans espoir en ce moment, dit-il doucement, mais j'ai vu les progrès que les étudiantes de Charlotte ont faits ces derniers mois. C'est stupéfiant. Avec son aide et l'affection de ma mère, elles se sentent en sécurité à présent et elles vont de l'avant. Elles commencent même à envisager l'avenir. Elles ont une famille désormais, même si ce n'est pas leur famille d'origine.

Mila se mordit la lèvre, puis se dégagea.

— Qu'y a-t-il ? demanda Brayden, dérouté. Vous doutez que ma mère puisse les aimer comme si c'étaient ses propres filles ?

Elle se raidit.

— Non, bien sûr. Je crois que c'est tout à fait possible. J'ai été adoptée, moi aussi.

Elle écarta une mèche rebelle qui tombait sur sa joue.

— J'aimerais parler aux autres filles.

— Moi aussi, soupira-t-il, mais le médecin nous a demandé d'attendre un peu. Lucas a appelé Charlotte pour qu'elle vienne leur apporter un soutien psychologique. Peut-être pourriez-vous les voir en même temps.

Mila acquiesça.

— Oui. Je veillerai à les ménager. Après ce qu'elles ont enduré, elles ont besoin de toute l'aide que nous pouvons leur offrir.

Brayden la regarda, touché par sa générosité. Mila était la femme la plus remarquable qu'il ait rencontrée.

Et il était en train de tomber amoureux d'elle.

Cette pensée aurait dû le secouer. Pourtant, au milieu de toute la laideur ambiante, elle lui réchauffait le cœur.

— Charlotte arrive, annonça Lucas.

La voix de son frère le ramena brusquement à la réalité.

— Dexter m'a envoyé les coordonnées du ranch de Corley. Il a trouvé un compte offshore qui paraît douteux et il se renseigne sur la propriété que Corley a achetée à Juarez.

Un muscle tressauta à la mâchoire de Lucas.

— Je vais aller lui parler.

— Je t'accompagne, dit aussitôt Brayden, avant de se tourner vers Mila. Enfin, si cela ne vous ennuie pas d'être seule ici.

— Pas du tout. Ça ira. Je veux rester avec les filles jusqu'à ce qu'elles se sentent un peu mieux.

En dépit de ses affirmations, Mila était au comble de l'angoisse. Une pensée surtout l'obsédait.

DiSanti avait-il deviné qu'il était le père d'Izzy ?

Elle priait pour que ce ne soit pas le cas, pour que la paternité de l'enfant reste un secret.

Izzy était sa fille désormais.

Elle se dirigea vers le distributeur de café, acheta une boisson et la rapporta dans la salle d'attente. Au même moment, Charlotte entra et se précipita vers elle.

— Oh ! Mila ! Lucas a dit qu'une des filles avait vu Izzy. C'est une bonne nouvelle.

Mila se força à sourire.

— C'est vrai, mais des heures ont passé depuis.

Et des heures s'étaient écoulées depuis qu'elle avait reçu ce texto lui enjoignant de se débarrasser des policiers, mais elle n'avait pas reçu d'instructions supplémentaires. DiSanti la surveillait-il ? Attendait-il de voir si elle obéissait ?

Soudain anxieuse, elle jeta un coup d'œil autour d'elle. Un membre du personnel soignant était-il à la solde de DiSanti ? Ou quelqu'un dans la salle d'attente ? Comment le savoir ?

Le médecin s'avançait vers elles. Arrachée à ses réflexions, Mila s'acquitta des présentations.

— Deux des filles sont réveillées. Nous les avons mises dans la même salle pour les rassurer, expliqua-t-il.

Quelques instants plus tard, elles étaient face aux adolescentes. À la vue de leurs visages désemparés, effrayés, Mila sentit grandir encore la haine que lui inspirait DiSanti.

Charlotte se présenta, et Mila fit de même.

— Nous savons que vous avez été soumises à une terrible épreuve, et nous sommes ici pour vous aider.

Charlotte prit la relève.

— Je connais d'autres jeunes filles qui ont été enlevées par le même homme. Nous les avons secourues l'an dernier, et elles sont en sécurité à présent. Vous aussi.

Visiblement encore assommées par ce qu'elles avaient vécu, les filles échangèrent un regard méfiant.

— Vous pouvez commencer par nous dire votre nom.

Et si vous avez un parent ou un ami que vous voudriez appeler.

Malheureusement, les adolescentes étaient seules au monde. Exactement comme Keenan. Cela faisait d'elles des cibles parfaites pour les hommes de DiSanti.

Charlotte et Mila passèrent l'heure suivante à réconforter les filles et à leur parler. Anita Robinson avait quatorze ans, et était originaire d'El Paso. À la mort de sa mère, elle avait fui le beau-père qui abusait d'elle et s'était retrouvée à la rue. En fin de compte, elle avait été recueillie par une association caritative appelée Happy Trails, censée venir en aide aux orphelins.

Frannie Fenter avait treize ans. Elle avait été enlevée devant le foyer où elle vivait.

Un centre tenu par Happy Trails.

# 17

Mila bouillait de rage et de compassion en les écoutant. Sans famille pour signaler leur disparition, il avait pu s'écouler des mois avant que quelqu'un se rende compte qu'elles n'étaient plus là.

Sauf que le directeur du centre connaissait la vérité.

Mila brûlait d'en savoir davantage, mais d'abord elle voulait les interroger au sujet d'Izzy.

— Voici ma fille, dit-elle en leur montrant sa photo. Elle n'a que trois ans. Keenan m'a dit qu'elle était dans la maison où vous étiez séquestrées. Vous souvenez-vous d'elle ?

Frannie acquiesça, mais Anita secoua la tête.

— Je regrette. Je ne me rappelle pas grand-chose.

Mila lui adressa un sourire compatissant.

— Les hommes ont-ils évoqué l'endroit où ils allaient ?

La lèvre inférieure de Frannie frémit.

— J'en ai entendu un dire qu'ils allaient nous conduire ailleurs, mais qu'ils devaient régler quelque chose d'abord.

— Sais-tu à quoi il faisait allusion ?

— Non. Mais ça avait l'air important. Il criait.

Elle avait pâli. Charlotte lui tapota le bras.

— Il s'est aperçu que je le regardais, et il m'a obligée à prendre de la drogue.

— Parle-nous du centre où vous étiez hébergées, intervint Mila gentiment.

— Le foyer s'appelait Happy Trails. On était censées apprendre à faire de l'équitation et s'occuper des chevaux. Mais ça ne s'est pas passé du tout comme ça.

— Que s'est-il passé ?

L'adolescente baissa les yeux, gênée.

— Écoute-moi, reprit Charlotte, d'une voix douce mais ferme. Vous n'avez rien à vous reprocher ni l'une ni l'autre. Vous n'avez rien fait de mal.

— Elle a raison, renchérit Mila.

Charlotte s'éclaircit la voix.

— Vous pouvez tout nous dire sans craindre d'être jugées. Nous sommes ici pour vous aider.

Frannie et Anita échangèrent un regard.

— Ce n'était pas un vrai ranch, murmura Frannie. Au début, on nous a demandé de faire des travaux domestiques. Et puis…

— Et puis ? répéta Mila, l'estomac noué.

— Des hommes sont venus, sanglota Anita. On nous a forcées à mettre des tenues… spéciales et puis on a pris des photos de nous. Pour les poster sur Internet.

Mila s'obligea à rester impassible, mais elle écumait intérieurement. Les hommes de DiSanti se servaient de ces clichés pour vendre les filles au plus offrant.

Lucas s'engagea dans la longue allée bordée d'arbres qui menait au ranch de Corley. Ils passèrent devant des granges et écuries en piteux état, manifestement mal entretenues.

Curieux. Tout suggérait pourtant qu'il ne manquait pas d'argent à investir dans son entreprise.

L'après-midi touchait à sa fin. Déjà l'ombre se répandait sur les prés environnants.

Le pick-up cahotait sur la piste creusée d'ornières.

Enfin, Lucas s'arrêta devant une ferme d'aspect délabré, dont la construction devait remonter à près d'un siècle.

— En tout cas, il ne dépense pas grand-chose ici, commenta Brayden.

— J'ai parlé à mon directeur tout à l'heure. Il envoie deux agents enquêter à Juarez.

L'estomac noué, Brayden hocha la tête.

— Nous ne pouvons pas permettre à DiSanti de traverser la frontière avec Izzy.

— La police de la frontière est alertée. Pareil pour le personnel des gares et des aéroports.

À vrai dire, Brayden était partagé quant à cette décision. D'un côté, il voulait lancer une Alerte Enlèvement qui serait diffusée dans tout le pays, d'un autre, il craignait que cela ne pousse DiSanti à exécuter ses menaces.

Si oui, il ne se le pardonnerait jamais.

— J'ai demandé un mandat de perquisition concernant les finances et les communications électroniques de Corley, reprit Lucas, mais le juge me l'a refusé. Selon lui, nous n'avons pas de motif suffisant.

Brayden étouffa un juron. Parfois, la loi était une alliée, à d'autres moments, une ennemie. Voilà pourquoi Dex ne suivait que son instinct.

— La disparition d'une petite fille me paraît plus que suffisante.

— Je travaille à le persuader. Notre analyste cherche des liens.

Lucas vérifia son arme, puis ouvrit sa portière et descendit. Brayden l'imita, jetant un coup d'œil autour de lui. Aucun danger en vue.

Ce qui ne signifiait pas qu'ils n'étaient pas surveillés.

Les deux frères montèrent les marches de la terrasse et toquèrent à la porte. Un beagle ronflait paisiblement sous la balancelle rouillée.

Une femme courtaude et corpulente, vêtue d'un tablier, vint leur ouvrir. Lucas exhiba sa plaque et se présenta.

— Et vous êtes ?

— Harriet.

— Vous travaillez ici depuis longtemps ?

— Quelques mois. Je fais la cuisine et le ménage pour les ouvriers.

— Nous avons besoin de parler à Lem Corley. Il est ici ?

Elle leur fit signe d'entrer.

— Il est derrière. Il s'apprêtait justement à ressortir. Je vais le chercher.

— Un instant. Je voudrais vous poser une question d'abord.

Un éclair de méfiance traversa le regard de la femme. Elle s'essuya les mains sur son tablier.

— Oui ? À quel sujet ?

Lucas sortit une photo d'Izzy.

— Nous sommes à la recherche de cette petite fille. Elle a disparu.

Les sourcils froncés, elle étudia le cliché.

— Je n'ai pas vu d'enfant dans les parages depuis que je suis là, dit-elle en relevant les yeux. Qu'est-ce qui vous fait penser qu'elle pourrait être ici ?

Lucas tira une seconde photo de sa poche : celle de DiSanti.

— Cet homme est recherché pour trafic d'êtres humains. Nous pensons que ses hommes et lui ont enlevé cette petite fille. Son visage ne vous dit rien ?

— Je ne crois pas. C'est plutôt calme, par ici. Il n'y a que les cow-boys. De temps à autre, M. Corley reçoit un de ses amis pour parler affaires, mais ils s'installent dans son bureau, par conséquent je ne serais pas sûre de les reconnaître.

Elle croisa les bras sur son ventre rebondi.

— Pourquoi pensez-vous que M. Corley connaît cet homme ?

Le visage de Lucas demeura impassible.

— Nous interrogeons tous les propriétaires dont les terres sont assez vastes pour que les hommes de DiSanti puissent y cacher des jeunes filles en attendant de les vendre.

Elle parut soulagée.

— Eh bien, tout ce que je peux vous dire, c'est que je n'ai jamais vu de filles par ici.

— Que diable êtes-vous en train de raconter à ma cuisinière ? tonna une voix à l'intérieur.

Harriet tressaillit et pressa une main sur sa bouche tandis que Corley s'avançait à grands pas.

— Harriet ?

— Je suis désolée, M. Corley. Ces messieurs recherchent une enfant disparue. Ils me posaient quelques questions, c'est tout.

Corley l'écarta sans ménagement et se campa face à eux, les yeux étincelants de colère.

— Pourquoi voudriez-vous que je sache quoi que ce soit au sujet de cette affaire ? Je suis rancher, moi !

— Certes, répondit Lucas sans s'émouvoir. Mais votre propriété est immense. Les ravisseurs pourraient se cacher sur vos terres à votre insu.

Décontenancé, Corley passa une main sur son crâne dégarni.

— Les hommes qui l'ont enlevée sont extrêmement dangereux, M. Corley, reprit Lucas. Vous ne voudriez pas mettre vos employés en danger, n'est-ce pas ?

— Hum… Bien sûr que non, balbutia l'homme.

— Dans ce cas, je suis sûr que vous ne verrez pas d'inconvénient à nous faire visiter le ranch, poursuivit Lucas sur un ton calme.

Corley hésita.

— Vous avez un mandat ?

Lucas arqua un sourcil.

— Si vous n'avez rien à cacher, pourquoi aurais-je besoin d'un mandat ?

Un instant, le rancher fit mine de protester, puis se ravisa.

— Très bien. Je vous fais faire le tour, après quoi vous quittez ma propriété et vous me laissez tranquille.

— Je vous remercie pour votre coopération.

Brayden les suivit jusqu'au pick-up de Corley. Lucas désigna le véhicule.

— On risque d'être un peu à l'étroit. Si tu attendais ici, Brayden ?

Ce dernier enfonça les mains dans les poches de sa veste et les regarda s'éloigner.

Lucas venait de lui donner l'opportunité de fouiner un peu.

Brayden tendit à Harriet sa carte de visite.

— Cette petite fille est en danger de mort. Si vous apprenez quoi que ce soit, appelez-moi, je vous en prie.

Il lui effleura le bras doucement.

— Je suis avocat. Je peux vous protéger.

Elle lui adressa un regard méfiant, mais hocha la tête. Comme Brayden se dirigeait vers l'écurie, il avisa un des ouvriers, un homme brun et élancé, sans doute d'origine hispanique, qui était occupé à curer des box.

Le cow-boy tressaillit à sa vue, et prit ses jambes à son cou. Brayden s'élança à sa poursuite et le rattrapa avant même qu'il soit sorti de l'écurie. Il le fit pivoter vers lui et le plaqua contre le mur.

— Vous savez pourquoi je suis là ?

L'homme fronça les sourcils.

— Je… Je vous ai entendu parler avec M. Corley.

— Comment vous appelez-vous ?

Le cow-boy détourna les yeux.

— Je ne suis pas d'humeur à plaisanter, reprit Brayden, menaçant. Votre nom ?

— Jorge.

Brayden l'attrapa sans ménagement par le col.

— Est-ce que Corley est le complice de DiSanti ? Est-ce qu'il l'aide pour son trafic de filles ?

— Je n'en sais rien, grommela l'homme avec un haussement d'épaules. Je suis seulement censé curer les box et réparer les clôtures.

— Dites-moi ce que vous savez, ordonna Brayden.

— Je vous dis que je ne sais rien !

Cette fois, la peur perçait dans sa voix.

Brayden le toisa.

— Dans ce cas, pourquoi avoir pris la fuite ?

Jorge baissa les yeux. Brayden comprit brusquement.

— Vous êtes un clandestin, c'est ça ?

Un mélange de honte et de peur se lut dans le regard du cow-boy.

— Il m'a dit qu'il connaissait quelqu'un. Que je pouvais gagner ma liberté.

Une bouffée de colère déferla en Brayden. Ainsi, Corley et DiSanti s'étaient servis de la situation de ce malheureux pour l'obliger à faire leur sale boulot.

Son regard se planta dans celui de Jorge.

— Et qu'avez-vous dû faire au juste pour y arriver ?

# 18

L'indécision se lisait sur les traits de l'ouvrier agricole. Jorge avait peur, c'était une évidence. Peur d'être expulsé du pays ? Ou sa famille avait-elle été menacée, elle aussi ?

Le grondement d'un moteur qui s'approchait fit surgir un éclair de panique dans son regard. Corley et Lucas étaient de retour.

Brayden étouffa un juron.

— Je vous dis que je ne sais rien, répéta l'homme. Je fais mon travail, c'est tout.

— Garder des filles innocentes en otage, ça fait partie de votre travail ?

Un muscle tressaillit dans la mâchoire du jeune homme. Il baissa les yeux sur sa pelle.

— C'est comme ça que vous voulez gagner votre vie ? poursuivit Brayden. Votre liberté vaut la vie d'une petite fille de trois ans ?

Jorge accusa le coup.

— Réfléchissez-y, insista Brayden. Vous avez une sœur ? Comment réagiriez-vous si on faisait d'elle une esclave sexuelle ?

L'homme releva la tête. Brayden eut l'impression qu'il allait parler, mais le pick-up de Corley apparut en rugissant et s'arrêta devant eux dans un crissement de pneus. Jorge referma la bouche.

Brayden lui glissa une carte de visite dans la main.

— Appelez-moi si vous pouvez nous aider. Si cette petite fille est emmenée à l'étranger, sa mère ne la reverra peut-être jamais.

La portière du pick-up claqua. Corley descendit, l'air mécontent. Lucas l'imita, son expression indiquant qu'il n'avait rien découvert d'intéressant.

Le téléphone de Brayden vibra dans sa poche.

Mila.

— Oui, allô ?

— Vous l'avez trouvée ? demanda Mila d'une voix tremblante.

La mort dans l'âme, il dut lui dire la vérité.

— Elle n'est pas chez Corley, non. Avec un peu de chance, un de ses ouvriers va parler. Nous verrons.

— Charlotte et moi avons parlé aux filles qui ont repris connaissance, murmura-t-elle après un bref silence.

En quelques mots, elle lui résuma le récit des adolescentes.

— Où se trouve ce ranch ?

— Aucune des filles ne le sait. J'espérais que vous pourriez le découvrir.

— Je vais en parler à Lucas. Autre chose ?

— Apparemment, une assistante sociale les a emmenées au ranch. Elle s'appelait Valeria. Peut-être est-elle impliquée dans l'opération. Une autre femme se trouvait là, une certaine Shanika. Izzy est peut-être là-bas, Brayden.

— Lucas et moi allons nous renseigner tout de suite. Tenez bon.

— Je pourrais vous accompagner.

Il hésita, réticent à l'exposer au danger.

— Je crois qu'il vaut mieux que vous restiez à l'hôpital. Charlotte et vous avez obtenu des informations cruciales aujourd'hui. Peut-être les victimes peuvent-elles vous en dire davantage.

Un long silence s'étira entre eux.

— Mila ?

— Je suis toujours là. Trouvez-la, Brayden. Je ne veux pas qu'elle subisse la même chose que ces filles.

Lui non plus. Il ferait tout pour empêcher cela.

— Je vous promets qu'on va la retrouver.

Alors même qu'il prononçait ces paroles, il sut qu'il n'avait pas le droit de s'engager ainsi.

S'il ne tenait pas sa promesse, Mila le haïrait.

Et cela le troublait plus qu'il ne voulait l'admettre.

Il voulait être son héros. Le sauveur de sa fille.

L'homme vers qui elle pouvait se tourner, en qui elle pouvait avoir confiance.

S'il la décevait, il serait anéanti.

Mila et Charlotte restèrent au chevet des jeunes filles jusqu'à la fin de l'après-midi. Keenan fut installée avec Anita et Frannie, et toutes les trois furent encouragées à se reposer.

Mila consulta régulièrement son téléphone, en vain. Elle fit les cent pas dans la chambre pendant que Charlotte allait voir les deux dernières adolescentes.

Pourquoi les hommes de DiSanti ne lui avaient-ils pas envoyé de message ?

À mesure que les heures s'écoulaient, son angoisse ne faisait que croître. Savaient-ils qu'elle avait fait appel à Lucas ? Avaient-ils appris que les frères Hawk avaient libéré leurs prisonnières ?

Sa fille allait-elle en subir les conséquences ?

Charlotte réapparut, un café à la main.

— Malheureusement, je n'ai rien découvert de plus, soupira-t-elle. Sauf qu'une des filles a confirmé que Jade s'occupait d'Izzy.

C'était une mince consolation, mais Mila s'y cramponna alors qu'elles allaient prendre congé des adolescentes pour la nuit.

Lucas avait organisé une surveillance de leurs chambres et, de son côté, le médecin promit de les tenir informées.

— Que va-t-il nous arriver ? demanda Keenan, inquiète.

Charlotte lui caressa la main.

— Nous allons vous trouver une famille d'accueil, quelqu'un qui s'occupera bien de vous et qui vous aidera à vous rétablir et à retourner à l'école. Tout va s'arranger, tu verras.

Ce fut au tour de Mila de la serrer dans ses bras.

— Charlotte a raison, Keenan. Nous sommes de votre côté. Vous n'êtes plus seules maintenant.

L'adolescente ne parut pas entièrement rassurée, mais ses yeux se fermaient, et la fatigue ne tarda pas à avoir raison d'elle.

— Allons-y, murmura Charlotte. Ava a préparé le dîner et nous attend.

— Ava ?

— La mère de Lucas. Elle est extraordinaire. Honey et Harrison seront là aussi.

Mila hésita.

— Je ne veux pas mettre la famille Hawk en danger.

Charlotte prit sa main dans la sienne.

— Nous voulons tous que DiSanti soit mis hors d'état de nuire une fois pour toutes. Tu comprendras pourquoi quand tu rencontreras les filles qu'Ava a recueillies.

Une lueur espiègle traversa son regard.

— D'ailleurs, il faut que nous lui parlions. Je suis sûre qu'elle a encore un peu de place dans son cœur pour quelques jeunes filles qui ont besoin d'aide.

***

Il fallut un bon moment pour localiser le foyer de Happy Trails. À l'évidence, DiSanti avait fait de son mieux pour ne pas ébruiter l'existence de l'endroit, ce qui en disait long sur l'usage qu'il en faisait.

Maudit soit cet homme.

Charlotte avait faxé des croquis de Valeria et de Shanika à Lucas afin qu'il les transmette au bureau du FBI à Austin. De là, ils seraient communiqués aux autorités, aux gares, aux aéroports et aux postes frontière avec instruction d'intercepter les intéressées, surtout si elles voyageaient avec une petite fille.

Izzy avait disparu depuis trop longtemps déjà. Pour autant qu'ils le sachent, les hommes de DiSanti avaient pu l'emmener à l'autre bout du monde.

Ou la tuer et abandonner son corps dans un endroit où on ne le retrouverait jamais.

Non. Il ne pouvait s'autoriser à imaginer le pire. Et encore moins à faire part de ses craintes à Mila.

Sa famille et lui savaient comme il était douloureux de vivre dans l'attente des années durant, sans nouvelles d'un être qu'on aimait, sans savoir s'il était mort ou vivant.

D'abord sa petite sœur, Chrissy. Et ensuite son père.

À côté de lui, Lucas parlait au téléphone.

— OK. À tout à l'heure, lança-t-il avant de mettre fin à la communication.

Il se tourna vers Brayden.

— C'était Charlotte. Elle ramène Mila au ranch. Maman a préparé le dîner. Je lui ai dit qu'on les retrouverait là-bas.

Brayden acquiesça. Sa mère allait adorer Mila.

Pour sa part, il l'aimait beaucoup. Peut-être même trop. Jamais il n'avait rien désiré autant qu'être à ses côtés et sauver sa fille.

Ils n'étaient plus très loin de Happy Trails quand Brayden remarqua soudain un nuage de fumée.

— Regarde. Il y a un incendie.

Lucas écrasa la pédale d'accélérateur.

— C'est le ranch qui brûle ! lâcha-t-il, les dents serrées.

Brayden se cramponna à son siège tandis que son frère roulait à tombeau ouvert sur la piste gravillonnée, creusée de nids-de-poule. La fumée, de plus en plus épaisse, tourbillonnait dans le ciel.

Au sommet d'une petite côte, Brayden vit les flammes. Le bâtiment principal et deux dépendances étaient en feu.

— Appelle les pompiers !

Brayden s'exécuta. Quelques secondes plus tard, Lucas s'arrêtait brusquement sous un bouquet de chênes. Le brasier illuminait l'obscurité. Soudain, un pick-up noir déboucha de l'arrière du bâtiment et passa en trombe à côté d'eux.

Brayden ouvrit sa portière à la volée et sauta à terre.

— Suis-le ! Je vais voir s'il y a quelqu'un à l'intérieur.

Lucas hésita, mais Brayden lui fit signe de partir. La personne qui conduisait cette voiture savait peut-être où était Izzy. Chaque seconde comptait.

Son frère démarra et s'élança à la poursuite du pick-up tandis qu'il courait vers la ferme dévorée par les flammes. Il tira un foulard de sa poche et le noua autour de sa bouche, puis s'engouffra à l'intérieur. La fumée avait envahi les lieux, mais les flammes ne s'étaient pas encore propagées jusque-là.

Il se repéra rapidement. Pas d'étage. Cuisine-séjour à droite, un couloir à gauche qui menait sans doute aux chambres.

— Il y a quelqu'un ?

Seuls des craquements lui répondirent. Il se rua dans le couloir, appelant de nouveau. Déjà des éclats de bois enflammés chutaient du plafond, et le feu s'immisçait sous les portes.

Deux pièces abritaient une série de lits individuels, faisant office de mini-dortoir.

Les flammes léchaient les murs à présent, et les rideaux s'embrasaient les uns après les autres. Il se rua vers la pièce suivante, esquivant les débris pour s'assurer qu'il n'y avait personne dans les lits ni dans les dressings attenants.

Soulagé, il repartit en courant vers la cuisine à travers le rideau de fumée. Il toussait, mais continuait à appeler, espérant malgré tout que les hommes de DiSanti n'avaient pas eu la cruauté de laisser quelqu'un à l'intérieur.

Il mit la main sur la poignée de la porte de l'arrière-cuisine et la retira aussitôt. Elle était brûlante. Il attrapa un torchon, s'en enveloppa les doigts et tira le battant.

Son cœur se serra. Une femme gisait là, une balle au beau milieu du front. Shanika.

Il se baissa et tenta de trouver un pouls, en vain. Elle était morte.

L'arôme appétissant du bœuf en sauce et de la tarte aux pommes embaumait la maison des Hawk, éveillant des souvenirs d'enfance enfouis dans la mémoire de Mila. Certes, sa famille avait déménagé souvent, mais ses parents avaient toujours attaché de l'importance aux repas pris ensemble.

Venue l'accueillir, Ada Hawk prit ses mains dans les siennes.

— Je suis désolée de ce qui vous arrive, mon petit, murmura-t-elle, mais je suis sûre que mes garçons retrouveront votre fille. J'ai foi en eux.

Mila aurait donné cher pour partager son optimisme.

— Je vous remercie de m'avoir invitée ce soir, madame Hawk.

— Appelez-moi Ava, je vous en prie. Nous formons une grande famille ici.

Quatre adolescentes dressaient le couvert en bavardant gaiement. Charlotte entraîna Mila vers elles.

— Mila, je te présente Mae Lynn, Evie, Adrian et Agnes.

Les filles la saluèrent en souriant, puis aidèrent Ava à apporter les plats. Bientôt, la porte s'ouvrit, livrant passage à Harrison, l'aîné des fils, qui ressemblait de manière frappante à ses frères. Son épouse, une jeune femme blonde enceinte jusqu'aux yeux, entra derrière lui.

— Bonsoir ! Je m'appelle Honey.

Mila échangea les politesses d'usage avec le couple, émue à la vue du ventre rond de Honey. Elle n'avait pas eu la chance de porter Izzy, mais elle l'aimait tout autant que si elle l'avait fait.

— Je vais bientôt avoir un petit-fils, déclara Ava avec un sourire ravi. Ce sera un vrai bonheur de voir un enfant dans la maison.

Le visage d'Izzy dansa devant les yeux de Mila. Ses bras lui semblaient vides, inutiles. Elle brûlait de serrer sa fille contre elle, de lui chanter une berceuse, de lui raconter une histoire avant qu'elle s'endorme.

Elle eut toutes les peines du monde à maîtriser son émotion durant le repas. Par chance, les jeunes filles comblèrent les silences en évoquant leurs courses de Noël et les cadeaux qu'elles fabriquaient pour les enfants de l'hôpital : Ava leur enseignait le patchwork, et elles confectionnaient des couvertures que les petits patients pourraient emporter chez eux lorsqu'ils seraient rétablis.

Le dessert terminé, les adolescentes se retirèrent dans l'atelier de couture qu'Ava avait aménagé pour leurs travaux de Noël. Quelques instants plus tard, Harrison se leva.

— Maman, merci pour le dîner, mais nous allons

rentrer. Honey dort mal en ce moment. Elle a besoin de se reposer.

— Ce n'est que le début ! commenta Ava avec un rire amusé.

Mila observa Harrison qui aidait Honey à se lever. Il était tendre et protecteur, exactement comme Lucas avec Charlotte.

Le jeune couple parti, Mila se tourna vers Ava.

— Vous avez une famille magnifique.

— J'ai beaucoup de chance, répondit-elle. J'ai mes fils, leurs épouses et maintenant Mae Lynn, Evie, Adrian et Agnes. Mon cœur est rempli d'amour.

— Les filles s'épanouissent avec vous, Ava, déclara Charlotte. Vous avez changé leur vie.

Ava sourit.

— Elles m'ont donné tout autant en retour. Parlez-moi des pauvres petites que vous avez secourues aujourd'hui.

Mila écouta en silence pendant que Charlotte racontait leur journée. L'inquiétude et la fatigue pesaient lourdement sur elle. En fin de compte, elle se leva.

— Si cela ne vous ennuie pas, je vais retourner au chalet. Je suis épuisée.

Charlotte la regarda, soucieuse.

— Je vais te conduire là-bas.

Elle n'eut pas le temps de répondre. Des pas résonnèrent sur la terrasse, puis elles entendirent les voix de Lucas et de Brayden.

Mila se hâta à leur rencontre, espérant qu'ils avaient de bonnes nouvelles. À l'instant où elle saisit leur expression, ses illusions s'envolèrent.

— Que t'est-il arrivé ? s'exclama Ava, à la vue du visage de Brayden, encore maculé de suie. Tu n'es pas blessé, au moins ?

— Je n'ai rien, lui assura-t-il. Quand nous sommes arrivés

à Happy Trails, le ranch était la proie des flammes. Je suis entré pour vérifier qu'il n'y avait personne à l'intérieur.

De son côté, Lucas raconta qu'il avait poursuivi le pick-up noir, mais que celui-ci avait basculé dans un ravin. Le conducteur était mort sur le coup.

Brayden pressa doucement le bras de Mila.

— Izzy n'était pas dans la maison, Mila. J'ai regardé partout.

Il lâcha un soupir, et son regard s'assombrit.

— En revanche, nous avons découvert le corps d'une femme : Shanika. Elle avait été abattue d'une balle dans la tête.

La peur noua la gorge de Mila. Elle se sentait au bord du désespoir. Les hommes de DiSanti avaient éliminé la femme qui les avait aidés à Happy Trails.

Qu'est-ce que cela signifiait pour Izzy ?

# 19

La détresse de Mila était palpable.

Elle s'était occupée des victimes de DiSanti, songea Brayden. Cela seul aurait suffi à bouleverser n'importe qui doté d'un semblant d'humanité. Et Mila avait un cœur sensible.

— Voulez-vous rentrer ?

Elle baissa les yeux.

— Oui, mais vous devez avoir faim. Votre mère a préparé un délicieux repas.

— Je vais lui donner un plat à emporter, intervint Ava.

— Merci, maman, mais Lucas et moi avons mangé en route.

Quelques instants plus tard, ils prenaient congé.

— Avez-vous réellement dîné ? demanda Mila sur le chemin du retour.

— Nous avons acheté un burger en attendant que l'équipe localise Happy Trails.

Il se gara devant le chalet, et ils descendirent.

— Cela vous ennuierait que je prenne une douche ?

— Non, bien sûr. La journée a été longue, n'est-ce pas ?

— Très longue, confirma-t-elle d'une voix sourde.

Il la suivit des yeux tandis qu'elle entrait dans la salle de bains, puis décida de prendre une douche de son côté. Il sentait la fumée, la suie et la sueur.

Debout sous le jet d'eau brûlante, l'image de Mila nue

et mouillée dans l'autre salle de bains s'imposa à lui, et son corps se raidit de désir.

*Bon sang, Brayden ! Elle n'a pas besoin de ce genre d'attentions en ce moment.*

Il se sécha, enfila un jean et un T-shirt propre et gagnait le salon quand un sanglot étouffé lui parvint. Le cœur serré, il s'approcha de la chambre de Mila. Il mourait d'envie d'entrer, de la prendre dans ses bras, de lui murmurer des paroles de réconfort.

Au lieu de quoi il s'ordonna de s'éloigner.

Les sanglots redoublèrent. Incapable de résister davantage, il poussa la porte et se faufila à l'intérieur. Elle se tenait devant la fenêtre, les cheveux humides, tremblant de tous ses membres.

Il referma les bras autour d'elle.

Mila se laissa aller contre Brayden, savourant sa force et sa chaleur. Ses bras lui faisaient l'effet d'un sanctuaire, et jamais elle n'avait éprouvé un tel besoin d'être à l'abri.

Elle ne cessait d'imaginer Izzy en pleurs, terrorisée. Elle se sentait faible, impuissante, presque à bout d'espoir.

Brayden lui murmurait des mots apaisants, sa voix calme et grave pleine de compréhension.

Elle pleura jusqu'à ne plus avoir de larmes à verser. Pourtant, elle n'avait jamais été du genre à pleurer, au contraire. Comme sa mère, elle s'était toujours montrée forte, résolue, elle prenait les choses en main.

Luttant pour se ressaisir, elle essuya ses joues humides, puis releva la tête et plongea les yeux dans ceux de Brayden. La compassion qu'elle y lut lui coupa le souffle.

Elle s'exhorta à se dégager. Et pourtant…

Si égoïste que cela soit, elle voulait, l'espace d'un

instant, sentir les lèvres de cet homme contre les siennes. Oublier sa douleur et son angoisse.

Un éclair sombre, intense, jaillit dans le regard de Brayden.

Elle promena la main sur son torse puissant, savourant la solidité de son étreinte. Il écarta une mèche vagabonde sur sa joue avant de pousser un soupir et de la lâcher.

Elle le retint, le ramena à elle. Leurs regards se soudèrent de nouveau, un courant électrique passa entre eux. Il était entré dans une maison en flammes ce soir pour secourir sa fille, songea-t-elle. Il avait risqué sa vie.

Brayden était un homme d'honneur, un homme bon, généreux et courageux, comme ses frères. Les Hawk étaient la famille la plus extraordinaire qu'elle ait jamais rencontrée.

Cédant à la tentation, elle lui caressa tendrement la joue. Il prit une brève inspiration.

— Mila…

Sa voix rauque et l'expression de ses yeux reflétaient l'émoi qu'elle éprouvait. Enhardie, elle se hissa sur la pointe des pieds et pressa la bouche contre la sienne.

Il enfouit les doigts dans ses cheveux et répondit à son baiser. Avec douceur, d'abord, puis avec passion.

Mila gémit et glissa la main sous le T-shirt de Brayden.

Soudain, il s'arracha à elle. Il respirait fort, les yeux étincelants de désir.

— Mila, nous ne pouvons pas faire ça, dit-il en lui caressant les bras. Je ne veux pas profiter de toi.

Sur quoi, il tourna les talons et sortit sur la terrasse.

Des larmes d'humiliation picotèrent les paupières de Mila avant qu'elle assimile ses paroles.

*Il ne voulait pas profiter d'elle.*

Même alors qu'elle se jetait à sa tête, Brayden restait un homme d'honneur.

Elle ne l'en désirait que davantage.

D'un pas résolu, elle alla le rejoindre sur la terrasse.

— Tu ne profites pas de moi si j'en ai envie.

Le cœur de Brayden cognait dans sa poitrine. Plus que tout au monde, il voulait se retourner, prendre Mila dans ses bras et l'entraîner dans son lit pour lui faire l'amour.

Malgré tout, il se força à rester immobile. S'il fixait le ranch assez longtemps, peut-être finirait-il par oublier la flamme de désir qu'il avait lue dans son regard.

Il avait essayé de bien se conduire. Ses sentiments à l'égard de Mila étaient trop intenses pour qu'il risque de la blesser en profitant d'un moment de faiblesse de sa part.

Mais il n'avait pas la force de nier qu'il la désirait.

— Tu es vulnérable en ce moment, dit-il. Quel genre d'homme serais-je si je n'en tenais pas compte ?

Les pas de Mila résonnèrent derrière lui, et elle le contourna pour lui faire face. La colère brillait dans ses yeux.

— Soit tu essayes d'être chevaleresque, ce qui n'est pas nécessaire parce que je suis une adulte et que je peux prendre mes propres décisions, soit tu n'éprouves aucune attirance pour moi.

Il lâcha un soupir, et puis commit l'erreur de plonger le regard dans le sien. Le désir à l'état brut qu'il exprimait décupla le sien, triomphant de ses réticences.

Elle entrouvrit les lèvres et posa un doigt sur celles de Brayden. Toute velléité de résistance le déserta.

— Tu es sûre ? grogna-t-il en l'attirant à lui.

Un sourire séducteur se dessina sur ses jolies lèvres. Il les captura de nouveau, cette fois avec toute la passion qu'il avait essayé de dominer auparavant.

Elle noua les bras autour de son cou et le taquina de sa langue, attisant le brasier qui le consumait.

Sa bouche avait un goût sucré, enivrant. Elle avait relevé son T-shirt, et il sentait l'air frais lui caresser le ventre. Soudain conscient qu'ils étaient à l'extérieur, il interrompit le baiser juste assez longtemps pour qu'ils rentrent, puis l'enlaça de nouveau. Il brûlait de la sentir nue contre lui.

De l'emmener dans son lit.

Elle lui retira son T-shirt et le lança sur le canapé. N'y tenant plus, il captura sa main pour l'entraîner dans la chambre. Elle tira sur son ceinturon. En un clin d'œil, il s'en débarrassa, puis glissa un doigt sous la chemise de Mila.

Avec un gémissement sourd, elle ôta le vêtement et le laissa tomber sur le sol. Fasciné, Brayden contempla les seins superbes à peine dissimulés par une mince dentelle noire.

La dentelle noire qu'il avait imaginée.

Les cheveux brillants de Mila recouvraient ses épaules nues, incitant aux caresses. Il enfouit les doigts dans les mèches soyeuses et l'attira de nouveau à lui.

Ils tombèrent sur le lit, bras et jambes entremêlés. Il fit glisser le jean de Mila sur ses jambes, et ne put réprimer un gémissement à la vue du mince tissu noir qui recouvrait sa féminité.

Au terme d'un baiser passionné, les lèvres de Brayden descendirent sur la gorge de Mila, sur ses seins. Il captura la dentelle entre ses dents, dégageant le mamelon durci pour le prendre dans sa bouche. Elle lâcha un cri et s'arqua contre lui, offerte.

Il taquina un sein, puis l'autre, puis s'aventura plus bas. Ses doigts jouèrent avec le bord de sa petite culotte noire.

Mila rejeta la tête en arrière, s'abandonnant à lui. Il

fit glisser sa culotte sur ses jambes, les entrouvrit et la tourmenta avec sa langue jusqu'à ce qu'elle soit emportée par l'extase.

Des ondes de plaisir déferlaient en Mila. Submergé de sensations érotiques, son corps tout entier vibrait sous les caresses de Brayden.

Comme il faisait mine de se dégager, elle le retint.

Elle voulait davantage.

Elle voulait sentir Brayden en elle.

Une lueur de surprise traversa son regard alors qu'elle le renversait sur le dos. Capturant ses lèvres, elle se laissa glisser le long de son torse et se pressa contre son érection.

Il l'embrassa avec fougue avant de la repousser doucement.

— Brayden ?

Il leva un doigt, ouvrit sa table de chevet et y attrapa un préservatif. Soulagée, elle s'empara du paquet, le déchira et le déroula sur son membre dressé, lui arrachant un gémissement sourd.

— Tu me tortures, murmura-t-il d'une voix rauque.

Elle s'installa à califourchon sur lui et, après un nouveau baiser, s'empala lentement sur son sexe. Il l'emplit peu à peu, ravivant son excitation, puis fit courir un doigt sur ses mamelons, la saisit par les hanches et la plaqua à lui.

Leurs corps s'embrasèrent alors qu'il allait et venait en elle. Peau contre peau, lèvres contre lèvres, ils se mouvaient au même rythme, envahis de sensations de plus en plus enivrantes. Enfin, dans une éruption de couleurs, Mila sombra une fois de plus dans un océan de volupté.

Brayden cria son nom, la fit rouler sur le dos et plongea profondément en elle, cédant à son tour à l'orgasme.

Ils restèrent enlacés longtemps, jusqu'à ce que leur respiration s'apaise. Même alors, il garda les bras noués autour d'elle, la tenant si étroitement qu'elle sentait battre son cœur contre le sien.

En fin de compte, elle sombra dans un sommeil profond, et rêva qu'Izzy était rentrée à la maison et que Brayden partageait leur vie.

Brayden écouta longtemps la respiration hachée de Mila. Elle devait être exténuée après la tension de ces derniers jours.

Il la serra contre lui. Il fallait qu'elle se repose. Et que la journée du lendemain leur apporte de bonnes nouvelles concernant sa fille.

Que se passerait-il ensuite ? Mila retournerait à sa vie avec Izzy. Et lui à la sienne. Seul.

Cette pensée le perturbait.

Il avait envie de faire partie de son quotidien. De leur quotidien.

Mila aurait-elle de la place pour lui lorsqu'Izzy lui serait rendue ?

Et qu'arriverait-il s'il ne parvenait pas à tenir sa promesse ? S'il ne parvenait pas à lui ramener Izzy saine et sauve ?

Il fallait à tout prix qu'il réussisse.

Il resta éveillé pendant des heures, songeant à ce qu'il pourrait tenter pour localiser DiSanti.

Terrassé par la fatigue, il finit par s'endormir. Un coup sourd frappé à la porte l'arracha au sommeil. Il cilla, un instant désorienté, mais vit Mila qui dormait dans son lit, et les souvenirs de la nuit revinrent aussitôt. Des souvenirs tendres, délicieux, érotiques.

On tambourina de nouveau sur le battant.

Mila remua à côté de lui. Il remonta les draps sur elle

et se leva, puis enfila en hâte un jean et un T-shirt, et gagna le séjour.

Il ouvrit la porte.

Lucas entra avant même d'y avoir été invité. Il avait l'air furieux.

— Que se passe-t-il ? demanda Brayden interloqué.

Son frère fit volte-face, les bras croisés, le regard soupçonneux.

— C'est à toi de me le dire.

Brayden le regarda, perplexe, la vision encore brouillée par le manque de sommeil.

— Mila nous a menti, lâcha Lucas.

Brayden jeta un coup d'œil vers la porte de sa chambre, où Mila réchauffait encore son lit.

— De quoi parles-tu ?

Lucas fronça les sourcils.

— Il n'existe aucune trace de la naissance d'Izzy nulle part. Rien qui suggère que Mila ait eu un enfant.

— Et alors ? Il doit y avoir une erreur.

— Oui. L'erreur, c'est d'avoir cru Mila. Elle s'est moquée de toi, Brayden, commenta son frère d'un ton sombre. Mila a peur de DiSanti, mais pas seulement parce qu'il l'a menacée. À mon avis, ce type est le père d'Izzy.

# 20

L'estomac soudain noué, Brayden fixa la porte de sa chambre. Les paroles de Lucas résonnaient dans sa tête.

— Pourquoi penses-tu ça ?

— Quand j'ai vu la photo d'Izzy, j'ai été frappée par la ressemblance. Ne me dis pas que tu n'as rien remarqué.

Non, il ne s'était aperçu de rien. Il avait été aveuglé par Mila.

— J'ai demandé à mon analyste d'effectuer des recherches. Mila travaillait comme bénévole en Colombie la dernière fois que DiSanti était là-bas, voilà quatre ans.

Le cerveau de Brayden fonctionnait à toute allure, mettait en place les différentes pièces du puzzle. Si DiSanti était le père d'Izzy, Mila avait eu une relation avec lui.

Elle avait couché avec cet homme.

À la pensée que ce monstre l'avait touchée, il eut envie de donner un coup de poing dans le mur.

Était-elle venue dans son lit la nuit dernière pour lui jeter de la poudre aux yeux, l'empêcher de découvrir la vérité ?

Elle avait affirmé que le père d'Izzy était mort – c'était donc un mensonge. Pas étonnant qu'elle ait été si peu disposée à coopérer lorsque Lucas l'avait arrêtée.

DiSanti savait-il depuis le début qu'Izzy était sa fille ? Était-ce pour cette raison qu'il l'avait enlevée ?

Mila avait-elle menti aussi quand elle avait déclaré qu'on

l'avait forcée à opérer DiSanti ? Avait-elle aidé ce salaud à s'enfuir parce qu'ils avaient eu une enfant ensemble ?

Un profond sentiment de trahison transperça Brayden, aussi acéré que la pointe d'un couteau. Comme un imbécile, il avait répété son erreur : il était tombé amoureux d'une cliente qui s'était servie de lui. Une fois de plus.

Malgré lui, il jeta un coup d'œil vers la porte close de sa chambre. Lucas tressaillit.

— Bon sang ! ne me dis pas que tu as couché avec elle, Brayden. À quoi pensais-tu, enfin ?

Que dire à son frère ? Qu'il admirait Mila, qu'il la désirait. Qu'il croyait avoir un lien spécial avec elle.

*Quel idiot !*

La porte s'ouvrit. Mila apparut, les cheveux ébouriffés, vêtue d'un jean et d'une chemise en coton. Elle était superbe.

Cependant, son regard était méfiant. Avait-elle entendu leur conversation ?

Lucas arqua les sourcils.

— Docteur Manchester. Peut-être devriez-vous vous joindre à nous.

Mila hocha brièvement la tête et s'approcha.

— Vous avez trouvé Izzy ?

— Non. En revanche, j'ai découvert des informations intéressantes au sujet du père de votre fille.

Brayden retint son souffle, espérant encore que Lucas ait fait fausse route.

Il devait y avoir une autre explication. Mila ne pouvait avoir été la petite amie de DiSanti.

Elle prit une inspiration et détourna les yeux.

Il tenait sa réponse.

— Toi… et DiSanti ! explosa-t-il. Tu m'as menti, tu t'es servi de moi.

Mila secoua la tête et fit mine de s'avancer vers lui,

mais il leva une main pour la repousser. Elle s'immobilisa, et redressa le menton.

— Ce n'est pas ce que tu crois.

— Ce que je crois, c'est que tu as eu une liaison avec ce salaud, et que tu l'as aidé à s'enfuir parce qu'il est le père de ta fille, accusa-t-il avec amertume. Comment vous êtes-vous rencontrés ? Savais-tu qui il était et ce qu'il faisait ?

Mila les foudroya du regard et croisa les bras.

— Vous vous trompez du tout au tout. Je n'ai pas eu de liaison avec DiSanti.

Brayden attendit.

— Mais…

— Je t'ai dit que ce n'était pas ce que tu croyais, répéta-t-elle sèchement.

Les deux frères échangèrent un regard, perplexes. Soudain, une pensée épouvantable prit forme dans l'esprit de Brayden.

— Mila… Il ne t'a pas… forcée, si ?

Mila blêmit, puis gagna la porte-fenêtre et sortit sur la terrasse. Le cœur de Brayden cognait contre ses côtes. Lucas se tenait immobile, le corps rigide.

Brayden traversa la pièce et prit doucement le visage de Mila entre ses mains, l'obligeant à lui faire face.

— Dis-moi la vérité. Que s'est-il passé ?

— Ce n'était pas moi, murmura Mila d'une voix sourde.

Il fronça les sourcils.

— Que veux-tu dire par là ?

— Ce n'est pas *moi* que DiSanti a violée, rétorqua-t-elle.

— Je ne comprends pas.

— Dites-nous la vérité, cette fois, intervint Lucas. Nous avons perdu assez de temps à cause de vos mensonges.

Elle vacilla comme s'il l'avait frappée. Brayden lança à son frère un regard d'avertissement. Mila leur avait peut-être menti, mais sa terreur était bien réelle.

— Je t'en prie, Mila. Je t'ai dit que tu pouvais avoir confiance en moi, et c'est vrai.

L'indécision se peignit sur son visage.

— C'est compliqué.

— DiSanti est-il le père d'Izzy ? demanda-t-il, les dents serrées.

Mila ferma les yeux, puis les rouvrit et hocha brièvement la tête.

— Oui, mais je ne suis pas sa mère biologique.

Brayden la fixa, sous le choc. Il s'était attendu à tout sauf à cela.

Et cet aveu compliquait tout. Car si Mila n'était pas la mère d'Izzy, qui était celle-ci ? Pis, DiSanti avait enlevé sa propre fille. Autrement dit, ils n'avaient aucun recours légal pour la lui reprendre.

Mila était bouleversée par le désarroi de Brayden. Jamais elle n'avait voulu lui mentir. Simplement, il avait fallu qu'elle protège sa fille à tout prix.

Et maintenant son secret n'en était plus un.

Qu'allaient faire Lucas et Brayden ?

Ce dernier se retourna brusquement, un mélange de colère et de déception sur les traits.

— J'ai besoin d'un café.

Il s'affaira en silence, puis leur apporta chacun une tasse. Elle se laissa tomber sur le canapé et mit les mains autour de la tasse pour se réchauffer, ne sachant par où commencer.

— Dites-nous ce qui s'est passé, ordonna Lucas. Vous avez pris le bébé de DiSanti ?

Mila décida de tout leur raconter. Peut-être aurait-elle de sérieux ennuis, mais l'essentiel était d'arracher Izzy aux griffes de ce monstre.

— Vous m'avez demandé s'il m'avait violée, et je vous ai dit que non. En revanche, la mère d'Izzy était une de ses victimes.

— Continuez.

— Elle s'appelait Catrina, répondit Mila, le cœur serré. Je l'avais rencontrée à la clinique, après qu'elle s'était enfuie. Elle était enceinte, seule et terrifiée. Comme elle n'avait nulle part où aller, j'ai fait des démarches pour qu'elle soit hébergée dans un foyer.

— Vous auriez pu vous adresser au FBI, lui fit remarquer Lucas. Si elle avait témoigné, nous l'aurions protégée.

Mila déglutit.

— Vous ne comprenez pas à quel point elle était traumatisée. Ce n'était qu'une enfant. Elle avait été droguée, forcée de coucher avec des hommes. Et puis DiSanti a décrété qu'il la voulait.

Elle but une gorgée de café, glacée à ce souvenir.

— Il l'a gardée enfermée et violée à de multiples occasions.

Un silence pesant, lourd d'horreur, s'étira entre eux.

Lucas s'éclaircit la voix.

— Comment a-t-elle réussi à lui échapper ?

— Elle m'a dit qu'à l'instant où elle avait su qu'elle était enceinte, elle avait résolu de s'enfuir. Elle ne voulait pas qu'il soit au courant de l'existence du bébé.

Elle marqua une pause, songeant à l'effroi qu'avait dû éprouver la jeune fille. À son courage.

— DiSanti voyageait beaucoup, reprit-elle. Pendant une de ses absences, elle est parvenue à se faufiler par la fenêtre et elle a pris ses jambes à son cou. Elle a fait des kilomètres à pied. Les hommes de DiSanti l'ont poursuivie, elle s'est cachée dans un égout, et puis dans une mine désaffectée. Elle est restée plusieurs jours sans nourriture. Elle a survécu en buvant l'eau d'un ruisseau.

L'émotion altérait les traits de Brayden, mais il se garda de l'interrompre.

— Une nuit, elle a fait de l'auto-stop et est arrivée à Austin. Elle était fiévreuse, déshydratée. Une femme l'a trouvée et l'a amenée à mon cabinet. Au début, elle était terrorisée, et puis elle a fini par me raconter son histoire.

— Vous aviez entendu parler de DiSanti ? demanda Lucas.

Mila acquiesça.

— J'avais entendu son nom mentionné à propos d'affaires de trafic sexuel, dit-elle avec un soupir. Quand Catrina a commencé à aller mieux, je l'ai aidée à s'installer dans un foyer. Au fil du temps, deux autres filles ont échappé à DiSanti et ont échoué à mon cabinet. Je les ai aidées aussi.

Brayden prit enfin la parole.

— Seigneur, Mila. DiSanti est-il au courant de tout cela ?

— Quand il a débarqué à mon cabinet, il m'a dit que j'avais une dette envers lui. Que je lui avais volé des filles.

— Voilà pourquoi il t'a choisie pour son opération, murmura Brayden.

— DiSanti connaît-il la vérité à propos d'Izzy ? intervint Lucas.

Elle secoua la tête.

— Je ne crois pas. Du moins, il n'a fait aucune allusion à elle ou à sa mère.

— Sans doute ne s'en serait-il pas privé s'il avait su, commenta Lucas.

— Il m'aurait probablement éliminée dès l'intervention terminée.

Un silence tendu ponctua sa remarque.

— Comment se fait-il que tu aies Izzy à présent ? demanda Brayden.

Mila se massa la tempe, luttant contre un début de mal à la tête.

— Catrina est venue frapper à ma porte un soir, peu après la naissance d'Izzy. La direction du foyer lui avait trouvé une famille d'accueil. Elle savait qu'elle était trop jeune pour s'occuper d'un bébé toute seule. Elle m'a suppliée de prendre Izzy et de l'élever.

Sa voix se brisa.

— Qu'étais-je censée faire ? murmura-t-elle. Je ne pouvais pas la renvoyer ni abandonner le bébé aux services sociaux. Et je ne pouvais laisser DiSanti le prendre.

— Catrina a signé des papiers officiels ? Izzy a-t-elle été adoptée légalement ?

Mila mâchonna l'intérieur de sa joue. Il ne servait à rien de mentir. Il découvrirait très vite qu'il n'y avait pas eu de procédure officielle.

— Non. Elle avait hâte de partir et elle était effrayée. Je n'ai pas osé faire une demande d'adoption officielle. J'avais trop peur que DiSanti découvre la vérité et vienne chercher Izzy.

Brayden lâcha un juron, puis se leva et s'approcha de la porte-fenêtre. Elle réprima l'envie de le rejoindre, de lui demander pardon de lui avoir caché son secret.

De toute évidence, il ne souhaitait pas sa présence.

Lucas s'éclaircit à nouveau la voix.

— Avez-vous eu des contacts avec DiSanti depuis que nous avons quitté le bureau du FBI ?

Mila baissa les yeux. Elle voulait leur faire confiance, leur parler du texto, mais sa petite fille était prisonnière de DiSanti. Elle ne devait rien faire qui puisse la mettre en danger.

Elle secoua la tête.

***

Brayden avait besoin de temps pour assimiler le récit de Mila.

Elle lui avait menti. Pouvait-il avoir confiance en elle dorénavant ? À l'en croire, elle avait contourné la loi pour aider Izzy et sa jeune mère. Si cet acte cadrait parfaitement avec la femme qu'il croyait connaître, il avait néanmoins l'impression qu'elle ne leur avait pas tout dit.

La situation était complexe. Légalement parlant, DiSanti avait des droits sur sa fille, tandis que Mila pouvait être accusée d'enlèvement. En temps ordinaire, Brayden croyait au respect de la loi, mais dans ce cas précis… Comment aurait-il pu confier une enfant innocente à un monstre tel que DiSanti ?

Ses réflexions furent interrompues par la vibration du téléphone de Lucas. Ce dernier se leva et s'éloigna un peu pour prendre la communication.

— Je suis désolée, Brayden, murmura Mila. Je voulais tout te dire dès le premier jour, mais j'avais peur.

— Peur d'aller en prison pour enlèvement ? demanda-t-il, d'une voix plus dure qu'il n'en avait eu l'intention.

Mila accusa le coup.

— Non. Peur que DiSanti apprenne la vérité concernant Izzy. Si tu avais vu cette jeune fille de treize ans, couverte de bleus et terrorisée, tu comprendrais.

Il avait vu Evie, Mae Lynn, Adrian et Agnes.

— Tu aurais dû me faire confiance.

Mila haussa les épaules.

— Je ne voulais qu'une chose : aider Catrina à surmonter cette épreuve et à aller de l'avant.

Elle lui effleura le bras.

— Qu'aurais-je pu faire d'autre ?

Un muscle tressauta dans la mâchoire de Brayden. Avant qu'il ait eu le temps de répondre, Lucas revint.

— Il faut que je parte. Charlotte vient vous chercher, Mila. Une des adolescentes voudrait vous parler.

— Elle a des informations ?

— Je l'ignore, mais il est possible qu'elle se soit souvenue d'un détail.

Il désigna son appareil.

— D'autre part, l'équipe de l'identité judiciaire a identifié une empreinte relevée à votre domicile. Elle appartient à un employé de Jameson Beck. Je vais l'interroger.

Brayden hésita. Il ne pouvait rester chez lui les bras ballants, et il avait besoin de mettre un peu de distance entre Mila et lui. Il avait beau comprendre les raisons qui l'avaient poussée à garder le secret, il n'en était pas moins blessé par son manque de confiance en lui.

Surtout après la nuit qu'ils avaient partagée.

On toqua à la porte. Il fit entrer Charlotte, qui perçut aussitôt la tension qui régnait dans la pièce.

— Voulez-vous que je revienne plus tard ?

Mila secoua la tête.

— Je vais juste me rafraîchir. Je reviens tout de suite.

Dès qu'elle eut disparu, Charlotte interrogea les deux frères du regard. Lucas lui expliqua brièvement la situation pendant que Brayden disparaissait dans sa propre salle de bains. Dix minutes plus tard, il était prêt. Mila réapparut peu après. Les cheveux rassemblés en queue-de-cheval, elle paraissait si jeune, si fragile et si triste qu'il dut réprimer l'envie de la prendre dans ses bras de nouveau et de lui faire l'amour jusqu'à ce qu'ils aient tous les deux oublié les obstacles qui se dressaient entre eux.

Mais il était hors de question qu'il continue à se conduire comme un idiot.

Dès qu'ils auraient retrouvé Izzy et capturé DiSanti, Mila sortirait de sa vie.

# 21

Les nerfs tendus à craquer, Mila resta silencieuse durant tout le trajet. Juste avant d'arriver à l'hôpital, Charlotte s'engagea dans le parking d'une cafétéria et coupa le contact.

— Viens, on va déjeuner. Tu m'as l'air d'en avoir besoin.

Mila ravala le nœud qui lui bloquait la gorge.

— Je n'ai pas faim.

Charlotte lui effleura le bras en lui décochant un regard sévère.

— Peut-être que non, mais il faut que tu manges et que tu gardes tes forces.

Des larmes brouillèrent la vision de Mila.

— Je n'arrive pas à croire que tu sois si gentille avec moi. Tu n'es pas fâchée, comme Lucas et Brayden ?

Le soupir de Charlotte refléta la compréhension qu'elle lisait dans son regard.

— Comment pourrais-je te reprocher d'avoir voulu protéger ton enfant ?

Mila se mordit la lèvre.

— Lucas ne t'a pas raconté le reste ?

— Quoi ? Tu veux parler du fait que DiSanti est son père ?

Mila hocha la tête faiblement.

— Et que sa mère…

— … était une adolescente qu'il a violée, acheva

Charlotte. Pour ce motif à lui seul, DiSanti doit être envoyé en prison. Sans parler de ses autres méfaits. Quand je pense aux autres filles du ranch, je sens la rage m'envahir.

— Elle avait tellement peur quand elle est venue à moi, chuchota Mila.

— Elle a été très courageuse. Elle s'est échappée et elle a sauvé son bébé. Ça a dû être un terrible sacrifice pour elle de renoncer à son enfant.

— Elle voulait que sa fille ait une vie meilleure. Et moi, je voulais les aider toutes les deux.

— Je sais, dit Charlotte doucement. Je te promets que nous trouverons Izzy.

— Mais Brayden paraissait si blessé… et ils sont tous les deux furieux que je ne leur aie rien dit plus tôt. Techniquement, Izzy n'est pas ma fille. Vont-ils vouloir me l'enlever ?

— Ne t'inquiète pas pour ça. Les frères Hawk sont peut-être en colère sur le coup, mais jamais je n'ai connu d'hommes aussi protecteurs. Ils ne permettront pas à DiSanti de garder Izzy. Et jamais ils ne laisseraient quiconque arracher un bébé à sa maman.

— Légalement, je ne suis pas sa mère.

— Tu l'es dans les faits, et c'est tout ce qui compte, affirma Charlotte. Le reste n'est que paperasse. Et Brayden est un expert en la matière.

Elle ouvrit sa portière et fit signe à Mila de la suivre.

— Viens, allons grignoter quelque chose avant d'aller voir les filles. La journée va être longue.

Mila jeta un coup d'œil à son portable en descendant. Toujours rien. Combien de temps pouvait-elle encore attendre ainsi ?

*
* *

Toutes sortes d'émotions se télescopaient dans le cœur de Brayden. Bon sang ! il voulait toujours aider Mila. Et arracher Izzy des griffes de DiSanti.

— Je suis désolé, mon vieux, murmura Lucas. Je ne m'étais pas rendu compte que le docteur et toi étiez… si proches.

Brayden jura intérieurement.

— C'est arrivé, voilà tout. Elle était bouleversée, inquiète. Je voulais la réconforter.

Lucas quitta l'artère principale pour s'engager dans une rue adjacente.

— Tu as l'habitude de coucher avec tes clientes pour les réconforter ?

Une bouffée de colère envahit Brayden.

— Tu es injuste, Lucas ! D'ailleurs, tu as couché avec Charlotte.

Lucas fit la moue.

— Je ne suis pas fier de l'avoir fait alors que j'étais chargé de l'enquête.

Un sourire se dessina sur ses lèvres.

— Cela dit, je ne regrette rien. Elle a fait de ma vie un bonheur.

C'était vrai.

L'espace d'un moment, cette nuit, Brayden avait rêvé que Mila était sa Charlotte à lui.

Quel imbécile !

Ils étaient arrivés. Il parcourut des yeux le parking du magasin d'aliments pour animaux où le suspect était censé travailler.

— Que va-t-il arriver à Izzy une fois que nous aurons arrêté DiSanti ?

Lucas coupa le contact.

— Commençons par la sauver. Nous aviserons le moment venu.

Qu'aurait-il pu demander de plus ? Que Lucas lui promette de ne pas arrêter Mila pour enlèvement ? Légalement parlant, elle n'avait kidnappé personne… À sa place, il aurait agi comme elle. Et Lucas non plus n'aurait jamais laissé DiSanti s'emparer de ce bébé.

Lucas descendit de voiture, et Brayden le suivit jusqu'à l'entrée. Le magasin semblait désert, un seul camion était garé sur le côté. Brayden fit quelques pas et remarqua quelques autres camions alignés le long d'une plate-forme de chargement. Des voix résonnaient, et des volutes de fumée s'élevaient dans l'air.

D'un geste, il indiqua à Lucas qu'il allait jeter un coup d'œil de ce côté-là pendant que ce dernier entrait dans le magasin. Il enfonça les mains dans les poches de sa veste et ajusta son stetson, content d'avoir mis un jean et un T-shirt. Parfois, un complet pouvait être intimidant.

Deux hommes levèrent les yeux et se turent brusquement.

Un type costaud, qui portait une veste en jean et des bottes élimées, vint à sa rencontre, l'air méfiant. Brayden le jaugea rapidement du regard. Il n'était pas un gringalet, mais l'homme devait peser vingt-cinq kilos de plus que lui et avait des allures de bagarreur.

— Qu'est-ce qu'on peut faire pour vous, mon gars ?

Brayden inclina la tête.

— Je cherche Theo Reeves. C'est vous ?

Le gars fronça les sourcils.

— Qui veut le savoir ?

C'était bien Reeves. Bon sang ! Brayden devait gagner du temps. Il allait peut-être avoir besoin de renfort. Il s'avança, redressant le menton.

— Je suis à la recherche d'une enfant disparue. Une petite fille de trois ans qui s'appelle Izzy Manchester. Je pense que vous savez où elle est.

Un éclair de panique traversa les traits de son interlocuteur.

— Je ne vois pas de quoi vous voulez parler.

— Ah non ?

La voix de Lucas résonna derrière Brayden.

— C'est bizarre, parce que vos empreintes ont été retrouvées chez elle. Dans la maison où elle a été enlevée par des hommes armés.

Le regard de Reeves alla de l'un à l'autre. Soudain, il lâcha un grognement et se mit à courir. Lucas leva son arme et lui ordonna de s'arrêter, au lieu de quoi il s'engouffra dans la cabine d'un camion qui attendait.

Brayden s'élança derrière lui et tenta d'ouvrir la portière alors qu'il démarrait. Dans un rugissement de moteur, le véhicule s'ébranla.

Lucas tira dans les pneus tandis que Brayden parvenait enfin à ouvrir la portière. Reeves lui décocha un violent coup de poing en pleine figure, mais il tint bon, résolu à ne pas laisser ce salaud l'emporter.

Mila et Izzy avaient besoin de lui.

Cramponné à la portière, il attrapa le bras de Reeves. De sa main libre, ce dernier s'empara d'une arme qu'il pointa droit sur lui.

Etouffant un juron, Brayden tendit la main vers son propre pistolet, trop tard : le canon était déjà pressé contre sa tempe.

Il se figea. Une seconde plus tard, une balle sifflait à quelques centimètres de sa tête, et le corps de Reeves basculait en arrière. Un jet de sang jaillit du centre de son front, là où Lucas avait atteint sa cible.

Une fois à l'hôpital, Mila alla voir Keenan, Anita et Frannie pendant que Charlotte rendait visite aux deux autres victimes.

Assise dans son lit, Keenan avait la mine reposée et

le regard plus vif que la veille. L'effet des drogues s'était manifestement enfin dissipé.

— Vous avez retrouvé Izzy ? demanda-t-elle aussitôt.

Mila secoua la tête.

— Pas encore.

La jeune fille tritura le drap sous ses doigts.

— Je me suis souvenue d'autre chose. Je ne sais pas si c'est important.

Mila lui caressa l'épaule.

— Le moindre détail peut nous aider, mon chou.

— Je les ai entendus parler d'un avion.

— Tu veux dire d'un vol qu'ils veulent prendre ?

— Non. Je crois qu'ils parlaient d'un petit avion. D'un jet privé.

Mila prit une brève inspiration. Bien sûr. DiSanti avait largement les moyens de s'offrir un jet privé. Et cela rendrait sa fuite bien plus aisée.

— Ont-ils dit où ils voulaient aller ?

Keenan fit non de la tête.

— Ils devaient attendre qu'il aille mieux.

— Il ?

— Ils n'ont pas mentionné de nom. Mais je savais de qui ils parlaient.

À cet instant, le téléphone de Mila vibra dans sa poche. Elle le sortit et jeta un coup d'œil à l'écran.

Vous n'écoutez pas, docteur Manchester. Je croyais que vous vouliez revoir votre fille.

Une bouffée d'angoisse lui noua la gorge. Après avoir promis à Keenan de revenir tout de suite, elle s'éclipsa et se dirigea vers le distributeur de boissons afin d'envoyer une réponse à DiSanti. Le message lui revint aussitôt.

Elle étouffa un cri de déception. Des pas résonnèrent

derrière elle. Elle fit mine de se retourner, mais on lui enfonça un objet pointu dans le dos.

Puis la voix sourde d'un homme gronda à son oreille.

— Si vous criez ou tentez de donner l'alerte, votre fille est morte.

Mila se figea.

— Je ferai tout ce que vous voulez, mais ne lui faites pas de mal.

— Avancez.

Mila s'obligea à respirer et obtempéra. En route vers l'ascenseur, elle croisa deux infirmières qu'elle avait vues la veille. Elle sentait la présence de l'homme juste derrière elle, le canon de l'arme logé au creux de son dos.

Un agent d'entretien entra dans la cabine, suivi d'un jeune couple accompagné d'un bébé enveloppé d'une couverture rose similaire à celle d'Izzy. Son cœur se mit à battre plus vite.

L'agent d'entretien la fixa comme s'il la reconnaissait. Peut-être l'avait-il vue la veille au soir. Elle se contenta de lui sourire et feignit d'examiner son téléphone.

Il descendit au deuxième étage, imité par le couple. Mila se retrouva seule avec l'homme armé. Une fois au rez-de-chaussée, il lui indiqua une sortie. Les jambes flageolantes, elle se dirigea vers la porte.

Le ciel avait viré au gris sombre, et le vent se levait, annonciateur d'un orage. L'homme pressa Mila d'avancer. Elle trébucha, mais parvint à recouvrer l'équilibre et continua à marcher.

Une camionnette blanche s'arrêta devant l'entrée des urgences. Une seconde plus tard, la portière latérale s'ouvrit. L'homme la poussa à l'intérieur. Elle s'effondra sur le sol, on glissa une cagoule sur sa tête. Puis une douleur fulgurante se répandit dans son crâne, et ce fut le noir.

*
* *

Lucas resta près du corps de Reeves jusqu'à l'arrivée du médecin légiste tandis que, de son côté, Brayden faisait le point avec Dexter. Rien de neuf.

Comme il annonçait la mauvaise nouvelle à son frère, le téléphone portable de Lucas se mit à sonner.

— C'est Charlotte, dit-il en prenant la communication.

Brayden attendit, retenant son souffle. Peut-être une des filles avait-elle fourni de nouvelles informations.

Lucas fronça les sourcils et laissa échapper un juron.

— Bon. Je vais essayer de localiser son téléphone. Appelle-moi si tu as du nouveau.

Un malaise envahit Brayden.

— Que se passe-t-il ?

— Mila a disparu.

— Comment ça, « disparu » ? s'exclama Brayden, atterré. Que veux-tu dire ?

— Charlotte et elle se sont séparées à l'hôpital pour aller parler aux filles, expliqua Lucas. Quand Charlotte est allée retrouver Mila, elle l'a aperçue qui sortait avec un homme.

Brayden resta sans voix, submergé par l'angoisse.

— Charlotte a alerté la sécurité, mais Mila était déjà dehors quand les gardes sont arrivés. Ils n'ont eu que le temps de voir un homme la pousser dans une camionnette.

— Ils ont relevé le numéro ?

Lucas secoua la tête.

— Apparemment, il n'y en avait pas.

Brayden lâcha une bordée de jurons, puis se pinça l'arête du nez. Comment cela avait-il pu arriver ? Il avait promis à Mila de la protéger et de lui rendre Izzy, et maintenant elles étaient toutes les deux prisonnières des hommes de DiSanti.

— Qu'allons-nous faire ? Nous avons épuisé toutes les pistes.

Lucas lui adressa un regard de grand frère.

— Ne sois pas défaitiste. Nous allons essayer de localiser le téléphone de Mila. D'après Charlotte, Keenan a entendu les hommes parler d'un avion privé. Je vais demander à l'équipe de chercher de ce côté-là.

— Tu ne penses pas qu'il est temps d'alerter les médias ? Nous n'avons rien dit jusqu'ici pour protéger Mila. Mais n'importe quelle piste serait la bienvenue.

— Cela pourrait nous aider. Mais aussi faire peur à DiSanti. Il risque d'éliminer Mila.

— S'il a découvert qu'Izzy est sa fille, il va la tuer de toute façon, rétorqua Brayden, la poitrine comprimée par l'émotion. Notre seule chance est de la retrouver avant.

— Tu as raison. Je vais lancer une Alerte Enlèvement pour Izzy et faire diffuser leurs photos.

La sueur perla sur la nuque de Brayden. Ils devaient agir vite.

Avant qu'il soit trop tard.

Mila reprit lentement connaissance et roula sur le côté. La douleur lui vrillait le crâne. Elle se rendit compte qu'elle était toujours étendue à l'arrière de la camionnette, aveuglée par la cagoule, les mains liées.

Les cahots la projetaient contre les parois du véhicule. Elle s'appliqua à écouter, cherchant à identifier des bruits qui puissent lui indiquer où on l'emmenait.

Rien. Elle n'entendait que le ronronnement du moteur.

À la peur qu'elle éprouvait se mêlait l'espoir de revoir Izzy. En revanche, elle n'osait imaginer ce qui se passerait ensuite.

Son téléphone vibra dans sa poche, hors d'atteinte.

Charlotte avait-elle constaté sa disparition ? Brayden la cherchait-il ?

La camionnette s'arrêta dans un crissement de pneus, après quoi la portière s'ouvrit en grinçant. Des mains dures et froides s'emparèrent d'elle. Mila tenta de résister, mais l'homme fouilla dans sa poche, saisit l'appareil, le jeta au loin et claqua la portière.

Des larmes lui picotèrent les yeux. Brayden et Lucas ne pourraient plus retrouver sa trace désormais.

Le moteur vrombit, et la camionnette repartit dans un sursaut. Ils roulèrent pendant ce qui semblait une éternité à Mila avant de s'arrêter enfin sur une route gravillonnée.

Elle s'attendait qu'ils repartent, au lieu de quoi la portière s'ouvrit de nouveau et on la tira sans ménagement à l'extérieur. Elle trébucha, mais l'homme continua à la pousser en avant.

Le tonnerre gronda, puis une voix d'homme s'éleva au loin. Elle luttait pour garder son équilibre, les pieds glissant et dérapant sur le gravier d'une côte. Un instant plus tard, elle entendit une porte s'ouvrir. Ils pénétrèrent dans un bâtiment. Ils marchaient sur du plancher à présent.

Une autre voix d'homme résonna, mais elle n'eut pas le temps de s'interroger. Son ravisseur l'avait empoignée par le bras et la poussa de nouveau, si brutalement qu'elle s'effondra, laissant échapper un cri. Une porte claqua dans son dos.

Un gémissement sourd s'éleva non loin d'elle.

Mila se figea.

Elle sentit qu'on s'approchait, qu'on retirait la cagoule qui l'aveuglait. Elle cilla dans la pénombre, désorientée, hors d'haleine.

Peu à peu sa vision devint plus nette.

— Docteur Manchester ?

Le choc fit à Mila l'effet d'un coup de poing dans le ventre.

— Catrina ?

Des larmes roulèrent sur le visage meurtri de la jeune femme.

— Comment… ? demanda Mila.

— Il m'a retrouvée, murmura-t-elle. Il sait tout.

# 22

Mila s'efforça de ne pas trahir son désarroi, mais lorsqu'elle distingua Izzy pelotonnée à même le sol, tremblante, elle put maîtriser son émotion plus longtemps.

— Tu es blessée ? Ils ont fait du mal à Izzy ?

Catrina était passée derrière elle et bataillait pour la libérer de ses liens.

— Nous allons bien, lui assura Catrina doucement. Ils ne lui ont pas fait de mal. Mais elle a peur, et vous lui avez manqué.

Son regard était empreint de tendresse, et Mila en eut le cœur serré. Catrina avait sans doute récolté ces coups en protégeant Izzy.

— Elle est adorable, ajouta Catrina en achevant de la libérer.

Mila l'étreignit avec chaleur.

— Oui. Et maintenant, nous devons trouver le moyen d'échapper à ces hommes.

La question était de savoir comment y parvenir.

Le cœur cognant à toute allure, elle rampa vers sa fille.

— Izzy, maman est là.

Elle caressa doucement les cheveux de l'enfant. Les yeux écarquillés, celle-ci se jeta dans ses bras, secouée de tremblements.

Mila berça Izzy contre elle, ses larmes se mêlant à

celles de sa fille. Quand Catrina s'approcha, elle l'attira vers elle pour l'inclure dans leur étreinte.

— Nous avons une position, déclara Lucas alors qu'ils s'engouffraient dans la voiture. Mila a dû laisser son téléphone allumé pour qu'on puisse la repérer.

Brayden hocha la tête. Il ne pouvait qu'espérer qu'elle soit encore vivante. La sonnerie de son téléphone le fit tressaillir. Il vérifia l'écran au cas où un miracle se serait produit.

Non. Ce n'était pas Mila.

Il ne reconnaissait pas le numéro, mais prit quand même la communication.

— Brayden Hawk.

Silence.

— Allô ? Qui est à l'appareil ?

— M. Hawk ?

Brayden se figea. La voix lui parut familière.

— Oui.

— C'est Jorge.

L'ouvrier agricole qui travaillait pour Corley.

— Je suis vraiment occupé, Jorge, alors à moins que vous n'appeliez pour me donner des informations…

— Justement, le coupa Jorge d'une voix étouffée, comme s'il veillait à ne pas être entendu. Vous étiez sérieux quand vous avez parlé d'aider ma famille ?

Lucas regarda dans sa direction d'un air interrogateur, puis ralentit à l'approche d'un tas de rochers devant lequel la route bifurquait.

— Oui. Je ferai tout mon possible pour que votre famille soit en sécurité.

— J'ai vu le journal télévisé. C'est vrai que ce DiSanti a enlevé le Dr Manchester ?

— Oui. Sa fille et elle sont en danger. Maintenant, dites-moi ce que vous savez.

Jorge s'éclaircit la voix.

— J'ai entendu une conversation de M. Corley au téléphone. Il disait qu'il fallait déplacer la marchandise, prévenir les contacts à Juarez.

Ainsi, Corley était bel et bien impliqué.

— A-t-il précisé où se trouvait la marchandise ?

— Non. Mais M. Corley lui a dit de régler son problème avant de partir.

Brayden songea à l'avion privé mentionné par Keenan.

— Autre chose ?

— Il a dit qu'il ne voulait pas avoir les fédéraux sur le dos.

Jorge marqua une pause, puis reprit, plus bas encore :

— Il est rentré. Il faut que j'y aille.

— Merci, Jorge. Je vous recontacte au plus vite.

À l'autre bout du fil, la communication fut coupée.

Lucas arrêta la voiture à hauteur des rochers et descendit.

— Qu'est-ce que tu fais ? demanda Brayden, perplexe.

Les sourcils froncés, Lucas fouillait les environs des yeux.

— C'est de là que venait le signal.

Le cœur de Brayden manqua un battement. Le téléphone de Mila avait-il été jeté par ici ? Ou était-ce son corps que l'assassin avait abandonné ?

Mila essuya les larmes d'Izzy.

— Je suis là, ma chérie. Je t'ai cherchée. Et maintenant, je vais trouver le moyen de nous ramener à la maison.

Catrina observait Izzy, un mélange d'amour et de tristesse dans les yeux.

— Nous trois, précisa Mila, sachant qu'elle ne pouvait abandonner la jeune fille qui avait donné naissance à Izzy.

La porte s'ouvrit brutalement. Un colosse aux yeux et aux cheveux noirs entra dans la pièce, armé jusqu'aux dents.

Sans un mot, il tira Mila par le bras et la força à se lever.

— DiSanti a besoin de vous, docteur Manchester.

Mila réprima un cri de terreur. Allait-il la tuer ? Si oui, qu'arriverait-il à Izzy ?

Catrina et elle échangèrent un regard éloquent : elles protégeraient l'enfant jusqu'à la mort si nécessaire.

— Juste une seconde, dit-elle à l'homme.

Elle se dégagea, puis se pencha vers Izzy et lui donna un baiser.

— Je t'aime, mon chou. Catrina et toi allez m'attendre sagement pendant que je vais m'occuper de mon patient.

Elle pressa la main de celle-ci, songeant au soir où la jeune fille avait amené Izzy chez elle.

Si elle mourait, Lucas et Brayden continueraient à chercher sa fille. Peut-être pourraient-ils venir en aide à Catrina aussi.

L'homme lui fit signe de se dépêcher. Rassemblant son courage, elle le suivit, les jambes en coton.

Ils se trouvaient dans un ranch de construction plutôt ancienne, aux planchers en bois, dont une cuisine occupait le centre. Par les fenêtres, elle apercevait des prairies à perte de vue.

Ils étaient au milieu de nulle part.

Comment Brayden et Lucas pourraient-ils jamais les retrouver ?

Un grondement de moteur troubla le silence. Mila comprit brusquement qu'il s'agissait d'un avion. Le jet privé de DiSanti.

La brute la conduisit jusqu'à une chambre spacieuse, dotée d'un grand lit, qui donnait sur la piste d'atterrissage.

Sur une table métallique placée contre le mur étaient disposées toutes sortes de fournitures médicales. Une femme en tenue d'infirmière griffonnait sur un bloc-notes. Sans doute s'occupait-elle de DiSanti. Cependant, le lit était vide.

Soudain, elle vit le trafiquant. Il était assis sur une chaise dans le coin, dissimulé par les ombres. Son visage était encore boursouflé et légèrement rouge, mais elle dut admettre qu'elle avait fait du beau travail. Si elle n'avait pas su à qui elle avait affaire, elle ne l'aurait pas reconnu.

Ses yeux étaient froids, emplis de rage. Il se dirigea vers elle avec raideur.

— Vous m'avez volé ma fille, accusa-t-il.

Mila prit une profonde inspiration.

— Sa mère voulait qu'elle ait un avenir, qu'elle soit élevée dans un environnement normal et sûr.

Il leva la main et la gifla violemment. Sous l'impact, elle vacilla en arrière.

— Elle est à moi, et sa place est avec moi, gronda-t-il.

— Pourquoi ? riposta Mila vertement. Pour que vous puissiez la vendre ou faire d'elle l'esclave sexuelle d'un monstre dans votre genre ?

Une nouvelle gifle, si forte cette fois que Mila sentit le goût du sang dans sa bouche. Puis une autre et encore une autre. Mila tomba à genoux, le monde tournoyant autour d'elle.

Brayden répéta sa conversation avec Jorge à Lucas, lequel s'empressa d'appeler son analyste au FBI afin qu'elle cherche une piste d'atterrissage privée dans les environs. Pendant qu'il s'entretenait avec elle, Brayden se mit en quête du téléphone de Mila.

Le ciel était gris, menaçant. Il devait se hâter avant la pluie.

Des virevoltants roulaient çà et là sur la terre désolée qui s'étendait devant eux. Il fit le tour des rochers en vain. Aucune trace du téléphone, ni de Mila. Pas d'empreintes non plus.

Bien sûr, les ravisseurs avaient pu ralentir et se débarrasser du corps en roulant, mais pourquoi l'auraient-ils fait dans un lieu aussi dégagé ? L'endroit avait beau être reculé, il lui paraissait plus probable que les hommes de DiSanti aient choisi un ravin ou un bois, où un cadavre serait plus difficile à trouver.

Seigneur… Il ne pouvait s'autoriser à avoir de telles pensées. Mila n'était pas morte. C'était impossible.

Il l'aimait trop pour la perdre.

*Il l'aimait ?*

Brayden donna un coup de pied rageur dans le gravier. Il ne pouvait songer à l'amour alors que la vie de Mila et celle d'Izzy étaient en jeu.

Il continua à marcher le long de la route, inspectant le fossé et les rares arbustes, puis traversa et fit la même chose de l'autre côté. Soudain, deux mètres en contrebas, il distingua quelque chose qui brillait dans la poussière.

Quelques secondes plus tard, il avait dévalé la pente et s'était mis à genoux pour récupérer le téléphone à demi enfoui sous des feuilles.

C'était celui de Mila.

Il l'épousseta, puis se retourna pour crier à Lucas qu'il l'avait trouvé.

— Je ne crois pas que Mila soit ici, dit ce dernier quand Brayden l'eut rejoint. Ils ont sans doute jeté le téléphone pour nous mettre sur une mauvaise piste.

Son appareil bourdonna. Après avoir lu rapidement le

texto qu'on lui avait envoyé, Lucas fit signe à Brayden de remonter en voiture.

— Allons-y. J'ai les coordonnées d'un ranch abandonné équipé d'une piste. Ce n'est pas très loin.

Le pouls de Brayden cognait dans ses veines tandis que le paysage défilait à toute allure derrière les vitres. Les minutes s'écoulèrent, se muèrent en une demi-heure. Les nerfs tendus à craquer, il commençait à penser qu'ils n'allaient jamais arriver quand la propriété se profila à l'horizon.

Lucas ralentit en s'engageant dans l'allée, ouvrant l'œil au cas où.

Ils n'avaient fait que quelques centaines de mètres quand on tira sur eux. Lucas fit une embardée vers la droite tandis que Brayden ouvrait le feu à son tour. Il pressa la détente une fois, deux fois, et atteignit sa cible, un homme debout sur le plateau d'un pick-up.

Lucas resta impassible, les mains crispées sur le volant. Au bout d'un autre kilomètre, Brayden aperçut la maison, une énorme bâtisse disgracieuse qui avait connu des jours meilleurs.

C'était un refuge parfait, isolé à souhait. Sans doute une des raisons pour lesquelles DiSanti avait choisi de s'installer au Texas. L'immensité du territoire offrait une multitude de cachettes possibles.

Lucas se gara à bonne distance, et ils descendirent tous les deux, armés et vigilants.

Une détonation déchira les airs. Brayden se baissa, Lucas pivota sur lui-même, repéra le tireur dans un bosquet et fit mouche.

Ils s'avancèrent encore, zigzaguant entre les buissons qui bordaient la piste puis se faufilèrent jusqu'à la maison. Au même moment, un bruit de moteur se fit entendre à l'arrière.

L'avion.

Bon sang !

D'un geste, Lucas avertit Brayden de rester où il était. Ce dernier l'ignora et contourna la bâtisse en courant, son frère sur les talons. Ils débouchèrent au coin juste à temps pour voir DiSanti sortir, flanqué de trois gardes du corps.

Brayden réprima l'envie de l'abattre sur-le-champ. Ils devaient trouver Mila d'abord.

La porte s'ouvrit de nouveau, et deux hommes se hâtèrent au-dehors. Ils traînaient quelqu'un derrière eux.

Seigneur ! Mila. Elle avait été battue et semblait à demi inconsciente, les cheveux emmêlés autour de son visage en sang. Derrière eux, un autre homme tirait une adolescente à la silhouette frêle et à l'air effrayé qui serrait une petite fille — Izzy, forcément — dans ses bras. Izzy avait enfoui la tête au creux de son épaule, manifestement terrifiée.

Si DiSanti lui avait fait du mal, il le tuerait de ses propres mains, songea-t-il, révolté.

Lucas indiqua à Brayden d'attendre, signala sa présence et ordonna aux hommes de s'immobiliser.

Au lieu d'obéir, ils dégainèrent leurs armes. Aussitôt, ce fut le chaos. Lucas se posta derrière un buisson et visa les hommes tandis que Brayden se focalisait sur celui qui tenait l'adolescente et Izzy.

Il ne prit pas le temps de réfléchir à ce qu'il faisait. Une seule pensée l'obsédait : sauver cette petite fille.

Touché en plein front, l'homme fit un pas en arrière, puis tomba comme une pierre.

L'adolescente se mit à courir, Izzy dans les bras. De son côté, Lucas fit feu sur les individus qui tenaient Mila, mais les manqua. Dissimulés derrière des fûts stockés près du hangar, deux nouveaux tireurs se joignirent à la fusillade.

Brayden fit un pas de côté et appuya sur la détente. Un

des hommes s'écroula, mortellement atteint. Lucas abattit un de ceux qui traînaient Mila. Comme galvanisée, elle repoussa le second et courut vers sa fille.

L'homme roula sur le sol et leva son pistolet. Au même moment, Izzy échappa à la jeune fille et se rua vers sa mère. La panique s'empara de Brayden. Non… Izzy était droit dans la ligne de mire du tireur.

En un éclair, l'adolescente se jeta devant l'enfant. La balle la percuta dans le dos, et elle s'effondra, protégeant Izzy de son corps. Entre-temps, Brayden avait tiré et abattu l'homme, mais le mal était fait.

Mila se précipita vers Izzy, Lucas fonça vers l'avion.

La porte de la carlingue claqua, le moteur rugit, l'appareil se mit à rouler sur la piste.

Lucas ouvrit le feu, en vain. L'avion décollait.

Brayden courut aider Mila qui tentait de relever Izzy en sanglotant. Sous le choc, celle-ci se cramponnait à l'adolescente inerte. Mila les étreignit toutes les deux.

Les yeux de la jeune fille s'entrouvrirent. Elle regarda Mila.

— Prenez soin de notre petite fille, murmura-t-elle.

Secouée de sanglots, Mila le lui promit.

# 23

Brayden garda Mila et Izzy dans ses bras pendant qu'ils attendaient l'ambulance. Mila était bouleversée par la mort de Catrina.

Elle s'était sacrifiée pour sauver son enfant.

Il avait entendu la jeune fille demander à Mila de s'occuper d'Izzy. Ce serait un argument de poids à présenter au tribunal pour obtenir l'autorisation d'adoption. Cela dit, il serait difficile – voire impossible – de persuader DiSanti de renoncer à ses droits.

Brayden chassa cette pensée. Il se pencherait sur les détails plus tard. Pour le moment, il était reconnaissant que Mila et Izzy aient survécu, même si le spectacle de Mila pâle et couverte de bleus lui nouait l'estomac.

Lucas avait appelé des renforts et lancé des recherches pour localiser l'avion de DiSanti. Cependant, ce dernier était sans doute déjà loin.

Mila et Izzy ne seraient pas en sécurité avant qu'il soit incarcéré – ou abattu.

Brayden aurait préféré la seconde option. À vrai dire, il aurait aimé être l'homme qui lui logerait une balle dans le crâne.

Quand l'ambulance arriva, il resta légèrement en retrait pendant qu'on examinait Izzy et Mila. Lucas s'approcha, le visage grave.

— Si tu veux les accompagner à l'hôpital, je me charge de terminer ici.

Brayden acquiesça.

— Qui était la jeune fille ? Une victime de DiSanti ?

Brayden acquiesça de nouveau, la gorge nouée par l'émotion.

— La mère biologique d'Izzy. Juste avant de mourir, elle a demandé à Mila de s'occuper de la petite.

Lucas arqua un sourcil.

— Mila n'avait donc pas menti en affirmant que la mère d'Izzy lui avait donné son enfant.

— Non. Ce ne sera pas facile, mais il faudra que je persuade les autorités de la lui confier.

Un silence tendu se fit entre eux tandis qu'on faisait monter Mila et Izzy dans l'ambulance.

— Tu sais qu'il va revenir, n'est-ce pas, Brayden ? Elles seront en danger tant que nous ne l'aurons pas arrêté.

— Je sais, soupira-t-il en se passant une main dans les cheveux. Il faut qu'on les protège, Lucas.

— On le fera.

Malgré tout, ce fut le cœur lourd que Brayden alla rejoindre Mila et Izzy.

Mila était anéantie. Catrina était morte en protégeant sa fille. C'était si injuste.

À l'hôpital, elle affirma au personnel soignant qu'elle allait bien. Ce qui l'inquiétait, c'était les éventuelles séquelles à long terme du traumatisme subi par Izzy.

Elle serra sa fille contre elle sur la banquette alors qu'elles roulaient vers Hawk's Landing. Réticente à ramener Izzy sur les lieux où elle avait été enlevée, Mila avait décidé d'accepter l'invitation de Brayden à venir chez lui, au moins dans l'immédiat.

Car DiSanti s'était enfui. Une fois de plus.

Cependant, elle ne voulait pas penser à cela maintenant. Elle serra Izzy plus étroitement dans ses bras. Sa fille avait besoin de réconfort, de sécurité.

Le visage de Catrina s'imposa à son esprit, et une bouffée de chagrin déferla en elle. Un jour, elle raconterait à Izzy la vérité sur sa mère biologique. Elle lui dirait à quel point Catrina l'avait aimée.

Mais pas ce soir.

Brayden s'engagea dans l'allée qui menait au ranch. L'air apeurée, Izzy saisit le bras de Mila.

— On va où, maman ?

Mila lui caressa les cheveux.

— Brayden est gentil, ma chérie. Il m'a aidée à te retrouver. Et il nous a invitées à passer quelques jours dans son ranch pour qu'on puisse se reposer.

Une lueur d'inquiétude traversa le regard d'Izzy.

— Les méchants vont revenir ?

Mila déposa un baiser rassurant sur le front de sa fille.

— Non, mon chou. Nous serons en sécurité au ranch.

Izzy la dévisagea un instant, puis hocha gravement la tête.

— Il y a des chevaux au ranch ?

Mila sourit.

— Oui. Demain, nous demanderons à Brayden si nous pouvons aller les voir, promit-elle en lui caressant les cheveux de nouveau. Mais ce soir, nous allons seulement prendre un bain bien chaud et dormir.

À cet instant, Izzy aperçut un cheval au galop dans le pré qui bordait la route et poussa un cri joyeux.

Sa réaction fit sourire Mila. Peut-être sa fille allait-elle surmonter cette épreuve plus vite qu'elle ne l'avait craint. Malgré tout, elle serait à l'affût d'éventuels cauchemars et autres signes d'anxiété.

Elle regarda Brayden à la dérobée. Il était resté silencieux pendant tout le trajet. À quoi pensait-il ?

Il avait risqué sa vie pour les sauver, Izzy et elle. Son visage portait des marques de coups. Quant à elle, elle n'était guère jolie à voir, mais peu lui importait.

Ce soir, Izzy dormirait à côté d'elle, saine et sauve. C'était la seule chose qui comptait.

Brayden avait du mal à maîtriser sa rage en songeant aux contusions de Mila, mais celle-ci et sa fille n'avaient déjà vu que trop de violence. Il prit une profonde inspiration alors qu'il se garait, s'efforçant de recouvrer son calme.

Il ouvrit la portière arrière et aida Mila à descendre, bouleversé à la vue du sang séché sur sa lèvre inférieure.

— Veux-tu que je porte Izzy ? demanda-t-il d'une voix rauque.

Elle fit non de la tête.

— Merci, mais je crois qu'elle a besoin d'être seule avec moi en ce moment.

C'était sans doute vrai. Néanmoins, il eut le sentiment douloureux que Mila l'excluait.

Il referma la portière et la soutint légèrement tandis qu'elle montait les marches, l'enfant dans les bras. Izzy leva vers lui de grands yeux méfiants.

— Je t'ai entendue dire que tu aimais les chevaux, dit-il avec un sourire.

Elle hocha la tête, une lueur d'excitation dans le regard.

— Demain, je vous emmènerai visiter le ranch. Et tu pourras même faire une promenade à cheval.

— C'est vrai ? demanda-t-elle d'une voix émerveillée, dont l'innocence fit fondre Brayden.

— C'est vrai.

Mila franchit le seuil et le remercia d'un sourire.

— Dis-moi ce dont tu as besoin, lança-t-il alors qu'elle se dirigeait vers la chambre.

— Tu as faim, mon chou ? demanda-t-elle à Izzy.

Celle-ci acquiesça timidement.

— Je n'ai pas beaucoup de choix, avoua Brayden. Je peux vous proposer des burgers au fromage.

— J'adore les burgers au fromage ! s'écria Izzy, les yeux brillants.

— Bien, alors c'est comme si c'était fait.

Il adressa un clin d'œil à Mila, qui éclata de rire. Brayden songea qu'elle avait un rire magnifique. Qu'il avait envie d'entendre ce rire plus souvent.

Et même chaque jour.

Il se hâta d'aller faire un brin de toilette de son côté, puis sortit les burgers du congélateur et les mit au four avec une pizza. Pas exactement un menu gastronomique, mais peu importait. Ce qui comptait, ce soir, c'était que la mère et la fille soient ensemble.

Que la famille soit réunie.

Une famille dont il voulait faire partie.

Secoué par cette pensée, il sortit prendre l'air sur la terrasse.

Une demi-heure plus tard, Mila et Izzy sortirent de la chambre d'invités. Izzy portait un pyjama rose à motifs de chatons, Mila avait enfilé un pantalon de survêtement et un T-shirt à manches longues. Ses cheveux humides étaient lâchés sur ses épaules. Elle avait mis un peu de fond de teint pour camoufler ses bleus, sans doute pour ne pas effrayer Izzy.

Il alluma un feu dans la cheminée, servit un verre de vin à Mila et un whisky à sa propre intention.

Ils prirent place à la table en pin et dînèrent devant l'âtre. Izzy semblait plus animée et le surprit en engloutissant une part de pizza en plus de son burger. En guise de dessert, il avait des cookies au chocolat que sa mère avait confectionnés, et elle en mangea également deux en riant.

Mila observait sa fille d'un air attendri, le regard si plein d'amour que Brayden oublia la colère qu'il avait ressentie en réalisant qu'elle lui avait menti.

Malgré tout, il était encore blessé qu'elle ne lui ait pas fait confiance.

Quand Izzy commença à bâiller, Mila fit mine de débarrasser, mais il captura sa main et lui prit l'assiette qu'elle tenait.

— Je m'en occupe. Profite d'Izzy ce soir.

Elle lui adressa un regard reconnaissant, souleva Izzy dans ses bras et l'emmena dans leur chambre.

Brayden débarrassa le couvert, puis jeta un coup d'œil au-dehors pour s'assurer que tout était calme. Rassuré, il s'installa dans un fauteuil au coin du feu et sirota son whisky, songeant aux journées qui venaient de s'écouler.

La nuit précédente, avec Mila dans les bras, il avait connu les moments les plus passionnés, les plus intenses de son existence.

Mais il ne s'agissait pas seulement de sexe.

Il était amoureux d'elle.

# 24

Durant les jours suivants, Mila prit des dispositions pour les obsèques de Roberta et de Catrina, et trouva un collègue pour la remplacer au cabinet pendant quelque temps. Elle voulait focaliser toute son énergie sur Izzy.

La fillette adorait le ranch. Ainsi qu'il l'avait promis, Brayden leur avait fait visiter la propriété et avait aidé Izzy à choisir un cheval docile pour apprendre à monter.

Ada Hawk avait accueilli provisoirement les jeunes filles qu'ils avaient secourues. Une de ses amies avait offert de les héberger, mais avait besoin de faire quelques travaux d'aménagement avant. Honey s'était portée volontaire pour superviser le projet.

Les Hawk étaient des gens extraordinaires. Mila comprenait à présent pourquoi Charlotte était tombée follement amoureuse de Lucas. Et pourquoi elle appréciait tant sa famille.

Elle regarda Brayden qui accompagnait Izzy à cheval dans le corral. Il était patient, gentil et drôle. Izzy l'adorait.

Et Mila était amoureuse de lui.

Lucas s'approchait, l'air grave. L'estomac de Mila se noua. Chaque jour, elle espérait apprendre que DiSanti avait été arrêté et qu'Izzy et elle pouvaient enfin cesser de vivre dans la peur.

Il anticipa sa question et fit non de la tête.

Elle réprima un soupir de frustration. Il faisait tout son possible pour retrouver ce misérable.

Cependant, plus le temps passait, moins elle était en sécurité à Hawk's Landing.

— J'apprécie tout ce que votre famille a fait pour Izzy et pour moi, murmura-t-elle. Mais nous ne pouvons pas rester ici indéfiniment.

— La vie au ranch ne vous plaît pas ?

Mila soupira.

— Au contraire. J'adore cet endroit, et Izzy aussi. Cela dit, je ne veux pas abuser de votre hospitalité.

Ni de Brayden. Plus elle s'attardait, moins elle aurait envie de s'en aller. Le ranch ressemblait trop au foyer dont elle avait toujours rêvé.

— Je sais que vous êtes inquiète. Mais il ne serait pas prudent de rentrer chez vous ou de reprendre le travail.

— Je suis d'accord.

Mila s'accouda à la rambarde, prenant plaisir à regarder Brayden avec Izzy. Le père de sa fille était un monstre qui ne méritait pas d'avoir un enfant. Brayden, en revanche, ferait un papa merveilleux.

Elle jeta un coup d'œil en direction de la ferme. Honey bavardait avec Ava sur la balancelle. Evie, Mae Lynn, Adrian et Agnes faisaient découvrir leurs coins préférés aux nouvelles arrivantes.

Hawk's Landing était devenu un sanctuaire.

Mais elle ne pouvait pas rester.

— Il faut que je parte. Ma présence ici est un danger pour votre famille.

Un mélange d'indécision et de regret se lut sur le visage de Lucas. Charlotte se dirigeait vers eux avec Mae Lynn, les joues rosies par l'air vif.

La veille, Charlotte avait confié à Mila qu'elle était

enceinte. Après tout ce qu'elle avait subi, elle méritait d'avoir son bébé et de vivre en paix avec Lucas.

— Nous ne voulons pas que vous partiez.

Le cœur de Mila se serra.

— C'est gentil de me dire cela, Lucas. Jamais je n'ai connu de famille aussi généreuse, aussi affectueuse que la vôtre. Mais c'est précisément pour cette raison que je dois m'en aller. DiSanti n'hésitera pas à s'en prendre à n'importe qui pour arriver jusqu'à Izzy et à moi. Je refuse de vous mettre en danger, vous, Charlotte, Brayden ou Honey et Harrison, votre mère et les jeunes filles qui lui ont échappé.

Le regard de Lucas se souda au sien. Izzy poussa un cri d'excitation alors que Brayden la déposait à terre. Elle adorait le cheval qu'il lui avait choisi et en parlait déjà comme du sien.

Mila ne pouvait permettre à sa fille de s'attacher davantage à cet endroit, à ces gens, et puis l'en séparer.

— Pourriez-vous faire en sorte que nous entrions dans le programme de protection des témoins ?

Lucas acquiesça.

— C'est possible. Mais vous savez que si vous entrez dans le programme, aucun d'entre nous, y compris Brayden, ne pourra savoir où vous êtes. Vous devrez rompre tout contact avec lui, changer de nom et accepter d'aller où on vous enverra. Et Mila…

Il hésita.

— … vous n'aurez pas le droit d'exercer la médecine ou quoi que ce soit d'approchant. DiSanti et ses hommes pourraient se servir de cela pour vous retrouver.

Une bouffée de douleur submergea Mila, mais elle murmura qu'elle comprenait. Elle ferait tout ce qui était nécessaire pour protéger sa fille et cette famille qu'elle avait appris à aimer.

Même si cela signifiait qu'elle ne pouvait être auprès d'eux.

*Trois jours plus tard*

— Mila, ne t'en va pas, la supplia Brayden alors qu'elle s'apprêtait à monter dans la voiture que Lucas avait envoyée pour les emmener, Izzy et elle. Je ferai tout pour vous protéger toutes les deux.

Mila leva la main et lui caressa la joue.

— Je sais bien. C'est une des raisons pour lesquelles nous devons partir. Je me refuse à vous exposer au danger, ta famille et toi.

L'émotion le submergea.

— Je t'aime, avoua-t-il, le cœur cognant dans sa poitrine.

Il était en train de la perdre. Il n'avait cessé d'essayer de la raisonner depuis qu'elle l'avait mis au courant de son projet, en vain.

Il était furieux contre son frère. Lucas avait tout arrangé avec le programme de protection des témoins sans lui demander son avis.

— Je pourrais partir avec toi, proposa-t-il. Ainsi, Izzy et toi ne seriez pas toutes seules.

Mila secoua la tête.

— Non. Il faut que je parte seule, Brayden. Izzy est ma responsabilité, pas la tienne.

Sa réponse le blessa.

Il lui avait déclaré son amour, et elle n'avait pas réagi. Elle ne l'aimait pas.

C'était cela le plus douloureux.

Après tout ce qu'elle avait enduré, il ne pouvait lui imposer sa présence. Elle avait besoin d'être libre.

— Me feras-tu savoir si tu vas bien ? demanda-t-il, la gorge nouée.

— Tu sais que c'est impossible, répondit Mila doucement. À partir du moment où nous partons, c'est un nouveau début pour nous tous.

Elle avait raison, bien sûr, même si cela ne plaisait pas à Brayden. Maintenir un contact avec lui la mettrait en danger. À l'heure qu'il était, DiSanti et ses hommes avaient probablement découvert que sa famille et lui avaient hébergé Mila et Izzy.

Il devait la laisser partir. C'était le seul moyen de garantir sa sécurité.

Il ouvrit la portière arrière. Izzy était assise dans son siège, cramponnée à ses peluches et à sa couverture rose. Des larmes brillaient dans ses grands yeux sombres.

— Tu vas me manquer, mon chou, murmura-t-il en l'embrassant.

Elle noua les bras autour de lui et le serra contre elle avec un sanglot.

— Je t'aime, hoqueta-t-elle. Je ne veux pas quitter Blondie.

C'était le nom du cheval.

— Moi aussi, je t'aime, dit-il en déposant un baiser sur son front. Et Blondie sera là quand ta maman et toi pourrez revenir.

Comme il se redressait, Mila lui adressa un regard d'avertissement. Il se demanda comment elle avait pu être aussi forte quand Izzy avait été enlevée par ce monstre. Il avait l'impression que son cœur allait exploser. Cette précieuse petite fille l'avait complètement conquis.

Mila lui donna un rapide baiser sur la joue puis s'engouffra dans l'habitacle.

Le chauffeur démarra.

Il resta là, se demandant si elle allait se retourner. Mais Mila n'eut pas un regard en arrière.

Trois semaines plus tard, Mila pleurait toujours chaque soir dans son oreiller.

Elle n'osait pas montrer son chagrin à Izzy, qui parlait de Brayden, de Blondie, du ranch et de la famille Hawk chaque jour.

L'agence fédérale les avait installées dans un appartement au centre d'une petite ville du Colorado, loin de Hawk's Landing et de ceux qu'elle aimait.

Le visage de Brayden la hantait constamment. Elle mourait d'envie de le voir, de lui parler, d'être avec lui. Elle repassait en boucle dans son esprit le moment où il lui avait dit qu'il l'aimait.

Elle n'avait pas avoué qu'elle l'aimait en retour. Si elle avait prononcé ces mots à voix haute, elle n'aurait pas eu le courage de s'en aller.

Et comment aurait-elle pu lui demander de renoncer à sa carrière, au ranch et à la famille qu'il adorait pour être avec elle ? Ava avait déjà perdu une enfant. Mila se refusait à lui en voler un autre.

Izzy achevait un dessin de Hawk's Landing, avec son cheval favori au premier plan.

— Blondie me manque, maman.

Mila acquiesça, s'exhortant à la patience. Ce n'était pas la faute d'Izzy si elles étaient dans cette situation.

— Tu crois que le Père Noël va nous trouver ici ? insista Izzy d'une toute petite voix.

Mila se baissa et la prit sur ses genoux.

— Bien sûr, ma chérie.

— Est-ce qu'il va m'apporter un chiot ?

Mila hésita. Elle ne voulait pas qu'Izzy s'attache à un

autre être qu'elle risquait de perdre, mais il aurait été cruel de priver son enfant d'un animal de compagnie. Un cheval était hors de question, mais un chiot…

— Le Père Noël sait que tu es une petite fille adorable et il se souviendra de toi le soir de Noël.

Izzy posa la tête contre sa poitrine.

— Je lui ai demandé autre chose aussi.

Mila ferma les yeux et se mit à bercer sa fille doucement.

— Quoi donc, ma chérie ?

Izzy haussa les épaules.

— Si je te le dis, ça ne marchera pas.

Mila l'embrassa sur le front et lui ébouriffa affectueusement les cheveux. Au fil du temps, elles finiraient par s'habituer à leur nouvelle vie et à l'accepter.

Elle regrettait seulement que Brayden n'en fasse pas partie.

Thanksgiving passa. Puis arriva Noël. À cinq jours des fêtes, Brayden était plus abattu que jamais.

Sa famille était réunie pour le dîner hebdomadaire, autour du sapin décoré de guirlandes et de sujets. L'air embaumait la pomme et la cannelle.

Blottis l'un contre l'autre sur le canapé, Harrison et Honey cherchaient en riant un nom pour le bébé à naître.

Charlotte et Lucas étaient presque aussi pénibles. Depuis que Charlotte avait annoncé qu'elle était enceinte, Lucas ne la quittait pas d'une semelle.

Les filles s'affairaient à décorer des cookies dans la cuisine.

Dexter mit une nouvelle bûche dans le feu.

Mais quelqu'un manquait.

Deux personnes, plutôt. Mila et Izzy.

Sa mère lui tendit un café.

— Je sais que c'est difficile, mon grand. Tu l'aimes, n'est-ce pas ?

Apparemment, la mine impassible qu'il adoptait au tribunal ne trompait pas les siens. Ils lisaient en lui comme dans un livre.

— Peu importe. Elle ne m'aime pas.

Sa mère émit un petit grognement.

— Ne me dis pas que tu penses cela.

Il haussa les épaules.

— Je lui ai dit ce que je ressentais pour elle, et elle n'a pas réagi. Ou plutôt, si. Elle est partie.

— Elle est partie pour protéger sa petite fille.

— Je le sais, et j'aime Izzy de tout mon cœur aussi. J'aurais pu les protéger toutes les deux.

Sa mère leva les yeux au ciel.

— Les hommes, vraiment ! Mila est partie *parce qu'elle* t'aime.

— Quoi ?

C'était absurde.

— Mila est aimante et généreuse, elle donne son temps pour aider les enfants. Tu crois qu'elle serait restée si sa présence ici menaçait notre famille ?

Brayden se passa une main sur le front.

— Non, mais…

— Va la rejoindre, suggéra sa mère. Elle voulait te protéger, et nous aussi. Je l'ai entendue parler à Charlotte avant qu'elle s'en aille.

La gorge nouée, Brayden regarda sa mère. Avait-elle raison ? Mila l'aimait-elle ?

— Mais, maman, je ne peux pas t'abandonner. Je sais comme ça a été dur pour toi de perdre Chrissy et puis papa…

Elle captura ses mains et les pressa dans les siennes.

— Nous avons tous traversé des moments difficiles.

Mais ces malheurs m'ont appris une chose : quand on aime quelqu'un, il faut le lui montrer. Chérir chaque instant passé avec elle ou avec lui.

Elle déposa un baiser sur sa joue.

— Tes frères et toi êtes des hommes fantastiques, Brayden. Je suis incroyablement fière de vous tous. Et je veux que vous soyez heureux.

Brayden déglutit avec peine.

— Mila et Izzy ont besoin de toi, reprit-elle, avant de désigner d'un geste la cuisine où les filles avaient entonné des chants de Noël. Ne t'inquiète pas pour moi. Un jour, quand le danger sera écarté, vous reviendrez tous parmi nous.

Il prit une brève inspiration.

— Merci, maman, murmura-t-il en la serrant contre lui. Je t'aime.

L'instant d'après, il fit signe à Lucas de le suivre sur la terrasse. Dexter et Harrison leur emboîtèrent le pas, un whisky à la main.

Brayden les mit au courant de sa décision.

Lucas secoua la tête.

— Nous ne pouvons pas te laisser faire ça.

— Tu sais où elle est ? insista Brayden.

Lucas poussa un soupir.

— Non.

— Dans ce cas, débrouille-toi pour le découvrir. Tu n'aurais jamais dû prendre ces dispositions sans me consulter.

— C'était la décision de Mila. C'est elle qui me l'a demandé, Brayden.

— Parce qu'elle voulait nous protéger. Mais elle se retrouve seule à présent, et ce n'est pas juste.

Lucas lui adressa un sourire compréhensif, puis leva la main pour prévenir un nouvel argument.

— Écoute, nous avons un tuyau sur DiSanti. On m'a appelé hier soir. Je vais partir tout à l'heure.

— Je t'accompagne.

— Moi aussi, lâcha Harrison aussitôt.

Dexter haussa les épaules.

— Autant y aller à quatre.

Après une brève hésitation, Lucas acquiesça.

Le cœur de Brayden battait à toute allure. Les frères Hawk avaient toujours été solidaires.

Si quelqu'un pouvait neutraliser DiSanti une fois pour toutes, c'était eux.

# 25

Brayden avait hâte d'arrêter DiSanti.

Harrison avait rencontré Jorge afin de garantir sa protection et l'accueil de sa famille. Grâce aux relations de Lucas, des dispositions avaient d'ores et déjà été prises pour l'aider à obtenir la nationalité américaine.

Brayden et Lucas se trouvaient désormais à Juarez. Selon des renseignements glanés sur Internet, un lot important de marchandise allait passer la frontière le soir même, confirmant des informations fournies par Jorge.

Deux équipes d'agents fédéraux allaient participer à l'opération.

— Je préférerais que tu restes en retrait, déclara Lucas à Brayden. Laisse-nous faire, d'accord ?

En temps normal, Brayden se serait incliné. Mais dans ce cas précis, il était personnellement concerné. Et il voulait pouvoir épauler son frère si besoin était.

Enfin, il voulait voir DiSanti arrêté ou mort de ses propres yeux. C'était la seule manière de libérer Mila et Izzy, de leur permettre de mener une vie normale.

Brayden avait pris sa décision : si l'opération échouait, il les rejoindrait dans le programme de protection des témoins. Il avait à peine fermé l'œil depuis leur départ tant il s'inquiétait à leur sujet. Il tenait à les protéger. Ils feraient face au danger et à l'incertitude ensemble.

Lucas se gara à un bon kilomètre de la propriété, un

vaste ranch entouré de barbelés, situé à trois kilomètres seulement de la frontière. Armés et résolus, ils se dirigèrent à pied vers la clôture. Lucas et lui partirent dans une direction, tandis que Harrison et Dexter se joignaient à une autre équipe.

Soudain, des détonations retentirent. Lucas et Brayden ripostèrent, abattant deux hommes qui montaient la garde, puis continuèrent à avancer, leurs semi-automatiques prêts au cas où.

En quelques instants, ce fut le chaos. Appuyées par des troupes arrivées en hélicoptère, les deux équipes donnèrent l'assaut.

Brayden s'engouffra à l'intérieur du bâtiment. Il sentit une balle lui effleurer le bras alors qu'il se faufilait dans un couloir désert, mais ignora la douleur et jeta un coup d'œil dans la pièce suivante. Vide.

La voix de Lucas s'éleva dans son écouteur.

— Victimes localisées dans un conteneur. Dix filles, y compris Jade. On allait les faire passer par un tunnel creusé sous la frontière pour gagner le Mexique.

— Et DiSanti ?

Un grésillement lui répondit. Suivi d'une fusillade.

Le cœur de Brayden s'emballa.

— Lucas ?

Silence.

Il étouffa un juron. Son frère avait-il été touché ?

— Réponds-moi, vieux.

D'autres coups de feu. Des éclats de voix. Puis un grognement sourd.

Mila regardait en souriant Izzy saupoudrer de vermicelles multicolores les cookies qu'elles venaient de confectionner. L'enfant avait du glaçage sur la joue.

— Je crois qu'il y a autant de sucre sur toi que sur les cookies, plaisanta-t-elle en l'essuyant du bout du doigt.

Izzy lécha avec délice quelques paillettes restées au creux de sa main.

— Miam !

Mila déposa en riant le deuxième plateau de biscuits devant sa fille. Elles avaient préparé assez de gâteaux pour toute une famille.

Malheureusement, elles n'étaient que deux.

— On peut aller acheter un sapin, maman ?

Mila jeta un coup d'œil au logement minuscule qu'elles louaient. Il était convenable, mais ne possédait pas la chaleur d'un vrai foyer. Elles n'avaient rien apporté hormis leurs vêtements et quelques jouets pour Izzy.

Un sapin de Noël ajouterait au moins un peu de gaieté.

— Oui, bien sûr. J'ai vu une jardinerie en ville. Nous irons tout à l'heure et nous en profiterons pour acheter quelques décorations.

— Youpi !

Émue, Mila serra sa fille dans ses bras. Elle méritait de passer un Noël merveilleux, d'avoir un magnifique sapin et des cadeaux dont elle rêvait.

— Maman ?

— Oui, mon chou ?

— Tu crois que le Père Noël va m'apporter un chiot ?

— Nous verrons.

Peut-être pourrait-elle se rendre dans un refuge tout à l'heure, et choisir un chien pour Izzy. Ce serait une compagnie pour elles deux.

Mila se tourna vers la fenêtre et contempla la neige qui tombait. C'était magnifique, mais le Texas et son travail lui manquaient.

Plus que tout, Brayden lui manquait.

*
* *

Brayden traversa la propriété au pas de course, esquivant les balles. Il découvrit Lucas à l'arrière d'un hangar qui abritait l'avion privé de DiSanti.

Son frère était debout, les mains en l'air, menacé par deux individus armés. L'un d'eux n'était autre que DiSanti.

— Je la retrouverai, lança ce dernier. Et je récupérerai ma fille.

— Pourquoi ? aboya Lucas. Pour la vendre comme vous vendez les enfants des autres ?

DiSanti fit signe à son homme de main.

— Tue-le, et fichons le camp.

Le sang de Brayden se glaça. Il n'allait pas laisser son frère être tué par ce salaud. DiSanti n'avait déjà gâché que trop de vies.

Il s'avança sans bruit, de manière à être vu de Lucas, mais pas de ses adversaires. Il leva trois doigts, puis compta à rebours.

Parvenu à zéro, il visa la tête de DiSanti. Au même moment, Lucas pivota sur lui-même et décocha un coup de poing au sbire de DiSanti.

La balle atteignit sa cible, percutant DiSanti au beau milieu du front. Un jet de sang jaillit alors que le misérable s'effondrait sur le sol.

Un coup de feu déchira l'air. Brayden fit volte-face, le cœur cognant dans sa poitrine. Lucas ?

Son frère se redressa, vérifia le pouls de l'homme à ses pieds, puis se tourna vers lui en souriant.

Brayden lâcha un soupir de soulagement.

Lucas était indemne. DiSanti était mort.

Il était enfin libre d'aller chercher Mila.

*
* *

Mila traîna le sapin à l'intérieur, tapant des pieds pour faire tomber la neige qui s'accrochait à ses semelles. Le Colorado était splendide, mais il y faisait froid.

Izzy claquait des dents.

— Je vais nous faire un chocolat chaud, proposa Mila.

Cependant, elle voulait d'abord s'assurer qu'elles n'avaient pas été suivies. Toute la journée, elle avait eu la curieuse sensation d'être observée. Surtout à la jardinerie.

Izzy se rua dans l'entrée, retira son bonnet, son manteau et ses gants, puis attrapa le sac de décorations qu'elles venaient d'acheter.

Mila se hâta vers la porte pour la refermer. Au même moment, un 4x4 noir s'engagea dans l'allée.

Une bouffée d'angoisse l'envahit.

DiSanti l'avait-il retrouvée ?

Elle ouvrait la bouche pour crier à Izzy d'aller se cacher quand un homme descendit. Ce n'était pas DiSanti, mais un cow-boy aux cheveux bruns, coiffé d'un stetson.

Le cœur de Mila fit un bond dans sa poitrine.

Brayden.

La peur revint presque aussitôt. Était-il venu lui annoncer qu'elles devaient déménager de nouveau ?

Elle resta sur le seuil, savourant le bonheur de le regarder monter les marches.

Un sourire se dessina sur ses lèvres quand il rencontra son regard.

— Brayden ?

— Il est mort.

Mila chancela sous le choc.

— Quand ? Que s'est-il passé ?

Le cœur battant la chamade, elle se jeta dans ses bras.

— Peu importe. Je m'en moque. Je suis tellement contente que tu sois là !

Il la serra étroitement contre lui.

— Je t'aime, Mila, murmura-t-il à son oreille. Je veux vous ramener à la maison, toi et Izzy.

L'amour déferla en Mila. Elle leva la tête et plongea les yeux dans les siens.

— Je t'aime, Brayden.

— C'est vrai ?

— C'est vrai, répondit-elle, au comble de l'émotion.

— Alors… Tu veux bien m'épouser ?

L'hésitation qu'elle lisait dans son regard émut Mila davantage encore. Craignait-il réellement qu'elle refuse ?

Elle glissa les bras sous les siens et les noua autour de sa taille.

— Oui. Je serais enchantée de t'épouser.

Ils se mirent à rire tous les deux, et un baiser vint sceller leurs paroles. Quelques secondes plus tard, Izzy les rejoignait en poussant un cri joyeux. Elle se faufila entre eux, et Brayden la souleva dans ses bras.

— Izzy, je veux épouser ta maman, tu es d'accord ?

Elle hocha la tête, les yeux rieurs.

— Cela veut dire que vous vivrez avec moi, reprit Brayden. Et que je voudrais être ton papa.

— Oui ! Oui, je veux que tu sois mon papa ! gloussa-t-elle en se jetant à son cou.

Quand elle se dégagea enfin, elle regarda Mila.

— Le Père Noël est en avance, maman.

— Comment ça ? demanda Mila, amusée.

— Je t'avais dit que je lui avais demandé un autre cadeau.

Mila sourit.

— Oui ?

— Je lui avais demandé un papa ! Et il me l'a apporté !

Des larmes brûlèrent les paupières de Mila.

Le Père Noël allait exaucer tous les souhaits de sa

fille. Elle allait avoir un chiot, et retrouver Blondie qui l'attendait à Hawk's Landing.

Les prières de Mila aussi avaient été entendues. Auprès de Brayden, Izzy et elle auraient la famille dont elle avait toujours rêvé.

# 1

Le bruit des touches de la vieille machine à écrire manuelle frappées avec force résonnait dans le silence du sous-sol. Les mains volaient de plus en plus vite sur le clavier jusqu'au moment où les tiges métalliques s'emmêlèrent, bloquant le processus.

L'auteur de la lettre les remit en place d'un geste brusque et le cliquetis reprit. Le crépitement des petits marteaux de fer percutant le ruban, le *cling* de la sonnette marquant la fin de la ligne, le bruit tonitruant du retour du chariot, emplirent la pièce tandis que les mots s'alignaient sur le feuillet. Bientôt, un texte haineux apparut sur le papier grisâtre. Certaines lettres semblaient plus foncées que d'autres.

Finalement, la feuille fut arrachée du cylindre. Les yeux brillant de rage, son auteur la relut avant de la plier et de la glisser dans une enveloppe timbrée sur laquelle on pouvait lire en caractères d'imprimerie :

TJ St. Clair
Whitehorse, MONTANA

Puis il se leva et sourit, anticipant le moment où la destinataire l'ouvrirait.

Sans l'ombre d'un doute, Tessa Jane Clementine, alias TJ St. Clair, allait adorer cette missive…

*
* *

TJ St. Clair détestait les conférences téléphoniques. Celle-ci, en particulier.

Situé dans un vieil immeuble de New York, son appartement était si petit que les voix de ses interlocuteurs, qu'elle entendait via le haut-parleur de son portable, ricochaient sur les murs.

— Je reconnais que la sortie de ton livre au moment de Noël n'est pas facile à gérer, déclara Rachel, la coordinatrice marketing.

— Mais il est très important de faire le plus de promo possible cette semaine pour assurer un bon démarrage des ventes, ajouta Sherry, chargée de la publicité.

La tête entre les mains, TJ resta un moment silencieuse.

— J'ai décidé de passer les fêtes avec mes sœurs dans la propriété familiale de Whitehorse, grommela-t-elle enfin. Je ne les ai pas vues depuis des mois.

Sur le point de leur dire qu'elle savait qu'une bonne promotion était indispensable à la réussite du lancement d'un nouveau roman, TJ se ravisa au dernier moment. En réalité, elle s'interrogeait souvent sur l'impact réel des opérations marketing. Multiplier les annonces, en particulier sur les réseaux sociaux, faisait-il vraiment une différence ? Elle en doutait. Si ses lecteurs passaient autant de temps qu'elle sur Internet, elle se demandait comment ils trouvaient encore celui de lire des livres.

— Les lettres anonymes que tu reçois depuis le printemps dernier ne sont pas étrangères à ta décision, n'est-ce pas ? demanda Clara, son agent.

TJ se tourna vers la fenêtre. Elle détestait l'avouer mais les menaces dont elle faisait l'objet depuis six mois la terrifiaient, oui.

— En effet, elles sont pour une grande part à l'origine

de mon envie de me mettre un peu au vert. Elles deviennent de plus en plus haineuses et de plus en plus inquiétantes.

— J'en suis sincèrement désolée, dit Clara.

Tous les autres assurèrent TJ de leur sympathie.

— En avez-vous parlé à la police ? s'enquit Dan French, son éditeur.

— Elle ne peut rien faire, tant que l'auteur de ces missives n'est pas passé à l'acte. Ce qui me donne une raison de plus pour me rendre dans le Montana.

Un lourd silence tomba, que Dan finit par rompre.

— D'accord, je vais voir avec le service Marketing ce qu'il est possible de faire, dit-il. Nous tâcherons de nous débrouiller autrement.

— Cela m'ennuie vraiment de te le demander, reprit Rachel, mais te serait-il possible au moins d'organiser une ou deux séances de dédicaces avant Noël là-bas, dans le Montana ? Je ne veux pas avoir l'air d'insister mais il serait quand même dommage de perdre le dynamisme qu'a généré la publication de ton roman précédent, TJ.

— Ce serait mieux que rien, renchérit Dan. Bien sûr, si vous n'apparaissez pas sur la liste des best-sellers, ce ne sera pas la fin du monde. Mais votre dernier thriller est excellent. Je l'ai adoré. C'est le meilleur que vous ayez écrit, je le pense sincèrement. Il a toutes les chances d'être très bien placé dans ce classement, et je suis certain qu'il sera un succès de librairie.

Les ventes enregistrées par un livre la première semaine suivant sa parution – et surtout sa présence en bonne place dans la liste des best-sellers du *New York Times* – étaient déterminantes pour la suite, ils le savaient tous. Si cette fois son dernier titre n'y figurait pas, TJ perdrait fatalement le bonus obtenu à chacune de ses publications précédentes qui figuraient toujours dans le top 10 dès leurs sorties.

Rater le lancement de son nouveau roman se traduirait

par un fléchissement du chiffre d'affaires de l'éditeur. Du coup, il réviserait à la baisse les termes du prochain contrat de TJ et renâclerait sans doute à investir dans la promotion de ses futurs ouvrages.

— Nous ne voulons pas faire pression sur vous, assura Dan. Mais je suis sûr que si la police estimait que cet admirateur un peu détraqué est réellement dangereux…

— Te rendre dans le Montana est une très bonne idée, le coupa son agent. Entourée de ta famille, tu seras en sécurité pendant les fêtes. Nous ferons le point sur la situation à ton retour.

TJ se frotta les tempes.

— Je pense pouvoir assurer une séance de signatures là-bas, dit-elle. Whitehorse est un village comme il en existe beaucoup dans le Montana, un peu perdu au milieu de nulle part, et si petit qu'il ne compte qu'une seule librairie. Cela dit, à cette époque de l'année, les routes deviennent vite impraticables. Voilà pourquoi il n'y aura sans doute pas grand monde.

— La *Billings Gazette* n'a-t-elle pas rédigé un reportage particulièrement documenté et élogieux sur vous, l'enfant du pays, la semaine dernière ? intervint Trish du service Marketing.

— En effet, répondit TJ en réprimant un juron.

Elle avait rencontré l'auteur de ce papier il y a plusieurs mois mais l'avait totalement oublié par la suite.

— Cela devrait suffire pour démarrer la promo, reprit Clara, venant à sa rescousse. Le prochain livre de TJ sortira au printemps. Prévoyons dès maintenant une opération d'envergure, à cette occasion.

— Pour ce titre-ci, nous avons déjà réservé des pages publicitaires dans six grands magazines ainsi qu'une campagne au sein des réseaux sociaux, dit Rachel. De nombreux lecteurs fidèles attendent avec impatience sa sortie. Les préventes sont bonnes.

— Cela te va, TJ ? demanda son agent.

TJ hocha la tête avant de prendre conscience que personne ne la voyait et qu'elle devait dire quelque chose.

Elle avait la gorge serrée, le ventre noué. Le simple fait de s'imaginer au cœur d'un événement public la terrifiait.

Mais avant qu'elle puisse répondre, les autres participants mirent fin à la conférence téléphonique. Ils se souhaitèrent mutuellement joyeux Noël et raccrochèrent, à l'exception de Clara.

— Es-tu sûre que ça va, TJ ?

— En tout cas, je suis sûre que tout ira mieux dès que je serai à Whitehorse avec mes sœurs, répondit-elle, tentant de s'en convaincre.

Elle avait hâte de partir, de monter dans l'avion, de quitter New York. Elle n'était pas retournée dans le Montana depuis des années, sauf lorsqu'elle était allée assister à l'enterrement de sa grand-mère.

— Restons en contact, et si tu as besoin de quoi que ce soit…

TJ sourit. Elle avait beaucoup d'affection pour Clara qu'elle considérait plus comme une amie que comme son agent.

— Je sais. Merci.

Elle raccrocha. À chaque parution d'un de ses romans, elle s'inquiétait, se demandant s'il serait bien placé dans la liste des best-sellers de la semaine, s'il ferait de meilleures ventes que ses livres précédents.

Mais pas cette fois.

*Tu as des sujets plus graves sur lesquels t'inquiéter, actuellement*, se dit-elle tout en s'approchant de la fenêtre pour inspecter les alentours.

*Je sais où vous vivez. Pensez-vous vraiment pouvoir*

*m'ignorer, bien à l'abri dans votre appartement de New York ? Ne rêvez pas, ma pauvre fille. Vous ne m'échapperez pas.*

Ces quelques lignes au bas de la dernière lettre anonyme avaient particulièrement angoissé TJ. Car pour la première fois, son « fan » avait ajouté une photo prise de l'extérieur de son appartement de New York. Elle n'avait eu aucun mal à reconnaître les rideaux aux fenêtres de son deux-pièces, situé au troisième étage de l'immeuble. Ils étaient tirés, mais de la lumière se devinait à l'intérieur ce qui signifiait qu'elle était chez elle quand le cliché avait été pris du trottoir d'en face.

La photo était récente à en juger par les petits anges collés sur les vitres de sa voisine, la vieille Mme Gunderson. Cette dernière les y avait mis deux jours plus tôt seulement. TJ lui avait donné un coup de main.

Prendre conscience que la personne – homme ou femme, TJ n'en savait rien – qui la harcelait depuis des mois avait été si près d'elle il y a peu de temps la glaçait de peur. Elle consulta l'heure sur son téléphone portable. Son vol était programmé pour la fin de journée mais elle préférait partir au plus vite et patienter à l'aéroport, entourée d'agents de sécurité, au lieu de tourner en rond dans son deux-pièces en se rongeant les sangs.

Glissant son téléphone dans son sac, elle s'empara de sa valise à roulettes et se dirigea vers la porte.

Désormais, avant de s'aventurer hors de chez elle, elle inspectait toujours le couloir par l'œilleton. Il était désert. En passant devant l'un des appartements voisins, elle reconnut un chant traditionnel de Noël. Elle en eut les larmes aux yeux. Elle se rendit compte qu'elle était à cran. Indépendamment des lettres anonymes, la perspective de revoir ses sœurs, avec qui elle était en froid depuis des mois, la remuait profondément.

Le doute s'empara d'elle. Fêter Noël avec Annabelle et Chloe n'était peut-être pas une bonne idée, finalement. Sans doute ferait-elle mieux d'aller ailleurs que dans le Montana, prendre une semaine ou deux de vacances au soleil, dans une station balnéaire, par exemple. Mais elle repoussa aussitôt cette idée. Elle avait envie de retourner à Whitehorse, de retrouver la vieille maison familiale et, surtout, ses sœurs.

Tirant sa valise, elle se hâta vers l'ascenseur. Il se trouvait alors au sous-sol. Elle pressa le bouton pour l'appeler. Lorsque les portes s'ouvriraient, si la cabine était vide, elle y entrerait. Sinon, elle ferait mine d'avoir oublié quelque chose et rebrousserait chemin.

Elle se comportait de façon idiote, elle le savait, mais elle était incapable de s'en empêcher.

Personne ne prenait au sérieux les menaces dont elle faisait l'objet. Mais elle, elle sentait un vrai danger. Les lettres anonymes devenaient de plus en plus menaçantes, de plus en plus haineuses. Loin de se lasser ou de passer à autre chose, leur auteur semblait au contraire de plus en plus déterminé à lui faire du mal. TJ ne parvenait pas à se débarrasser du sentiment que celui ou celle qui signait ses missives « True Fan » n'allait plus tarder à frapper.

L'ascenseur arriva, et les portes s'écartèrent avec une petite sonnerie. La cabine était déserte. Avec un soupir de soulagement, TJ y entra et appuya le bouton du rez-de-chaussée.

La personne qui la harcelait depuis des mois pouvait être n'importe qui. Ce qui rendait la situation encore plus terrifiante. Peut-être s'agissait-il même d'un voisin. Ou d'un inconnu croisé lors d'une séance de dédicaces. Elle avait rencontré tant d'admirateurs qu'elle ne les avait pas tous mémorisés. Elle était toujours gênée lorsqu'ils la complimentaient sur ses livres. Elle se sentait chaque fois responsable d'une imposture. Sans doute ne s'habituerait-elle jamais au succès. Elle avait toujours voulu écrire. Mais jamais elle n'aurait osé imaginer être un jour publiée et encore moins vivre de sa plume. C'était un vrai miracle. Elle avait encore du mal à croire à sa chance…

Son bonheur avait été total jusqu'au moment où True Fan avait commencé à la tourmenter.

Lorsque TJ sortit de l'immeuble, elle fut surprise de l'animation qui régnait dans les rues. Les gens se pressaient sur les trottoirs. Certains avec un attaché-case à la main, d'autres, les bras chargés de paquets. Avec l'approche des fêtes, tout le monde se ruait dans les magasins.

Tout en se hâtant vers la station de taxis, TJ observait les passants, se demandant si elle serait capable d'y trouver la personne qui la persécutait. Elle gagnait sa vie en écrivant des thrillers qui mettaient en scène des assassins et des tueurs en série. N'était-elle donc pas mieux placée que quiconque pour repérer son harceleur dans une foule ? Mais elle ne savait même pas si True Fan était un homme ou une femme.

Un taxi jaune s'arrêta de l'autre côté de la rue dans un grincement de freins. Le chauffeur lui fit signe de se dépêcher. Mais alors qu'elle s'apprêtait à traverser, un gros camion de livraison surgit sur sa gauche. Il roulait si vite que TJ préféra attendre qu'il passe.

Elle sentit alors une main se poser au bas de son dos et la pousser vigoureusement en avant. Elle poussa un cri de terreur et fut précipitée en avant, sous les roues du semi-remorque.

# 2

Tout alla très vite. Un instant plus tôt, TJ se tenait sur le bord du trottoir, attendant que le camion passe pour traverser la rue. Et soudain, elle se sentit projetée vers le semi-remorque qui roulait à vive allure. Elle moulina des bras, tentant de recouvrer l'équilibre, de se retenir à quelque chose. Mais il n'y avait rien à quoi s'accrocher. Elle entendit un rugissement de moteur, sentit l'odeur du diesel et ferma les paupières en comprenant qu'elle allait mourir, écrasée par le monstre d'acier.

Mais au moment où elle basculait, tête la première, une main puissante la saisit par le bras et la tira brutalement en arrière. Elle fut propulsée contre un torse si dur qu'elle eut d'abord l'impression de heurter de plein fouet un réverbère. Comme elle s'efforçait de se redresser, elle aperçut brièvement son sauveteur, un homme grand et musclé. Il s'assura d'un coup d'œil qu'elle tenait bien sur ses jambes. Puis il la lâcha et, tournant les talons, s'éloigna à pas vifs, comme si sauver les femmes était quelque chose d'anodin pour lui, comme s'il en avait l'habitude.

Encore bouleversée d'avoir ainsi frôlé la mort, TJ tenta de le retenir.

— Attendez !

Il venait de lui sauver la vie, elle voulait au moins l'en remercier. Mais sans se retourner, il poursuivit son chemin. Elle eut à peine le temps de voir un manteau beige, de larges épaules, des cheveux noirs et bouclés sous une casquette de base-ball, avant qu'il disparaisse, happé par la foule.

TJ se baissa pour récupérer sa valise et son sac, tombés sur le trottoir. Encore sous le choc, elle s'en saisit d'une main tremblante. Le taxi qui s'était arrêté pour elle était parti depuis longtemps. Personne ne semblait avoir remarqué le drame auquel elle avait échappé de justesse.

Pourquoi l'homme au manteau beige avait-il filé ainsi ? S'agissait-il d'un bon Samaritain qui venait en aide aux autres sans rien attendre en retour, pas même un mot de remerciement ? Ou du type qui l'avait poussée vers le camion avant de la tirer en arrière ? s'interrogea-t-elle avec un regain de frayeur. En tout cas, son sauveur n'avait même pas pris le temps de lui demander si elle allait bien.

Était-il possible que cet inconnu soit son True Fan ?

Un frisson de terreur la parcourut. Ce qui venait de se passer était-il un avertissement ?

Un taxi s'arrêta devant elle. Comme elle ouvrait la portière pour s'engouffrer à l'intérieur, elle sentit des larmes brûler ses paupières. Après tant d'années loin du Montana, elle avait hâte, à présent, de retourner à Whitehorse.

Silas Walker poussa un juron. Il avait perdu la trace de l'homme qu'il suivait dans la foule particulièrement dense en cette période de Noël. Sa cible avait disparu au milieu de tous ces gens qui se pressaient sur le trottoir.

Le souffle court, Silas s'adossa contre le mur d'un immeuble pour observer la rue. Sa jambe le faisait terriblement souffrir. Il se rendit compte qu'il boitait beaucoup. Sans cette blessure, le gars ne lui aurait sans doute pas échappé.

Il avait également perdu de précieux instants en s'arrêtant pour rattraper au vol cette femme qui, déséquilibrée par le flot humain, avait failli se faire écraser par un camion. Il secoua la tête. Elle aurait dû être plus prudente. Se tenir au bord d'un trottoir bondé était dangereux. Silas préférait ne pas imaginer ce qui se serait passé s'il ne s'était pas trouvé derrière elle au bon moment.

Son téléphone portable vibra dans sa poche, et il s'en saisit pour lire le texto qu'il venait de recevoir. Son patron voulait le voir au plus vite. Cela n'augurait rien de bon.

Il lui répondit rapidement qu'il arrivait.

Silas devinait ce que son supérieur allait lui dire en voyant à quel point il boitait. Il n'était pas en état de travailler, il était revenu trop tôt sur le terrain. Mais savoir que son patron aurait raison n'arrangeait rien.

Cela dit, maintenant qu'il avait laissé échapper sa cible, qu'il avait raté une filature aussi simple, Silas devait reconnaître qu'il n'était en effet pas encore apte à reprendre ses fonctions. Avant toute chose, il avait besoin de soigner sa jambe blessée, de s'octroyer quelques jours de repos. Avec Noël qui approchait, il aurait sans doute dû s'en réjouir.

Comme un taxi passait devant lui, il remarqua la passagère assise sur la banquette arrière. À son manteau rouge vif et à son écharpe multicolore, il reconnut la femme qu'il avait tirée en arrière, un instant plus tôt, pour lui éviter de se faire faucher par un camion.

Mais le plus surprenant était ailleurs. Il ne s'agissait pas d'une complète inconnue. Il avait souvent vu son visage au dos de ses livres. Il eut du mal à croire en sa chance. TJ St. Clair, sa romancière préférée. La photo qui illustrait les jaquettes de ses thrillers ne lui rendait pas justice.

Elle allait sans doute à l'aéroport, se dit-il, se rappelant à présent avoir vu une valise près d'elle. Peut-être quittait-elle New York pour passer ailleurs les fêtes de fin d'année.

En souriant, il se demanda si elle retournait dans le Montana, dans sa ville natale. En ce cas, leurs chemins se recroiseraient peut-être…

TJ appréhendait un peu les retrouvailles avec ses sœurs. La dernière fois qu'elles s'étaient parlé, elles s'étaient disputées. Ou plutôt, Chloe et elle avaient reproché avec aigreur à Annabelle, la benjamine de la famille, d'avoir hérité de leur grand-mère.

En effet, quelques mois plus tôt, leur aïeule, Frannie Clementine, était morte et par testament avait légué tous ses biens – qui se résumaient pour l'essentiel à sa maison de Whitehorse – à Annabelle.

— Savais-tu qu'elle allait faire de toi son unique héritière ? lui avaient-elles demandé au téléphone.

— Non, je vous jure que non, avait assuré Annabelle.

En effet, elle n'avait pas jugé utile de se rendre aux funérailles ni chez le notaire.

— Pourquoi Frannie a-t-elle fait une chose pareille alors ? avait lancé Chloe.

— Je n'en ai aucune idée, avait répliqué Annabelle… Mais j'ai toujours eu l'impression d'être sa chouchoute.

Elle avait tenté de rire comme s'il s'agissait d'une bonne blague mais, furieuses de tant d'injustice, ses sœurs lui avaient raccroché au nez.

Tout en débarquant de l'avion, TJ regrettait cette dispute. Hériter de la propriété de Frannie n'avait pas été une sinécure. Non seulement, Annabelle avait dû vider la vieille demeure de l'invraisemblable bric-à-brac accumulé par leur aïeule depuis des lustres, mais elle y avait surtout découvert un cadavre – ce que ni Chloe ni

TJ ne lui enviaient. Elles avaient alors compris que leur grand-mère avait laissé sa maison à la petite-fille qui lui ressemblait le plus et qui était la plus susceptible de comprendre ses secrets, son passé.

Érigé au-dessus de la plus importante ville du Montana, l'aéroport de Billings était minuscule au regard des standards du genre. TJ n'attendit pas longtemps pour voir ses sœurs lui faire de grands signes au bout de la passerelle.

Elle ne put s'empêcher de sourire. Toutes deux étaient coiffées de chapeaux d'elfe.

*Une idée d'Annabelle, j'en suis sûre*, se dit-elle.

Mais la vue de ces ridicules couvre-chefs brisa la glace. Éclatant de rire, TJ se jeta à leurs cous pour les embrasser avec chaleur. Un tel élan d'amour la souleva tant qu'elle sentit de nouveau les larmes lui monter aux yeux.

Annabelle lui enfonça un chapeau d'elfe sur la tête.

— Nous t'en avons acheté un. Nous ne voulions pas que tu te sentes exclue, dit-elle en prenant ses deux aînées par les épaules. Ne sommes-nous pas jolies ainsi ? Nous ressemblons à des triplées.

— Que Dieu nous en préserve ! s'exclama Chloe.

— Je meurs de faim, reprit Annabelle qui, depuis qu'elle avait renoncé à sa carrière de mannequin, était toujours affamée. Que préférez-vous ? Rentrer à la maison et partager des brochettes de Ray J, déjeuner dans l'un des restaurants du coin ou grignoter un petit en-cas en route comme nous le faisions autrefois ?

— Grignoter quelque chose en route ! répondirent TJ et Chloe en chœur.

— Vous ai-je dit que j'ai acheté une caisse de votre vin préféré pour fêter nos retrouvailles ? reprit Annabelle. Mais rien ne nous empêche de sortir boire un verre, ce soir.

TJ et Chloe éclatèrent de rire.

*Que c'est bon de les revoir !* songea TJ, les larmes aux yeux. Elle avait bien fait de retourner à Whitehorse pour Noël. Avec ses sœurs, elle se sentait bien comme cela ne lui était pas arrivé depuis très longtemps.

Tandis qu'elles traversaient le terminal de l'aéroport pour gagner la sortie, Annabelle et Chloe bavardaient avec animation. TJ les écoutait à moitié, surtout soulagée que leurs différends se soient dissipés.

Toutes trois étaient de retour dans le Montana où elles avaient grandi, et elle était ravie de retrouver ses sœurs, même si les gens les regardaient comme des bêtes curieuses.

Elle se mit à rire. Elle avait oublié qu'elles étaient coiffées de chapeaux ridicules.

Pendant quelques instants, elle avait surtout oublié l'incident de ce matin, à New York, et les menaces de True Fan.

Mais comme elles passaient devant un groupe de touristes qui se dirigeait vers l'une des salles d'embarquement, TJ vit une femme lever son téléphone portable pour les prendre en photo.

Et en se retournant, elle remarqua qu'elle était en train d'envoyer un texto à quelqu'un.

# 3

— Regarde, nous sommes déjà sur les réseaux sociaux ! s'exclama Chloe, assise à l'arrière du 4x4 en tendant son téléphone à TJ. C'est quand même dingue !

En effet, une photo d'elles trois, coiffées de leurs chapeaux d'elfe, s'y trouvait. Comme TJ l'avait craint, la femme à l'aéroport l'avait reconnue, photographiée avec ses sœurs et faisait circuler le cliché sous son nom de plume.

— La rançon de la gloire ! plaisanta Annabelle.

— Maintenant, tout le monde va savoir que je suis revenue à Whitehorse pour Noël.

— Ce n'était pas non plus un secret, si ? répliqua Annabelle tout en conduisant. Personne n'ignore que tu es originaire du Montana, de Whitehorse. Et il n'était donc pas très difficile de deviner que tu y retournerais pour les fêtes de fin d'année. Plus sérieusement, cela te pose un problème ? ajouta-t-elle en lui jetant un bref coup d'œil via le rétroviseur.

— Non, prétendit TJ. Tout va bien. Cela dit, parfois l'anonymat a du bon. « Pour vivre heureux, vivons cachés ! » disait Frannie. Mais je ne t'apprends rien. Tu es bien placée pour le savoir.

Annabelle poussa un soupir.

— C'est vrai. En même temps, songer que désormais plus personne ne me reconnaîtra dans la rue et qu'il en sera ainsi jusqu'à la fin de mes jours me fait tout drôle. J'ai sans doute besoin d'une petite période d'ajustement. Voir mon visage sur les couvertures des magazines me plaisait bien. Cela dit, il ne s'agissait pas vraiment de moi. Toutes les photos étaient retouchées. Dans l'univers des top models, rien n'est vrai, rien n'est réel.

— Tu as donc totalement renoncé à ce métier ? demanda Chloe. Tu préfères épouser Dawson Rogers, devenir la femme d'un rancher…

— … et vivre heureuse jusqu'à la fin des temps, conclut Annabelle en riant. Oui, c'est l'idée.

Toutes deux commencèrent à discuter des gens qu'elles connaissaient à Whitehorse et de ce qui avait changé ou non dans la petite ville depuis qu'elles en étaient parties.

Assise à l'arrière, TJ écoutait leurs échanges d'une oreille distraite. Elle ne leur avait pas parlé des lettres anonymes… Encore moins de ce qui lui était arrivé à New York, quelques heures plus tôt. Dans l'avion, elle s'était remémoré la scène, et plus elle y songeait, plus elle était certaine d'avoir été poussée sous les roues de ce camion. Mais avait-elle été victime d'un mouvement de foule accidentel ? Ou d'un geste délibéré ? En tout cas, si cet homme au manteau beige ne l'avait pas rattrapée au vol…

En frissonnant, elle reporta son attention sur le paysage enneigé. Il n'était pas exclu que son sauveur soit également son harceleur. En ce cas, il avait dû épier son appartement depuis la rue. Lorsqu'elle avait éteint les lumières du salon, il avait compris qu'elle s'apprêtait à sortir. Mais peut-être s'agissait-il d'un inconnu qui passait par là par hasard.

Elle secoua la tête, refusant d'y penser. Maintenant, elle était en sécurité. Au moins, provisoirement.

— Nous allons donc bientôt entendre résonner les accords de la Marche nuptiale ! s'exclama Chloe.

— Attendez, je crois que j'ai raté quelque chose, intervint TJ. Tu vas épouser Dawson ? Quand ?

— Nous n'avons pas encore fixé la date du mariage. Mais j'aimerais bien célébrer l'événement à Noël. C'est sans doute un peu court pour tout organiser mais, de toute façon, nous avons envie d'une petite cérémonie toute simple, intime, dit Annabelle d'un ton rêveur.

Chloe et TJ éclatèrent de rire.

— Ah ! l'amour ! s'écria Chloe en secouant la tête.

— À vrai dire, j'ai toujours pensé que Dawson et toi étiez faits l'un pour l'autre, assura TJ.

Après avoir discuté des préparatifs du mariage, elles se remémorèrent leur enfance à Whitehorse, les gens qui avaient quitté la ville et ceux qui y vivaient toujours. Elles avaient tant à se dire qu'elles ne virent pas le temps passer tandis qu'elles roulaient vers la petite ville où elles avaient connu tant de jours heureux.

Comme elles s'arrêtaient devant la maison où elles avaient grandi après la mort de leurs parents, Annabelle coupa le contact. Elles se turent brusquement. Toutes trois contemplèrent la façade de la vieille demeure. Même si leur grand-mère l'avait léguée à Annabelle, TJ la considérait toujours comme celle de Frannie. Aucune d'elles ne parlait. Seul le souffle du ventilateur qui refroidissait le moteur de la voiture rompait le silence dans l'habitacle.

— Ça va, toutes les deux ? demanda Annabelle.

TJ ne l'avait pas compris tout de suite en les retrouvant à l'aéroport mais Chloe avait atterri une demi-heure avant elle. Elle non plus n'avait donc pas revu la propriété de leur aïeule depuis les funérailles.

— Rien n'a changé. La maison est exactement comme autrefois, dit Annabelle comme si elle voulait les rassurer.

De la banquette arrière, TJ regardait ses sœurs assises à l'avant. Toutes trois avaient conscience que, en réalité, la demeure ne serait plus jamais la même, maintenant que les secrets de leur grand-mère avaient été déterrés.

— Si vous n'avez pas envie de rester ici, nous pouvons aller ailleurs, au ranch de Dawson, par exemple, suggéra Annabelle. Nous y sommes invitées de façon permanente.

TJ sourit. Voir sa sœur aussi heureuse d'avoir renoué avec son amoureux du lycée lui réchauffait le cœur.

— Passer dix jours ici me va très bien, assura-t-elle.

— Bien sûr que cela te va très bien, grommela Chloe. Tu écris des thrillers, des histoires de meurtres à longueur de journée. Tu seras donc dans ton élément. Cela dit, moi aussi, je suis d'accord pour passer ces dix jours ici. C'est ce que Frannie aurait voulu, j'en suis convaincue. Mais j'avoue avoir encore du mal à croire aux secrets que notre grand-mère nous a cachés.

TJ se mit à rire. Leur aïeule avait été un petit bout de femme à qui tout le monde aurait donné le bon Dieu sans confession. Aux yeux de tous, elle n'aurait jamais fait de mal à une mouche.

— Quand elle nous racontait les grandes fêtes auxquelles elle assistait dans sa jeunesse, nous pensions qu'elle inventait ces réceptions grandioses pour nous amuser et qu'elle faisait preuve de beaucoup d'imagination, dit Annabelle. Alors que tout était vrai. Et sans doute édulcorait-elle même la réalité dans ses récits.

Le cœur plus léger, elles ouvrirent les portières, sortirent les bagages du coffre et se dirigèrent vers la maison. L'allée était recouverte de neige.

*Noël à Whitehorse*, se dit TJ.

La dernière fois qu'elle y était passée, elle avait pensé qu'elle n'y reviendrait jamais. Mais tout en inspirant l'air glacé du soir, elle sut qu'elle était exactement là où elle avait envie d'être, maintenant.

Annabelle ramassa une grosse poignée de neige, en

fit une boule qu'elle lança en l'air avant de se précipiter vers la maison, craignant les représailles de ses sœurs.

TJ et Chloe poussèrent de hauts cris. En riant, TJ secoua ses longs cheveux blonds pour en retirer les cristaux blancs qui y étaient accrochés. Voir Annabelle aussi enjouée faisait plaisir. Après des années à se battre dans l'univers impitoyable des top models, leur petite sœur paraissait épanouie dans sa nouvelle vie. Pleine d'énergie et de gaieté, elle ressemblait de nouveau à la petite fille aventureuse qui, du haut de ses cinq ans, n'avait pas hésité à grimper un jour dans les arbres pour visiter la cabane des voisins.

— J'ai pensé que cela vous ferait plaisir de retrouver les chambres que vous occupiez autrefois, dit Annabelle en déverrouillant la serrure.

Quand la porte s'ouvrit, TJ se demandait à quoi s'attendre. En prenant de l'âge, leur grand-mère avait commencé à tout garder. Lorsque TJ et Chloe étaient venues pour l'enterrement, la demeure était remplie d'un tel bric-à-brac, d'un tel fatras de vieux journaux, d'anciens magazines, de bibelots ébréchés, qu'il leur avait été difficile de traverser les pièces. Elles n'imaginaient pas alors ce qui se cachait dans la cuisine.

Sur le seuil de la maison, TJ s'immobilisa, stupéfaite. Tout était propre et rangé. Les murs avaient été repeints de gris, et l'endroit était chaleureux et accueillant.

— Annabelle, tu n'aurais pas dû te donner tant de mal ! s'exclama TJ. Nous ne sommes là que pour quelques jours.

— J'ai été bien aidée par ma future belle-mère. Sans Willie, ses fils et leurs copains, je ne m'en serais jamais sortie. De toute façon, Willie avait décidé de s'occuper des travaux, et il n'était pas question de refuser. Vous connaissez la mère de Dawson. Elle est têtue comme une mule. Quand elle a une idée dans le crâne, il est impossible de la faire changer d'avis. Mais venez plutôt voir la cuisine. Dawson l'a refaite à neuf.

En hochant la tête, TJ suivit sa sœur dans la pièce où leur grand-mère avait l'habitude de leur confectionner de bons petits plats. C'était là qu'Annabelle avait découvert le plus grand secret de leur aïeule. La cuisine avait complètement changé d'aspect.

— Vous souvenez-vous du vase dans lequel Frannie glissait la monnaie en revenant de faire ses courses ? demanda Annabelle. Je l'ai retrouvé.

Chloe examinait chaque détail.

— C'est incroyable.

Elle sourit devant l'expression de TJ.

— Tu vois des fantômes ?

— Ils sont tous partis, assura Annabelle.

Ce n'étaient pas les fantômes qui angoissaient TJ.

— Willie t'a-t-elle aidée à vider nos chambres aussi ?

— Absolument. Suivez-moi, je vais vous montrer, dit Annabelle en s'élançant dans l'escalier.

TJ et Chloe lui emboîtèrent le pas.

— Elle a fait du bon travail, murmura Chloe. Te souviens-tu du capharnaüm qu'était cette maison, il y a encore quelques semaines ?

— Malheureusement, oui, je m'en souviens. Digne d'un film d'horreur.

— Ou d'un thriller. Comme ceux que tu écris.

Annabelle s'arrêta devant l'ancienne chambre de Chloe. La pièce avait été peinte en mauve pâle, sa couleur préférée, et décorée pour convenir aux goûts de sa sœur journaliste.

— Tu as bien compris que cette visite était temporaire ? demanda TJ.

Mais Annabelle ne sembla pas l'entendre. Elle les entraîna au bout du couloir. TJ s'immobilisa devant sa chambre d'autrefois. Repeinte en jaune pâle, elle était meublée d'un lit en fer forgé et d'un petit bureau blanc pour son ordinateur portable.

Sur le mur, était accroché un patchwork composé des couvertures de tous les livres qu'elle avait publiés.

— Est-ce que ça te plaît ? demanda Annabelle d'un air inquiet.

— Oh ! Annabelle !

TJ la prit dans ses bras pour l'embrasser, espérant réussir à lui dissimuler sa gêne. Les couvertures de ses livres lui rappelaient les menaces dont elle faisait l'objet.

— C'est parfait.

Annabelle parut se détendre.

— Tout va bien ? demanda-t-elle.

— Bien sûr, Belle, répondit-elle en utilisant le surnom de leur benjamine, surnom qu'elle n'avait pas utilisé depuis des années. Je suis heureuse que tu aies finalement gardé la maison de Frannie.

— C'était l'idée de Dawson. Il l'a achetée pour la louer mais il trouvait sympa que Chloe et toi l'occupiez pendant votre séjour à Whitehorse. Quand nous serons mariés, nous bâtirons un ranch avec des chambres d'amis pour vous deux. Et nous louerons cette maison ou nous la vendrons. Mais… pas tout de suite. J'aurais du mal à m'en séparer pour le moment.

L'enthousiasme de sa sœur faisait plaisir à voir. Pourtant, TJ ne pensait pas revenir souvent à Whitehorse par la suite. Mais sans faire de commentaires, elle sourit et embrassa Annabelle.

Chloe sortit de sa chambre, un cadre à la main. Il s'agissait d'une photo d'elles trois, lorsqu'elles étaient enfants.

— Regardez, dit-elle, les larmes aux yeux. Nous étions si mignonnes, petites filles.

— Nous le sommes toujours, déclara Annabelle.

Maintenant, allons acheter des brochettes chez Ray J. Après le dîner, pourquoi ne pas descendre au Mint fêter nos retrouvailles ?

— D'accord pour le barbecue mais pas pour le bar, dit Chloe.

— Elle a raison, renchérit TJ. Mieux vaut rester à la maison et ouvrir une des bouteilles de vin que tu as achetées. Ainsi nous ne nous coucherons pas trop tard. J'avoue que je suis épuisée. La journée a été longue. Mais en passant, pourrions-nous nous arrêter à la librairie ? J'ai besoin de m'assurer qu'ils ont tout ce qu'il faut pour la séance de dédicaces.

— Tu vas faire une séance de dédicaces si peu de temps avant Noël ? demanda Chloe, étonnée.

— Ne m'en parle pas. Cela ne m'amuse pas du tout, crois-moi.

La librairie était en fait une boutique de cadeaux qui vendait les œuvres de TJ parce qu'elle était considérée comme la célébrité du village.

TJ n'y était pas revenue pour signer ses livres depuis une éternité. Elle se remémora sa joie la première fois qu'un de ses thrillers avait été accepté par un éditeur et sa fierté lorsqu'elle l'avait vu publié. Des jours durant, elle n'avait cessé de contempler l'ouvrage, réprimant l'envie de se pincer. Son rêve était devenu réalité.

Sa première séance de dédicaces dans cette boutique avait été formidable. Elle connaissait tout le monde. Les gens faisaient la queue pour lui parler, lui souhaiter bonne chance et faire signer leur roman.

Pendant que ses sœurs se dispersaient dans le magasin, TJ partit à la recherche du propriétaire. Elle découvrit un grand portrait d'elle posé à côté d'une pile d'exemplaires de son dernier livre. Sur l'affiche, étaient collés des extraits d'articles sur elle. Elle avait été interviewée tant de fois et avait tant de fois raconté des histoires sur sa vie, sur ses rêves, sur sa façon d'écrire…

Elle grimaça en se remémorant la réflexion du policier de New York quand elle lui avait remis les lettres de menaces.

— Nous ne pouvons rien faire pour vous, avait-il dit. Ce sont peut-être les premières menaces que vous recevez mais ce ne seront pas les dernières, c'est évident. Vous cherchez les ennuis, reconnaissez-le. J'ai consulté votre site web et vos réseaux sociaux. Il y a tout là-dessus, toute votre vie, tout sur vous, du menu de votre dîner d'hier soir jusqu'à votre couleur préférée. Tout y est, étalé sur la place publique. Pour faire la promotion de vos ouvrages, vous déballez tout. Alors ne venez pas vous plaindre, maintenant… Vous l'avez un peu cherché, non ?

Il avait haussé les épaules avant de conclure :

— Ce qui vous arrive n'a rien d'étonnant !

Ne voyant pas le propriétaire, TJ s'éloigna des rayonnages de livres et de l'affiche pour se diriger vers l'arrière-boutique. Derrière elle, des personnes entrèrent. Une bouffée d'air froid s'engouffra à l'intérieur à leur suite.

TJ entendit dans son dos une voix masculine demander à une vendeuse s'ils avaient le dernier livre de TJ St. Clair.

Elle se retourna et se figea. L'homme était grand, il avait de larges épaules, des bras musclés. Mais ce furent son manteau beige et ses cheveux noirs bouclés sous sa casquette de base-ball qui lui donnèrent l'impression de recevoir un coup de poignard.

Le propriétaire du magasin s'avança vers le nouveau venu pour lui parler de la séance de dédicaces du lendemain et du fait que TJ avait grandi ici à Whitehorse.

— Je vous conseille de repasser demain pour acheter

un exemplaire signé. La séance débutera à 10 heures. Mais mieux vaut venir plus tôt parce qu'il y aura du monde. Tessa Jane n'a pas dédicacé ses livres ici depuis des années, et nous avons tous hâte de la voir.

— J'y serai, je ne veux surtout pas rater ça, dit-il.

TJ se figea. Elle le reconnaissait. C'était l'homme qui l'avait rattrapée au vol, le matin même, à New York, lui évitant de se faire écraser devant chez elle. Mais peut-être était-ce aussi celui qui l'avait poussée vers le camion.

Elle avait beau se répéter qu'elle se trompait, qu'il ne s'agissait certainement pas de lui, elle savait qu'il n'y avait pas d'erreur.

Ce type se trouvait ce matin à New York et maintenant il était à Whitehorse comme elle. Bizarre, non ?

Comment avait-il fait pour venir ici aussi vite ? Il avait forcément pris le même avion qu'elle ou un vol plus tôt. Comme s'il avait déjà compris où elle se rendait.

À ce moment, l'inconnu se retourna, et une paire d'yeux bleus perçants la cloua sur place. Submergée par une myriade d'émotions si fortes et si perturbantes qu'elle ne parvenait pas à les maîtriser, TJ tourna les talons et s'enfuit en courant.

# 4

TJ se rua hors de la boutique de cadeaux et s'élança dans la rue. Un peu plus loin, elle s'arrêta, le souffle court, et s'appuya contre un mur de brique. Elle sentait qu'elle perdait pied. Elle ne parvenait plus à maîtriser ses émotions. Sa vie lui échappait. Elle n'avait encore jamais connu un tel désarroi et, tout en tremblant dans le froid, elle se demandait ce qu'il lui arrivait. Elle avait l'impression d'être possédée.

Elle ne parvenait même pas à comprendre sa réaction à la vue de cet homme. Qu'est-ce qui l'avait poussée à s'enfuir, à se précipiter hors de la boutique comme si elle avait le diable à ses trousses ? Elle frissonna au souvenir des yeux bleus et perçants de l'inconnu. Des yeux qui semblaient capables de la sonder au plus profond de l'âme. Elle savait qu'elle était idiote mais comment expliquer autrement cette crise de panique ?

— Que se passe-t-il ? s'écrièrent Annabelle et Chloe en la découvrant affalée contre la façade de l'immeuble.

Incapable de prononcer un mot, TJ secoua la tête, luttant contre les larmes qui brûlaient ses paupières. Mais elle finit par exploser en sanglots, laissant jaillir toutes les frustrations et les peurs qui la torturaient depuis six mois.

Ses sœurs échangèrent un regard inquiet avant de la prendre dans leurs bras pour tenter de la réconforter.

— Emmenons-la dans ce café, dit Annabelle.

S'efforçant de se ressaisir, TJ se redressa. Le bruit d'un moteur la poussa à lever le nez. Horrifiée, elle reconnut au volant d'un pick-up l'homme qu'elle venait de voir dans la boutique de cadeaux. Il roulait lentement. Il était trop loin pour qu'elle puisse distinguer ses yeux bleus mais elle les sentit sur elle.

— Qui est ce type ? demanda-t-elle, la gorge serrée, avant que le véhicule disparaisse au coin de la rue.

Ses sœurs suivirent son regard.

— Aucune idée, répondit Chloe en secouant la tête. Il était dans la boutique de cadeaux mais je ne l'avais jamais vu avant, ajouta-t-elle avec un haussement d'épaules.

TJ pensait qu'Annabelle dirait la même chose aussi fut-elle étonnée de l'entendre déclarer :

— C'est Mountain Man, le Montagnard. Pourquoi ?

— Tu le connais ? s'enquit TJ tandis que le pick-up poursuivait sa route.

À sa grande surprise, elle s'aperçut que le véhicule était immatriculé dans le Montana. Comment était-ce possible ? Elle avait vu cet homme le matin même à New York, elle en était sûre et certaine. Elle finissait par se demander si elle ne perdait pas la tête.

— Il s'appelle Silas Walker, continua sa sœur. Il s'est installé à Whitehorse il y a environ six mois.

Il y a six mois ? Exactement au moment où TJ avait commencé à recevoir des lettres de True Fan…

— C'est un solitaire, poursuivait Annabelle. Il vit en ermite dans les Little Rockies.

— Je suis prête à parier qu'il cherche à échapper à la justice, déclara Chloe. Il doit avoir un casier judiciaire long comme le bras.

— Tu vois le mal partout, protesta Annabelle avec un soupir.

— Pour quelle autre raison serait-il venu se planquer

dans les montagnes, loin du monde ? Il s'agit soit d'un criminel en fuite, soit d'un ex-flic, j'en mettrais ma main au feu.

— Tu passes vraiment d'un extrême à l'autre, remarqua Annabelle.

Elle reporta son attention sur TJ.

— Tu trembles comme une feuille, dit-elle. Tu ne dois pas rester dans le froid. Viens, allons prendre un café.

Ce n'est qu'une fois assises devant un café chaud que ses sœurs lui demandèrent à nouveau ce qui lui arrivait.

TJ aurait bien aimé le savoir. Craignant d'être en train de devenir paranoïaque, elle ignorait comment leur répondre.

— TJ ? insista Chloe.

— Elle reprend des couleurs, dit Annabelle. Donne-lui un moment pour recouvrer ses esprits.

TJ avala une gorgée de café. La boisson brûlante lui réchauffa un peu le cœur.

— Dis-nous ce que tu as, insista Chloe. À te voir ainsi, n'importe qui penserait que tu viens de croiser un fantôme. Connais-tu ce type ?

Devant leur inquiétude, TJ comprit qu'elle ne pouvait plus garder ses tourments pour elle. Elle leur déballa tout, un peu dans le désordre. Elle leur raconta qu'un de ses lecteurs lui écrivait depuis des mois, que ses lettres, d'abord très élogieuses, étaient rapidement devenues critiques. Que ce ou cette « fan » avait commencé à lui suggérer des améliorations, des idées, pour ses romans. Et qu'il ou elle prenait très mal que TJ ne suive pas ses conseils et ses recommandations. Le ton des dernières missives était devenu très agressif, menaçant.

— De qui s'agit-il, à ton avis ? demanda Annabelle. Je parierais sur un écrivain en herbe qui ne vit pas bien que son manuscrit ait été rejeté par tous les éditeurs du pays et qui t'en veut d'être publiée.

— À moins que ces lettres n'émanent d'un autre auteur de romans, jaloux de tes succès, suggéra Chloe.

TJ secoua la tête.

— Tout est possible, je n'en sais rien. True Fan – puisque cette personne signe ainsi ses messages – n'apprécie peut-être pas la direction que prennent mes thrillers. J'ignore même s'il s'agit d'un homme ou d'une femme. Je ne suis sans doute pas la première à être confrontée à ce genre de problèmes. Les lecteurs nouent des liens étroits avec les auteurs. Lorsqu'ils achètent un livre, ils en espèrent quelque chose. Si l'ouvrage ne correspond pas à leurs attentes…

— Eh bien quoi ? s'exclama Chloe. S'il est déçu par tes romans, un lecteur sain d'esprit en achète d'autres, se tourne vers d'autres auteurs. Mais menacer de te tuer n'est pas une réaction normale, TJ. C'est un comportement de psychopathe. As-tu prévenu la police ?

TJ leur raconta ce qui s'était passé.

— Le policier à qui j'en ai parlé avait raison, poursuivit-elle. Toute ma vie s'étale sur Internet, sur les réseaux sociaux. À mes débuts, je n'étais pas vraiment consciente que tout ce que je racontais aux journalistes ou que je postais en ligne serait accessible pour l'éternité. J'étais si contente d'être publiée, d'être reconnue en tant qu'écrivain. Je n'imaginais pas… la suite, les complications, toutes ces réactions.

— Je n'arrive pas à croire que la police te reproche les agissements de certains de tes admirateurs, protesta Chloe en secouant la tête.

Annabelle partageait son avis.

— Cela dit, c'est la profession qui veut ça, il faut bien le reconnaître, ajouta-t-elle. J'ai connu le même problème lorsque j'étais mannequin. Dès que tu apparais sur une couverture de magazine ou sur une affiche publicitaire, tu tombes dans le domaine public. Ton image ne t'appartient plus.

— C'est ridicule, déclara Chloe.

— Ne me dis pas qu'en tant que journaliste tu n'as jamais été confrontée à ce genre de situations, protesta TJ.

— Si tu veux savoir si certaines personnes ont été furieuses de ce que j'avais pu écrire sur elles et si elles l'ont parfois exprimé de manière virulente, la réponse est oui, bien sûr. Cela arrive tout le temps. Ce sont les risques du métier. Il est impossible de plaire à tout le monde. Mais faire l'objet de menaces est autre chose…

— Que vas-tu faire ? demanda Annabelle.

TJ secoua la tête.

— Pour le policier à qui j'en ai parlé, le mieux est d'attendre que ça passe, que la personne qui m'envoie ces lettres se lasse de me harceler. Mais avec la sortie de mon dernier roman, je suis de plus en plus inquiète. True Fan ne va pas l'aimer, j'en suis certaine. Et après avoir croisé ce type à Whitehorse…

— Tu penses que c'est lui ? s'exclama Chloe. Que Mountain Man et ton True Fan ne font qu'un ?

Avec un soupir, TJ leur raconta ce qui s'était passé à New York, devant chez elle, dans la matinée.

— Apparemment, ce gars m'a sauvé la vie mais était-ce vraiment le cas ? J'ai senti quelqu'un me pousser brutalement dans le dos. Je me serais fait écraser par ce camion si cet homme ne m'avait pas attrapée par le bras pour me tirer en arrière…

Elle vit ses sœurs échanger un regard dubitatif.

— Rien ne dit que mon agresseur et mon sauveur ne font qu'un, c'est vrai, mais… je suis convaincue qu'il s'agit de la même personne. Je… le sens.

— C'est possible mais cela semble un peu tiré par les

cheveux, répondit Chloe. Tu étais ce matin à New York et maintenant tu es ici. Il aurait pu faire la même chose.

— Peut-être étiez-vous dans le même avion, renchérit Annabelle. Tu voyages toujours en première, non ? Et lui sans doute en classe économique. Et comme tu n'avais pas de bagages à récupérer, tu ne l'as pas forcément remarqué à l'aéroport…

— Il s'agit sans doute d'une simple coïncidence, poursuivit Chloe.

— Ce n'est pas comme s'il t'avait suivie jusqu'ici, renchérit Annabelle. Silas Walker vit ici depuis six mois.

— Six mois, répéta TJ dans un murmure. Cela fait six mois que je reçois ces lettres…

Silas prit la direction des Little Rockies. Il avait hâte de rejoindre son chalet avant que la tempête de neige annoncée à la radio s'abatte sur les montagnes. Tout en roulant, il se remémora la scène dont il venait d'être témoin dans la boutique de cadeaux. Il ne comprenait pas ce qui s'était passé, lui qui se vantait d'être capable de trouver un sens à tous les comportements des gens dans la vie.

En tout cas, il avait eu raison sur un point. TJ St. Clair avait bel et bien décidé de passer les fêtes de fin d'année dans la ville de son enfance. En apprenant qu'il aurait la possibilité de la rencontrer en chair et en os à cette séance de dédicaces, il s'était d'abord réjoui de faire enfin la connaissance de sa romancière préférée. Mais à présent, il se demandait s'il devait s'y rendre.

En le voyant, elle avait changé de couleur et avait quitté la boutique en courant, manifestement au bord des larmes. Pourquoi ? Était-ce à cause de lui ? Ou de quelqu'un d'autre qu'elle aurait aperçu dans la boutique ?

Étrange comportement, en tout cas.

Sa réaction était peut-être liée à ce qui s'était passé à New York, ce matin. Elle avait frôlé la mort, elle avait dû avoir très peur, et cela la rendait nerveuse. Normal.

Il fronça les sourcils, s'interrogeant de nouveau à propos de l'accident dont elle avait failli être victime dans la matinée.

Avait-elle été simplement bousculée par inadvertance, par un mouvement de foule ? Ou quelqu'un l'avait-il sciemment poussée ?

Il secoua la tête, se reprochant d'être incapable de considérer une situation avec sérénité. Il imaginait toujours le pire. Déformation professionnelle, sans doute, se dit-il. Il lui fallait lâcher prise, à présent. Il était en vacances. Il s'était installé dans les Little Rockies, à la périphérie de Whitehorse, dans ce but : dans l'espoir de s'éloigner de son métier, un métier aussi stressant et imprévisible que dangereux.

Ici, il se dépensait physiquement pour oublier la laideur qu'il côtoyait quotidiennement à New York… Ici, il parvenait à tenir le reste du monde à distance, au moins pour un temps.

*Et pourtant, tu lis toujours des thrillers. Et pas n'importe lesquels. Tu dévores les livres de TJ St. Clair. Exclusivement.*

Il se mit à rire tout en serpentant entre les sapins.

En réalité, TJ St. Clair était la raison pour laquelle il avait décidé de passer le plus de temps possible ici. Après avoir lu ses romans, il avait eu envie de découvrir le Montana, la grande prairie, le ciel infiniment bleu et tous les endroits qu'elle avait décrits dans ses ouvrages.

Et dès qu'il avait vu la région, il était tombé sous le charme. Les Little Rockies étaient très présentes dans les livres de TJ St. Clair, alors bien sûr il avait été poussé à y vivre. Il aimait les grands espaces, la nature à l'état brut, la faune sauvage. Mais il avait également trouvé un refuge au fin fond du Montana comme autrefois des hors-la-loi tels que Kid Curry, Butch Cassidy ou Sundance Kid, à l'époque où ils semaient la terreur dans la région.

TJ St. Clair et ses thrillers lui avaient donné envie d'acheter un terrain et de construire un petit chalet dans cet endroit mythique. Mais il n'aurait jamais osé imaginer avoir la chance de la rencontrer un jour ici, dans la ville où elle avait grandi. Et voilà d'ailleurs pourquoi il n'était pas question pour lui de rater cette séance de dédicaces, demain. Malgré la neige et le verglas, rien ni personne ne l'empêcherait de s'y rendre. Il brûlait de faire la connaissance de cette femme hors du commun depuis beaucoup trop longtemps.

TJ écoutait le bavardage de ses sœurs d'une oreille distraite, devinant qu'elles essayaient de lui faire oublier True Fan et sa séance de signatures du lendemain. Tout en se régalant de côtes de porc grillées, elle souriait, hochait la tête et plaçait un mot ou deux dans la conversation. Après une longue journée au cours de laquelle elle n'avait pas eu la possibilité de se restaurer correctement, elle avait faim.

Mais elle ne parvenait pas à oublier l'homme qu'elle avait vu à la boutique de cadeaux. Mountain Man. Le Montagnard. Était-il True Fan ?

Elle se remémora la première lettre qu'elle avait reçue de lui ou d'elle. Les termes en étaient particulièrement élogieux. True Fan avait adoré son livre et en avait été surpris. Apparemment, il ne s'agissait pas d'un lecteur habituel de thrillers. Cette première missive contrastait avec celles, d'abord teintées de colère puis franchement haineuses, qui l'avaient suivie.

TJ ne parvenait pas à les effacer de sa mémoire, pas plus qu'elle ne pouvait oublier le type qu'elle avait aperçu ce matin à New York et qu'elle avait retrouvé quelques heures plus tard dans la boutique de cadeaux de Whitehorse, demandant à une vendeuse si elle avait son livre.

La première lettre de True Fan était si semblable à de nombreuses autres émanant de lecteurs admiratifs qu'elle l'avait à peine remarquée.

À la vue de toutes ces enveloppes sur son bureau, Mica, l'une de ses amies, lui avait conseillé d'engager une secrétaire.

— Tu devrais embaucher quelqu'un pour répondre à ce courrier de ministre.

— J'y ai pensé mais je préfère laisser ces messages sans réponses que de demander à un tiers de répondre à ma place. Cela ne me semblerait pas honnête. Mon raisonnement te paraît peut-être exagéré mais…

— Non, je comprends, avait répliqué Mica en ouvrant quelques enveloppes au hasard pour en lire le contenu. Tes lecteurs sont adorables, et ils aiment beaucoup tes bouquins. Cette lettre-ci, par exemple, vient d'une vieille dame de quatre-vingt-dix ans. Elle te supplie d'écrire plus vite parce qu'elle tient à lire la suite des aventures de Constance, ton héroïne, avant de mourir ! Et celle-ci t'adresse trois pages ! Seigneur ! Les gens ont-ils vraiment l'habitude de te raconter leur vie ?

TJ avait hoché la tête.

— Ils me racontent leur vie parce qu'ils croient me connaître à travers mes livres. Tu comprends pourquoi j'essaye de leur répondre moi-même. Malheureusement, ce n'est pas possible. Ils sont trop nombreux. J'espère qu'ils le comprennent.

Après le départ de son amie, TJ avait écrit à plusieurs personnes mais elle était pressée par le temps. La date limite de remise de son manuscrit approchait, et elle n'avait pas terminé son roman.

Elle avait toujours des dates de remise à respecter. Cet aspect de son travail ne la dérangeait pas. Elle adorait coucher des histoires sur le papier. En revanche, les autres activités liées à son métier lui semblaient pénibles et chronophages. Par exemple, elle devait donner son avis à propos des couvertures, choisir les portraits ou les photos de paysages qui y apparaîtraient. Par ailleurs, il lui fallait fournir des détails techniques sur ses ouvrages, le nombre de mots, de pages, de chapitres, ce qui l'ennuyait à mourir et lui prenait du temps. Sans parler des opérations publicitaires ou promotionnelles. TJ finissait par se demander comment elle trouvait encore le temps d'écrire des livres.

Elle était justement en train d'y penser quand elle s'était emparée d'une autre missive.

Elle avait tout de suite remarqué qu'aucune adresse ne figurait au dos de l'enveloppe. Mais sur le moment, elle n'y avait pas prêté beaucoup d'attention. De nombreuses personnes écrivaient la leur à l'intérieur, dans leurs lettres.

Déchirant l'enveloppe, elle en avait sorti un feuillet grisâtre, plié en deux. Elle se rappelait s'être demandé si le papier était très ancien pour avoir cet aspect blanc cassé, décoloré. La missive avait visiblement été tapée sur une machine à écrire. TJ aussi en possédait une, un vieux modèle Royal dont elle ne se servait pas mais qui trônait sur son bureau en guise de décoration. Elle avait appris qu'Ernest Hemingway avait rédigé tous ses livres sur une machine à écrire. Elle doutait d'en être capable, tant elle était habituée à la facilité de frappe des ordinateurs.

*Chère mademoiselle St. Clair,*

*Je n'avais encore jamais écrit à un auteur. Il faut sans doute une première fois à tout.*

*J'ai emprunté votre dernier thriller à la bibliothèque*

*municipale. Je l'ai trouvé très agréable à lire. Vous avez manifestement du talent. À ma grande surprise, et alors que je l'avais ouvert par désœuvrement, j'ai été incapable de le poser avant de l'avoir terminé. J'ai particulièrement apprécié vos descriptions du Montana et des paysages de montagne autour de cette petite ville « imaginaire ».*

*J'attends avec impatience votre prochain roman,*

*Votre True Fan jusqu'à présent.*

TJ avait beaucoup ri à la lecture de cette missive. Le lecteur avait cru qu'il n'aimerait pas son livre, et il avait été agréablement surpris. Elle s'en félicitait et plus encore de comprendre qu'il attendait la suite, qu'il avait envie de lire d'autres romans d'elle. Peut-être achèterait-il le prochain au lieu d'attendre qu'il apparaisse sur les étagères de la bibliothèque.

Elle avait cherché un nom ou une adresse sur le feuillet pour remercier cet admirateur de son petit mot mais, apparemment, il n'attendait pas de réponse. Elle avait donc jeté la lettre à la poubelle. Voilà longtemps qu'elle avait renoncé à garder tout le courrier de ses lecteurs. Et elle n'y avait plus pensé.

Cela avait été sa première erreur, elle le comprenait, à présent. Il y avait peut-être des empreintes digitales sur cette feuille qu'elle aurait pu exploiter par la suite, quand tout était parti en vrille…

# 5

— Je veux lire toutes les lettres que tu as reçues de ce soi-disant True Fan qui m'a tout l'air d'être surtout un vrai cinglé, déclara Chloe, une fois de retour à la maison et seule avec TJ. Quelque chose me dit qu'elles sont beaucoup plus menaçantes que ce que tu as raconté à Annabelle.

Cette dernière était partie voir son fiancé, Dawson, et avait promis de revenir dans la soirée.

— Je ne les ai pas apportées, répondit TJ. Je n'ai même pas conservé les premières.

Mais elle les avait gardées en mémoire. Certaines venaient régulièrement la hanter jusque dans son sommeil, et elle se réveillait alors en sursaut, le cœur battant.

*Chère mademoiselle St. Clair,*

*Votre dernier ouvrage m'a terriblement déçu. Penser qu'un arbre a été abattu pour faire le papier sur lequel ce livre a été imprimé… Quel gâchis ! Vous devriez avoir honte.*

*Je m'attendais que ce roman soit meilleur que le précédent. N'est-ce pas un minimum ?*

*Dans ma dernière lettre, je vous avais donné quelques suggestions pour vous permettre de renforcer l'intérêt de l'intrigue et de donner plus de poids aux personnages, à votre héroïne en particulier.*

*Vous n'en avez manifestement pas tenu compte. Sans doute estimez-vous en savoir plus que moi en matière d'écriture. Comme vous vous moquez de mon opinion, vous n'avez aucune chance de vous améliorer et de rectifier vos erreurs.*

*Je suis la seule personne à vous dire la vérité. Au lieu de m'en remercier et de profiter de mes connaissances, vous me traitez par-dessus la jambe.*

*Un tel mépris est insupportable, et il ne restera pas sans conséquence, vous vous en doutez.*

*Votre seul True Fan.*

TJ avait cru que ce serait la dernière fois qu'elle entendrait parler de True Fan. Cette lettre lui avait paru incohérente. En fait, elle ne se rappelait pas avoir lu les recommandations et conseils que True Fan prétendait lui avoir envoyés. Certains lecteurs lui suggéraient parfois d'écrire des histoires mettant en scène dans le rôle principal divers personnages secondaires de ses précédents romans. Un jour, quelqu'un l'avait même exhortée à faire sortir une des infirmières travaillant au service pénitentiaire d'un hôpital pour lui donner une chance de trouver l'amour. Ces personnes ne semblaient pas comprendre que ce genre de décisions n'était pas toujours de son ressort. Même si TJ était souvent tentée de créer une intrigue autour de certains personnages, leurs aventures s'imposaient à elle. Elle ne les choisissait pas.

Elle avait jeté cette missive de True Fan – tout comme elle s'était débarrassée de la première – pour s'intéresser à celle d'une femme qui la priait d'envoyer un roman dédicacé à sa sœur pour son anniversaire. Elle lui expliquait que sa cadette, une dénommée Rickey, qui adorait les thrillers de TJ, était clouée au lit après un accident de voiture.

TJ avait pris un exemplaire de son dernier livre et l'avait signé :

*Joyeux anniversaire, Rickey.*
*J'espère que vous vous rétablirez vite.*
*Bonne lecture, TJ St. Clair.*

Elle avait mis la lettre avec les autres enveloppes à poster. Elle se rappelait vaguement que l'adresse était une boîte postale à Laramie, dans le Wyoming.

Puis, oubliant les reproches de True Fan, elle s'était replongée dans la rédaction de son roman.

Cela avait été sa deuxième erreur, même si elle n'avait aucun moyen de le deviner à l'époque. Elle ne l'avait compris qu'en recevant la troisième lettre de True Fan.

*Chère TJ St. Clair,*

*Vous êtes vraiment loin d'être aussi brillante et talentueuse que je l'avais pensé au départ. Pour tout dire, je suis même étonné que vous gagniez de l'argent avec les histoires insipides que vous écrivez.*

*Vous êtes tellement imbue de votre petite personne que vous avez vraiment cru que quelqu'un souhaitait offrir à sa sœur l'un de vos romans ! Une femme que vous ne connaissez ni d'Ève ni d'Adam vous raconte un bobard quelconque, et vous envoyez votre dernier thriller ? Vous êtes si crédule. Mais « Rickey » vous remercie.*

*Le niveau de vos livres empire. Je ne le croyais pas possible. Je vous ai dit et répété ce qu'il fallait faire pour vous améliorer mais vous continuez à ignorer mes conseils. Pensez-vous donc être plus intelligente que moi ? Plus douée ?*

*Votre orgueil vous perdra. Tôt ou tard, vous le payerez, et la facture sera salée, je le crains.*

*Votre True Fan jusqu'à la fin.*

— Crois-moi, dit TJ à sa sœur, revenant au présent. J'ai lu ces lettres plusieurs fois. Je ne saurais même pas dire si elles émanent d'un homme ou d'une femme. À en juger pas les adjectifs et les accords de participes passés, il s'agit d'un homme, mais certaines tournures de phrases comme les petites piques assassines me semblent plutôt révélatrices d'un caractère féminin. Bref, ces missives pourraient avoir été envoyées par n'importe qui possédant une machine à écrire manuelle.

— Ces menaces te font peur parce que tu les crois réelles, fondées, répondit sa sœur. Tu penses que True Fan t'en veut et va s'en prendre physiquement à toi.

— Dans sa dernière lettre, True Fan m'a en effet promis de mettre ses menaces à exécution. Il m'a précisé que j'allais mourir comme l'un des personnages de mes livres, ajouta TJ. Il m'a même conseillé de me suicider, estimant que ce serait sans doute moins douloureux. Mais s'il le faut, True Fan se dit prêt à me tuer pour m'empêcher de continuer à écrire.

Chloe frissonna.

— Et la police n'a pas pris de tels propos au sérieux ? Cela me paraît incroyable ! Et totalement irresponsable !

TJ se versa un verre de vin. Ses mains tremblaient.

— Même si True Fan s'est engagé à me faire la peau, il n'a pas laissé d'adresse au dos de l'enveloppe. Les cachets de la poste prouvent que les lettres ont été envoyées des quatre coins du pays. Où les policiers devraient-ils le chercher ? Nous ne savons même pas si un homme ou une femme se cache derrière ce pseudo. Ils ne peuvent donc rien faire, tant que True Fan n'est pas passé aux actes…

Elle se leva.

— Je déteste parler de ça.

Chloe changea de sujet.

— Quant à l'homme que nous avons vu tout à l'heure, dans la boutique de cadeaux, le fameux Mountain Man, il serait vraiment surprenant qu'il soit le type que tu as croisé à New York, ce matin. Mais si tu es d'accord, j'ai bien envie de me renseigner sur le dénommé Silas Walker puisque grâce à Annabelle nous connaissons son identité. Je reviens.

Elle s'élança vers l'escalier et redescendit bientôt avec son ordinateur portable. Comme elle se mettait à pianoter frénétiquement sur le clavier, TJ se félicita d'avoir un journaliste d'investigation dans la famille.

Chloe poussa brusquement un cri, et TJ blêmit.

— Quoi ?

— Silas Walker a longtemps fait partie de la police de New York. Il en était l'un des meilleurs inspecteurs. Mais il y a un an, il a fait l'objet d'une enquête interne.

— Quel genre d'enquête ? demanda TJ, la gorge serrée.

Chloe secoua la tête.

— Elle concernait des soupçons de corruption. Ce type est sans doute un policier véreux, un flic ripou. Apparemment, il n'a jamais été arrêté. Je ne trouve rien de précis. Les articles parlent de « comportement inapproprié », de « conduite incompatible avec ses fonctions ». C'est vague. Il s'agit peut-être de tromperies sur le nombre d'heures supplémentaires effectuées ou de bien pire. Et je t'ai gardé le plus surprenant pour la fin : il a été réembauché un mois plus tard mais a démissionné par la suite.

Elle leva les yeux de son ordinateur.

— Cet homme est susceptible d'être dangereux, déclara-t-elle.

— Qui est susceptible d'être dangereux ? demanda Annabelle en surgissant dans le salon.

TJ et Chloe échangèrent un regard sans répondre.

— Vous parliez de Mountain Man, non ? devina leur petite sœur.

— C'est un ex-policier qui a été viré, il y a quelques mois, déclara Chloe. Je disais qu'il pourrait se révéler dangereux.

— Pourquoi a-t-il été viré ? demanda Annabelle tout en retirant son manteau.

Elle le suspendit dans l'entrée et les rejoignit. Comme elle se servait un verre de vin, TJ remarqua que ses joues étaient rouges. À cause du froid ? Ou de sa visite chez Dawson ?

— Inutile d'évoquer cette sombre histoire, dit TJ. Parle-nous plutôt de Dawson et de toi.

Mais Annabelle secoua la tête.

— Si vous pensez vraiment que ce gars est dangereux, il faut annuler ta séance de dédicaces demain.

— Mauvaise idée, répliqua Chloe. De toute façon, TJ ne risquera rien dans la boutique de cadeaux. Non seulement, nous serons à ses côtés mais la moitié de la ville sera présente. Cette séance est notre seule chance de déterminer si Mountain Man est ou non l'auteur des lettres de menaces.

— Tu penses vraiment que c'est lui ? demanda Annabelle.

— Écoute, il y a quand même beaucoup d'éléments troublants. Je veux bien croire aux coïncidences mais là, ça fait beaucoup. D'abord, alors que j'étais à deux doigts de me faire écraser par un camion, il a surgi par-derrière pour me sauver in extremis. Ensuite, il débarque à Whitehorse en même temps que moi. Et comme si cela ne suffisait pas, je découvre qu'il s'est installé ici il y a six mois, à l'époque où j'ai commencé à recevoir les messages de ce détraqué. Posons la question autrement : Quelles sont les chances qu'il *ne soit pas* mon True Fan ?

Au souvenir de ses yeux bleus si perçants sur elle, TJ frissonna. Elle s'était sentie étrangement attirée par lui en même temps qu'elle avait eu peur.

— Que fera TJ s'il se présente à la séance de dédicaces demain ? demanda Annabelle à Chloe. Doit-elle lui demander en toute simplicité s'il est True Fan ?

Chloe gémit.

— Non, évidemment pas. Elle va garder son sang-froid, la jouer cool, décontractée. Nous serons là. Si Silas Walker et ce fou furieux ne font qu'un, il ne tentera rien à la signature mais pourrait dire quelque chose qui le trahira. Une fois que nous saurons avec certitude, nous irons trouver le shérif.

— TJ la jouer cool ? répéta sa jeune sœur en riant. Ne le prends pas mal mais elle en est incapable.

— Ce n'est pas vrai, je peux le faire, assura TJ, même si elle était loin d'en être certaine.

Il le fallait. Ce petit jeu malsain avait assez duré. Il fallait y mettre un terme parce qu'elle ne pouvait plus le supporter. Si ce n'était pas le cas, elle craignait que True Fan ne passe aux actes et ne la tue comme il lui avait promis de le faire.

— Peut-être ne se montrera-t-il même pas.

— Je suis sûre qu'il viendra, répliqua Chloe. Si c'est lui, il aura envie de se rapprocher le plus possible de toi. Il t'a provoquée. Maintenant, il veut que tu saches à quel point il est proche.

Comme si TJ ignorait les ressorts psychologiques d'un tel personnage. Elle écrivait sur ces individus tout le temps. Si cet homme était son True Fan, il ne voulait pas seulement qu'elle sache à quel point il était proche. Il tenait à ce qu'elle ait conscience du fait qu'il lui était facile de l'atteindre.

Voilà six mois qu'elle tentait de se préparer au moment fatidique, au moment où elle allait affronter le tueur, comme son héroïne dans chacun de ses livres.

# 6

Lorsque TJ se réveilla, le lendemain matin, elle fut stupéfaite de voir l'heure qui s'affichait sur son réveil. Il était très tard. Elle n'en revenait pas d'avoir autant dormi. Elle se doucha et s'habilla à la hâte. Quand elle descendit, prête pour sa séance de dédicaces, Annabelle lui tendit une tasse de café et un beignet.

Elle prit le café, refusa le beignet et regarda Annabelle le croquer avec appétit.

— Je suis vraiment contente de ne plus être mannequin, dit sa sœur, un grand sourire aux lèvres, avant de se lécher les doigts.

TJ ne put s'empêcher de lui rendre son sourire. Annabelle semblait en grande forme. Lorsqu'elle était top model, elle était maigre comme un clou et d'une pâleur cadavérique. Maintenant, elle resplendissait de santé. Sa métamorphose faisait vraiment plaisir à voir.

— Je dois me rendre à ma séance de dédicaces.

— Nous t'accompagnons, évidemment, dit Chloe en entrant à son tour dans la cuisine. Te sens-tu nerveuse ?

— À ton avis ?

TJ n'avait jamais apprécié les séances de signatures. Sans doute parce qu'elle détestait attirer l'attention sur elle. Elle aimait écrire les histoires qui peuplaient sa tête. Mais avant de vivre de sa plume, elle n'avait pas eu conscience des contraintes auxquelles devait se soumettre un auteur publié. Naïvement, elle avait cru qu'elle pourrait se contenter de s'enfermer dans une pièce et de s'adonner à sa passion.

Lorsque son éditeur lui avait demandé de s'impliquer davantage sur les réseaux sociaux, elle avait hésité à renoncer, à changer de métier.

Mais elle était incapable de cesser d'écrire. Chaque fois qu'elle avait essayé d'arrêter, elle avait tenu trois jours au maximum avant de commencer à en rêver la nuit. Des personnages se mettaient à lui parler, exigeant qu'elle raconte leurs histoires. Elle adorait ce préalable à la rédaction d'un livre.

TJ se rappelait sa surprise en découvrant que tout le monde ne fonctionnait pas comme elle, que la plupart des gens n'avaient pas d'intrigues dans la tête, qu'ils n'instauraient aucun dialogue avec des êtres imaginaires, qu'ils ne suivaient pas leurs aventures par l'esprit avant de les coucher sur le papier.

Elle demandait à ses proches :

— Mais alors, à quoi penses-tu quand tu es sous la douche ou que tu conduis ?

La réponse était invariablement :

— Je ne sais pas trop, je n'y fais pas attention. Mais je suis sûr que je n'imagine pas d'histoires.

TJ avait été plus sidérée encore d'apprendre que beaucoup d'autres romanciers ne conversaient jamais avec leurs personnages, que ces derniers ne s'imposaient pas à leur conscience. Pour sa part, TJ trouvait que ses héros étaient non seulement très présents mais souvent envahissants. Et elle savait que, bientôt, ceux de son prochain livre se mettraient à la harceler jusqu'à ce qu'elle recommence à écrire.

— Allons-y, dit Chloe, ou nous allons être en retard.

TJ aurait voulu monter dans le 4x4 d'Annabelle – celle-ci avait troqué son cabriolet pour un véhicule plus adapté au Montana – et s'en aller loin avec ses sœurs. Au point où elle en était, elle se sentait capable de s'enfuir sans un regard en arrière.

Lorsqu'elles arrivèrent, il y avait déjà foule dans la boutique de cadeaux. En passant devant la vitrine, TJ ne put s'empêcher de chercher des yeux Mountain Man, soulagée de constater qu'il n'était nulle part en vue. Après l'épisode de la veille, peut-être n'oserait-il pas se montrer.

— Gare-toi dans la ruelle, Annabelle. Tu ne vas pas te dégonfler, n'est-ce pas, TJ ? demanda Chloe.

— Non mais je suis à cran… Les séances de dédicaces me donnent toujours des sueurs froides mais jamais à ce point.

Elles entrèrent par l'arrière. TJ posa son manteau et son sac dans l'arrière-boutique, et inspira plusieurs fois, tentant de se ressaisir.

*Tu l'as fait des dizaines de fois. Tu peux le faire, tu vas y arriver.*

Mais les autres fois, elle ne faisait pas l'objet de menaces…

Sortant de la réserve, elle se dirigea vers la table qui avait été installée pour elle et sur laquelle trônait une pile de livres. Le propriétaire de la boutique se précipita pour l'accueillir et lui demanda si elle avait besoin d'eau, de café ou d'autre chose.

— Un peu d'eau, merci, répondit TJ, en considérant avec appréhension la longue file d'attente.

Tout en s'asseyant, elle s'efforça de sourire.

— Voici ta bouteille d'eau, lança une voix familière derrière elle.

TJ se retourna.

— Joyce ?

Elle ne put dissimuler sa surprise. Elle n'avait pas

revu Joyce Mason depuis le lycée. À l'époque, Joyce était considérée par leurs camarades comme une future délinquante, comme la fille la plus susceptible de finir un jour derrière les barreaux. Elle faisait alors les quatre cents coups avec les voyous de la ville et buvait beaucoup.

— Tu travailles ici maintenant ? poursuivit TJ, ressentant le besoin de dire quelque chose.

Joyce était plus mince qu'au lycée mais elle avait gardé la même coiffure et la même expression ennuyée. Le seul changement notable venait des tatouages sur ses bras, plus nombreux qu'autrefois.

— Oui, pourquoi ? Cela te surprend-il que je lise ? demanda Joyce d'un ton mordant.

TJ laissa échapper un rire nerveux.

— Pas du tout. Et en tant que romancière, je suis ravie.

— Oui, nous savons tous que tu es romancière, répliqua sèchement son ancienne camarade. Inutile de la ramener.

Elle posa avec brusquerie la bouteille d'eau sur la table et s'éloigna.

Mal à l'aise après cet échange, TJ entendit alors un cri de joie à l'autre extrémité du magasin et vit Dorothy Crest – « Dot » pour les intimes – se précipiter vers elle, tout sourire.

— Que je suis heureuse de te voir ! cria Dot. J'ai doublé tout le monde pour te dire bonjour mais ensuite je retourne faire la queue, ne t'inquiète pas. Je ne cherche pas à resquiller. Mais je tiens absolument à ce que tu me dédicaces ton dernier roman. Je les ai tous lus. Ils sont effrayants, et pourtant je suis incapable de les lâcher avant la fin. J'adore, ajouta-t-elle en riant.

Sur ces mots, elle regagna la file d'attente, en profitant pour saluer au passage plusieurs connaissances. Apparemment, Dot connaissait tout le monde.

Le propriétaire s'approcha de TJ pour lui dire à quel point ils étaient tous heureux de sa présence.

— Prête ? demanda-t-il.

Était-elle prête ? Non. Elle se sentait au bord du malaise alors que la séance n'avait même pas commencé. D'habitude, elle était plus organisée. En quittant la maison, elle avait failli oublier de prendre des marque-pages. Sa nervosité était telle qu'elle n'avait même pas pensé à se munir d'un stylo. Heureusement, il y en avait plusieurs sur la table.

Elle sourit à la sexagénaire qui s'avançait vers elle. Son visage lui semblait familier mais pendant un moment TJ fut incapable de se remémorer son nom. Les séances de dédicaces la perturbaient tant qu'elle en oubliait souvent les noms de personnes qu'elle connaissait pourtant très bien.

Heureusement, elle utilisait souvent une petite astuce pour ne pas les vexer :

— Auriez-vous la gentillesse de m'épeler votre patronyme ?

Cela ne marchait pas toujours. Un jour, par exemple, une grande brune s'était présentée, se vantant haut et fort de la connaître depuis toujours. Mais TJ avait été incapable de se rappeler son nom. Lorsqu'elle lui avait demandé de l'épeler, son interlocutrice avait froncé les sourcils avant de lâcher :

— Pat. P-A-T.

Très ennuyée, TJ n'avait pas eu la possibilité de s'excuser, de s'expliquer. Elle n'avait jamais revu la dénommée Pat.

Revenant au présent, TJ sourit de plus belle à la sexagénaire qui s'avançait vers elle en disant :

— Vous ne vous souvenez probablement pas de moi. Et je n'en serais pas étonnée. Vous étiez toujours dans la lune, en classe…

TJ savait qu'elle la connaissait. Son visage sévère

lui disait quelque chose. Oui, cette femme avait un air familier. Vraiment familier mais…

Et soudain, un éclair la traversa.

— Je ne vous ai pas oubliée, madame Brown. Bien sûr que non. Je vous avais en cours d'anglais au lycée.

Annabelle lui avait raconté que leur ancien professeur avait dû prendre sa retraite plus tôt que prévu après un petit accident vasculaire cérébral.

— Voulez-vous que je vous dédicace votre livre ?

— Bien sûr. Mais vous ignorez probablement mon prénom. Ester.

TJ signa l'ouvrage, y glissa un marque-page et le lui tendit.

Ester Brown hésita.

— L'autre jour, j'ai dit à mon mari que je n'avais pas été surprise d'apprendre que vous écriviez. Vous ne cessiez de bavarder autrefois pendant mes cours. Un vrai moulin à paroles !

Sur ces mots, elle s'en alla.

TJ fronça les sourcils. Annabelle ne lui avait-elle pas raconté que le mari de Mme Brown était mort ? Peut-être avait-elle mal compris.

De nouveaux et d'anciens lecteurs s'avancèrent, et TJ signa, sourit et passa au suivant. Le nombre de personnes venues à cette séance de dédicaces la surprit. Mais la dernière fois qu'elle avait signé un de ses thrillers dans la ville de son enfance remontait à des années.

— Salut TJ, lança un trentenaire en arrivant à sa hauteur.

Elle lui sourit, un peu déstabilisée. Elle l'avait aperçu dans la file d'attente sans lui accorder beaucoup d'attention. Elle cherchait des yeux Mountain Man. Mais si Silas Walker avait l'intention d'assister à cette séance de dédicaces, il ne s'était pas montré jusqu'ici, et bientôt la séance serait finie. La file d'attente avait bien diminué, constata-t-elle avec soulagement.

Sa main lui faisait mal à force de signer, et elle était fatiguée d'essayer de mettre des noms sur des visages qu'elle n'avait pas vus depuis des années.

Mais comme elle regardait ce brun au physique plutôt banal, son nom lui revint brusquement en mémoire.

— Tommy Harwood.

— Tom, la corrigea-t-il.

Il semblait surpris qu'elle se souvienne de lui. C'était autrefois un élève moyen, invisible, tout comme TJ. Alors que ses sœurs étaient toujours entourées d'une bande d'amis au lycée, TJ était une rêveuse qui préférait rester seule dans un coin avec un livre.

Avec les années, Tommy avait perdu ses cheveux et pris du ventre. À la vue de sa veste à l'effigie d'une marque de voitures, elle comprit qu'il travaillait chez un concessionnaire.

— Veux-tu que je te dédicace un exemplaire ? demanda-t-elle alors qu'elle s'emparait d'un roman et levait son stylo avec espoir.

— Bien sûr, si tu le dédies à « Tom ».

Elle hocha la tête et signa : « Pour Tom, bonne lecture, TJ St. Clair. »

Elle ne pensait pas avoir échangé plus d'une douzaine de mots avec Tommy au cours de leurs années de lycée. Quoi qu'en dise Mme Brown, elle n'avait jamais été très bavarde. Son ancien professeur devait la confondre avec Annabelle. Génial.

— Es-tu en ville pour longtemps ? demanda Tommy à voix basse.

— Pour une dizaine de jours, je suis venue pour les fêtes.

Elle lui tendit le thriller dédicacé tandis qu'il continuait à la dévisager.

— Tu es probablement très occupée mais si jamais tu avais envie de prendre un café, un de ces quatre…

— Merci. Ce serait sympa. Je te ferai signe.

— Bon, je te laisse à tes autres admirateurs.

Elle le regarda s'éloigner un moment, tentant de chasser le malaise dont elle était la proie.

— J'adore vos romans, déclara une femme en prenant rapidement la place de Tommy.

À mesure que la file diminuait, TJ commençait à se détendre. Elle aimait ses lecteurs. Ils l'avaient soutenue à ses débuts, encouragée. Au départ, elle écrivait des nouvelles pour un hebdomadaire. C'est alors qu'elle avait reçu le tout premier message d'un admirateur. Il lui conseillait d'écrire des livres, de vrais livres. Elle avait encadré cette première lettre et l'avait mise sur son mur. Ces mots lui avaient donné de l'espoir et l'avaient aidée à s'accrocher lorsqu'elle s'était lancée dans la rédaction de son tout premier roman.

Ce souvenir la fit sourire. Elle avait souvent cru qu'elle n'y arriverait pas, qu'elle ne réussirait pas à le terminer. Sans parler de sa crainte qu'il soit nul et que tout le monde déteste ce qu'elle écrivait, rejette son travail.

Et d'ailleurs, cela avait été le cas. Son premier manuscrit était toujours au fond d'un placard, et il y resterait. Il était mauvais et ne serait jamais publié. Mais il lui avait donné la certitude non seulement qu'elle était capable de finir un livre mais aussi qu'elle pouvait en écrire un meilleur.

Et la suite avait prouvé que son premier fan avait eu raison de l'encourager. Elle sortait un thriller par an depuis sept ans, tous publiés, chacun se vendant mieux que le précédent. Elle se souvint du frisson qui l'avait parcourue lorsqu'elle avait vu son quatrième titre apparaître sur la liste des meilleures ventes du *New York Times*.

Elle avait entendu parler d'auteurs qui, après avoir écrit un best-seller, s'offraient un voyage à l'autre bout du monde ou s'achetaient une belle voiture. TJ s'était contentée de faire le tour du quartier, souriant comme une idiote, et sur une impulsion de se régaler d'un sundae au chocolat chaud. Une folie. Par nature, Tessa Jane Clementine, alias TJ St. Clair, détestait les excès.

Elle avait toujours été comme ça. Elle ne se lâchait jamais, jamais complètement. Sa sœur Annabelle en devenait folle.

— Quand t'autoriseras-tu à te laisser aller ? À faire quelque chose de déraisonnable ? À tenter ta chance ?

— Même si je le voulais, j'en serais incapable, avait-elle répondu.

En vérité, elle n'avait jamais été audacieuse. Son sundae au chocolat chaud l'avait rendue malade et lui avait rappelé les raisons pour lesquelles elle faisait preuve de retenue en toutes circonstances.

Seule son héroïne, Constance Ryan, faisait des choses folles et courageuses. Constance aimait défier le destin. Et depuis le début, TJ adorait raconter les aventures de cette détective privée qui n'avait pas froid aux yeux et à qui elle aurait adoré ressembler.

Comme elle finissait de signer le livre d'une jeune femme, TJ leva le nez et se sentit blêmir.

Montain Man, Silas Walker, venait d'entrer dans la boutique, et il se dirigeait vers elle.

# 7

Silas s'inquiétait un peu de la façon dont il serait reçu à la séance de dédicaces. En raison de sa taille et de son apparence – surtout lorsqu'il séjournait dans le Montana et qu'il était alors en mode « sauvage » –, il faisait souvent peur aux petits enfants. Sa barbe était plus longue que d'habitude car il avait travaillé sous couverture peu de temps auparavant, et il avait également laissé pousser ses cheveux.

Mais une femme qui écrivait des intrigues policières, des histoires de meurtres toutes plus terrifiantes les unes que les autres, ne se laisserait certainement pas impressionner par ce genre de détails. Il en fallait davantage pour faire trembler TJ, n'est-ce pas ?

Il n'allait pas tarder à le découvrir. Il s'avança vers la table où elle venait de signer un de ses romans. Il restait encore plusieurs exemplaires de son livre, remarqua-t-il avec soulagement.

Il arrivait tard à cause de la tempête de neige qui s'était abattue dans les montagnes pendant la nuit. Il avait dû pelleter le chemin forestier pour réussir à sortir son pick-up. Mais il n'aurait raté pour rien au monde l'occasion qui lui était offerte d'acheter un roman de TJ St. Clair dédicacé par l'auteur.

Quand il s'approcha, il la vit se figer comme une biche surprise par le faisceau de phares. Sa réaction le plongea dans un abîme de perplexité. Elle n'avait quand même pas cru que c'était lui qui l'avait poussée dans la rue, la veille, à New York. Au contraire, il lui avait évité de se faire écraser. Il l'avait sauvée.

— Bonjour, dit-il en atteignant la table. Je ne peux pas vous dire à quel point je suis heureux d'être arrivé à temps. J'aurais été catastrophé de rater votre séance de dédicaces.

Elle avait des yeux superbes, d'un bleu profond. Ses cheveux blonds encadraient un ravissant visage qu'il avait mémorisé à force de contempler sa photo au dos de ses livres.

Elle l'intriguait depuis la toute première fois qu'il avait feuilleté l'un de ses romans. En principe, il ne lisait pas de thrillers. Sa vie en était un, il n'avait pas besoin d'en rajouter.

Mais un jour, par hasard, la couverture de l'un de ses livres l'avait attiré dans une librairie. Il l'avait ouvert à la première page et avait commencé à lire. Avant de comprendre comment, il s'était retrouvé à la page 30. À ce moment-là, il avait compris qu'il ne sortirait pas de la boutique sans ce roman.

Il n'avait vu la photo de TJ qu'après l'avoir terminé. Il avait été étonné. En le lisant, il avait cru que l'ouvrage avait été écrit par un homme. Il se souvenait avoir souri. Il aimait les surprises, et cette femme l'avait vraiment épaté.

Maintenant, comme il la regardait prendre un des exemplaires de son dernier titre, il constata, sidéré, que ses mains tremblaient. Il ne comprenait pas sa nervosité, même si la veille elle avait déjà eu une réaction bizarre en le voyant. Dans ses romans, les personnages montraient beaucoup de courage, parfois même de la témérité. Il s'était plu à croire que TJ possédait le cran de son héroïne principale – Constance –, au moins en partie. Il n'aurait jamais imaginé voir la peur briller dans ses yeux.

— À quel nom souhaitez-vous que je le dédicace ? demanda-t-elle d'une voix éteinte.

Se rendant compte qu'il la dominait de sa haute stature, il s'assit sur la chaise, même s'il soupçonnait que le problème n'était pas là.

— Silas.

Il lui épela son prénom et la regarda l'écrire d'une calligraphie soignée.

— Je suis vraiment heureux de faire votre connaissance, dit-il avec chaleur. Dès que j'ai ouvert l'un de vos livres, j'ai eu envie de rencontrer la femme qui l'avait écrit.

Il vit ses doigts se crisper sur son stylo. Lorsqu'elle croisa son regard, il lui sourit et la vit frissonner. Elle écrivit à la hâte :

*Bonne lecture, Silas !*

Puis elle signa. Il avait appris que TJ St. Clair était un pseudonyme. Sa véritable identité était Tessa Jane Clementine.

Elle lui tendit l'ouvrage.

— J'espère qu'il vous plaira, dit-elle dans un murmure.

Il n'y avait personne derrière lui, car il était arrivé alors que la séance s'achevait. Aussi poursuivit-il :

— Sincèrement, j'adore vos livres. Je les ai tous dévorés et j'attendais avec impatience la sortie de celui-ci. Je tenais à vous le dire.

Il commençait à se lever mais interrompit soudain son mouvement.

— Ma question va sans doute vous paraître bizarre mais j'aimerais comprendre quelque chose. Pourquoi est-ce que je vous rends si nerveuse ? Le savez-vous ?

Elle entrouvrit les lèvres, les referma avant de répliquer :

— Y a-t-il une raison pour laquelle vous devriez me rendre nerveuse ?

— Non, aucune. Pour tout vous dire, quand j'ai appris que vous alliez dédicacer votre dernier roman, j'ai espéré…

Il secoua la tête.

— Vous refusez probablement les invitations à dîner de vos admirateurs. Et je ne vous le reproche pas. Mais je le regrette parce qu'à travers vos livres… Eh bien, j'ai un peu l'impression de vous connaître. Cela doit vous sembler fou. Mais vous êtes la raison pour laquelle j'ai acheté un terrain et construit un chalet ici.

Il haussa les épaules.

— Je suis désolé de vous retenir. Vous avez probablement hâte de partir, de rentrer chez vous.

Il sourit en se levant.

— Peut-être nous reverrons-nous en ville. En tout cas, merci beaucoup d'avoir signé ce roman, ajouta-t-il en désignant l'ouvrage entre ses mains. Je le garderai comme un trésor. Et j'ai été ravi de faire votre connaissance, de vous rencontrer en chair et en os. J'en rêvais depuis longtemps.

Bouche bée, TJ regarda Silas Walker se diriger vers la caisse et payer son livre. Elle revit en pensée ses yeux bleus, son regard perçant et son sourire désarmant. Il s'était rendu compte qu'il la rendait nerveuse. S'en était-il réjoui ou avait-il cherché à la rassurer ?

— Alors ? chuchota Chloe en se précipitant vers elle. Est-il ton True Fan ?

Pendant un moment, elle fut incapable d'articuler un mot.

— Je n'en ai aucune idée, répondit-elle enfin.

Apparemment, il s'apprêtait à m'inviter à dîner mais il a changé d'avis.

Annabelle apparut juste à temps pour entendre la fin de sa phrase. Elle laissa échapper un petit rire.

— Ah bon ? Il voulait juste un rencard ?

— Et il ne t'a donné aucune indication comme quoi il pourrait être ton True Fan ? insista Chloe. Il n'y a fait aucune allusion ?

— Aucune.

Et pourtant… Elle se souvint de la façon dont il l'avait regardée, droit dans les yeux. Que cherchait-il ?

En frissonnant, elle laissa échapper un soupir.

— Je suis soulagée que cette séance de dédicaces soit terminée.

— Il est resté pas mal de temps à te parler, poursuivit Chloe, refusant de laisser tomber le sujet. Que t'a-t-il dit d'autre ?

— Je ne sais plus très bien, mon cerveau tournait au ralenti, répondit TJ. Qu'il avait l'impression de me connaître à travers mes livres, que c'était fou. Et aussi que j'étais la raison pour laquelle il s'était installé dans le Montana.

Annabelle écarquilla les yeux.

— Cela ne semble pas rassurant mais tu n'habites plus ici. Tu es devenue une New Yorkaise, alors…

— A-t-il fait allusion au fait qu'il t'avait sauvé la vie à New York hier matin ? demanda Chloe.

— Non, répondit TJ. J'aurais sans doute dû lui poser la question mais mes soupçons me semblaient soudain ridicules. Il continuait à me regarder comme si…

Comme si quoi ? Comme s'il voulait seulement l'inviter à dîner ? Ou autre chose ? Elle avait beau y réfléchir, elle n'était sûre de rien.

— Peut-être aurais-tu dû accepter de sortir avec lui, dit Chloe.

— Non ! cria Annabelle. Et s'il était… True Fan ?

— Comme il s'est ravisé et a finalement renoncé à me demander de sortir avec lui, la question est sans intérêt, fit-elle remarquer. Tommy Harwood, lui, m'a ouvertement proposé de prendre un café avec lui.

Ses sœurs lui lancèrent un regard, perplexes, lui confirmant que le pauvre était aussi invisible qu'elle au lycée.

Quand elle leur décrivit Tommy, Chloe hocha la tête :

— Je me souviens vaguement de lui.

— Un chauve avec un peu de ventre ? demanda Annabelle.

— Exactement. Il travaille chez un concessionnaire automobile, à présent.

Ses deux sœurs perdirent rapidement tout intérêt pour lui.

— J'ai vu Dot. Elle n'a pas changé, déclara Chloe.

— Joyce Mason travaille désormais ici, ajouta TJ, à voix basse, craignant que Joyce ne soit dans les parages et à l'écoute. Elle m'a paru un peu étrange.

Chloe lui enlaça les épaules.

— En tout cas, tu as survécu à cette séance de dédicaces. Bravo !

TJ sourit. Oui, elle avait survécu. Mais elle ignorait toujours si True Fan se trouvait parmi les nombreuses personnes qui étaient venues faire signer leur livre.

— Bon, maintenant, allons déjeuner, déclara Annabelle.

— Ou descendons prendre un verre au Mint, renchérit Chloe. Que préférez-vous ? À toi d'en décider, Tessa Jane.

— Je meurs de faim, ajouta Annabelle.

— Et toi, TJ, tu as besoin d'un bon repas. Tu es maigre comme un clou.

— Elle va vite reprendre du poids avec la bonne

cuisine du Montana, assura Annabelle. Que diriez-vous d'un poulet-frites ?

— Miam ! s'exclama TJ.

Ses sœurs riaient en sortant de la boutique. Leurs rires étaient merveilleux. TJ se répétait que son True Fan n'était pas à Whitehorse aujourd'hui, qu'il n'était pas passé à la séance de dédicaces, qu'il n'avait pas acheté son dernier thriller.

Et pourtant, elle n'avait pu s'empêcher d'y penser en signant les exemplaires de toutes les personnes de la file d'attente, y compris celui de la jeune femme qui était placée juste avant Silas Walker. TJ avait été distraite mais maintenant qu'elle se souvenait de…

— J'ai dédicacé un livre pour Nellie Doll, dit-elle alors qu'elles remontaient la rue.

Chloe s'arrêta.

— Lanell ? Je ne l'ai pas vue dans la queue.

— Elle n'a pas pu venir et a envoyé sa nièce à sa place, déclara TJ. La nièce m'a fait écrire :

*À Nellie, en souvenir du bon vieux temps.*

— C'est un peu bizarre, non ? dit Chloe. Nellie et toi n'étiez pas particulièrement amies, autrefois.

— Non, déclara TJ. Loin de là.

— Tu ne penses quand même pas que Nellie…

Annabelle revenait vers elles et regarda TJ et Chloe tour à tour.

— Nellie pourrait-elle être ta True Fan ?

— Tu nous as dit que les lettres avaient été postées des quatre coins du pays, non ? dit Chloe. Or, Nellie n'est sans doute jamais sortie du comté.

TJ hocha la tête, se remémorant Nellie à l'époque du lycée. Elle ne pouvait pas l'imaginer dépenser son argent pour un livre et encore moins pour un de ses thriller.

Elle s'efforça de cesser de penser à True Fan. Elle avait tellement de lecteurs formidables. Pourquoi laisser un cinglé tout gâcher ? Ne pas savoir si True Fan était un homme ou une femme l'ennuyait vraiment. Elle avait eu plusieurs meurtrières dans ses romans. D'ailleurs, dans le dernier, l'assassin était une fille d'Ève.

# 8

TJ se réveilla en proie à un épouvantable mal de tête après une nuit peuplée de rêves étranges. Elle prit une douche et avala deux antalgiques. Vu son peu d'énergie, elle appréhendait l'entretien qu'elle avait promis à un journaliste de la *Billings Gazette* dans la matinée.

Tout en s'habillant, elle entendait ses sœurs, déjà debout, qui bavardaient dans la cuisine. Elle ouvrit la porte de sa chambre et suivit les riches effluves de café dans l'escalier.

Elle ne put s'empêcher de sourire. Il y avait quelque chose de réconfortant à l'idée de revenir dans cette maison avec ses sœurs. Le simple son de leurs voix allégeait son pas aussi bien que son cœur. En entrant dans la cuisine, elle se dirigea directement vers le placard où elle savait qu'elle trouverait un bol.

— Bonjour ! dit Annabelle de la table où elle et Chloe étaient assises devant leur café. La journée s'annonce magnifique.

TJ se tourna vers la fenêtre. Dehors, la neige étincelait sous les rayons du soleil matinal.

— Es-tu toujours aussi enjouée au saut du lit, Belle ? lui demanda-t-elle en s'asseyant à table.

— Je parie que ce n'est pas ton cas et que tu détestes les gens du matin, dit Chloe en riant.

— Que diriez-vous d'aller chercher un sapin de Noël,

aujourd'hui ? poursuivit gaiement Annabelle. Willie m'a empêchée in extremis de jeter les boîtes de décorations de Noël de Frannie. Et plus tard dans la journée, il faudrait également songer à nous occuper des achats de Noël.

TJ devina que sa petite sœur essayait de lui changer les idées pour l'empêcher de penser à True Fan et à la séance de dédicaces de la veille.

— Connais-tu un pépiniériste en ville où acheter un arbre ? demanda Chloe.

— Ne dis pas de bêtises, répondit Annabelle en riant. Nous allons trouver un sapin dans la montagne, évidemment. Il y a une hache dans le garage.

— Une hache ? s'exclama Chloe.

— Quand tu dis « la montagne », tu veux parler des Little Rockies, je suppose ? demanda TJ.

Ses deux sœurs se tournèrent vers elle.

— Pourquoi ta façon de prononcer ces deux mots trahit-elle une telle excitation ? demanda Chloe. La perspective de te rapprocher du chalet de Mountain Man n'en est pas la cause, j'espère ?

— Bien sûr que non, assura TJ en rougissant. Voilà longtemps que je ne suis pas montée là-haut, voilà tout.

À la manière dont Annabelle et Chloe l'observaient, elle préféra ajouter :

— Arrêtez avec votre parano ! Silas Walker n'est pas True Fan.

— Il t'a quand même dit que tu étais la raison pour laquelle il avait décidé de s'installer ici, lui rappela Chloe.

— C'est vrai mais beaucoup de mes lecteurs m'ont confié qu'ils avaient l'impression d'être dans le Montana quand ils lisaient mes livres, et j'ai ainsi donné à certains d'entre eux l'envie de s'y rendre, de découvrir la région. Ce n'est pas inhabituel.

— Lui a *emménagé* ici, remarqua Chloe. C'est plus qu'une visite touristique.

— Mais si je comprends bien, toi, TJ, tu es persuadée qu'il n'est pas True Fan, n'est-ce pas ? demanda Annabelle d'un ton soupçonneux.

— Rien dans ses actes ou paroles ne laisse penser qu'il est autre chose qu'un fidèle lecteur de mes romans, répondit TJ avec sincérité. Bon, ajouta-t-elle en se levant. Je vais préparer un pique-nique pour le déjeuner. Et nous partons.

Comme quelqu'un frappait à la porte, Annabelle fronça les sourcils.

— Je me demande qui ça peut-être, dit-elle en allant ouvrir.

Dans l'entrée, elle se mit à rire avant de lancer :

— Vous apportez le courrier à domicile, maintenant ?

Sortant à son tour de la cuisine, TJ vit la postière tendre une enveloppe à sa sœur. L'employée se tourna vers TJ.

— Vous avez reçu une lettre, dit-elle. Une lettre d'un admirateur, j'en suis sûre ! Vous êtes l'auteur à succès de la ville, et nous en sommes tous très fiers. J'ai l'habitude de dire aux gens que je vous connais depuis que vous êtes toute petite, et que vous viviez ici autrefois avec vos sœurs. Ils ne me croient pas. Ils n'arrivent pas à imaginer quelqu'un d'aussi insignifiant que moi avec vous, une telle célébrité.

Le cœur serré, TJ parvint pourtant à sourire tandis qu'Annabelle remerciait la postière et refermait la porte.

— C'était Carol, l'employée du bureau de poste, expliqua sa sœur. Cette lettre est arrivée pour toi hier, mais comme tu n'as pas de boîte aux lettres, elle a décidé de te la déposer elle-même. C'est sympa, non ? Mais qu'as-tu ? ajouta-t-elle en remarquant que TJ était devenue toute pâle.

TJ ne répondit pas mais refusa de prendre l'enveloppe qu'Annabelle lui tendait. Elle voyait les mots qui y figuraient, tapés à la machine. Dans n'importe quelle autre ville, la missive se serait retrouvée au panier parce qu'elle était adressée à TJ St. Clair, Whitehorse, Montana, sans autre indication. Cela faisait partie des charmes qu'il y avait à vivre dans un petit village du Montana. Tout le monde se connaissait.

— Tu ne l'ouvres pas ? demanda Annabelle.

TJ semblant incapable de répondre, Chloe prit les choses en main.

— Je m'en charge, dit-elle.

Elle s'empara d'un couteau bien aiguisé, coupa avec soin le haut de l'enveloppe avant d'utiliser la pointe de la lame pour déplier le feuillet grisâtre.

Comment True Fan avait-il appris qu'elle était là ? se demandait TJ en se tordant les mains. Parce qu'il savait qu'elle se trouvait à Whitehorse. Bien sûr qu'il le savait. La veille encore, elle avait dédicacé des dizaines de livres. Le propriétaire de la boutique de cadeaux avait dû l'annoncer dans le journal local. Sans parler du fait qu'elle avait été reconnue à l'aéroport. Une femme l'avait photographiée et avait posté ce cliché sur les réseaux sociaux. Tous les possesseurs d'un smartphone dans le monde entier étaient au courant de la présence de TJ St. Clair à Whitehorse – et en particulier True Fan.

— L'expéditeur t'a adressé cette lettre ici, et il a donné le minimum d'indications sur l'enveloppe, remarqua Chloe. C'est uniquement parce que Whitehorse est une petite ville que ce pli t'a été remis, ajouta-t-elle, exprimant tout haut ce que TJ venait de penser.

— Frannie disait que Whitehorse n'était pas le bout du monde mais presque, leur rappela Annabelle. La dernière halte avant l'enfer.

Elle se mit à rire mais s'interrompit en comprenant que son histoire ne contribuait pas à alléger l'atmosphère.

— Attendez un instant, dit Chloe. Cette lettre a été postée *avant* ton arrivée ici, TJ. Celui ou celle qui l'a envoyée savait que tu allais venir.

TJ avait l'impression d'être épiée, surveillée, en permanence. Quelqu'un essayait de deviner ses faits et gestes pour avoir toujours un coup d'avance.

— Que dit le message ? balbutia-t-elle, livide.

Chloe se tourna vers elle. Annabelle se tenait un peu en retrait, les bras croisés, comme si elle appréhendait autant que TJ de découvrir le contenu de la missive.

— Lis-la-moi, dit TJ, refusant d'y toucher.

*Chère Tessa Jane,*

*J'aimerais voir l'expression de votre visage en ce moment. Pensiez-vous vraiment pouvoir m'échapper ? Je vous l'ai dit, je suis votre True Fan et je le resterai jusqu'à la fin.*

*J'ai votre dernier livre entre les mains et j'espère qu'il sera au niveau, qu'il ne me décevra pas comme le précédent. Je crains de ne plus pouvoir supporter de nouvelles déconvenues de votre part. Alors je préfère vous prévenir : si votre thriller ne me satisfait pas, ma réaction risque d'être terrible. Je ne vous laisserai pas publier d'autres romans aussi mauvais.*

*J'aurais voulu vous aider à vous améliorer. Mais vous avez fait fi de mes conseils, estimant sans doute qu'ils n'avaient aucune valeur. Et moi, vous m'avez totalement ignoré. Votre mépris m'a fait mal, très mal.*

*Mais peut-être avez-vous suivi mes recommandations dans votre dernier thriller. Souhaitons-le. C'est votre seule chance d'échapper à mon courroux.*

*Votre True Fan qui le restera jusqu'à la fin.*

— De quoi parle ce type ? demanda Chloe en finissant de lire.

Anéantie, TJ fut d'abord incapable de prononcer un mot. Au départ, True Fan avait adressé ses lettres à Mme St. Clair. Puis à TJ. Et maintenant, à Tessa Jane. Il devenait de plus en plus familier.

— Qu'attend-il de toi, TJ ? demanda Annabelle d'une voix inquiète. Qu'espère-t-il exactement ?

Elle poussa un gros soupir.

— L'un de mes personnages principaux a menti, et ce mensonge est resté impuni. True Fan en a été choqué.

— Alors châtie le menteur, déclara Annabelle. À mon avis, ce détail ne suffit pas à expliquer…

— True Fan souhaiterait aussi que mon héroïne tombe amoureuse de…

— Durango, acheva Chloe avec un juron.

TJ regarda sa sœur, sidérée.

— Tu lis mes livres ?

Cette journée était vraiment pleine de surprises.

— Je l'avoue. Cela m'ennuie de te poser la question qui va t'obliger à dévoiler une partie de l'intrigue et donc gâcher un peu le plaisir que je prendrai à la lecture de ton dernier thriller mais… Constance ne finit pas dans le lit de Durango ?

TJ secoua la tête.

— Durango meurt dans ce roman.

Silas avait du bois à couper et à entasser dans son chalet. En revenant de la ville, il avait écouté le bulletin météo à la radio et appris qu'une autre tempête s'annonçait. Avant de quitter Whitehorse, il avait acheté des provisions, sachant qu'il allait sans doute neiger pendant plusieurs jours. Tant qu'il avait assez de bûches pour ne pas mourir de froid, tout irait bien.

Mais en arrivant chez lui, il n'avait qu'une envie :

commencer le dernier roman de TJ. Indépendamment de son thriller, il ne cessait de songer à elle, TJ, et à ses incroyables yeux bleus… Il aurait aimé l'inviter à dîner, même s'il la rendait manifestement nerveuse. Il adorerait discuter avec elle de livres, d'écriture, du Montana… De plus, elle était terriblement séduisante.

Il secoua la tête et s'ordonna de se ressaisir. Il avait du travail, du bois à couper.

Après avoir déchargé les sacs qu'il avait rapportés de la ville, il prit sa hache et débita rapidement des bûches pour avoir de quoi remplir le poêle pendant les prochains jours. Tandis qu'il finissait de les empiler près de la cheminée, des flocons commencèrent à danser dans le vent. Il s'arrêta un instant pour contempler le ciel bas et blanc. L'air était vif. Il huma avec délice l'odeur des grands pins.

Le silence absolu qui régnait dans les montagnes enneigées le fascinait. Ayant vécu toute sa vie en ville, il n'avait jamais connu un tel calme, une telle sérénité. Ses amis ne comprenaient pas qu'il ait voulu s'installer ici, en pleine nature, loin de tout. Ils le traitaient de fou.

— Pourquoi être allé t'enterrer dans un patelin au fin fond du Montana ? lui avait demandé l'un d'eux.

— À cause d'un auteur de polars, avait répondu un autre. TJ St. Clair. Comment ce type a-t-il réussi à te convaincre de changer aussi radicalement d'existence rien qu'avec des livres ?

Ses amis pensaient que TJ était un homme, et Silas ne les avait pas détrompés. Lui-même l'avait d'ailleurs cru au début, alors pourquoi pas ?

— La manière dont ce romancier décrit la région m'a donné envie de m'y rendre, et une fois sur place je suis tombé sous le charme.

— Encore heureux qu'il ne parte pas là-bas à cause d'une femme, avait ajouté l'un de ses amis.

— Nous saurions alors avec certitude qu'il a perdu la tête.

Ils s'étaient tous mis à rire, Silas plus fort que les autres.

TJ retrouva la journaliste au Great Northern. Elle avait suggéré cet endroit parce qu'elle savait qu'elles pourraient y trouver un coin tranquille dans la salle à manger pour parler. Après avoir commandé des cafés, la journaliste commença à l'interroger.

Depuis la publication de son tout premier livre, TJ avait accordé des dizaines d'interviews. Les journalistes lui posaient souvent la même question : « Où trouvez-vous vos idées ? » Partout. Elle avait passé des années à regarder les gens, à les observer à la dérobée. Elle ne se lassait pas du spectacle de la grande comédie humaine. Elle adorait deviner ce qui motivait les uns ou les autres. Le caractère de certaines personnes la touchait, la surprenait, la choquait parfois et lui donnait alors envie de broder, d'imaginer leur histoire…

TJ se prêta au jeu de l'interview, émaillant ses réponses d'exemples et de petites anecdotes, mais tout en parlant elle ne cessait de songer à Mountain Man, Silas Walker.

Finalement, la journaliste lui demanda ce qu'elle savait maintenant qu'elle aurait aimé savoir à ses débuts, quand elle avait commencé à écrire. Question difficile.

— Le métier d'écrivain est très exigeant, répondit TJ avec sincérité. Plus exigeant que je pensais au départ. Il n'a rien de comparable avec un emploi de bureau que vous effectuez de 9 heures à 17 heures et que vous oubliez quand vous rentrez chez vous. Il n'y a pas non plus de week-ends, ni de congés payés ni d'arrêt maladie pour les romanciers. Lorsque je commence la rédaction d'un livre, ses personnages m'accompagnent jusqu'à ce que je termine leur histoire. Ils ne me quittent pas un instant. Ils occupent toutes mes pensées, ils me réveillent au milieu de la nuit. Ils me harcèlent jusqu'à la fin du roman.

— Si je comprends bien, croire qu'un auteur a une vie en or parce qu'il n'a pas de contraintes d'horaires ni de petit chef sur le dos est une idée fausse, dit la journaliste.

TJ hocha la tête en riant.

— Tout le monde rêve de rester à la maison, de travailler en pyjama, de ne pas avoir un patron qui regarde en permanence par-dessus votre épaule. Mais en réalité, écrire est un sacerdoce. Je passe de longues heures devant mon ordinateur.

Quand l'interview se termina, TJ fut contente de s'en aller et de retourner à la maison où ses sœurs l'attendaient avec impatience pour partir chercher un sapin. Il neigeait de nouveau. D'énormes flocons s'écrasaient lentement sur le sol.

Au volant du 4x4, Annabelle ralentit pour traverser la petite ville de Zortman, bâtie au pied des Little Rockies.

Zortman était un village minuscule qui disposait pourtant d'un café, d'un bureau de poste, d'une église et d'une petite prison.

Le ciel d'un blanc terne déversait des tonneaux de flocons qui se collaient au pare-brise. Les essuie-glaces avaient du mal à suivre. Un épais tapis blanc recouvrait déjà la route. De hauts sapins se balançaient sous le vent.

Après avoir quitté Zortman, Annabelle s'engagea sur une route qui passait devant le cimetière avant de longer des terrains de camping d'été. La neige semblait tomber plus fort.

Emmitouflées dans de bons manteaux, les trois sœurs étaient bien décidées à profiter de cette balade dans les

Little Rockies et à oublier le malaise qu'avait jeté sur elles la dernière lettre de True Fan. Annabelle avait emporté une hache et une corde pour attacher l'arbre sur le toit du 4x4.

— Je vais me garer un peu plus haut, et nous continuerons à pied, annonça-t-elle. Je suis sûre que nous trouverons le sapin parfait.

Chloe regardait par la vitre.

— C'est beau, c'est vrai. Les Little Rockies en hiver offrent un spectacle magnifique. Mais un peu inquiétant aussi. Et si nous nous retrouvions coincées dans la montagne à cause de la neige ?

— Au pire, nous marcherions jusqu'à Zortman, déclara Annabelle tout en continuant à rouler sur l'étroite route enneigée. Il y a aussi quelques chalets par ici. La plupart ne sont occupés que l'été mais je suis sûre que nous pourrions trouver de l'aide, en cas de besoin.

Chloe grommela une réponse inaudible d'un ton sceptique et alluma la radio où passait une chanson de Noël. Elle entonna aussitôt le refrain, imitée par Annabelle. TJ n'avait pas envie de chanter. En passant, elle avait vu une boîte aux lettres sur laquelle était écrit « S. WALKER ». Le chalet de Silas Walker ne devait pas être loin.

Elle n'en avait pas parlé à ses sœurs pour ne pas les inquiéter mais il émanait de cet homme quelque chose qui la rendait nerveuse. Elle tenait absolument à découvrir s'il était ou non True Fan. La dernière lettre qu'elle avait reçue le rendait encore plus suspect. C'est lui qui la lui avait envoyée, elle en était certaine. Le cachet sur l'enveloppe prouvait qu'elle avait été postée à Whitehorse.

— True Fan connaît donc quelqu'un dans tous les endroits où les lettres ont été postées, avait déclaré Chloe avant leur départ. Il ou elle l'envoie à des amis en leur demandant de te la poster de chez eux. Il leur fait certainement croire qu'il s'agit d'un jeu entre vous deux.

— Tu penses donc que True Fan a prié quelqu'un de Whitehorse de glisser cette missive dans la boîte aux lettres ? avait demandé Annabelle. Et cette personne ne connaîtrait pas TJ ?

— Pas nécessairement, avait répondu Chloe.

— Cessez d'essayer de me remonter le moral, avait dit TJ, accablée.

Lors de la séance de dédicaces, le propriétaire de la boutique de cadeaux l'avait appelée Tessa Jane – comme tout le monde à Whitehorse. Et maintenant, True Fan s'adressait à elle en utilisant ce prénom. Ce détail prouvait-il que True Fan avait appris sa véritable identité à cette soirée ? Ou la connaissait-il depuis toujours ?

True Fan aurait pu découvrir son vrai nom dans de nombreux endroits, mais TJ se demandait pourquoi il avait soudain décidé de cesser de la désigner par son pseudo d'écrivain pour l'appeler par son véritable prénom…

Annabelle s'arrêta sur le bas-côté, coupa le contact et la radio. Le silence tomba, aussi épais que le tapis de neige autour d'eux.

— Prêtes ?

Chaudement vêtues et chaussées, elles sortirent de l'habitacle et suivirent Annabelle qui portait la hache. Au début, elles marchèrent ensemble sur la route, mais comprirent rapidement qu'elles devraient s'enfoncer dans les bois pour espérer trouver un arbre et se séparer afin de multiplier leurs chances.

— Rappelez-vous : pas de sapin de plus de deux mètres, les avertit Annabelle avant qu'elles partent, chacune de leur côté. Les arbres ont toujours l'air plus petits dans la forêt.

— À l'entendre, on jurerait qu'elle a toujours vécu ici, lança Chloe à TJ. Elle est allée couper un arbre une fois avec Dawson et elle a maintenant l'impression d'être une experte.

Autrefois, leur grand-mère avait un sapin en plastique qu'elle descendait du grenier chaque année.

TJ attendit que ses sœurs disparaissent sous les pins pour rebrousser chemin. Elle comptait rejoindre à pied la route enneigée qu'elles venaient de parcourir en voiture. Elle découvrit bientôt des traces de pneus plus anciennes que celles laissées par le 4x4 d'Annabelle, prouvant qu'un autre véhicule avait emprunté cette voie un peu plus tôt. Elle les suivit, déterminée à trouver le chalet de Silas Walker.

Marcher au milieu des flocons qui tombaient sans bruit avait sur elle un effet étourdissant, presque enivrant. Elle avait l'impression d'être à l'intérieur d'une boule à neige. Elle s'arrêta pour regarder en arrière, surprise de la vitesse à laquelle ses empreintes de pas avaient disparu, effacées par les flocons qui recouvraient le sol peu à peu.

TJ n'avait aucune idée de la distance qu'elle avait parcourue quand elle se rendit compte que le sentier forestier qu'elle gravissait menait à un petit chalet. Celui de Silas Walker, sans doute. S'il était rentré chez lui après la séance de dédicaces, ces traces de pneus provenaient sûrement de son véhicule.

Comme elle les suivait, une odeur de feu de bois lui chatouilla les narines. Elle continua d'avancer au milieu des flocons de neige qui tombaient de plus en plus fort, perdant peu à peu toute notion du temps et de l'espace.

Après avoir grimpé encore et s'être enfoncée plus profondément dans le bois, elle s'arrêta pour reprendre son souffle, hésitant à faire demi-tour. Mais elle était allée trop loin pour faire marche arrière, comprit-elle. Cela dit, si elle ne découvrait pas très vite le chalet, elle devrait pourtant s'y résoudre.

Tout autour d'elle, il n'y avait que du blanc. Les flocons tombaient beaucoup plus fort maintenant. Elle ne devinait plus qu'à grand-peine le chemin. Elle sentit un frisson lui parcourir l'échine. Elle avait été folle de s'aventurer dans le bois et de risquer de se perdre en pleine tempête de neige.

Alors qu'elle s'apprêtait à abandonner, à renoncer, elle repéra enfin la fumée qui s'élevait des arbres, un peu plus loin. Hâtant le pas, elle continua dans cette direction. Annabelle avait dit que plusieurs chalets se trouvaient par ici mais la plupart n'étaient occupés qu'en été. TJ était certaine que celui-ci était celui de Silas Walker.

En se rapprochant, elle vit le pick-up garé à côté d'une petite cabane en rondins qui confirma son intuition. Elle hésita. Sans doute avait-elle intérêt à retourner vers ses sœurs, à présent. Quand elles ne la verraient pas revenir, Chloe et Annabelle s'inquiéteraient pour elle. Mais elle était épuisée et trempée. Que devait-elle faire ?

Silas Walker surgit soudain de derrière le chalet, les bras chargés de bûches, et elle se pétrifia. Comme s'il avait senti sa présence, il leva les yeux. En la reconnaissant, la surprise passa sur son visage, suivie d'une tout autre émotion.

TJ fit volte-face pour repartir en courant. Mais ses bottes glissaient sur la neige verglacée. Elle trébucha et s'étala durement sur le sol. Lorsque sa jambe se tordit sous elle, elle poussa un cri de douleur. Elle s'efforça de se relever mais se rendit compte que sa cheville lui faisait terriblement mal. Elle se laissa retomber par terre avec une grimace, en comprenant, terrifiée, qu'elle n'irait pas plus loin.

Quand des bras puissants la soulevèrent, elle se débattit en hurlant mais Silas la serrait contre lui. Il était grand et fort. Elle ne faisait pas le poids. Comme elle se remettait à crier, une main gantée se colla à sa bouche pour la réduire au silence.

— Cessez de vous agiter, vous risquez de vous blesser davantage, dit-il à son oreille. Je vais vous redresser pour vous mettre sur votre bonne jambe. D'accord ?

Cessant de lutter, elle hocha la tête.

Mais au moment où il la posa sur ses pieds, elle lui envoya un coup de poing dans le ventre. Elle eut l'impression de frapper un mur. Elle fit volte-face et s'élança vers la route avant de s'effondrer aussitôt.

Silas se jeta de nouveau sur elle, bâillonnant sa bouche de sa main gantée lorsqu'elle recommença à hurler de terreur.

— L'un de nous deux est fou. Comme ce n'est pas moi, c'est forcément vous, marmonna-t-il. Allons en discuter à l'intérieur, là où il fait chaud.

Et, hissant TJ sur son épaule, il se dirigea vers le chalet.

Elle cria et lui martela le dos mais ses efforts n'eurent aucun effet. Calmement, il remonta les marches du porche, ouvrit la porte et entra. Il la laissa alors tomber sans cérémonie dans un fauteuil rembourré.

Immédiatement, TJ essaya de se relever mais dès qu'elle s'appuya sur sa cheville blessée, elle poussa un gémissement. D'une main, il la tint en place tout en refermant la porte d'un coup de pied. Il faisait chaud à l'intérieur du chalet, et l'odeur de quelque chose qui mijotait lui fit monter l'eau à la bouche.

— Que faites-vous dans la montagne en plein milieu d'une tempête de neige ? demanda-t-il.

Il émanait de lui une virilité à la fois impressionnante et grisante. Il ressemblait à un lion de montagne à l'affût, et elle se sentit comme un lapin terrifié de ne pouvoir lui échapper.

— Laissez-moi partir !

Il leva les mains.

— Pas avant que vous m'ayez expliqué ce qui se passe. Que faites-vous ici, TJ ?

Il l'avait donc reconnue malgré son épais manteau et son chapeau qui lui couvrait la moitié du visage.

— J'étais venue chercher un sapin de Noël. Je me suis perdue.

Elle commença à se lever de la chaise mais il l'en empêcha.

— Attendez. Vous cherchiez un sapin de Noël ? Et vous tombez par hasard sur mon chalet ? Vous n'êtes pas venue ici toute seule, j'imagine.

— Non. J'étais accompagnée de mes sœurs. Elles vont s'inquiéter, me chercher. Voilà pourquoi je dois partir.

Mais tout en le disant, elle savait que Chloe et Annabelle ne pourraient pas la retrouver. Elles la chercheraient plus près de l'endroit où elles s'étaient garées. À présent, elles avaient sans doute trouvé un sapin et l'avaient attaché sur le 4x4.

Elle les imagina l'appelant, plaisantant, jusqu'à ce qu'elles commencent à s'inquiéter. Tenteraient-elles de chercher ses empreintes de pas dans la neige ? Il neigeait si fort que ses traces étaient déjà effacées. Elles ne pourraient jamais remonter sa piste.

À quoi avait-elle pensé ? Elle n'avait pas réfléchi. Elle avait agi instinctivement, et elle avait eu tort.

Une nouvelle fois, elle essaya de se relever. En vain. Silas ne la repoussa pas, mais il s'accroupit devant elle.

— Sans vouloir vous offenser, vous mentez très mal, TJ. Pour quelle raison êtes-vous venue ici, en réalité ?

Si seulement elle le savait. Ce n'était pas comme si elle avait eu un plan. Elle avait eu envie de voir son chalet, espérant pouvoir l'espionner de loin. Et du même coup, en apprendre plus sur lui. Pourquoi ? Parce qu'elle croyait qu'il était True Fan ? Ou pour tenter de comprendre pourquoi cet inconnu la troublait à ce point ?

En tout cas, elle n'avait pas voulu se faire attraper et se retrouver coincée dans son chalet avec lui. Elle n'aurait jamais laissé l'héroïne de ses livres faire quelque chose de si stupide.

Promenant les yeux autour d'elle, elle fut surprise de l'exiguïté de l'endroit. La cabane de rondins abritait une seule pièce avec un poêle à bois au centre, une kitchenette dans un coin, un fauteuil dans lequel elle était assise, une chaise et un lit. Sous la fenêtre, se trouvait un petit bureau. Elle sentit soudain son cœur accélérer dans sa poitrine.

Sur le bureau, trônait une vieille machine à écrire manuelle.

# 9

TJ écarquilla les yeux. La peur la saisit. Silas avait suivi son regard, deviné son intérêt pour la machine à écrire. Et maintenant, il fronçait les sourcils d'une manière qui la terrifia.

Elle se remémora tous les thrillers qu'elle avait écrits dans lesquels l'héroïne réussissait à s'échapper en frappant le méchant avec une arme improvisée. Ou en lui envoyant un coup de genou dans le bas-ventre avant de foncer vers la porte.

Il y avait bien une lampe près de son fauteuil, mais elle ne voyait pas comment s'en saisir et frapper Silas assez fort pour l'assommer et parvenir à s'enfuir. Sans parler du fait qu'elle n'arrivait plus à marcher – et encore moins à courir – avec sa foulure à la cheville.

Mais elle devait faire quelque chose… Tentant le tout pour le tout, elle voulut profiter du fait qu'il était accroupi devant elle pour lui lancer son pied valide à la figure. Mais avant qu'elle puisse l'atteindre, il lui saisit le mollet, bloquant son mouvement.

— Ce coup-là ne fonctionne que dans vos romans, dit-il d'une voix rude. Dans la vraie vie, ce genre de gestes ne fait qu'attiser la colère de votre cible ce qui la rend encore plus dangereuse. Maintenant, cessez ce jeu et expliquez-moi ce qui se passe.

— Je sais qui vous êtes, balbutia-t-elle, se reprochant

de s'exprimer d'une voix aussi altérée. Vous êtes mon True Fan.

De nouveau, il fronça les sourcils.

— En effet, je suis vraiment fan de vos livres mais…

La terreur de TJ se mua soudain en colère.

— C'est vous qui m'avez envoyé ces lettres !

— Ces lettres ? Quelles lettres ?

— N'essayez pas de nier. Et je sais aussi que c'est vous qui m'avez poussée sous les roues du camion, avant-hier matin à New York.

Il se rassit sur la chaise.

— J'étais effectivement à New York avant-hier matin et je me trouvais bien derrière vous au moment où ce semi-remorque est passé, roulant trop vite et trop près du trottoir. Une chance pour vous. Je n'avais même pas remarqué que vous m'aviez vu. En tout cas, je ne vous ai pas poussée, lui assura-t-il. C'est au contraire moi qui vous ai sauvée. En vous tirant en arrière à temps pour vous éviter de vous faire écraser !

— Bien sûr. Et vous étiez là par hasard, je suppose ? répliqua-t-elle d'un ton ironique.

— Pas vraiment. En fait, j'étais en pleine filature.

Devinant ce qu'elle devait penser, il ajouta :

— Ce n'était pas vous que je suivais. Mais un trafiquant de drogue. Et j'étais à deux doigts de le rattraper.

— Vous mentez ! Je sais que vous n'êtes plus flic, que vous avez été viré.

— Apparemment, vous avez pris des renseignements sur moi, dit-il en souriant. J'en suis flatté. Mais il ne faut pas croire tout ce qu'il y a dans les journaux. Quoi qu'il en soit, je travaille désormais pour un cabinet de détectives privés. Ou plutôt je travaillais parce que je viens de me mettre en congé. Mais peut-être le saviez-vous déjà. Et désolé, mais je ne vous ai jamais écrit.

— Vous me harcelez depuis des mois, avouez-le. J'ai reçu votre dernière lettre de menaces pas plus tard que ce matin. Elle ne pouvait émaner que de vous.

— Vous faites erreur, ce n'est pas moi.

— Vraiment ? Et maintenant, je parie que vous allez me faire croire que si toutes ces lettres anonymes ont été tapées sur une machine à écrire manuelle et si vous en possédez une, il s'agit d'une simple coïncidence, d'un pur hasard. C'est bien ça ?

Devant son air stupéfait, elle se demanda s'il était très bon comédien ou s'il était sincère.

Il secoua la tête.

— Vous avez tout faux, dit-il en se levant. Si vous voulez tout savoir, je me suis lancé dans… la rédaction d'un livre.

Il haussa les épaules, l'air embarrassé.

— Et j'utilise une machine à écrire manuelle parce que les coupures de courant sont fréquentes dans la montagne, surtout à cette époque de l'année, ajouta-t-il en se dirigeant vers le poêle à bois. Vous m'avez donné envie d'essayer d'écrire un polar. Mais c'est difficile. Je n'ai pas votre talent et je le regrette.

Elle le regarda jeter une bûche dans le poêle. Pensait-il vraiment qu'elle le croyait ?

— Je dois partir. Mes sœurs sont certainement en train de me chercher.

Il lui lança un coup d'œil par-dessus son épaule.

— Avez-vous vu le temps qu'il fait dehors ?

TJ se tourna vers la fenêtre. Le vent s'était levé, faisant tourbillonner la neige et plongeant la montagne dans un nuage blanc qui recouvrait tout. Il n'y avait plus la moindre visibilité. TJ avait grandi dans ce comté. Elle savait comme il était facile de se perdre au cœur d'une tempête de neige. Les fermiers du coin attachaient souvent une corde entre leur maison et leur grange pour ne pas risquer de s'égarer en allant nourrir les bêtes.

— Dès que le blizzard sera tombé, j'essayerai de sortir le pick-up, dit-il. Mais je ne vous cache pas que j'ai eu beaucoup de mal à rouler tout à l'heure, tant il y avait de neige. Je devais aller couper du bois sur une parcelle de forêt que je possède un peu plus bas. Vous n'ignorez sûrement pas à quel point il est difficile de circuler dans la montagne à cette époque de l'année. Au fait, comment va votre cheville ?

— Ça va.

Lorsqu'elle se leva, il n'esquissa pas un geste pour l'en empêcher. Mais dès qu'elle posa le pied par terre, elle grimaça de douleur. À qui voulait-elle faire croire qu'elle allait bien ? Elle comprit qu'elle n'irait nulle part avec cette entorse, même si elle parvenait par miracle à retrouver son chemin.

Se réinstallant dans le fauteuil, elle sortit son téléphone portable.

Il secoua la tête.

— Bonne chance, dit-il. Il y a très peu de réseau par ici. Mais parfois, j'arrive à envoyer un texto.

Il avait raison, comprit TJ. L'appel ne passait pas.

Elle se mordilla la lèvre, luttant contre les larmes qui brûlaient ses paupières. Ses sœurs allaient être malades d'inquiétude.

Elle écrivit un SMS.

Me suis réfugiée dans le chalet de Silas Walker pour y attendre la fin de la tempête.

Soulagée, elle constata que son message avait été envoyé. Pourvu qu'elles le reçoivent !

Heureusement pour elles, Annabelle et Chloe étaient

ensemble et avaient la possibilité de s'entraider. Alors qu'elle-même était seule et sans doute en danger.

— Écoutez, nous avons mal commencé mais je vous propose de repartir de zéro, proposa Silas, en la voyant à ce point bouleversée. Nous sommes bloqués ici jusqu'à ce que le temps s'améliore. À ce moment-là, vos sœurs remueront ciel et terre pour vous retrouver, j'en suis certain. En attendant, j'ai un reste de ragoût de bœuf et des petits pains faits maison – cuits hier dans le poêle à bois. Cela dit, c'est un premier essai alors je ne vous promets pas qu'ils seront mangeables.

Sans répondre, TJ regarda de nouveau la tempête de neige avant de reporter son attention sur lui.

Il lui sourit.

— Ça va ? demanda-t-il avec calme.

— Je n'aurais pas dû venir ici.

Non, elle n'aurait pas dû.

— Vous pensiez que j'étais l'auteur de ces lettres anonymes et des menaces dont vous faites l'objet. Pour tout vous dire, je suis soulagé d'apprendre cette histoire. Je n'avais pas du tout compris votre réaction lorsque nous nous sommes croisés dans la boutique de cadeaux et à la séance de dédicaces. Chaque fois, à ma vue, vous aviez l'air terrifiée. Je n'avais pas l'impression d'être aussi effrayant.

TJ restant silencieuse, il décida de tirer cette affaire au clair.

— Croyez-vous vraiment que quelqu'un vous a sciemment poussée sous les roues de ce camion avant-hier à New York ?

— Je ne le crois pas, je le sais. Il s'en est fallu d'un cheveu que je me fasse écraser.

Elle le dévisageait comme si elle n'était pas entièrement convaincue que ce quelqu'un n'était pas lui. Il comprenait mieux à présent pourquoi elle en était arrivée à le soupçonner. Après l'avoir tirée en arrière et lui avoir évité la mort, il aurait dû s'arrêter, prendre le temps de lui parler. Mais il aurait alors risqué de perdre la cible qu'il suivait depuis la veille. Cela dit, il avait quand même perdu sa trace.

— C'était très courageux de votre part de venir jusque chez moi comme vous l'avez fait. Alors que vous me soupçonnez de vous écrire des lettres de menaces et, pire encore, de vous avoir poussée, avant-hier matin, sous les roues d'un camion. Mais ce n'était pas forcément une bonne idée. Heureusement pour vous que vous faites erreur et que je ne suis pas cette personne…

— En effet, dit-elle d'un ton sarcastique. Sinon je me retrouverais piégée ici en pleine tempête de neige avec quelqu'un qui veut me tuer.

Il se frotta la mâchoire.

— Comment puis-je vous prouver que je ne suis pas ce cinglé qui vous harcèle depuis des mois ?

Il se dirigea vers la machine à écrire.

— J'admire la force de vos intrigues, la façon diabolique avec laquelle vous poussez votre lecteur dans une direction avant de le surprendre au moment où il pensait avoir tout compris. C'est vous qui m'avez donné envie d'écrire. Je pensais que ce serait facile mais…

En riant, il s'empara de plusieurs pages dactylographiées avant de revenir vers l'endroit où elle était assise.

À sa grande surprise, elle blêmit à la vue des feuillets.

— Ne vous inquiétez pas, je n'allais pas vous demander de les lire.

Il se rendit compte qu'elle regardait le papier comme si… Comme si quoi ?

Elle lui prit une feuille des mains.

— Où avez-vous trouvé ce papier ? demanda-t-elle d'un ton accusateur.

Il la dévisagea, perplexe, et elle s'expliqua :

— En général, les feuilles de papier sont blanches ou d'une couleur franche. Celles-ci sont grisâtres. Il semble même y avoir des filigranes sur certaines d'entre elles comme si…

— Comme si elles avaient été stockées dans un sous-sol pendant des années ? demanda-t-il. Il est possible qu'elles l'aient été. En tout cas, je les ai achetées lors d'un vide-greniers, d'une brocante à domicile, l'été dernier.

— Chez *qui* se tenait cette brocante ?

Elle n'avait pas l'air de le croire. D'ailleurs, elle ne croyait manifestement pas un mot de ce qu'il lui disait depuis le début.

— Comment pourrais-je m'en souvenir ? Je suis nouveau dans la région, ne l'oubliez pas.

Comme elle semblait toujours attendre une réponse, il se creusa la cervelle.

— C'était chez une femme âgée. Elle mettait sa maison en vente. Apparemment, elle avait des stocks de papier dans son sous-sol depuis un moment. Elle bradait des rames pour presque rien.

— Pourquoi avait-elle des rames de papier dans son sous-sol ?

— Je n'en ai aucune idée. Attendez. Je crois me souvenir qu'elle avait longtemps dirigé une entreprise de fournitures de bureau. Est-ce vraiment important ? En tout cas, je lui ai acheté deux boîtes entières de papier. Je vous invite à…

— La personne qui m'a envoyé les lettres de menaces les a tapées sur une machine à écrire manuelle comme celle que vous avez et sur un papier grisâtre comme celui-ci.

Elle planta ses beaux yeux sur lui, des yeux brillants de larmes.

— Et vous voulez toujours me faire croire que vous n'êtes pas True Fan ?

Silas leva les mains en signe de reddition.

— Comme nous avons un peu de temps devant nous, vu que nous sommes coincés ici à cause de cette tempête de neige, j'arriverai peut-être à vous convaincre de mon innocence. En attendant, pourquoi ne pas retirer vos vêtements mouillés ? Si vous avez besoin d'aller aux toilettes, elles sont à l'extérieur, dans un petit cabanon. C'est un peu rustique, je vous l'accorde. Mais en pleine montagne, il ne faut pas espérer bénéficier du tout-à-l'égout. Il n'est pas très loin. Et si vous ne vous en sortez pas avec votre cheville, je serais heureux de vous aider.

TJ regretta qu'il y ait fait allusion parce que, maintenant, elle ressentait en effet une envie naturelle qui devenait pressante. Elle se releva et grimaça en posant le pied sur le sol.

En deux enjambées, Silas la rejoignit.

— Appuyez-vous sur moi, proposa-t-il en la soutenant tandis qu'elle sautillait jusqu'à l'arrière de la cuisine.

Comme il ouvrait la porte, un coup de vent leur envoya une flopée de flocons de neige. Ils sortirent dans le froid.

Il avait raison. Le cabanon n'était pas loin, et Silas avait pelleté le chemin. Mais la neige commençait déjà à le recouvrir. Tirant sur le col de leurs manteaux, ils se dirigèrent vers la petite annexe.

— Prenez votre temps, dit-il en la laissant boitiller à l'intérieur. Je retourne au chalet. Mais je vous guetterai à la fenêtre et je reviendrai vous donner un coup de main quand je vous verrai réapparaître.

TJ referma la porte. Elle ne se souvenait pas à quand remontait la dernière fois qu'elle avait utilisé des toilettes à la turque. Baisser son pantalon ne fut pas une tâche facile, habillée comme elle l'était. Alors qu'elle s'accroupissait, elle se demanda si ses fesses n'allaient pas geler tant il faisait froid dans le cabanon.

Silas lui avait dit qu'elle n'avait pas besoin de se presser pourtant elle se dépêcha. Elle avait hâte de retrouver la chaleur du chalet. En frissonnant, elle ouvrit la porte de l'annexe. Fidèle à sa parole, Silas revint l'aider.

Alors qu'ils se dirigeaient vers l'arrière du chalet, TJ s'aperçut que la tempête avait encore empiré. Elle songea à ses sœurs qui allaient se faire un sang d'encre et se reprocha d'être partie de son côté sans les prévenir. Elle espérait surtout que Chloe et Annabelle seraient assez intelligentes pour ne pas se lancer à sa recherche au milieu de ce blizzard. Et qu'elles avaient bien reçu le texto qu'elle avait envoyé.

À l'intérieur, Silas la conduisit à l'évier et lui apporta du savon et une bouilloire d'eau chaude qu'il avait mise à chauffer sur le poêle. Elle se lava les mains, les sécha avec la serviette qu'il lui tendait et le laissa la guider jusqu'au fauteuil. Pendant qu'il s'activait autour du poêle, elle retira ses bottes mouillées, son manteau et son pantalon de ski. Une fois en chandail, jean et chaussettes, elle frissonna jusqu'à ce que Silas lui apporte une couverture dans laquelle elle s'enveloppa avec délice. Elle le regarda suspendre ses affaires mouillées pour les faire sécher. Il y avait toutes les chances qu'il soit son True Fan et pourtant…

Le doute s'insinuait en elle. En le voyant faire, elle ne parvenait pas à croire qu'un homme aussi gentil et attentionné ait pu écrire tant de méchancetés à son sujet. En revanche, comme la plupart de ses lecteurs, il pensait probablement la connaître et savoir mieux qu'elle ce qui était bon pour elle.

Qu'il soit ou non l'auteur des lettres, Silas la déstabilisait. Elle se rappela le sentiment étrange qui l'avait saisie à la boutique de cadeaux quand leurs regards s'étaient croisés. Elle avait vu dans ses prunelles… l'ombre, le danger, la violence. Mal à l'aise, elle s'efforça d'effacer cet épisode de sa mémoire. D'où venaient ces impressions ? Et surtout pourquoi étaient-elles encore si fortement ancrées en elle ?

Lorsque Silas s'empara d'un tabouret et s'assit devant elle, le visage sombre, elle s'efforça de rester impassible.

— Quelle est la gravité des menaces dont vous faites l'objet ? demanda-t-il.

TJ hésita à le lui dire. S'il était True Fan, il le savait déjà, alors à quoi jouait-il ? Et s'il ne l'était pas…

— Dans l'une de ses lettres, True Fan me conseillait de me suicider et de rendre ainsi service à l'humanité, au monde de la littérature, en particulier. Dans une autre, il me suggérait de mourir comme l'un des personnages de mes livres. Dans sa dernière missive, il estimait que me laisser écrire mes histoires insipides lui devenait insupportable. Il veut me supprimer pour mettre un terme à mes écrits.

Il secoua la tête.

— Comment tout cela a-t-il commencé ?

— Pourquoi vous intéressez-vous à cette affaire ?

Il sourit.

— Croyez-le ou pas, mon instinct de policier ne m'a pas quitté. Démasquer et arrêter les méchants est dans mon ADN. De plus, je vous admire et j'adore vos romans. Il n'est pas question qu'un cinglé vous empêche d'écrire tranquillement. Comme nous sommes coincés ensemble ici jusqu'à la fin de la tempête, profitons-en… Je peux peut-être vous être utile.

TJ ne parvenait pas à se débarrasser de son scepticisme. Le doute faisait partie de sa personnalité. Voilà sans doute pourquoi elle écrivait des thrillers. Elle ne faisait confiance à personne. Au contraire, un sourire ou un compliment éveillait tout de suite ses soupçons. Elle trouvait ça louche. Ses sœurs la traitaient de parano et, autrefois, sa grand-mère lui conseillait de se détendre. Comme si cela lui était possible.

Et surtout, elle ne savait pas trop quoi penser de Silas Walker. Tout le désignait comme son True Fan. Tout la portait à croire qu'il était le fou dangereux qui la harcelait depuis des mois.

Et pourtant, en regardant ses yeux bleus, elle y voyait briller une réelle inquiétude. Cet homme la déstabilisait, la troublait. Elle se souvenait de la facilité avec laquelle il l'avait jetée par-dessus son épaule pour l'emmener jusqu'à sa cabane de rondins. S'il avait été True Fan…

— Tout a commencé par des lettres anodines, des lettres très élogieuses comme j'en reçois beaucoup, dit-elle.

Elle lui parla des premières missives de la personne qui signait True Fan, des compliments qu'il lui envoyait. Tout en lui confiant toute l'histoire, elle étudia son visage, cherchant à repérer s'il lui mentait. Mais elle ne décela rien d'autre chez lui que de la sympathie et une colère croissante.

Quand elle eut fini son récit, il se leva sans un mot et se dirigea vers le poêle à bois pour remuer le ragoût qui y mijotait. Il semblait réfléchir.

Elle observa son dos, ses larges épaules, se demandant pourquoi il avait été renvoyé de la police.

— Alors ? demanda-t-elle.

Il touilla une nouvelle fois le contenu de la marmite avant de se retourner vers elle.

— Si quelqu'un vous a poussée délibérément devant ce camion, nous devons émettre l'hypothèse que votre

True Fan vit à New York ou, en tout cas, qu'il s'y trouvait avant-hier. Mais si vous avez raison à propos des feuilles utilisées par True Fan pour écrire les lettres, si elles proviennent bien de la maison où j'ai acheté mon papier, alors…

TJ hocha la tête, le cœur battant.

— Alors True Fan a dû se rendre à la même brocante que vous, dit-elle. Il navigue entre New York et Whitehorse, vu qu'il a également pris une photo de mon appartement, lui rappela-t-elle.

— Pas forcément, répliqua Silas. N'importe lequel de vos lecteurs de n'importe quel État du pays pourrait avoir un ami à New York qui aurait photographié votre appartement. De plus, votre chute d'hier n'était peut-être qu'un simple accident. Personnellement, je pense que votre True Fan vit ici, dans le Montana.

— Et comme par hasard, *vous* y vivez. Et comme par hasard, *vous* étiez avant-hier à New York. Avouez que ces coïncidences sont troublantes.

Il se tourna vers elle.

— Mais les coïncidences existent, TJ. Avant-hier, quand j'ai tiré en arrière une femme pour l'empêcher de se faire écraser, j'ignorais alors qu'il s'agissait de vous.

Elle remarqua soudain qu'il tenait sa cuillère en bois de la main gauche.

— Vous êtes gaucher, dit-elle.

Il parut un peu déstabilisé par sa remarque avant de sourire.

— J'avais oublié. Votre héroïne, Constance Ryan, tombe toujours amoureuse de gauchers. Je parie que beaucoup de vos petits amis étaient gauchers.

Il reporta son attention sur sa marmite.

Il se trompait sur ce point. Il y en avait eu qu'un, Marc. TJ regrettait l'attirance de son héroïne pour les gauchers.

Lorsqu'elle avait commencé à écrire, elle croyait qu'il valait mieux que son héroïne lui ressemble, qu'elle ait les mêmes goûts qu'elle.

« Écrivez sur ce que vous connaissez bien », lui avait conseillé son éditeur. Or, elle ne connaissait personne aussi bien qu'elle-même.

Certes, Constance Ryan tombait toujours amoureuse de gauchers mais elle n'était pas TJ. Constance incarnait la femme qu'elle rêvait d'être. Malheureusement, leurs points communs étaient évidents pour quiconque connaissait TJ. Constance était blonde, elle avait les yeux bleus. Elle aimait les plats épicés et buvait des litres de café noir.

Mais les similitudes s'arrêtaient là. Constance était audacieuse, intrépide. Détective privée, elle se chargeait des affaires compliquées et dangereuses que d'autres avaient préféré refuser. Elle était intelligente et déterminée. Et alors qu'elle frôlait la mort dans chaque livre, elle revenait toujours sur le terrain.

Par ailleurs, Constance aimait les hommes qui le lui rendaient bien. Elle finissait toujours par se retrouver au lit avec un beau garçon. Mais elle n'était pas du genre à rester longtemps avec ses petits amis. Constance Ryan vivait sa vie comme TJ aurait aimé vivre la sienne.

Contrairement à Constance, TJ était prude. Elle n'avait pas eu beaucoup d'amoureux, pas même lorsqu'elle était étudiante. En outre, si son héroïne papillonnait avec bonheur, TJ croyait à l'Amour avec un grand A. Elle n'avait aucune envie de multiplier les conquêtes. Elle rêvait simplement d'un homme qui ferait battre son cœur.

Comme ce Silas faisait battre le sien…

Mais était-ce la peur qui provoquait l'affolement de son rythme cardiaque ? Ou quelque chose d'aussi dangereux, vu que tous deux étaient seuls, bloqués par la neige dans un petit chalet perdu dans la montagne ?

*
* *

— Je commence à comprendre pourquoi vous pensiez que j'étais l'auteur de ces lettres de menaces, dit Silas après avoir servi à tous les deux leur ragoût de bœuf et lui avoir offert un de ses petits pains faits maison.

Il était content de voir que TJ commençait un peu à se détendre. Dehors, le blizzard faisait rage. Silas avait construit un chalet capable de résister à un froid polaire. La petite cabane de rondins était bien isolée, il y faisait bon à l'intérieur. Mais ils entendaient le vent hurler dehors et voyaient la neige s'accumuler aux fenêtres. Il espérait que les routes ne seraient pas devenues impraticables, une fois la tempête calmée.

— J'ai réfléchi à la meilleure manière de démasquer ce cinglé, dit-il entre deux bouchées.

Il avait compris qu'il devait l'aider, qu'elle le veuille ou non. La seule façon de lui prouver qu'il n'était pas True Fan était de trouver le vrai coupable. En outre, enquêter avec TJ sur l'auteur des lettres anonymes lui plaisait. Il n'avait jamais osé rêver avoir un jour la possibilité de prendre une tasse de café avec elle et encore moins celle de dîner avec elle chez lui.

— Je vous écoute, dit-elle en plantant ses beaux yeux dans les siens.

Il sentait qu'elle était toujours suspicieuse à son endroit mais ne le lui reprochait pas. Compte tenu des éléments qui le désignaient comme True Fan, il serait parvenu à la même conclusion, à sa place.

— C'est très simple. Tout se résume au vieux papier grisâtre. Parce qu'il est très facile pour n'importe qui de photographier l'extérieur de votre appartement…

— Encore faut-il savoir où j'habite ! Et à moins

d'avoir des contacts à l'intérieur du New York City Police Department, comment l'aurait-il appris ?

Silas sourit tout en la regardant se régaler de son ragoût. Elle appréciait sa cuisine, constata-t-il. Cela le rendit incroyablement heureux.

« Tu pèches par orgueil », lui aurait dit son père.

— Vous aimez mes petits pains ?

— Ils sont délicieux ! Les avez-vous vraiment confectionnés dans ce poêle à bois ? demanda-t-elle d'un ton sceptique.

— Exactement. Vous voyez cette boîte en fonte au-dessous ? Il s'agit d'un four. C'était une première. Je devrais m'améliorer par la suite.

— Ils sont parfaits. J'avoue n'avoir jamais essayé d'en faire, même dans un vrai four.

Il sourit, plus réchauffé par son compliment que par le ragoût.

— Quant à la manière dont ce type a appris où vous habitiez, inutile de l'imaginer corrompre un flic pour obtenir votre adresse, poursuivit-il. Il lui a suffi de vous suivre jusque chez vous après une séance de dédicaces. Combien en avez-vous faites à New York ? Et combien de fois êtes-vous rentrée directement chez vous, ensuite ?

Elle ne répondit pas, il avait raison.

— Par contre, à propos d'avant-hier, à New York, je serais moins catégorique que vous. Il s'agit peut-être d'un accident. Il y avait tellement de gens qui se pressaient sur le trottoir, les bras chargés de leurs achats de Noël. J'avais été moi-même bousculé, quelques instants auparavant. Je n'ai vu personne vous pousser mais la foule était compacte. Tant de personnes tentaient d'avancer au mépris des autres passants. Avant de vous voir basculer vers ce camion, j'avais remarqué une femme encombrée d'un énorme sac. Elle aurait pu vous heurter par mégarde.

Il la regarda s'humecter les lèvres après avoir pris une bouchée de pain recouvert de beurre. Silas n'utilisait que du vrai beurre, il détestait la margarine. Il devina que TJ partageait ses goûts en la matière.

— Admettons que True Fan connaisse quelqu'un à New York qui aurait pu me suivre après une séance de dédicaces et qui aurait pris une photo de mon appartement depuis la rue…

— Il aurait même pu embaucher quelqu'un pour le faire, ajouta-t-il, songeant à l'entreprise de détectives privés pour laquelle il travaillait depuis qu'il avait quitté la police.

Il n'en revenait de ce que les gens payaient pour savoir.

TJ hocha la tête, pensant sans doute à Constance, l'héroïne de ses livres.

— Il ne reste donc qu'une piste à suivre, conclut-elle. Celle du papier grisâtre que vous avez acheté tous les deux lors d'une brocante à domicile, l'été dernier à Whitehorse…

— En août. J'y avais aussi fait l'acquisition de ce tabouret.

Le regard de TJ s'assombrit.

— Il s'agit donc de quelqu'un qui vit à Whitehorse.

Elle frissonna, et pour la première fois il comprit qu'elle envisageait réellement que True Fan ne soit pas lui.

— Je suspecte quelqu'un qui vous connaît et qui a des raisons d'être jaloux de votre succès, dit-il. Peut-être un écrivain raté ? Ou un ancien amoureux ? Ou même une prétendue amie…

# 10

— Je n'arrive toujours pas à croire que vous ayez vraiment fait ces petits pains vous-même, déclara TJ qui en accepta un autre.

Sa balade dans la neige pour trouver son chalet lui avait ouvert l'appétit.

Silas sourit, visiblement content qu'elle apprécie sa cuisine.

— C'était une première. J'ai sans doute bénéficié de la chance des débutants.

— Ils sont délicieux, et votre ragoût de bœuf l'était aussi, lui assura TJ, se sentant en conflit intérieur.

Pouvait-elle faire confiance à cet homme ? Parfois, la façon dont il la regardait de ses yeux bleus si pénétrants la mettait mal à l'aise. Elle y voyait briller une lueur dangereuse. Elle avait conscience d'être coincée dans un chalet en pleine montagne au milieu d'une tempête de neige avec un inconnu dont, d'instinct, elle se méfiait.

Le bon sens lui soufflait que Silas Walker et True Fan ne faisaient qu'un.

Mais après avoir écrit sept thrillers, elle savait par expérience que le « méchant » se révélait souvent être la dernière personne que vous soupçonniez au départ. Bien sûr, il s'agissait de fictions alors qu'elle vivait actuellement une situation bien réelle.

Silas était charmant, agréable, facile à vivre. Et son

apparence un peu rude, son côté « brut de décoffrage », le rendait encore plus séduisant. Il semblait presque intimidé par elle. Et elle ne décelait pas en lui une once de la colère qui teintait les lettres de menaces de True Fan.

Mais après des mois à vivre dans la terreur, elle préférait rester sur ses gardes.

Comme elle finissait son repas, elle s'aperçut que la nuit était tombée. Cela dit, il était difficile de deviner l'heure, car l'épaisse couche de neige illuminait les alentours. Elle sortit son téléphone portable, espérant y trouver un texto de l'une de ses sœurs mais il n'y avait rien. En voyant l'heure sur l'écran, elle se rendit compte avec angoisse qu'elle devrait passer la nuit dans ce chalet avec cet homme. Son cœur commença à accélérer dans sa poitrine.

Silas se leva et s'approcha d'elle pour prendre son bol et sa cuillère.

— Ne vous inquiétez pas, dit-il comme s'il lisait dans ses pensées. Quand vous vous sentirez fatiguée, vous pourrez vous installer dans le lit. Les draps sont propres. Quant à moi, j'ai un sac de couchage dans un des placards et je vais m'allonger sur le tapis. Je l'ai fait si souvent lorsque je construisais ce chalet que cela ne me gêne plus.

Tout en lui parlant, il s'activait dans le coin cuisine. Plus tôt, il avait mis la bouilloire sur le poêle à bois. Maintenant, elle le regardait faire la vaisselle. Il lui semblait particulièrement indépendant, autonome. Séduisant aussi, d'une beauté sauvage, indomptée, qui l'intriguait et lui faisait peur à la fois.

— Ne vous sentez-vous pas un peu seul ici ? lança-t-elle, se demandant s'il y avait une femme dans sa vie à New York.

— Au contraire, répondit-il sans se retourner. Je viens ici pour trouver la paix et la tranquillité. Écoutez.

Il cessa ce qu'il était en train de faire pour la regarder.

Elle n'entendait que le crépitement du feu dans le poêle à bois.

— Pas une sirène, pas un bruit de moteur, pas de coups de klaxons, pas de musique bruyante dans l'appartement d'à côté.

Il laissa échapper un soupir heureux.

— Voilà pourquoi j'adore cet endroit. J'éprouve de plus en plus souvent le besoin de laisser derrière moi le vacarme et l'agitation de New York. Ici, je me lève quand j'en ai envie, je me couche lorsque je suis fatigué. Je passe mes journées à travailler dans le chalet, à couper du bois pour le poêle, à préparer mes repas. Quand je ne travaille pas, je lis. Ou j'essaye d'écrire, ajouta-t-il avec un petit rire en reportant son attention sur sa vaisselle.

— J'avais oublié ce que c'était que de vivre dans le Montana, reconnut TJ.

— C'est vrai, vous avez grandi à Whitehorse.

Elle hocha la tête, se remémorant les descentes en luge et les séances de patinage en hiver, les baignades dans la rivière en été, l'espace, le silence, la vie dans une petite ville, au rythme des saisons…

— Ce calme me manquait sans que j'en aie conscience.

Il se tourna alors vers elle en séchant ses mains avec un torchon.

— Vous appréciez sans doute le côté glamour et l'animation de New York. N'est-ce pas pour cette raison que vous avez décidé de vous installer là-bas ? Vous avez la possibilité d'écrire n'importe où.

— J'ai bien aimé New York, au début. Je croyais qu'y vivre m'aiderait à mener à bien ma carrière d'écrivain.

— Mais plus maintenant ?

Elle secoua la tête.

— Je déteste cette ville, à présent. Depuis que True Fan a commencé à me menacer, New York n'a plus aucun attrait pour moi. Je ne m'y sens plus en sécurité.

Elle laissa échapper un rire amer.

— Cela dit, je ne me sens plus en sécurité nulle part.

Il posa le torchon et s'appuya contre le comptoir de la cuisine.

— J'en suis sincèrement désolé. Voilà pourquoi nous devons absolument démasquer le fou furieux qui vous harcèle et mettre un terme à ses agissements. J'imagine qu'il doit être difficile pour vous d'écrire dans ce climat.

Elle détourna les yeux.

— Vous ne pouvez pas savoir à quel point.

Silas poussa un petit soupir.

— Je devine que vous me soupçonnez toujours d'être ce True Fan ou, en tout cas, que vous n'êtes pas convaincue du contraire. Je le comprends. Il faut avoir un tempérament suspicieux, trouver les comportements des gens louches pour imaginer des intrigues comme celles de vos thrillers. Mais vous avez également besoin de vous sentir en sécurité pour écrire. Voilà pourquoi je vous promets de démasquer True Fan, même si vous ne voulez pas de mon aide. Que préférez-vous ? Du chocolat chaud ou du thé ? ajouta-t-il.

— Du thé, s'il vous plaît.

TJ le regarda sortir deux tasses d'un placard.

— J'aimerais lire quelques chapitres de votre livre, dit-elle soudain.

Silas se figea un moment avant de se retourner.

— Vous allez rire mais votre proposition me terrifie. Je me sentirais moins en danger si je faisais face à un type armé.

— Si vous n'avez pas envie que je…

— Oh si ! j'en ai très envie ! Mais l'idée que vous lisiez mon texte me met en transe et m'angoisse en même temps. Avez-vous déjà ressenti cette ambivalence ?

Elle sourit en hochant la tête.

— Je me souviens avoir suivi un cours d'écriture, il y a quelques années. J'espérais simplement que le professeur me dirait si oui ou non j'étais capable d'écrire un livre.

— Et l'a-t-il dit ?

— Non. En y repensant, je crois qu'elle ne savait pas plus que moi ce qu'il fallait pour devenir auteur de polars, même si elle en avait vendu quelques-uns. Sans doute ne voulait-elle pas me donner de faux espoirs. Elle savait certainement à quel point il est difficile de percer dans ce métier.

— Eh bien, vous n'avez pas à vous inquiéter sur ce point en ce qui me concerne. Inutile de vous demander si vous devez m'encourager ou au contraire me décourager. Parce que j'adore écrire. Et j'ai l'intention de continuer, de tenter de m'améliorer, quoi que vous me disiez. Cela dit, j'apprécierais vraiment de connaître votre opinion.

Il s'approcha de la machine à écrire pour réunir quelques feuillets dactylographiés.

— Donnez-moi le premier chapitre, dit-elle.

Les écrivains en herbe avaient tendance à montrer leur chapitre préféré, sans réaliser qu'un éditeur ne lirait jamais les chapitres suivants si le premier ne l'intéressait pas.

Il lui tendit une douzaine de pages. Elle remarqua la façon dont il les tenait, comme s'il portait un oiseau blessé.

— Ne vous sentez pas obligée de lire tout le chapitre, précisa-t-il en lui remettant ses écrits.

Elle vit tout de suite que les feuilles avaient été tapées avec un nouveau ruban. Il n'y avait aucune alternance de lettres plus ou moins sombres comme dans les missives de True Fan.

Silas prit son manteau.

— Je vais chercher du bois, annonça-t-il. Les températures vont certainement chuter dans la nuit. Je tiens à avoir des réserves pour que nous soyons au chaud jusqu'au matin.

Sur ces mots, il ouvrit la porte et sortit dans le froid.

TJ se pencha sur les pages de son livre et commença sa lecture.

Silas resta sous le porche à regarder le blizzard, souriant comme un imbécile. TJ St. Clair lisait son manuscrit. Il sentit son estomac se serrer. Comment réagirait-il si elle le jugeait sans intérêt ? Si elle lui conseillait de s'en servir pour allumer le feu dans le poêle ? Ou pis, si elle trouvait que son livre n'était pas mal ? Qu'il y avait quelque chose, un potentiel ? Qu'elle devinait un certain talent ?

Il ignorait quelle était sa plus grande crainte – un verdict positif ou négatif. En tout cas, il avait peur. Son métier de policier ne l'avait jamais terrifié à ce point, même s'il s'était fait tirer dessus dernièrement. Il se frotta la cuisse inconsciemment. Sa claudication n'était presque plus perceptible, constata-t-il. Mais peut-être faisait-il plus d'efforts pour ne pas la montrer à TJ.

Quand il pensait à son True Fan, il se faisait du souci. Ce cinglé risquait-il d'aller au bout de ses menaces, de les mettre à exécution ? Était-il vraiment dangereux ?

Plus que jamais, Silas était déterminé à le démasquer et à l'empêcher de nuire.

Le vent lui giflait le visage, des flocons glissaient dans son cou. Il frissonna tout en ramassant des bûches pour les rapporter à l'intérieur. À présent, TJ avait lu assez de pages pour avoir un avis. Il hésitait à retourner auprès d'elle. Il se sentait comme sur le point d'affronter un peloton d'exécution.

Allons, il était capable de supporter tout ce qu'elle lui assenerait, se dit-il en ouvrant la porte du chalet.

Il ne la vit pas tout de suite. Le fauteuil était vide, et un bref instant il pensa qu'elle avait filé par l'arrière. Mais comme il s'avançait, il l'aperçut enfin, debout sur un pied près du poêle à bois. La bouilloire à la main, elle versait de l'eau dans chacune des tasses dépareillées.

Il laissa tomber son chargement de bûches dans le panier d'osier et essaya de se calmer.

— Vous ne devriez pas vous déplacer avec votre foulure à la cheville.

— J'ai sautillé sur l'autre pied pour me déplacer.

Elle l'observa et lança :

— Vous avez cru que j'étais partie.

— Et que j'allais devoir sortir dans cette tempête pour vous retrouver. Cela ne m'aurait pas amusé.

Elle hocha la tête.

— Le blizzard aurait-il été l'unique raison de votre contrariété ?

— Non. J'aurais surtout été déçu que vous preniez la poudre d'escampette. J'apprécie votre compagnie.

Il regretta aussitôt de l'avoir dit. Elle allait croire qu'elle était tombée dans un traquenard, qu'il l'avait attirée ici pour ne jamais la laisser s'en aller.

— Laissez-moi m'occuper du thé.

Il l'aida à retourner à son fauteuil.

— Avez-vous assez chaud ?

Elle hocha la tête et le suivit des yeux tandis qu'il revenait avec une tasse de thé.

— J'imagine que vous prenez du sucre…

— Constance Ryan prend du sucre dans son café

mais je bois mon thé sans sucre, répondit-elle. Je ne suis pas Constance. Nous ne sommes pas nos personnages.

— Non ? Je savais que vous préfériez votre café noir. Je n'étais pas sûr pour le thé.

Il pensa au héros du roman qu'il avait commencé. Par certains côtés, cet inspecteur lui ressemblait et par d'autres, pas du tout. Mais il avait mis tant de lui dans ce livre qu'il se sentait vulnérable, quelque chose qu'il avait rarement ressenti en tant que policier.

TJ sirota son thé tandis qu'il raccrochait son manteau et s'en servait une tasse.

— Je m'en veux de vous interroger au sujet de mes écrits, dit-il, en voyant les feuillets posés sur le tabouret près d'elle. Mais je brûle de connaître votre verdict…

Il ignorait si elle les avait lus, encore moins si elle avait parcouru quelques pages ou le chapitre entier.

TJ remarqua la façon dont la tasse disparaissait entre les mains de Silas. Il semblait très doux, et pourtant elle avait vu la façon dont ses muscles se gonflaient quand il l'avait portée dans le bois, tout à l'heure. Pour un homme de sa stature, il se mouvait avec une agilité qui rappelait celle d'un lynx.

— Vous avez du talent, mais je n'ai pas à vous le dire, dit-elle en ramassant les feuillets qu'elle avait laissés sur le tabouret. J'ai tout de suite été happée par votre histoire, par l'intrigue. J'avais envie de continuer à lire, de découvrir la suite.

Il la dévisageait comme s'il attendait un « mais ».

— D'autres personnes ont déjà lu votre livre, au moins en partie, non ? Je suis sûre qu'elles vous ont dit que…

Il secoua la tête.

— Vous êtes la première et la seule à m'avoir lu.

Elle ne put masquer sa surprise.

— Alors vous ne saviez vraiment pas…

— J'essaye de deviner si vous essayez seulement d'être gentille.

— Pas du tout. Les personnes qui vous affirment que votre roman est bon sans en penser un mot ne vous sont d'aucune utilité, je l'ai compris depuis longtemps. Pour s'améliorer, un écrivain en herbe ou confirmé a besoin de véritables critiques, et je m'efforce toujours d'être honnête, de donner un avis sincère.

Silas parut respirer plus facilement.

— Comme je vous l'ai dit, j'adore écrire, alors je vais continuer, mais je suis ravi d'apprendre que mon premier chapitre est d'un niveau correct, ajouta-t-il avant de boire une gorgée de thé.

— Plus que correct, dit-elle. Je vous encourage vivement à poursuivre. Par contre, je ne vous promets pas que vous vivrez un jour de votre plume. Être bon ne suffit pas. Il faut aussi de la volonté et de la chance.

— Je suis animé d'une réelle détermination. Pour la chance, je ne jurerais de rien. Mais je me sens chanceux en ce moment, ajouta-t-il en souriant. C'est bien d'avoir de la compagnie.

Ils sirotèrent leur thé dans le confort du chalet tandis que dehors la tempête faisait rage. Les bûches craquaient dans le poêle, le feu sifflait. Silas se leva pour y jeter plus de bois, puis il se retourna et la regarda d'un air intimidé.

— Aimeriez-vous jouer aux cartes ?

Elle se mit à rire.

— Cela dépend. Quel jeu avez-vous en tête ?

— Je m'en fiche. Un gin rami, un cribbage, un 8 américain, un atout pique ou même une bataille si vous voulez. J'adore taper le carton et j'en ai assez des réussites.

— Mes sœurs et moi passions des nuits entières à jouer

au tarot, autrefois. Mais à deux, mieux vaut tenter un atout pique. Je me demande parfois si les gens utilisent encore des cartes réelles maintenant qu'ils ont à leur disposition des jeux virtuels.

— Je n'en ai aucune idée, répondit-il en apportant un paquet de cartes usées.

Il sortit une petite table pliante de sous le lit et l'installa entre eux.

— Vous pouvez même me battre, je ne vous en voudrai pas. Pour vous dire à quel point je suis désespéré, dit-il en riant.

TJ n'avait pas joué à atout pique depuis des années. En regardant Silas mélanger les cartes, elle se rendit compte qu'elle commençait à lui faire confiance.

Elle espéra que ce ne serait pas sa dernière erreur.

# 11

Ils jouèrent aux cartes jusqu'à minuit. Silas ne se rappelait pas s'être jamais amusé à ce point. TJ était une excellente partenaire. Elle l'obligeait à se dépasser. Personne avant elle n'avait réussi ce tour de force. Au fil de leurs parties, elle se détendit, et il eut alors la possibilité de découvrir la femme qui se cachait derrière l'auteur de best-sellers.

Dotée d'un esprit vif, TJ était drôle et avait le sens de la repartie. Elle lui plaisait de plus en plus, et pas uniquement parce qu'elle estimait qu'il avait du talent.

Ce n'est qu'à la dernière partie qu'elle recommença à paraître nerveuse. Il rangea les cartes et alla lui chercher un T-shirt. Il le lui tendit.

— Il vous couvrira intégralement si vous voulez le porter pour la nuit, dit-il. Je vais aller chercher du bois et vous donner la possibilité de vous changer tranquillement. Mais si vous préférez, vous pouvez dormir dans vos vêtements. Avez-vous besoin de retourner aux toilettes ?

Elle secoua la tête. Ils avaient fait plusieurs voyages jusqu'au cabanon au cours de la soirée.

— Désolé, je n'ai pas de brosse à dents d'invité, poursuivit-il. Je n'avais pas prévu d'avoir de la compagnie mais il y a du dentifrice sur le bord de l'évier.

Il s'emparait déjà de son manteau près de la porte.

Une fois dehors, Silas tua le temps en pensant à True Fan. Sans ce fou furieux, il n'aurait peut-être jamais eu la possibilité de se rapprocher à ce point de TJ. Mais bien entendu, mieux valait garder cette réflexion pour lui. Il essaya également de ne pas l'imaginer dans son T-shirt.

Voilà si longtemps qu'il ne s'était pas intéressé à une femme… Sans doute parce que sa vie était trop remplie d'autres choses. Mais une compagnie féminine lui manquait. Le sexe aussi, bien sûr. Et le simple fait de penser à TJ dans son T-shirt… Il refusa de s'attarder sur cette idée.

S'il voulait aller plus loin avec elle, il avait intérêt à avancer doucement, pas à pas, à ne rien précipiter. Elle semblait plus que nerveuse. Terrifiée. Et elle ne lui faisait toujours pas confiance. Il espérait remédier à cet état de fait.

Il se répétait qu'elle partirait dès que la tempête se calmerait. Sauf si ses sœurs se présentaient en plein cœur de la nuit, accompagnées de la Garde nationale et de la moitié des policiers du comté. Elles en étaient capables. Sinon, il redescendrait TJ en ville le lendemain matin. Il y parviendrait d'une manière ou d'une autre.

L'idée qu'il pourrait ne jamais la revoir par la suite lui était presque insupportable. Elle le fascinait depuis qu'il avait lu son premier livre. Et maintenant qu'il avait passé du temps avec elle, eh bien, il avait envie de nouer une véritable relation avec elle.

Il en fut surpris. Il fréquentait parfois des femmes à New York, mais d'habitude il ne les voyait qu'une fois ou deux avant de passer à autre chose. Avec TJ, il en était tout autrement. Il n'imaginait pas se contenter d'une fois ou deux.

Les bras chargés de bûches, il tapota la porte. N'entendant rien, il entra. Elle était couchée, la couette tirée jusqu'au menton. Elle lui sourit d'un air gêné.

Qu'elle était mignonne dans son lit ! Il referma rapidement le battant avant que le vent glacé s'engouffre à l'intérieur et, lui tournant le dos, jeta le bois dans le panier et enleva son manteau.

La voir dans son lit lui fit mal. Et le déstabilisa. Cette femme l'attirait et lui donnait en même temps envie de la protéger. À l'idée de l'embrasser…

— Vous avez tout ce qu'il vous faut ? demanda-t-il d'une voix qui parut étrange à ses propres oreilles.

Elle hocha la tête et le regarda tandis qu'il ouvrait un placard pour en sortir un sac de couchage.

Il le déroula devant le feu, éteignit les lumières et se glissa dedans. Un instant plus tard, elle lui jeta un oreiller.

— Merci, dit-il dans l'obscurité.

Dehors, la tempête avait un peu diminué d'intensité. Il se sentait comme quand il était enfant, invité à une soirée pyjama. Il n'avait pas envie de dormir. Il voulait discuter avec elle de toutes les choses qui l'intéressaient… De la vie sur d'autres planètes, de la formation des aurores boréales, de l'existence du yéti, en passant par le cadeau de Noël que TJ avait préféré parmi tous ceux qu'elle avait reçus depuis sa naissance.

— Vous souvenez-vous d'être resté couché sans vouloir dormir, dans l'attente du Père Noël ? demanda-t-elle dans le noir.

En riant, il répondit :

— Bien sûr. Je luttais contre le sommeil, je refusais de fermer les yeux. J'avais peur de le manquer.

— J'ai été catastrophée d'apprendre qu'il n'existait pas.

— Il n'existe pas ?

Le feu crépita et, après quelques instants, il s'aperçut qu'elle s'était endormie.

TJ se réveilla pour trouver le chalet désert. Le sac de couchage et l'oreiller n'étaient plus sur le tapis. Un feu brûlait dans le poêle, mais Silas n'était nulle part en vue. En se redressant, elle vit que l'oreiller qu'elle lui avait jeté reposait de nouveau à côté d'elle sur le lit. Son sac de couchage avait apparemment été rangé.

Silas était-il seulement parti aux toilettes ? Allait revenir dans un instant ?

Elle entendit du bruit à l'extérieur. Pendant un moment, elle crut identifier son pas sur les marches du porche mais elle comprit rapidement qu'il essayait de démarrer son pick-up. Rejetant les couvertures, elle se leva. Sa cheville allait mieux et s'était dégonflée. Un énorme hématome ornait un côté de son pied.

Silas avait eu raison à propos de son T-shirt. Il la couvrait jusqu'aux genoux. Comme elle l'enlevait, elle le renifla, espérant y trouver l'odeur de son propriétaire. Elle le serra un instant contre elle, consciente de se comporter comme une adolescente, avant de le jeter sur le lit et d'enfiler rapidement ses vêtements. Assise sur la chaise, elle mettait ses chaussettes quand elle entendit son hôte monter les marches du porche et pénétrer dans le chalet.

— Bonjour ! lança-t-il, en secouant la neige de son manteau et en frappant ses bottes contre les rondins de bois. J'ai dégagé le chemin et mon pick-up a fini par démarrer après quelques essais. S'il le faut, j'installerai des chaînes sur les pneus pour nous sortir de là. Par contre, je ne sais pas si vous êtes pressée ou non de rentrer chez vous.

La veille au soir, TJ aurait donné beaucoup pour pouvoir s'enfuir au plus vite de cet endroit. Ce matin, elle n'avait aucune envie de quitter Silas. Mais elle le devait, et pas uniquement parce qu'elle craignait que ses sœurs soient malades d'inquiétude.

— Merci beaucoup de proposer de me reconduire en ville. Je suis prête à partir quand vous voulez.

— Pas de problème. Mais je ne serais pas un hôte

digne de ce nom si, avant de rejoindre la vallée, je ne vous offrais pas d'abord un petit déjeuner, déclara-t-il.

TJ hésita. La chaleur de la cabane, l'odeur des petits pains faits maison, le bel homme qui lui souriait à la porte, tout lui donnait envie d'accepter. À ce stade, elle espérait plus que tout que Silas Walker n'était pas True Fan.

— Merci, mais je préfère y aller sans traîner. Mes sœurs doivent être folles d'inquiétude, même après mon texto.

Surtout après son texto.

Il hocha la tête, ne semblant pas plus impatient de la voir partir qu'elle-même ne l'était.

— Dommage. J'ai vraiment aimé vous avoir ici mais bien sûr nous partons tout de suite, si vous le souhaitez. Je vous attends dans le pick-up. Rejoignez-moi quand vous serez prête.

Il disparut à l'extérieur.

TJ prit son manteau, enfila son pantalon de ski et ses bottes. Elle jeta un dernier regard dans le chalet, consciente qu'elle n'y reviendrait peut-être jamais. Du coin de l'œil, elle vit la machine à écrire. La curiosité était un vilain défaut. Elle avait tué toutes les héroïnes de séries B qui décidaient de descendre voir l'origine du bruit suspect dans le sous-sol. Pourtant, incapable de résister à la tentation, elle déplaça la machine à écrire et fouilla dans les papiers. Elle ne vit que des pages du livre de Silas. Elle vérifia la corbeille à papier. Aucun brouillon de lettre écrite à la hâte ne s'y trouvait.

Silas Walker n'était pas True Fan. Cela dit, Silas ne vivrait pas dans les bois s'il ne fuyait pas quelque chose ou quelqu'un. Elle se reprocha de commencer à voir tout en noir comme Chloe, journaliste d'investigation. Mais les ombres qu'elle avait surprises dans ses yeux bleus avaient forcément une explication.

En sortant du chalet, elle se fraya un chemin à travers la

neige jusqu'au pick-up où Silas patientait, assis au volant. Il lui ouvrit la portière du côté passager et lui tendit la main pour qu'elle puisse grimper plus facilement dans l'habitacle.

— Zut ! j'ai oublié votre cheville, dit-il. J'aurais dû proposer de vous aider à venir jusqu'ici.

— Elle va beaucoup mieux, merci. Êtes-vous toujours de si bonne humeur au saut du lit ? demanda-t-elle.

— En tout cas, je devine que vous, vous n'êtes pas du matin, dit-il en riant alors qu'il démarrait. Pourvu que nous arrivions à passer ! Croisez les doigts.

Ils descendirent lentement le chemin forestier. L'arrière du pick-up patina plusieurs fois avant d'atteindre la route. Rien n'indiquait que quelqu'un l'avait empruntée depuis la veille au soir.

— Bon, dit Silas avec un soupir de soulagement. Nous venons de franchir la partie la plus difficile. Du moins je l'espère.

Au-dessus des pins, le soleil se reflétait sur la neige fraîche, si brillante qu'elle en devenait aveuglante.

— C'est magnifique, murmura-t-elle. J'avais oublié cette beauté.

Il lui jeta un coup d'œil de biais, mais ne dit rien, se contentant de reporter son attention sur sa conduite. Le pick-up dérapa à plusieurs reprises et glissa sur des plaques de verglas, mais ils parvinrent à rejoindre la départementale sans trop de difficultés.

Silas tapota le volant.

— Je savais que tu pouvais le faire, Gertrude.

— Gertrude ? demanda-t-elle en riant.

TJ était soulagée qu'ils soient sortis de la montagne sans problème. Et qu'ils soient de nouveau détendus l'un avec l'autre.

— Faites attention, plaisanta Silas. Ne l'insultez pas.

— Je ne me le permettrais pas, lui assura TJ avec gravité.

— Ma vieille Gertrude me rappelle votre Constance.

Elle leva un sourcil étonné en se tournant vers lui.

— Votre pick-up vous rappelle l'héroïne de mes livres ?

Sans l'avouer, elle se sentit un peu offensée. Constance et elle avaient beaucoup en commun, et aucun homme ne l'avait encore jamais comparée à un pick-up.

— Gertrude et Constance sont toutes les deux fiables, prêtes à tout dans les coups durs. Et ni l'une ni l'autre ne manque de charme.

TJ sourit.

— Présentée comme ça, la comparaison est en effet plus flatteuse…

Il se mit à rire, très à l'aise derrière le volant même si la route était verglacée.

Normalement, rouler dans ces conditions aurait rendu TJ nerveuse. Elle aurait dû avoir peur. Mais Silas inspirait confiance… Comme son pick-up.

# 12

— Je ne sais pas comment vous remercier, dit TJ lorsque Silas s'arrêta devant la maison familiale. J'ai passé une très bonne soirée et je me suis bien amusée.

Il lui sourit.

— J'en suis heureux parce que j'ai également été ravi de vous avoir. Votre compagnie m'a enchanté. Et j'espère que nous nous reverrons bientôt.

Il sauta à terre pour lui ouvrir sa portière.

— Je ne plaisantais pas en vous disant que j'allais tout faire pour démasquer votre True Fan, ajouta-t-il. Si j'arrive à retrouver l'endroit où se tenait cette brocante à domicile, l'été dernier, et la femme qui m'a vendu ces rames de papier, aimeriez-vous m'accompagner pour aller lui parler ?

— Bien sûr. Avec plaisir.

Le sourire de Silas s'élargit.

— Je vous tiens au courant.

— Merci.

Elle le salua de la main. Comme il se réinstallait au volant et démarrait, elle espéra qu'elle ne se trompait pas sur Silas Walker. Ses mots, sa gentillesse, sa délicatesse, les multiples attentions dont il avait fait preuve à son égard, lui avaient fait chaud au cœur. Sans parler de ses yeux bleus qui la remuaient au plus profond de son âme.

Elle sentait qu'il était le genre d'homme dont une

femme pouvait tomber follement amoureuse. Ce qui la rendait d'autant plus méfiante. Si dans ses romans Constance ne donnait jamais son cœur à personne et se jouait des hommes, ce n'était pas un hasard. Il y avait une explication à ce comportement. TJ, la créatrice de Constance, avait un jour offert son cœur à quelqu'un qui l'avait brisé. Toutes les deux avaient donc été échaudées par cet épisode et craignaient l'amour.

TJ avait à peine atteint le porche que ses sœurs ouvrirent la porte et se précipitèrent vers elle, parlant en même temps.

— Où étais-tu ? Que s'est-il passé ? Tout va bien pour toi, TJ ?

— Très bien.

Alors que Silas s'éloignait, une voiture de patrouille s'engagea dans l'allée qui menait à la vieille demeure. TJ vit le shérif McCall Crawford s'extraire de l'habitacle.

— Que fait la police ici ? demanda-t-elle.

— Chloe l'a appelée.

*Évidemment.* Elle poussa un gros soupir.

— Avez-vous trouvé un sapin ?

Annabelle sourit.

— Bien sûr. Nous le décorerons plus tard.

Toutes trois saluèrent le shérif Crawford et l'invitèrent à entrer. Chloe, qui avait clairement pris les choses en main, les entraîna dans la cuisine.

La policière s'adressa à TJ :

— Je vois avec soulagement que vous avez finalement réussi à rentrer saine et sauve à Whitehorse.

— Je suis désolée que ma sœur vous ait dérangée pour rien, répondit TJ. Il était inutile de vous déplacer. Je vais très bien.

— TJ a été prise au piège par la tempête de neige alors que nous nous baladions dans la montagne, et elle s'est retrouvée coincée chez Silas Walker, expliqua Chloe.

Je vous ai demandé de venir ici parce que j'ignorais alors qu'elle parviendrait à regagner la maison par ses propres moyens. Mais je voulais aussi en savoir plus sur cet homme, surtout après avoir appris qu'il avait été renvoyé de la police.

McCall sourit et refusa le café qu'Annabelle lui proposait. Toutes deux se connaissaient et s'appelaient même par leurs prénoms depuis qu'Annabelle avait découvert un cadavre emmuré dans la cuisine, un mois plus tôt.

Toutes les quatre prirent place autour de la table.

— Silas a acheté un terrain dans les Little Rockies au printemps dernier, commença le shérif dès qu'elles furent assises. Il y a construit un chalet.

McCall regarda TJ, qui hocha la tête, et poursuivit.

— Il a en effet été limogé du New York City Police Department dans le cadre d'une opération d'infiltration interne.

Chloe se tourna vers TJ comme pour dire : « Tu vois ! ».

— Mais Silas était innocent, affirma McCall. Il travaillait sous couverture à la demande de ses supérieurs afin de démasquer les policiers véreux du service.

— Cela semble dangereux, déclara Chloe.

TJ ne pouvait penser qu'à l'homme dont les écrits révélaient une sensibilité et une profondeur d'âme qu'elle n'aurait jamais soupçonnées. Silas était doté de beaucoup de talents.

McCall continuait :

— À la fin de cette mission, ses supérieurs lui ont proposé de reprendre son poste, de revenir travailler au NYPD mais Silas a refusé. À sa décharge, il est clair qu'un policier qui témoigne contre ses collègues est mal vu et risque de ne pas être accueilli à bras ouverts à son retour. Depuis cette histoire, Walker fait l'objet de menaces. Plusieurs personnes en veulent à sa vie. Il y a peu, il a été pris pour cible et blessé par balle. Voilà pourquoi il a préféré quitter la police et accepter un poste à temps partiel au sein d'un cabinet de détectives privés, dirigé par un autre ancien policier.

TJ se souvint alors avoir remarqué que Silas boitait un peu, lui aussi. Mais il s'était efforcé de ne pas le montrer.

Visiblement toujours sceptique, Chloe demanda à McCall :

— Avez-vous eu l'occasion de faire sa connaissance ?

— Je l'ai rencontré une ou deux fois et je l'ai trouvé très sympathique.

TJ hocha la tête, confirmant qu'elle partageait son avis. Elle sentait le regard d'Annabelle et de Chloe sur elle.

Le shérif sourit.

— Vous n'avez vraiment rien à craindre de Silas Walker, croyez-moi. C'est un ancien inspecteur qui a largement prouvé au cours des dernières années son dévouement et son intégrité.

Elle reporta alors son attention sur TJ :

— Par ailleurs, vos sœurs m'ont parlé des lettres de menaces que vous recevez depuis quelque temps, émanant d'un admirateur manifestement dérangé. Elles me semblent plus inquiétantes.

— Pour tout vous dire, au départ, j'avais peur que Silas ne soit ce cinglé.

— Mais vous ne vous le pensez plus, maintenant ?

— Non, je suis désormais persuadée qu'il ne l'est pas.

Après avoir entendu les révélations de la policière, elle avait compris qu'elle pouvait faire confiance à son instinct qui lui soufflait que Silas n'était pas True Fan. Cela dit, il était peut-être dangereux pour elle. Pour d'autres raisons. Le simple fait de penser à lui faisait battre son cœur plus vite.

— En tout cas, si vous avez besoin de quoi que ce soit, n'hésitez pas à venir me trouver, dit McCall en se levant.

TJ la remercia et fut contente que Chloe la reconduise à la porte.

— Alors ? s'enquit Annabelle dès que les deux autres furent hors de portée de voix. Que s'est-il passé ?

— Il ne s'est rien passé.

Annabelle leva les yeux au ciel.

— Comment t'es-tu retrouvée chez lui ?

Chloe revint alors.

— Oui, que t'est-il arrivé exactement ?

TJ leur raconta avoir remarqué la boîte aux lettres de Silas sur la route et avoir eu envie de voir son chalet de loin, par curiosité.

— Je ne me suis pas rendu compte tout de suite que je m'éloignais et que je m'enfonçais autant dans le bois. Mais je me suis soudain aperçue qu'une tempête se levait. Comme je voulais repartir vers la voiture, j'ai glissé sur du verglas, je suis tombée et me suis tordu la cheville. Heureusement, Silas m'a aidée et portée jusque chez lui. Par la suite, il neigeait trop pour s'aventurer au dehors, et il m'a alors proposé de passer la nuit là, dans son chalet.

— Pourquoi ai-je l'impression qu'il y a autre chose ? Que tu ne racontes pas l'histoire dans son intégralité ? demanda Annabelle.

— Il s'est montré très gentil avec moi, vraiment charmant. Il m'a fait à dîner puis nous avons joué aux cartes toute la soirée.

Ses sœurs échangèrent un regard.

— As-tu oublié qu'il n'y a pas si longtemps, tu étais certaine que ce type était ton True Fan ? demanda Chloe.

— Je ne l'ai pas oublié. Au début, je pensais que c'était lui, c'est vrai. Mais cela n'a plus d'importance, maintenant.

Vous avez entendu le shérif comme moi. Nous n'avons rien à craindre de Silas Walker.

Chloe et Annabelle semblant loin d'en être convaincues, TJ poursuivit :

— Il est peut-être ce qu'il prétend être : un homme gentil qui a envie de m'aider. Pourquoi cela vous semble-t-il tellement inconcevable ?

— Qui a envie de t'aider, répéta Chloe. Ça veut dire quoi ?

— Il a l'intention de démasquer True Fan, répondit-elle avec un haussement d'épaules.

— Sérieusement ? demanda Annabelle, les yeux écarquillés. En tout cas, il est plutôt beau gosse si tu aimes les hommes grands et musclés, aux mâchoires carrées.

— À ta place, je ferais attention, déclara Chloe. Même s'il n'est pas ton harceleur, il pourrait être dangereux pour toi.

— Dangereux pour une fille aussi naïve que moi, c'est ce que tu veux dire ? rétorqua TJ, furieuse parce qu'elle l'avait pensé toute seule mais qu'elle refusait de le reconnaître.

Sa sœur prit son temps pour répondre comme si elle tenait à peser chaque mot.

— Tu n'es sortie avec personne depuis Marc. Voilà tout ce que je dis.

TJ aurait aimé remettre Chloe à sa place d'une réplique cinglante, lui lancer qu'elle n'avait aucune idée du nombre d'hommes avec lesquels elle était sortie. Mais elle garda sa réflexion pour elle. Sa sœur avait raison. Sa vie amoureuse était à l'arrêt depuis Marc. Elle l'avait rencontré à l'université. Il avait été son premier amour. Et aussi le dernier. Peu après la remise de leurs diplômes, il avait décroché un emploi dans une entreprise travaillant dans le secteur de l'armement.

Marc avait accepté des missions dangereuses pour gagner beaucoup d'argent afin de donner à TJ la possibilité d'écrire, de démarrer sa carrière d'écrivain. Ils se seraient mariés à son retour. Qu'il prenne tant de risques ennuyait TJ mais Marc y tenait. Il lui avait expliqué qu'il voulait mener une vie aventureuse avant de se ranger et de se marier.

Il avait été tué en Irak lorsqu'une bombe artisanale avait fait exploser ses bureaux.

— Cela m'étonnerait que tu aies envie d'un homme qui cherche le danger et dont le métier l'oblige à flirter avec la mort, dit doucement Chloe. Tu as déjà donné, non ?

TJ sentit les larmes lui brûler les paupières. De nouveau, sa sœur avait raison. Silas Walker exerçait un travail dangereux, et il avait d'ailleurs mené une opération sous couverture pour démasquer des flics corrompus. Tout comme Marc, il avait l'aventure dans le sang. Le danger le grisait.

— Ne vous inquiétez pas, dit-elle, plus pour elle-même que pour Chloe et Annabelle. Je n'ai pas l'intention de réitérer mes erreurs.

Un petit coup à la porte allégea un peu les tensions dans la cuisine.

— J'y vais, dit Annabelle.

TJ resta où elle était. Elle se remémorait sa soirée chez Silas. Il s'était montré doux et attentionné. Et pourtant, dès le début, elle avait senti chez lui un côté sombre, une violence, une menace. Était-elle condamnée à n'être attirée que par les hommes qui aimaient risquer leur vie ?

Annabelle revint dans un courant d'air froid. À l'expression de Chloe, TJ comprit que quelque chose n'allait pas.

— Qui était-ce ? demanda Chloe.

— Carol, l'employée du bureau de poste…

TJ se sentit blêmir. Sans avoir besoin de voir l'enveloppe

dans la main de sa sœur, elle sut que True Fan lui avait adressé une autre lettre de menaces.

Silas sillonna Whitehorse, rue par rue, à la recherche du pavillon où il avait acheté les rames de papier lors de cette fameuse brocante. Heureusement, Whitehorse n'était qu'un village, et il ne lui fallut pas longtemps pour retrouver l'endroit.

Il se gara devant la maison, sauta de son pick-up et se dirigea vers la porte d'entrée. Il vit une main écarter le rideau. Un moment plus tard, il pressa la sonnette.

Une sexagénaire vint lui ouvrir.

— Oui ? demanda-t-elle.

— Bonjour, madame, dit-il poliment.

Il lui sourit mais elle semblait toujours méfiante.

Il ne se souvenait pas bien de la personne qui lui avait vendu ces boîtes de papier mais était à peu près sûr que ce n'était pas cette petite dame. L'ancienne propriétaire vendait son pavillon parce qu'elle partait vivre en maison de retraite, se rappela-t-il.

— Qui est-ce, maman ? lança une voix plus jeune à l'arrière.

— Je ne sais pas.

Une jeune femme brune apparut.

— En quoi puis-je vous aider ? demanda-t-elle.

— Je cherche la femme qui vivait autrefois ici, expliqua Silas. Elle a organisé un vide-greniers à domicile, l'été dernier.

— Il s'agit de Melinda Holmes. Elle a emménagé dans la maison de retraite qui se trouve en bas de la rue.

— Merci.

Il grimpa dans son pick-up et retourna à la propriété où il avait déposé TJ. Tout en roulant vers la vieille demeure, il se demandait à quel accueil il devait s'attendre, non seulement de la part TJ mais également de ses sœurs.

Il frappa ses chaussures contre les marches du porche pour en retirer la neige et sonna. La jeune femme qui lui ouvrit était blonde et avait les yeux bleus. Il n'eut aucun mal à deviner qu'elle était l'une des sœurs de TJ.

— Bonjour, dit-il en souriant. J'espérais voir…

Une autre blonde apparut alors, suivie de celle pour laquelle il était venu. Son sourire s'élargit au fur et à mesure que TJ se rapprochait.

— Silas, dit-elle, manifestement étonnée de le voir réapparaître si vite.

Il y eut un moment embarrassant pendant lequel les trois jeunes femmes restèrent à le dévisager, les bras ballants. Mais reprenant leurs esprits, elles lui tendirent finalement la main.

— Entrez, Silas, je vous en prie, dit TJ.

Enlevant son stetson, il pénétra dans la maison.

— Je ne pense pas que vous connaissiez mes sœurs. Voici Chloe, qui est journaliste, et Annabelle, qui est…

— Qui est tout simplement Annabelle, la coupa l'intéressée.

Chacune était belle à sa façon mais toutes les trois ensemble l'étaient davantage encore.

— Et voilà Silas Walker, ajouta TJ presque timidement.

Il les salua de la tête.

— Ravi de faire votre connaissance.

— Pouvons-nous vous offrir un café ? proposa Annabelle.

— Merci, ça va. Je suis seulement passé dire à TJ que j'ai retrouvé le pavillon dont nous avons parlé. L'ancienne propriétaire vit désormais dans la maison de retraite de la ville. Elle s'appelle Melinda Holmes. Ce nom vous dit-il quelque chose ?

— Il devrait puisque tu chapardais les pommes de

son jardin en rentrant de l'école, autrefois, TJ, répondit Annabelle en riant. Je me demande si elle se souviendra de toi.

— Ne t'avait-elle pas donné des coups de balai pendant que tu tentais de t'enfuir en escaladant sa clôture ? renchérit Chloe.

Les yeux au ciel, TJ prit son manteau.

— J'adorerais rester pour évoquer le bon vieux temps avec vous deux mais je dois démasquer mon harceleur.

— Il est peut-être plus près de toi que tu ne le crois, lança perfidement Chloe.

Silas se contenta de sourire, d'assurer à Chloe et à Annabelle qu'il avait été très content de faire leur connaissance, et TJ referma la porte derrière eux. Il vit qu'elle s'était changée. Vêtue d'un jean, de bottes et d'un pull sous son manteau, elle avait lâché ses cheveux qui retombaient sur ses épaules comme un voile d'or.

— Je vous prie de m'excuser pour mes sœurs, dit-elle. Elles ont un côté surprotecteur qui devient vite exaspérant.

— Vous devriez leur en être reconnaissante, répondit-il en riant. Avez-vous vraiment volé des pommes à la vieille dame que nous allons voir ? ajouta-t-il en souriant.

— Espérons qu'elle a été obligée de partir vivre en maison de retraite parce qu'elle perdait la mémoire, répondit TJ sur le ton de la plaisanterie.

— Pourvu qu'elle ne l'ait pas trop perdue quand même ! répliqua-t-il en ouvrant la portière côté passager de son pick-up. Nous avons besoin qu'elle se rappelle à qui elle a vendu toutes ses rames de papier.

Bâtie sur une colline, la maison de retraite surplombait la rivière Milk. Silas se gara et s'apprêtait à sortir de l'habitacle quand TJ l'arrêta.

— J'ai reçu une autre lettre.

— Montrez-la-moi.

La peur teintait la voix de TJ mais quand il se tourna vers elle, elle affichait un calme surprenant. Cependant, lorsqu'elle ouvrit son sac pour y prendre l'enveloppe, il remarqua que ses mains tremblaient.

Silas s'en empara et sortit le feuillet, essayant de le toucher le moins possible. Il se demandait si TJ et ses sœurs avaient pris les mêmes précautions. Cela dit, il doutait que l'expéditeur ait fait l'erreur de laisser ses empreintes sur sa missive. Avec toutes les séries policières qui passaient à la télévision, plus personne n'enverrait une lettre anonyme en y laissant de tels éléments d'identification.

*Tessa Jane,*

*J'avais mis tant d'espoir en vous que je suis accablé par ce que vous êtes devenue et plus encore par ce que vous avez fait de vos personnages. Comment avez-vous osé corrompre Constance ? La pousser à assassiner l'homme qui l'aimait ? Il était fou d'elle ! Votre dernier roman m'a donné la nausée.*

*Que vous ayez été capable de tuer Durango de la main même de votre héroïne prouve qu'il n'y a plus rien à espérer de vous... Il était bon pour Constance. Tous deux vivaient une belle histoire, un amour sincère... et vous avez tout gâché.*

*Je vous ai dit être votre seul vrai fan jusqu'à la fin. J'ai bien peur que cette fin ne se rapproche à grands pas. Je ne peux pas vous laisser écrire un autre livre. Au lieu de mettre votre talent au service d'une noble cause, vous l'avez bradé. Et pour quelle raison ? Que cherchez-vous, exactement ? La gloire ? La fortune ? Vous êtes pathétique, ma chère.*

*Vous vous êtes prise pour Dieu, vous avez joué avec vos personnages au mépris de vos lecteurs.*

*Il est temps d'en assumer les conséquences. Le destin ne va plus tarder à vous présenter l'addition.*

*Votre True Fan jusqu'à la fin.*

Silas sentit une indicible colère s'emparer de lui. Qui était ce fou furieux ? Et plus important encore, jusqu'où irait sa folie ? Ce True Fan était-il un mauvais plaisantin ou un dangereux malade ?

Il se tourna vers TJ. Elle avait pâli, comme si elle se remémorait chaque mot de la lettre pendant qu'il la lisait. Il comprit que même si son harceleur n'était pas prêt à mettre ses menaces à exécution, il fallait l'arrêter. Il n'était pas question de laisser ce sombre individu terrifier TJ plus longtemps. Silas n'avait pas de mal à imaginer à quel point elle devait avoir du mal à rédiger un nouveau roman avec ces menaces planant au-dessus d'elle.

— Cela vous ennuie-t-il que je garde cette lettre, pour le moment ? demanda-t-il en replaçant soigneusement le feuillet dans l'enveloppe.

— Je vous en prie. Elle me fait horreur, vous me rendez service.

— Quand êtes-vous censée envoyer à votre éditeur le manuscrit de votre prochain livre ?

— Dans quatre mois. Et je n'ai pas encore écrit une ligne. J'en suis incapable.

Il poussa un juron à voix basse.

— Espérons que Melinda Holmes aura des réponses pour nous, dit-il en ouvrant sa portière.

Depuis qu'elle avait reçu la lettre de True Fan, TJ avait l'estomac noué. Mais la présence et le soutien de Silas l'aidaient, la réconfortaient. Qu'il ait si vite retrouvé le pavillon où s'était tenue la brocante et la personne qui lui avait vendu ces rames de papier l'avait étonnée. Elle lui était surtout reconnaissante de prendre au sérieux les menaces dont elle faisait l'objet.

Une fois à l'intérieur de la maison de retraite, ils demandèrent la chambre de Melinda Holmes. Malheureusement, la vieille dame n'y était pas. Une infirmière leur conseilla de descendre à la salle à manger.

Melinda s'y trouvait bien, assise près de la fenêtre, à contempler le ciel d'hiver. TJ se souvenait à peine d'elle.

Silas s'approcha :

— Madame Holmes ?

Pas de réaction.

— Madame Holmes ? répéta-t-il un peu plus fort.

La vieille femme aux cheveux gris se détourna de la fenêtre.

— Je ne suis pas sourde, grommela-t-elle.

Ses yeux passèrent de Silas à TJ.

— Je te connais, toi, dit-elle d'une voix rauque à TJ. Tu es une des petites Clementine. Tu venais dans mon jardin voler mes pommes, autrefois.

— J'avais tort et je vous présente mes excuses mais vous aviez les meilleures pommes de la vallée, répondit-elle en s'asseyant à côté d'elle. Laissez-moi vous présenter un ami, Silas Walker.

Melinda se tourna vers lui.

— M'avez-vous chapardé des fruits, vous aussi ?

— Non, madame. Je ne me serais pas permis.

Sa réponse parut la satisfaire.

— Alors que voulez-vous ?

— Vous dirigiez autrefois une entreprise de fournitures de bureau à Whitehorse, non ? demanda Silas.

— C'était il y a des années.

— Je vous ai acheté des ramettes de papier lors de votre vide-greniers, l'été dernier.

— Et alors ?

— Vous souvenez-vous à qui d'autre vous en avez vendu ?

— Et pourquoi avez-vous envie de le savoir ? Certes, ce papier était un peu décoloré après avoir passé des années dans mon sous-sol mais il était de qualité.

— C'est vrai, je vous le confirme. En fait, continua Silas, j'aimerais en avoir davantage. Et certaines des personnes qui vous ont acheté plusieurs rames seront peut-être d'accord pour me les revendre. Je l'espère, en tout cas.

— Beaucoup de gens sont venus à ma brocante. Comment voulez-vous que je me souvienne de tous, après tout ce temps ? Attendez. Il y avait cette femme qui travaillait au collège. Elle m'a pris plusieurs boîtes mais il ne doit pas lui en rester. Elle m'a dit qu'elle s'en servirait pour imprimer des documents pour les élèves.

— Vous rappelez-vous son nom ? demanda TJ.

— Je ne l'ai jamais su, répondit-elle sans la regarder.

Son visage se ferma, et pendant un moment TJ pensa qu'elle ne leur dirait rien de plus. Mais elle poursuivit :

— Il y avait aussi Nellie. Elle m'a également acheté des bols qui avaient appartenu à ma mère.

Melinda Holmes se mordilla la lèvre quelques instants avant de continuer :

— Et puis, j'en ai vendu aussi à Dot. Cette fille m'a toujours exaspérée, ajouta-t-elle en secouant la tête. Un jeune homme m'en a pris aussi… Comment s'appelle-t-il déjà ? Il a un air très doux, assez rare chez un garçon, et un peu effrayant aussi. Oh ! aide-moi, petite ! lança-t-elle à TJ. Autrefois, il vous suivait, tes sœurs et toi, après l'école. Surtout toi.

— Tommy Harwood ?

TJ avait reconnu Tommy à la description que Mme Holmes

leur en avait donné, même si elle ne s'était jamais rendu compte qu'il les suivait après l'école.

— C'est tout ce dont je me souviens, déclara Melinda Holmes en reportant son attention vers la fenêtre, vers le parc sous la neige, mettant un terme à la conversation.

TJ et Silas la remercièrent et se levèrent pour partir.

Comme ils regagnaient la voiture, Silas remarqua en riant :

— Pour quelqu'un qui a mauvaise mémoire, elle s'en sort bien. Connaissez-vous les personnes dont elle parlait ?

TJ hocha la tête tandis qu'ils se réinstallaient dans le pick-up.

— L'un d'entre eux pourrait-il être True Fan ? demanda Silas. Peut-être ce garçon effrayant qui vous suivait ?

— Peut-être. Je crois savoir qu'il habite près de la voie ferrée, à la sortie de la ville, répondit-elle. Mais il n'est sûrement pas chez lui à cette heure-ci. Il travaille chez un concessionnaire automobile. Par contre, Nellie devrait être chez elle. Voulez-vous y aller ?

Quand ils frappèrent, Lanell Doll, alias Nellie, entrouvrit sa porte d'un air méfiant. Cela suffit pourtant à TJ pour constater que la mère de Nellie, qui vivait avec elle, avait tendance à tout garder comme la grand-mère de TJ, pendant les dernières années de sa vie.

— Que fais-tu ici ? demanda Nellie, les sourcils froncés.

— Je passais m'assurer que tu avais bien reçu le livre que je t'ai dédicacé, hier, déclara TJ.

— Je l'ai.

Elle regarda Silas, attendant toujours une explication.

— Ce n'est pas la seule raison pour laquelle nous nous sommes arrêtés, dit-il. L'été dernier, j'ai acheté du papier lors d'un vide-greniers chez Mme Holmes. Elle pense que vous en avez pris aussi et qu'il vous en reste peut-être.

— Du papier ?

— Mme Holmes en vendait par rames.

— Si j'en ai fait l'acquisition, je ne m'en souviens plus, déclara Nellie.

— Je suis désolée, j'aurais dû te présenter mon ami, déclara TJ. Silas Walker, il est romancier. Il cherche aussi une machine à écrire manuelle.

— Et Mme Holmes vous a dit que j'en possédais une ? s'exclama Nellie, indignée. Cette vieille folle ferait mieux de se mêler de ses affaires.

— S'il vous en reste, je serais heureux de vous racheter ces rames de papier, déclara Silas.

Nellie secoua la tête.

— Je n'ai ni papier ni machine à écrire à vendre. Et là, je suis occupée alors si vous…

— As-tu commencé mon livre ? demanda TJ avant que Nellie leur claque la porte au nez.

Son étrange comportement et son accueil désagréable la rendaient suspecte à ses yeux.

Nellie poussa un soupir d'impatience.

— Si tu veux tout savoir, je me moque de tes thrillers. Ma nièce me l'a offert parce qu'elle était à court d'idées pour mon anniversaire, voilà tout.

— Je vois, dit TJ en luttant pour ne pas éclater de rire.

La sincérité de Nellie lui plaisait.

— Tu n'as donc lu aucun de mes romans, pas même par curiosité ?

— J'en ai commencé un mais il me tombait des mains. Ne le prends pas pour toi. Je n'ai jamais été une grande lectrice.

TJ entendait le bruit de la télévision en arrière-plan. Ils empêchaient Nellie de suivre *Les Feux de l'Amour*, son feuilleton préféré.

— Nous sommes désolés de t'avoir dérangée, dit TJ avant que Nellie ferme rapidement la porte.

— Cette femme a son franc-parler, elle est plutôt marrante, dit Silas alors qu'ils se réinstallaient dans le pick-up.

TJ se mit à rire.

— Vous trouvez ? Elle était surtout vexante, non ?

— Êtes-vous allée à l'école avec elle ?

— Oui mais nous n'étions pas amies.

— Je ne l'aurais jamais deviné.

— Je pense que nous pouvons la retirer de notre liste.

— Je n'en suis pas sûr. Elle a fait preuve d'une réelle agressivité à votre égard.

TJ regardait par la vitre la ville où elle avait grandi.

— Certaines des personnes avec qui j'étais en classe me jugeaient prétentieuse. Annabelle l'était, mais moi j'étais surtout timide. Et très introvertie. Je me racontais des histoires dans ma tête. Mes personnages imaginaires m'intéressaient plus que l'école. Mes professeurs me trouvaient stupide. Ils disaient à ma grand-mère que je ne travaillais pas.

— La plupart des professeurs ne supportent que les élèves qui leur ressemblent. Je l'ai souvent remarqué.

Il haussa les épaules et démarra.

— Prochaine étape ?

— Dorothy Crest ? Il semble peu probable que ce soit elle, mais je suppose que c'est ce qui la rend suspecte. Qui que soit True Fan, il ou elle cache son jeu.

— True Fan est certainement capable de vous faire des sourires de façade tout en vous lançant des piques par en dessous. Le fait qu'il ou elle ne signe pas ses missives tend à prouver que True Fan est lâche et sans doute incapable de vous attaquer, du moins de front. Mais s'il sape votre moral et vous empêche d'écrire, il faut l'arrêter.

Elle lui sourit.

— Alors, allons voir Dot.

TJ appela Annabelle qui lui apprit que Dot avait acheté la maison de ses parents et y vivait désormais avec son mari, Roger. À cette heure-ci, Roger était au travail, et ils avaient toutes les chances de trouver Dot seule chez elle.

Dot leur ouvrit, un tablier de cuisine noué à la taille. En reconnaissant TJ, un grand sourire éclaira son visage.

— Entrez ! C'est un honneur pour moi de recevoir une célèbre romancière.

TJ lui présenta Silas.

— Vous écrivez aussi ? Formidable. Vous me donnerez le titre de votre dernier livre pour que je puisse l'acheter. J'adore lire quand j'ai le temps, ce qui n'arrive pas assez souvent à mon goût, malheureusement. Il y a tant à faire dans une maison !

Elle les entraîna à travers le salon, leur montrant au passage qu'elle avait tous les titres de TJ sur une étagère. La demeure était impeccable même si Dot ne cessait de s'excuser du désordre.

Dans la cuisine, elle leur offrit des biscuits qui sortaient du four et du café.

TJ prit un cookie chaud aux pépites de chocolat et écouta Silas demander à Dot s'il lui restait des rames du papier dont elle avait fait l'acquisition lors du vide-greniers, l'été précédent.

— J'en avais acheté pour mes petits-enfants. Ils aiment dessiner et peindre, et ils en font une telle consommation !

Voyant TJ promener le regard autour d'elle, Dot lui dit :

— Tu n'as jamais vu ma maison. Aimerais-tu la visiter ?

— Avec plaisir, répondit-elle en se levant.

Toutes les pièces étaient aussi bien rangées que ce que TJ avait déjà vu. Dans le bureau, elle aperçut un ordinateur portable mais pas de machine à écrire.

— J'ai commencé ton dernier livre. J'ai dû arrêter parce que j'avais mon ménage à finir mais j'ai hâte de le reprendre. Je suis impressionnée par la façon dont tu fais revivre notre petite ville.

— Tu sais que mes intrigues ne se déroulent jamais à Whitehorse, déclara TJ. Mais dans un village imaginaire.

— Bien sûr, dit Dot en faisant un clin d'œil entendu à TJ.

— Un village qui pourrait être n'importe quel petit village du Montana.

— En tout cas, je suis contente que tu sois passée avec ton ami. Je l'avais déjà croisé mais j'ignorais qu'il était romancier.

Les gens du coin surnommaient Silas Mountain Man en se moquant un peu de lui. Mais dès qu'ils sauraient qu'il écrivait, son apparence de montagnard serait acceptée comme une marque de distinction, une originalité propre aux écrivains.

Elles trouvèrent Silas assis dans la cuisine, là où elles l'avaient laissé, mais TJ fut certaine qu'il avait inspecté le rez-de-chaussée pendant qu'elles étaient à l'étage.

Ils remercièrent Dot de son hospitalité. Avant de les laisser partir, elle insista pour leur emballer des cookies pour « plus tard ».

— C'est elle, plaisanta-t-il en regagnant le pick-up. Toute cette gentillesse et cette bonne humeur cachent certainement quelque chose.

TJ se mit à rire.

— J'y ai pensé aussi.

Le soleil brillait. TJ se sentait bien, légère, détendue comme elle ne s'était pas sentie depuis des mois, grâce la présence de cet homme.

Il se tourna vers elle :

— Y a-t-il d'autres pistes à suivre ou pouvons-nous aller déjeuner ?

— Vous avez probablement d'autres choses à faire, déclara TJ.

— Plus vite nous trouverons ce fou, mieux cela vaudra.

Mais alors qu'ils roulaient dans la rue principale de Whitehorse, elle le vit soudain se figer en regardant un homme qui traversait devant eux.

— Silas ?

Il ne répondit pas. Il semblait en transe.

— Tout va bien ? demanda-t-elle avec une pointe d'inquiétude.

Il était livide, il avait l'air d'avoir vu un fantôme.

Il sortit de son état second au moment où le véhicule devant eux avança enfin. Le type qui avait traversé la rue n'était plus en vue. Apparemment, il était entré au Mint.

— Désolé, TJ, je pensais avoir reconnu... Peu importe. Je me suis trompé.

Mais elle le surprit à jeter à plusieurs reprises un œil dans son rétroviseur comme s'il craignait d'être suivi.

L'inconnu qui traversait avait provoqué une réaction inhabituelle chez Silas. Il avait eu l'air terrifié, et pourtant TJ était certaine qu'il n'était pas du genre à s'effrayer facilement.

# 13

Silas était sous le choc. Il n'avait aucune envie d'annuler cette sortie avec TJ. Mais dans l'immédiat, il avait un problème dont il devait s'occuper, et rapidement.

— Je suis désolé, mais je dois répondre tout de suite à un impératif professionnel inattendu, dit-il. Pouvons-nous reporter notre déjeuner ? Je vous rappellerai plus tard.

— Vous n'avez pas besoin de m'accompagner pour aller voir Tom Harwood. Je vous remercie d'avoir retrouvé la maison où vous aviez acheté le papier et sa propriétaire. Maintenant, j'ai toutes les cartes en main pour poursuivre l'enquête toute seule.

— Cela m'ennuie vraiment que vous y alliez seule. Je vais régler ce problème professionnel au plus vite et je reprendrai contact avec vous dès que possible, si cela vous convient.

— Bien sûr. Mais êtes-vous sûr que tout va bien ? demanda-t-elle, manifestement inquiète.

Elle avait remarqué sa réaction face à l'homme qui traversait la rue. Silas craignait surtout que ce dernier l'ait vu et, pis, qu'il ait aperçu TJ. Il ne voulait à aucun prix qu'elle se retrouve mêlée à ses histoires de policiers corrompus.

— Oui, oui, tout va bien. À plus tard, dit-il en lui souriant.

Il n'eut sans doute pas l'air aussi convaincant qu'il l'avait espéré, car elle semblait toujours soucieuse.

— J'ai prévu de faire des courses de Noël avec mes sœurs, alors s'il vous plaît, occupez-vous de votre travail et ne vous inquiétez pas pour moi.

Il lui jeta un coup d'œil de biais. En réalité, il s'angoissait beaucoup pour elle.

— Je ne peux pas m'empêcher d'être préoccupé. Cette dernière lettre…

Il s'apprêtait à dire : « Nous devons trouver True Fan avant que True Fan vous trouve », mais au dernier moment il se ravisa et préféra garder cette réflexion pour lui. TJ était déjà terrifiée. Elle n'avait pas besoin qu'il aggrave ses peurs en lui faisant part de ses instincts et de son expérience.

Malheureusement, ses instincts et son expérience lui soufflaient que True Fan n'allait pas tarder à mettre ses menaces à exécution.

Alors qu'il s'arrêtait devant la propriété des Clementine, il se tourna vers TJ :

— Puis-je vous demander quelque chose ? Quelque chose d'important pour moi ?

Elle hocha la tête, manifestement surprise par la gravité de son ton.

— N'allez nulle part toute seule. Si vous tenez à sortir, demandez à l'une de vos sœurs de vous accompagner. N'essayez surtout pas de vous lancer sans moi à la poursuite de ce malade. Attendez-moi. Je ne sais pas combien de temps va me prendre cette affaire mais…

— Vous n'avez pas à vous soucier de moi, Silas. Ça ira.

Combien de fois avait-il entendu ces mots ?

— C'est ce qu'ils disent tous.

Il la vit frémir.

— Faites-le pour moi, TJ. Je vous en prie.

*
* *

TJ sentit sa gorge se serrer. Silas semblait tellement inquiet pour elle qu'elle en frissonna.

— D'accord. Mais vous, promettez-moi aussi quelque chose, s'entendit-elle dire. Faites attention à vous. Je ne sais pas ce que vous devez faire mais je devine que c'est dangereux.

Il ne répondit rien pendant un moment, se contentant de lui serrer la main avec une émotion qui la troubla.

— À plus tard. Je vous appellerai.

Hochant la tête, elle le lâcha. Pendant un moment, elle eut peur de le quitter et fut tentée de le retenir. Mais il lui ouvrit sa portière, et elle n'eut d'autre choix que de sortir, après l'avoir brièvement dévisagé.

Il lui semblait étrange de se sentir si proche de quelqu'un qu'elle ne connaissait que depuis quelques heures. Elle le regarda partir. Elle devinait sa hâte, le sentiment d'urgence qui l'habitait, qui rendait la situation plus effrayante encore.

À quel genre de problèmes Silas était-il confronté ? S'agissait-il de quelque chose en lien avec son ancien travail de policier ? Ou avec ses activités actuelles de détective privé ? Elle en savait si peu sur lui et pourtant, bizarrement, elle avait l'impression qu'il était dans sa vie depuis des années, depuis toujours. Le simple fait d'avoir parcouru le premier chapitre de son roman l'avait rendue plus proche de lui. Elle comprenait mieux pourquoi les gens pensaient la connaître après avoir lu ses thrillers.

Le cœur serré, elle suivit son pick-up des yeux jusqu'à ce qu'il disparaisse au bout de la rue.

— Ça va ? lança Chloe lorsqu'elle ouvrit la porte.

— Vas-tu me poser la même question, chaque fois que je rentre à la maison ? demanda TJ en passant devant elle pour rejoindre le salon.

— Chaque fois que tu rentreras après avoir vu cet homme, en tout cas, répondit sa sœur.

Annabelle leur annonça qu'elle avait préparé des hamburgers et que TJ arrivait à temps pour passer à table. TJ retira son manteau et le laissa sur une chaise avant de rejoindre ses sœurs dans la cuisine.

— Je n'ai pas mangé de hamburgers depuis que j'ai quitté Whitehorse, dit-elle en mettant le couvert.

Chloe se tenait sur le seuil de la pièce, les bras croisés, l'air énervée. C'était le problème avec les auteurs de thrillers et les journalistes d'investigation, pensa TJ. Ils voyaient des détails qui échappaient à la plupart des gens. Chloe devinait que Silas cachait quelque chose. Elle avait perçu son côté sombre, dangereux.

— Comme il nous l'a dit tout à l'heure, Silas a retrouvé l'endroit où il avait acheté des rames de papier, l'été dernier, dit-elle en s'asseyant à table. L'ancienne propriétaire, Melinda Holmes, vit à présent dans la maison de retraite municipale.

Annabelle apporta le plat. Chloe les rejoignit à contrecœur.

— Ces feuilles sont les mêmes que celles que True Fan utilise pour m'écrire ses lettres, poursuivit TJ. Ou du moins, elles lui ressemblent beaucoup. Nous avons donc demandé à Mme Holmes qui lui en avait acheté, l'été dernier.

— Et ? demanda Chloe.

Elle n'avait pas encore touché à son assiette.

— Elle nous a donné quelques noms. Dot, Nellie Doll, quelqu'un de l'école et Tommy Harwood… Elle a prétendu que Tommy nous suivait tout le temps autrefois, à la sortie de l'école jusqu'à la maison.

Elle se tourna vers Chloe.

— T'en souviens-tu ?

Sa sœur hocha la tête.

— Il avait le béguin pour toi. N'était-il pas à la séance de dédicaces, d'ailleurs ? ajouta-t-elle en fronçant les sourcils.

— Il l'était. Annabelle, c'est délicieux ! s'exclama TJ. Je ne réalisais pas à quel point j'avais faim.

— Alors, as-tu rencontré les autres acheteurs ? demanda Chloe.

— Nous n'avons eu la possibilité de parler qu'à Nellie et à Dot, répondit-elle, en s'emparant de ses couverts. Ensuite, Silas m'a déposée ici parce qu'il devait s'occuper d'une affaire professionnelle. Il me rappellera plus tard.

Comme elle relevait le nez, elle croisa les yeux saphir de Chloe et ajouta :

— Silas n'est pas True Fan.

— Peut-être pas mais je trouve bizarre qu'il tienne à t'aider à démasquer ce True Fan. Pas toi ?

TJ haussa les épaules.

— Peut-être s'intéresse-t-il à moi.

Annabelle écarquilla les yeux.

— Il s'est donc passé quelque chose au chalet. J'en étais sûre. Il t'a embrassée ?

TJ se mit à rire.

— Non et il n'a même pas essayé de le faire. Il s'est comporté en parfait gentleman.

Chloe y voyait la preuve que Silas s'intéressait à elle à cause de True Fan, parce qu'il avait envie de l'arrêter. Qu'il aimait le danger, prendre des risques. Qu'il était comme Marc.

— Alors allons-nous faire les courses de Noël, cet après-midi ? demanda TJ, espérant changer de sujet.

— Ou nous pourrions aller nous balader, profiter d'une si belle journée, proposa Annabelle. Cela dit, j'aimerais trouver un cadeau pour Dawson. J'ai quelques idées mais j'aurais besoin de vos avis éclairés et éclairants. J'ai trouvé une chemise au Family Matters. Mais une chemise n'est-elle pas un cadeau un peu trop banal pour notre premier Noël ensemble ? Enfin, il ne s'agit pas vraiment de notre premier Noël mais lors des précédents nous n'étions pas fiancés, ajouta-t-elle avec un petit rire. J'ai envie de marquer le coup.

Annabelle rayonnait tellement de bonheur qu'il était impossible de ne pas s'en réjouir. Même Chloe se détendit et sourit.

— Tu vas me montrer cette chemise, et je te dirai ce que j'en pense, répondit Chloe qui entama enfin son déjeuner.

TJ s'efforçait, elle aussi, de se détendre. Elle n'avait pas parlé à ses sœurs de l'étrange réaction de Silas à la vue d'un inconnu dans la rue ni de ses craintes à ce sujet. Elle s'était si vite rapprochée de lui qu'elle ne comprenait pas son propre comportement. Que Silas ait des problèmes semblait plus que probable. Il avait essayé de le lui cacher, mais elle avait vu à quel point il avait eu peur en reconnaissant cet homme. Et elle devinait qu'il en fallait beaucoup pour effrayer quelqu'un comme lui.

Elle essaya de sortir Silas de son esprit. Cela n'avait jamais été très difficile avec les autres hommes qu'elle avait rencontrés avant lui.

Mais Silas… Il avait quelque chose de spécial, il n'était pas comme les autres. Et pourtant, que Chloe craigne qu'il soit comme Marc ennuyait TJ. Elle ne voulait à aucun prix repasser par ce qu'elle avait connu avec Marc.

Son cœur n'y résisterait pas.

— Es-tu sûr que c'était lui ?

Silas serra plus fort son téléphone.

— Non, pas à 100 %. Je n'ai fait que l'apercevoir.

— D'accord, répondit son ami et employeur de l'agence PI Cal Barnum. Tout d'abord et avant toute chose, je vais vérifier qu'il a bien quitté New York. À ce que j'ai compris, Whitehorse est une toute petite ville, n'est-ce pas ?

— Un village. Il n'y a même pas de feu rouge. Pour te dire.

— Il y a donc peu de chances pour que notre ami se trouve là par hasard.

— Aucune chance. S'il est venu ici, c'est forcément pour moi.

— Peut-être devrais-tu faire profil bas pendant quelque temps, suggéra Cal. Te montrer rarement en ville et te cacher dans la montagne.

À n'importe quel autre moment, Silas aurait suivi ce conseil.

— Ce n'est pas si simple. J'aide actuellement une amie qui est confrontée à un grave problème.

— Une amie… Ta nouvelle petite amie, je suppose ?

— Elle a des ennuis. Je ne peux pas la laisser tomber.

— D'accord, à ton avis, combien de temps faut-il avant que DeAngelo te trouve ?

Silas retira son stetson et se passa la main dans les cheveux. Dès son emménagement à Whitehorse, il avait compris comment fonctionnaient les petites villes. Les gens du coin ne se méfiaient pas et étaient toujours prêts à rendre service. Si vous cherchiez quelqu'un, ils vous proposaient une carte pour vous aider à trouver sa maison ou, mieux, ils vous conduisaient aimablement chez lui.

— Je dois le retrouver avant que lui me retrouve, dit-il.

Cal poussa un juron.

— Je suis désolé. Tu savais que tôt ou tard il dénicherait ta retraite. C'était juste une question de temps. Depuis le début, tu te méfies de ce fou furieux. Avec raison.

Silas et Nathan DeAngelo avaient été coéquipiers

lorsque Silas était entré dans la police. Nathan, qui travaillait au NYPD depuis un moment, lui avait appris les ficelles du métier. Il n'avait pas fallu longtemps à Nathan pour comprendre que, contrairement à lui, Silas était franc et intègre.

— J'espérais qu'il aurait le bon sens de laisser tomber, disait Cal.

— Ce n'est pas son genre.

Il remit son chapeau. Ses neurones fonctionnaient déjà à plein régime. Il n'avait pas le choix. Il devait coincer DeAngelo au plus vite ou attendre que le type l'abatte chez lui.

Silas n'avait jamais aimé attendre.

— Si tu apprends quelque chose d'intéressant, préviens-moi aussitôt, dit-il à Cal.

— Bien sûr. Restons en contact et… bonne chance.

Il lui faudrait plus que de la chance. Il connaissait bien DeAngelo. Il avait contribué à son arrestation, à le présenter à la justice pour qu'il réponde de ses crimes. Mais DeAngelo avait réussi à échapper à un procès. Il avait le bras long, des amis haut placés. Il n'était pas corrompu pour rien. Il avait des dossiers sur beaucoup de gens. Et il en avait acheté de nombreux autres, y compris dans le système judiciaire.

Alors par où commencer à le chercher ? Silas se demandait surtout ce qu'il devrait faire quand il l'aurait retrouvé.

Tout en se baladant en ville avec ses sœurs, TJ essayait de cesser de s'inquiéter pour Silas.

Annabelle avait raison. La journée était belle, le soleil brillait, la neige scintillait sous ses rayons, éclairant les rues de Whitehorse. Des guirlandes lumineuses ornaient tous les magasins du centre.

— Nous devrions descendre jusqu'à Billings pour faire nos achats de Noël, déclara Chloe, moins amoureuse de la petite ville que ses sœurs.

— Pourquoi faire des heures de route alors que nous avons tout ce qu'il nous faut ici ? protesta Annabelle en riant. Venez plutôt voir cette chemise que j'ai repérée pour Dawson, ajouta-t-elle en les entraînant dans le magasin de vêtements.

Comme elle déambulait dans les allées de l'établissement, TJ aperçut soudain son ancien professeur d'anglais de lycée en train d'examiner des écharpes. Pour éviter de la croiser, elle passa rapidement derrière le rayon de robes. À ce jour, Mme Brown avait sans doute terminé son livre. TJ n'avait aucune envie de discuter de ses fautes de grammaire avec elle. Ester Brown faisait partie de ces professeurs incapables de cesser d'enseigner, même une fois à la retraite.

Annabelle brandit une chemise à carreaux bleus.

— Alors ? Qu'en pensez-vous ?

— C'est tout à fait le style de Dawson, dit TJ.

— Pour ma part, je vais lui offrir une corde. Il va en avoir besoin, une fois marié avec toi, plaisanta Chloe.

— Qu'est-ce que ça veut dire ? demanda Annabelle en fronçant les sourcils. Qu'il aura envie de se pendre ou qu'il sera obligé de m'attacher pour me garder au ranch ?

— Je n'avais pensé à aucune de ces options mais tu as raison, déclara Chloe. Je vais réfléchir à une autre idée. En tout cas, toi, achète-lui cette chemise. De toute façon, il t'adore, et tout ce que tu lui donneras, il l'adorera.

Annabelle avait toujours l'air sceptique. Elle reporta son regard sur TJ qui sourit et hocha la tête.

— Le seul cadeau qu'il espère vraiment pour Noël, c'est toi.

— Je dois faire un saut à la boutique de souvenirs, annonça Chloe alors qu'elles sortaient du magasin.

Annabelle voulait aussi s'y rendre.

TJ ne souhaitait pas aller dans un endroit où on vendait ses livres, de peur de tomber sur quelqu'un qui voudrait lui parler de son dernier thriller. Elle savait qu'avoir fait mourir Durango allait provoquer la colère de certains de ses lecteurs. Mais elle devait raconter l'histoire de ses personnages, peu importe où ils la menaient.

De plus, elle craignait de croiser Joyce Mason. Elle l'avait imaginée un instant comme True Fan mais ne parvenait pas à se la représenter se donnant la peine de lui écrire des lettres de menaces. Joyce était plutôt du genre à assener ses quatre vérités à quelqu'un en face.

— Je vais prendre un café, dit TJ. Pourquoi ne pas m'y retrouver quand vous aurez fini ?

Elles se séparèrent. TJ inspira une bouffée d'air frais, ses pensées revenant instantanément à Silas. Comme elle se demandait avec inquiétude ce qui lui arrivait, elle ne remarqua pas la silhouette qui sortait d'une ruelle jusqu'au moment où quelqu'un lui saisit le bras.

Une voix rauque murmura alors à son oreille :

— Ne crie pas. Ce n'est que moi, ton plus grand fan.

# 14

Silas remonta la rue principale et se gara à proximité du parc municipal. Au siècle dernier, Whitehorse s'était développée autour de sa gare. Désormais, la voie ferrée traversait toujours la ville mais les trains ne s'y arrêtaient plus. L'ancienne gare était restée et constituait un but de promenade pour les habitants.

Les sens en alerte, Silas bondit de son pick-up et inspecta les environs d'un regard circulaire. À quelques jours de Noël, la petite ville était très animée. DeAngelo n'aurait pas pu choisir meilleure période pour débarquer à Whitehorse. À une autre époque de l'année, un grand brun habillé en costume aurait fait tache au milieu de la population locale et aurait été plus facile à repérer.

DeAngelo portait toujours des vêtements de qualité et des mocassins noirs bien cirés. Il était obsédé par les chaussures, et il lui arrivait souvent de s'arrêter au milieu du trottoir pour essuyer une tache sur le cuir.

Voilà plus d'un an que Silas s'attendait à le voir surgir à tout moment. Il imaginait qu'il le découvrirait un beau matin devant son immeuble à New York. Ou peut-être même à l'intérieur de son appartement. Par prudence, il avait pris l'habitude de coller un morceau de scotch sur sa porte en sortant pour être capable de détecter une éventuelle intrusion avant de rentrer chez lui. En tout cas, il était sûr que tôt ou tard ils se retrouveraient face à face.

Et à ce moment-là, il n'aurait alors que quelques instants pour réagir, il le savait. En vérité, il n'aurait probablement pas de temps du tout. DeAngelo le connaissait trop bien. De plus, ils n'avaient plus rien à se dire. Tout avait été dit au tribunal, au cours du procès des autres policiers corrompus, quand DeAngelo avait dit :

— Tu es un homme mort, Silas.

Mais voilà plus d'un an que les charges contre DeAngelo avaient été abandonnées, que l'ex-chef de patrouille circulait librement dans les rues, et Silas ne voyait toujours rien venir. Il avait donc fini par croire que son ancien coéquipier avait renoncé à se venger.

Silas aurait dû se douter qu'il n'en était rien.

Et maintenant, DeAngelo était non seulement dans le Montana pour lui faire la peau mais il y débarquait au pire moment. Silas venait de rencontrer TJ et lui avait promis de l'aider. Il en était tombé amoureux… Et il envisageait réellement un avenir avec elle.

Il prenait à présent conscience de son erreur. Tant qu'il y aurait des DeAngelo sur terre, il ne trouverait jamais la paix.

Il laissa passer quelques voitures puis traversa la rue pour rejoindre le dernier endroit où il avait vu son ancien coéquipier. Poussant la porte du Mint, il entra, aussitôt happé par la pénombre et l'atmosphère chargée de bière.

Avec un hurlement, TJ se débattit, donnant des coups de pied pour tenter d'échapper à l'homme qui lui avait saisi le bras.

Ce dernier réagit aussitôt :

— Eh ! tu es folle ou quoi ? Qu'est-ce qui te prend ? Pourquoi me frapper ?

Comme elle se retournait, TJ se retrouva nez à nez avec

Tommy Harwood. Quand elle le vit se frotter le tibia en grimaçant, elle regretta sa violence.

— C'est toi qui es malade de sauter ainsi sur les gens par-derrière, répliqua-t-elle, furieuse.

— Je voulais seulement attirer ton attention.

Eh bien, il avait réussi.

Il se redressa, se balançant d'un pied sur l'autre, visiblement mal à l'aise.

— Je pensais que… Aimerais-tu prendre un café avec moi ?

Après tout, pourquoi pas ? se dit-elle. Elle avait justement l'intention d'en boire un. En outre, ne voulait-elle pas interroger Tommy au sujet des rames de papier qu'il avait achetées, l'été dernier ?

— Je te l'offre, dit-elle. Pour me faire pardonner.

Il accepta et la suivit dans la brasserie voisine.

— Ne travailles-tu pas aujourd'hui ? demanda-t-elle après s'être installée avec lui à une table et avoir commandé deux cafés noirs.

— Je suis sorti tôt.

Leur entrevue pourrait durer longtemps si la conversation continuait à ce rythme, se dit-elle. Elle décida d'aller droit au but.

— Je souhaitais justement te parler du papier que tu as acheté l'été dernier lors d'un vide-greniers à domicile.

Il sembla surpris par le sujet mais répondit :

— Chez Melinda Holmes.

— Exactement.

Comme il n'ajoutait rien et détournait la tête, elle poursuivit :

— Possèdes-tu une machine à écrire manuelle ?

Il leva les yeux vers elle, manifestement ennuyé.

— As-tu vraiment envie de discuter de ça ?

— J'en cherche une, prétendit-elle.

— Et tu pensais que j'en avais une ? Non, non. Pourquoi ne voulais-tu pas sortir avec moi quand nous étions au lycée ?

— Au lycée ? C'est de ça dont *tu* souhaites parler ?

— Oui. Tu savais que j'avais le béguin pour toi. Tu n'étais même pas célèbre, à l'époque. Ni même très populaire. Alors pourquoi me snobais-tu ainsi ?

Il espérait une réponse honnête ? Très bien.

— Comme, apparemment, tu me suivais tous les jours jusqu'à la maison après la classe, tu avais dû remarquer que je ne fréquentais pas beaucoup les garçons. De plus, tu me regardais toujours fixement, cela me faisait peur. Et la seule fois où tu m'as demandé de sortir avec toi, tu l'as fait en plein cours de sciences naturelles. Tu n'imaginais sûrement pas que je répondrais oui devant tout le monde ?

— Ce n'était pas le moment idéal, j'en conviens, mais tu aurais pu m'en reparler plus tard.

— Je n'étais pas intéressée. Ni par toi ni par un autre. À l'époque, je n'avais pas envie de fréquenter un garçon.

— Tu étais quand même sortie avec Darwin…

— C'était pour me rendre au bal de promo. Chloe m'avait forcée à y aller.

TJ se souvint de la robe dans laquelle elle se trouvait engoncée, des hauts talons inconfortables, de la soirée interminable et du baiser bâclé de Darwin devant chez elle. Ce souvenir la fit frémir.

— C'était une erreur que je n'avais pas l'intention de réitérer.

— Tu étais timide, mal à l'aise en société. Comme moi. Et pourtant, tu ne m'as même pas donné une chance.

— Tommy…

— Tom.

— C'est de l'histoire ancienne tout ça. Je ne peux plus rien y faire, ni revenir en arrière. Si j'avais la possibilité de tout recommencer, je ne serais jamais sortie avec Darwin, d'accord ?

— Et avec moi ?

Sans répondre à sa question, elle reprit :

— Alors, possèdes-tu ou non une machine à écrire manuelle ?

— Et si j'en avais une ? demanda-t-il d'un air de défi.

— Alors, j'aimerais la voir.

L'intérieur du bar était si sombre que Silas était quasiment obligé de se coller aux consommateurs pour réussir à distinguer leurs visages. Il avait cru qu'il reconnaîtrait DeAngelo immédiatement sans aucun problème. Il se trompait. L'homme qui se retourna sur son haut tabouret avait changé. Il était presque chauve, à présent. Son visage était pâle, et il avait beaucoup maigri. Il n'avait pas l'air en bonne santé. Il ne semblait pas dangereux.

— Il t'en a fallu du temps, lança DeAngelo. Je t'ai vu larguer ta petite amie avant de me rejoindre. Sage décision. Assieds-toi et commande quelque chose. Nous avons des choses à nous dire.

Silas n'avait aucune envie de prendre un verre avec son ancien coéquipier du NYPD. Ils n'avaient rien en commun, il l'avait compris depuis le début. Silas respectait les ordres. DeAngelo faisait fi des règles. Et pourtant, à l'époque où il avait fait sa connaissance, Silas n'aurait jamais imaginé que DeAngelo puisse être à ce point corrompu.

— Nous avons des choses à nous dire ? répéta-t-il sans bouger.

— Arrête ton cirque, protesta son ancien partenaire. Tu as toujours été aussi têtu qu'une bourrique. Assieds-toi.

Il baissa la voix et ajouta :

— Si j'étais ici pour te tuer, tu serais déjà mort, et nous le savons tous les deux.

Il avait raison sur ce point, pensa Silas. Pour l'avoir côtoyé des années, pour avoir travaillé si longtemps avec lui, il était bien placé pour mesurer à quel point cet homme était dangereux. Quelque part, il était soulagé que DeAngelo ne souhaite que lui parler. Ces derniers temps, Silas avait relâché sa garde. Il était devenu trop confiant, trop décontracté. Une erreur. DeAngelo étant en face de lui, Silas aurait dû être mort. Alors, pourquoi son ancien coéquipier n'avait-il pas encore vidé son chargeur sur lui ?

S'installant sur le tabouret de bar, il fit signe au barman pour lui faire comprendre qu'il voulait la même chose que son « ami ». Quelques instants plus tard, deux chopes furent posées devant eux.

— Je ne t'avais encore jamais vu boire une bière, remarqua Silas. Autrefois, tu préférais les alcools forts.

— J'ai peut-être changé.

Silas n'en aurait pas mis sa main à couper mais il ne dit rien et se contenta de hocher la tête.

— Que fais-tu ici, Nathan ?

Tommy aurait voulu que TJ monte dans son pick-up avec lui, mais elle insista pour le retrouver chez lui. Elle le laissa penser qu'elle avait sa propre voiture. Elle lui précisa également qu'elle tenait à prévenir ses sœurs de l'endroit où elle se rendait, car elle était censée faire les courses avec elles.

— D'accord, dit-il en se dirigeant vers son véhicule garé en haut de la rue. À tout de suite.

TJ attendit qu'il parte pour rejoindre la boutique de cadeaux et dire à ses sœurs où elle allait. Mieux valait prendre quelques protections, assurer ses arrières. Si

Tommy était True Fan, elle n'avait pas envie de se retrouver seule chez lui sans que personne sache où elle était. Elle fut donc heureuse de tomber sur Annabelle.

— Je viens de rencontrer Tommy Harwood, dit-elle. Je passe voir quelque chose chez lui et je reviens vite. Que dirais-tu d'aller ensuite manger un morceau quelque part, avant de rentrer à la maison ?

— Willie nous a invitées à dîner, tu t'en souviens ? protesta Annabelle. Tu n'as pas oublié qui était Willie, la mère de Dawson, j'espère. Elle a très envie de vous revoir.

— D'accord, d'accord. Je ne serai pas longue. Et en cas de besoin, j'ai mon portable.

Sur ces mots, elle quitta Annabelle qui colla aussitôt le nez à une vitrine de bijoux. Manifestement, sa sœur avait déjà oublié son existence.

La maison de Tommy était située le long de la voie ferrée. Un panneau indiquait encore le nombre de kilomètres avant la ville de Glasgow. L'employé qui, à l'époque de la construction du chemin de fer, avait été chargé de nommer les agglomérations où passerait le train ne s'était pas fatigué à inventer de nouveaux noms. Il avait pris un atlas et l'avait ouvert au hasard. C'était la raison pour laquelle plusieurs villes portaient des noms comme Malte, Zürich, Le Havre ou Glasgow.

Le pick-up de Tommy était garé devant un petit pavillon d'aspect bien entretenu. Lorsque TJ arriva devant la porte, il lui ouvrit comme s'il l'avait guettée par la fenêtre.

— Tu es finalement venue à pied ?

— J'ai décidé de laisser la voiture à mes sœurs. Par une si belle journée, j'avais envie marcher.

Il secoua la tête et retourna dans la maison. Elle le suivit. L'endroit était aussi propre à l'intérieur qu'à l'extérieur. Elle se demanda si Tommy y avait eu un jour une femme dans sa vie. Annabelle ne lui avait-elle pas dit qu'il avait vécu avec sa mère jusqu'à sa mort ?

— Puis-je t'offrir quelque chose à boire ? proposa-t-il.

En voyant à quel point il était nerveux, elle sentit instantanément sa propre angoisse grimper d'un cran. Venir ici avait probablement été une erreur. Connaissant Annabelle, elle serait sans doute incapable de se rappeler où sa sœur avait dit qu'elle allait.

— Je suis seulement venue jeter un œil à la machine à écrire, dit-elle, regrettant de paraître grossière mais ne voulant pas lui donner l'impression qu'elle espérait autre chose. J'aimerais en offrir une à ma sœur Chloe pour Noël.

— Oui, la fameuse machine à écrire, dit-il d'un air morose. Suis-moi, elle est par ici.

Comme il l'entraînait dans la maison, TJ promena les yeux autour d'elle à la recherche d'armes possibles qu'elle pourrait utiliser pour se défendre, si nécessaire. Tommy n'était pas grand mais il avait l'air fort. Il l'était certainement plus qu'elle.

Ils atteignaient la cuisine. À la vue de l'escalier qui menait au sous-sol, TJ décida qu'elle n'y descendrait pas, sous aucun prétexte. Elle commençait à se demander si Tommy possédait vraiment une machine à écrire ou s'il l'avait prétendu dans le seul but de l'attirer chez lui. Mais dans ce cas, il ne serait pas True Fan.

— Elle est là, dit-il.

TJ suivit son regard et découvrit une vieille machine manuelle Royal, posée par terre devant une porte qui donnait sur la véranda.

— Je l'utilise comme butoir. Elle pèse une tonne, dit-il.

TJ s'avança pour l'examiner. À en juger par la poussière sur les touches, elle n'avait pas été utilisée depuis des années.

— C'est la seule que tu aies ?

Il la dévisagea d'un air incrédule.

— Tu n'es pas venue ici pour acheter une machine à écrire, TJ. Je le sais. J'ai lu ton livre.

Elle retint son souffle, toujours méfiante comme chaque fois que quelqu'un commençait une discussion avec ces mots : « J'ai lu ton – ou votre – livre. » Parfois, la personne n'ajoutait rien.

Mais TJ avait le sentiment que Tommy avait beaucoup plus que cela à dire.

# 15

— Écoute, dit Nathan DeAngelo après avoir avalé une longue gorgée de sa bière.

Silas devinait qu'il en avait déjà bu plusieurs.

— Je ne te reproche pas ce que tu as fait, poursuivit DeAngelo. Depuis le début, j'ai toujours su qui tu étais. Un policier avec un sens aigu du devoir, un serviteur de l'État respectueux des règles et des lois, un homme droit dans ses bottes.

Il leva la main pour empêcher Silas de l'interrompre.

— Ne te méprends pas, vieux. En nous dénonçant aux bœuf-carottes, en nous faisant tous tomber, tu as fait ce que tu estimais devoir faire, je l'ai bien compris. Mais la plupart des autres – des copains que tu as trahis – ne sont pas aussi… disons… compréhensifs que moi.

— Ce n'est pas un scoop, répondit Silas.

Tout en sirotant sa bière, il se demandait ce qui avait réellement poussé son ancien coéquipier à se déplacer jusque dans le Montana. Il n'avait certainement pas parcouru tant de kilomètres pour lui confier quelque chose que Silas savait déjà.

— Voilà un moment que j'ai tourné la page et que je suis passé à autre chose, poursuivit DeAngelo. Un ami m'a trouvé un bon poste dans une entreprise de sécurité, dit-il avec un haussement d'épaules. Je me suis rangé des voitures, tu vois. Mais les collègues du NYPD et moi avons bien retenu la leçon. Il n'est pas question de réitérer nos erreurs, de nous faire pincer de nouveau. Voilà pourquoi les copains se sont cotisés pour recruter un tueur à gages. Ils tiennent à te buter mais n'ont évidemment pas très envie que ton assassinat leur coûte dix ou quinze ans de taule. Alors ils ont chargé un professionnel de te descendre. Pour que personne n'ait la possibilité de remonter la piste jusqu'à eux.

Silas se rendit compte qu'il parlait sérieusement.

— Et tu es venu ici pour me prévenir…

— Comme je te l'ai dit, je t'ai pardonné. Nous avons longtemps travaillé ensemble, tous les deux. Les autres n'arrivent pas à croire ni même à comprendre que tu aies été capable de balancer tes collègues, y compris ton propre coéquipier. Mais j'ai toujours su que tu le ferais. Pour tout te dire, je me doutais que tu menais l'enquête, que tu réunissais des preuves pour nous faire tomber.

Silas secoua la tête.

— Ta générosité à mon égard me surprend, Nathan. Tu ne m'avais pas habitué à une telle grandeur d'âme.

DeAngelo haussa les épaules et vida sa chope.

— Je ne me l'explique pas moi-même. Peut-être que je vieillis.

En tout cas, il avait l'air diminué. Visiblement, son nouveau métier ne le maintenait pas en aussi bonne forme que lorsqu'il travaillait dans la police. Mais peut-être ne parvenait-il plus à se procurer les drogues qu'il subtilisait aux Stups, autrefois.

— Comme tu l'as remarqué tout à l'heure, tu aurais eu la possibilité de me tuer, Nathan puis de quitter la ville en sautant dans le premier avion. Ni vu ni connu, personne ne l'aurait su. Pourquoi embaucher quelqu'un pour faire le boulot ?

— Faire appel à un professionnel semblait plus sage.

Pour minimiser les effets retour, si tu vois ce que je veux dire.

Silas voyait très bien.

— Quand le tueur à gages va-t-il passer à l'action ?

Son ancien partenaire se mit à rire.

— Pourquoi te le dirais-je ? Ce ne serait pas drôle.

Il tapota l'épaule de Silas.

— Merci pour la bière. Comme dans le bon vieux temps. Ou presque.

— Une dernière chose avant de te laisser. As-tu toi aussi cotisé avec les autres pour financer le tueur ?

DeAngelo rit de plus belle.

— Tu sais très bien que je l'ai fait. Bien sûr. Si j'avais refusé, les autres auraient été tentés de me descendre, moi aussi, par la suite. Contrairement à la plupart d'entre eux, je ne ferai pas de vieux os. Mes jours sont comptés maintenant alors j'y tiens. Et avant que tu me poses la question, je te réponds : non, personne n'est au courant de ma démarche. Personne ne se doute que je suis venu jusqu'ici pour t'avertir. Cela paraît peut-être fou mais c'est ma façon de t'exprimer mes regrets. Si tu n'avais pas été aussi vieux jeu, nous aurions pu être amis, tous les deux, qui sait. De grands amis.

— Je n'étais pas vieux jeu. Mais la corruption n'a jamais été ma tasse de thé, voilà tout.

Le sourire de DeAngelo s'élargit.

— Et c'est dommage. Ton sens de l'honnêteté te coûtera sans doute la vie… Bonne chance quand même, vieux.

Sur ces mots, il s'en alla.

— Je suis désolée mais je ne comprends pas du tout à quoi tu fais allusion, dit TJ, qui avait surtout hâte de quitter cette maison et Tommy. Maintenant que tu as lu mon livre, que crois-tu savoir ?

— Durango… Je sais pourquoi tu l'as tué.

TJ n'avait aucune envie de lui poser la question mais s'y sentit un peu obligée.

— Pourquoi ?

— Parce qu'il ne correspondait plus au genre d'hommes qui t'intéressent, à présent.

— Tommy…

— Tom.

— Je ne suis pas Constance. Durango est mort parce qu'il devenait trop sûr de lui. Il se sentait invincible. Il avait oublié qu'il était mortel. Cette erreur lui a coûté la vie.

Il était mort aussi parce que Constance devait se débarrasser de lui. Elle avait besoin d'un autre héros, avec peut-être moins de défauts que Durango. Ou peut-être avec plus de défauts. Elle ne le saurait qu'après avoir écrit la suite.

— Durango était un ersatz de Marc, le type avec qui tu t'étais fiancée quand tu étais à l'université, poursuivait Tommy.

TJ sentit son visage s'enflammer de colère. C'était l'éternel problème dans les petites villes. Les gens vous connaissaient et s'intéressaient à vos affaires, même si vous ne viviez plus dans la région depuis longtemps. Elle n'avait pas à s'expliquer, à se justifier. Elle n'avait aucun compte à rendre à Tommy.

— Je n'ai vraiment pas envie de discuter du sujet avec toi, dit-elle en consultant sa montre.

Ses sœurs avaient certainement terminé leurs achats maintenant et, en tout cas, elles devaient avoir faim.

— Ce n'est pas grave si tu refuses de le reconnaître, poursuivit-il. Mais si tu cessais de faire les mêmes erreurs avec les hommes, tu…

Traversée par une intuition fulgurante, TJ se sentit blêmir. True Fan ne cessait de l'abreuver de conseils d'écriture, il lui expliquait à longueur de lettres comment devait évoluer l'intrigue, comment devaient se comporter ses personnages… Et maintenant, Tommy se croyait autorisé à lui dire comment gérer sa vie amoureuse ?

— Qui es-tu pour m'expliquer avec qui je devrais sortir ? demanda-t-elle, furieuse.

— Je suis le garçon qui t'a vue réitérer inlassablement les mêmes erreurs depuis le lycée, répondit-il, imperturbable.

— Mêle-toi donc de tes affaires, Tommy. Sur ce, je m'en vais, ajouta-t-elle.

Et, tournant les talons, elle prit la porte.

Marcher pour retourner dans le centre-ville lui fit du bien, même s'il faisait de plus en plus froid. Il allait certainement neiger. Elle avait entendu dire qu'une autre tempête se préparait.

L'hiver dans le Montana était vraiment glacial, pensa-t-elle en resserrant les pans de son manteau contre elle.

Elle avançait d'un bon pas quand un coup de klaxon derrière elle la fit sursauter. Elle n'avait pas entendu le véhicule arriver.

*Si c'est Tommy*, se dit-elle en se retournant, *je donnerai un coup de pied dans l'une de ses portières.*

Mais comme la voiture approchait, elle reconnut au volant son ancien professeur d'anglais, Ester Brown.

*Super, il ne manquait plus qu'elle*, pensa-t-elle en regardant Ester baisser sa vitre.

— Montez donc ! dit-elle d'un ton autoritaire. Il est dangereux de marcher sur cette route.

TJ se hérissa. Elle commençait à trouver que beaucoup trop de gens s'octroyaient le droit de lui dire ce qu'elle devait faire. Elle en avait assez. Elle n'était plus l'élève de cette femme.

— Merci mais, non. J'ai envie de prendre l'air. Et j'aime vivre dangereusement.

Comme elle se remettait en marche, elle entendit Mme Brown marmonner derrière elle :

— Toujours aussi têtue !

Puis elle accéléra.

Heureusement, TJ arrivait à destination. Elle retrouva ses sœurs qui sortaient du drugstore, chargées de paquets. TJ se rendit compte qu'elle aussi devrait s'occuper des cadeaux. Mais elle ne parvenait pas à se mettre dans l'ambiance de Noël – pas avec True Fan si proche.

— Où étais-tu ? demanda Chloe avec son air soupçonneux habituel.

— Annabelle ne te l'a pas dit ?

Annabelle, qui venait d'examiner le contenu de l'un de ses sacs, leva les yeux.

— Quelqu'un m'appelle ?

— Pourquoi n'as-tu pas dit à Chloe où j'étais allée ? la réprimanda TJ. Et si Tommy avait été True Fan ? Et s'il m'avait attachée et bâillonnée dans son sous-sol avant de me faire la peau ?

— Oups ! désolée.

Annabelle se tourna vers Chloe et ajouta :

— Elle était chez Tommy Harwood.

— Renseignement très utile, maintenant que je suis revenue, ironisa TJ.

— Pourquoi t'es-tu rendue chez lui ? s'emporta Chloe. Tu es folle ou quoi ?

— Je pensais qu'il pourrait être True Fan, répondit-elle, soudain fatiguée.

Ester Brown passa alors près d'elles. Avant de s'éloigner, elle dévisagea TJ en secouant la tête comme si elle l'estimait irrécupérable. TJ se remémora toutes les raisons pour lesquelles elle avait quitté Whitehorse en se jurant de plus jamais y remettre les pieds.

— Tommy m'a fait un sermon. D'après lui, je réitère les mêmes erreurs dans le domaine amoureux depuis toujours parce que je suis incapable de repérer l'homme qu'il me faudrait.

— De quoi se mêle-t-il ? s'exclama Chloe, outrée.

— Je meurs de faim, dit rapidement Annabelle, espérant sûrement changer de sujet et calmer les esprits. Allons grignoter quelque chose au Great Northern.

TJ aperçut alors Silas qui sortait du Mint. Il la vit, lui aussi, et s'immobilisa avant de se balancer d'un pied sur l'autre comme s'il ne savait pas quoi faire.

— Allez-y, dit-elle à ses sœurs. Je n'ai pas faim pour le moment. Je pense que je vais rentrer à la maison.

Elle se dirigea vers Silas.

La simple vue de TJ remplit Silas de joie. Il se sentit aussitôt allégé et oublia instantanément Nathan DeAngelo. Ce type était un incorrigible menteur. Pourtant, cette fois, Silas l'avait cru. Au fil des ans, il avait découvert que les policiers véreux avaient souvent un sens de l'honneur mal placé mais réel. Il savait surtout que DeAngelo avait longtemps espéré le corrompre.

— Rebonjour, dit TJ en s'approchant.

Elle fronçait les sourcils.

Elle l'avait vu sortir du bar. Elle avait également surpris sa réaction tout à l'heure quand il avait vu DeAngelo traverser la rue pour se rendre au Mint. Elle était trop fine pour ne pas avoir relié les deux faits.

En la regardant, il sut qu'il devait la tenir à distance de cette sombre histoire. La protéger. Que DeAngelo l'ait vu avec TJ l'ennuyait beaucoup. Il n'était pas question que DeAngelo ou les autres flics ripoux se servent de TJ pour l'atteindre, lui. Mais en même temps, il ne pouvait pas la laisser tomber sans cérémonie alors qu'il lui avait promis de l'aider.

Il se rendit compte qu'il se comportait comme s'ils étaient en couple, ce qui n'était pas le cas. Mais il lui avait promis de l'aider à démasquer True Fan, et il s'était toujours efforcé de tenir ses promesses.

Cela dit, il n'avait pas non plus envie de la mettre en danger, il n'était pas question qu'elle se retrouve entraînée dans cette sale histoire et devienne une victime collatérale.

Pourtant, en la voyant, il comprit qu'il ne rêvait que de l'emmener quelque part, dans un endroit où ils ne seraient que tous les deux, et de lui faire toucher le ciel.

Il se sentait déchiré. Il savait qu'il ne devait pas s'approcher d'elle afin de la protéger, mais ce n'était ni le lieu ni le moment de lui expliquer la situation.

Des flocons commençaient à virevolter autour d'eux. De la vapeur blanche sortait de leurs bouches.

— Connaissez-vous un coin où nous pourrions parler ? demanda-t-il. Seul à seul ?

Elle hocha la tête et le laissa prendre son bras jusqu'à son pick-up. Une fois à l'intérieur, il démarra et attendit que le chauffage chasse le froid qui régnait dans l'habitacle. TJ n'avait rien dit depuis qu'elle s'était assise sur le siège passager. Dehors, il neigeait de plus en plus fort.

— Je vais vous guider jusqu'à l'un de mes endroits préférés, dit-elle, brisant enfin le silence. Il faut sortir de la ville mais vous ne regretterez pas le détour.

Il la dévisagea. Il avait beau se répéter toutes les raisons pour lesquelles passer un moment avec elle était une mauvaise idée, il était incapable de s'éloigner de TJ. L'air chaud faisait fondre le givre sur le pare-brise, et maintenant il y avait assez de visibilité pour avancer.

Passant la première, il démarra. Il suivit ses instructions et quitta le centre pour se diriger vers le nord. Ni l'un ni l'autre ne parlèrent pendant le trajet. Les flocons dansaient autour d'eux. Ils avaient un effet hypnotique. Silas devait se concentrer pour garder le pick-up sur la route verglacée.

Ils roulaient depuis un bon moment quand elle lui indiqua de tourner à gauche, au carrefour suivant. Il jeta au passage un œil dans son rétroviseur. Il l'avait fait à plusieurs reprises depuis qu'ils avaient quitté la ville pour s'assurer qu'ils n'avaient pas été suivis. Il ne le croyait pas. C'était bien le problème dans un village. Personne n'avait aucune raison de les suivre. Pour le descendre, le tueur à gages n'avait qu'à l'attendre. Il lui serait facile de trouver son chalet. Même un amateur serait capable d'effectuer ce genre de repérages.

TJ lui indiqua alors une petite route. En approchant, il se rendit compte qu'il s'agissait en réalité d'un lac gelé. Il remarqua des tables de pique-nique couvertes de neige sous les arbres et des panneaux indiquant la proximité de terrains de camping.

Il s'arrêta mais laissa le moteur tourner, sachant à quelle vitesse l'habitacle se refroidirait s'il coupait le chauffage. Il aimait l'intimité du moment. Ils auraient presque pu se croire seuls au monde, les deux seules personnes sur terre dans le cocon chaud du pick-up.

— Vous avez des ennuis, n'est-ce pas ? dit TJ après quelques instants. De graves ennuis ?

Il hocha simplement la tête.

— Je ne veux pas vous y entraîner avec moi, alors je vais me tenir éloigné de vous pendant un moment.

— Et si ce n'était pas ce que je voulais ? demanda-t-elle d'une voix brisée.

— Je n'en ai aucune envie, moi non plus, mais il le faut.

Je sais que je vous avais promis de vous aider à trouver True Fan, et ne pas tenir cette promesse m'ennuie, mais…

— Est-ce la seule raison de votre contrariété ?

— Vous savez bien que non.

Laissant échapper un soupir de frustration, il repoussa tendrement une mèche de ses cheveux blonds.

TJ ferma les yeux, savourant la caresse des doigts de Silas sur sa joue.

— Tessa Jane, murmura-t-il d'une voix empreinte d'émotion. Je ne cesse de penser à vous. Vous m'avez complètement envoûté.

Ouvrant les yeux, elle surprit son regard bleu sur elle. Soudain, il l'attira à lui pour la prendre dans ses bras. Elle sentit une bouffée de plaisir l'envahir quand il captura ses lèvres pour l'embrasser avec passion. Sa bouche était douce et chaude.

— Je rêve de t'embrasser depuis la première fois que je t'ai vue, dit-il en se reculant pour admirer son visage.

Pour toute réponse, elle lui rendit ses baisers avec fougue, s'enivrant de son odeur d'homme. Un désir impérieux la soulevait. Elle ne se souciait plus de ce que Tommy ou ses sœurs pensaient ou lui avaient dit. Silas lui plaisait. Elle se sentait en sécurité entre ses bras puissants et n'aspirait qu'à se perdre en lui.

Il l'embrassa à nouveau, cette fois plus lentement. Il finit par l'installer sur ses genoux. Elle ouvrit son manteau et entreprit de déboutonner sa chemise pour presser ses paumes contre son torse. Comme elle glissait les doigts dans sa toison, elle le sentit frissonner et se plaqua contre lui, en proie à un désir croissant.

À son tour, Silas écarta les pans du manteau de TJ et passa les mains sous son pull pour caresser ses seins.

Lorsqu'il glissa la main dans son pantalon et sa culotte, elle retint son souffle. Elle jouit presque immédiatement.

Tandis qu'elle s'affalait sur lui, haletante, il l'étreignit contre lui. Elle voulut l'exciter à son tour, s'emparer de son sexe pour l'apprivoiser et jouer avec lui mais Silas l'en empêcha et l'embrassa tendrement.

— Je n'avais pas l'intention d'aller aussi loin, excuse-moi. Je refuse de te faire l'amour pour la première fois sur la banquette de mon pick-up. Nous nous retrouverons bientôt ailleurs…

Les yeux brillants, il lui effleura la joue. Il gémit et retira sa main.

— Nous devrions rentrer, ajouta-t-il en se redressant.

Elle remit ses vêtements en place, referma son manteau. Malgré le chauffage, les vitres étaient glacées et embuées. Contrairement à elle. Elle brûlait de désir. Elle ne connaissait qu'à peine cet homme et déjà s'abandonnait à ses baisers, à ses caresses. C'était le genre de choses que Constance aurait fait. Cela la fit sourire.

Silas se réinstalla au volant et poussa le chauffage.

— Je ne vais pas pouvoir te voir pendant un moment.

— Et tu ne veux pas m'en parler, m'expliquer à quel genre de problèmes tu es confronté ?

Il secoua la tête.

— Je ne peux pas te dire à quel point il me coûte de ne pouvoir partager mes soucis avec toi. Et surtout d'être obligé de me tenir éloigné de toi, d'autant que je suis inquiet pour toi. True Fan rôde dans les parages, j'en suis persuadé, et il risque de mettre ses menaces à exécution à tout moment. Mais te laisser t'afficher avec moi ces jours-ci serait très risqué pour toi. Vraiment dangereux.

— Ne t'inquiète pas pour moi, dit-elle. Par ailleurs, j'ai discuté avec Tommy Harwood, aujourd'hui. Il n'est pas True Fan, ajouta-t-elle en secouant la tête. C'était une fausse piste.

— Tant mieux mais nous sommes revenus au point de départ, répondit-il. Je pensais avancer en suivant la piste du papier mais elle ne nous a menés nulle part. Je suis désolé.

Elle opina.

— Beaucoup de gens auraient pu se procurer certaines rames de ce papier même s'ils n'avaient pas assisté à la vente de Melinda Holmes. Mais je pense que tu as raison. True Fan est un lâche.

Elle se tourna vers Silas.

— Veille sur toi, prends soin de toi et ne t'inquiète pas pour moi.

— Ce ne sera pas facile, dit-il en démarrant le pick-up.

Elle perçut l'inquiétude qui perçait dans sa voix et comprit que les problèmes de Silas étaient très graves.

# 16

Le pick-up garé devant chez elle, TJ voyait bien que Silas n'avait pas plus envie de la laisser qu'elle de le quitter. Leurs sentiments l'un pour l'autre s'étaient enflammés très rapidement. En prendre conscience lui faisait un peu peur. Mais la grisait aussi. Pour la première fois de sa vie, elle se sentait aventureuse, audacieuse. Cela lui faisait du bien.

Elle se remémora les baisers qu'ils avaient échangés. C'était merveilleux.

Il lui caressa la joue.

— Je ne sais pas quand je te reverrai, dit-il d'une voix rauque. Mais sois sûre que je ne cesserai pas de penser à toi.

Elle avait envie de lui demander si ses ennuis étaient très graves mais au fond de son cœur elle le savait. Elle avait vu sa peur lorsqu'il avait reconnu cet homme dans la rue. S'agissait-il de quelqu'un surgi de son passé ? De quelqu'un qu'il avait mis en prison autrefois ? En tout cas, ce type était dangereux.

Son cœur se serra. Tous deux venaient de se rencontrer, et ils étaient déjà contraints de rester éloignés l'un de l'autre… Ils avaient chacun dans leur vie quelqu'un qui menaçait de leur faire du mal.

Tout à l'heure, au bord du lac, un sentiment de catastrophe imminente les avait poussés dans les bras l'un de l'autre plus vite qu'ils ne l'avaient souhaité.

Mais l'alchimie entre eux était indéniable. Des liens s'étaient noués entre eux au chalet. Elle se rappela leurs parties de cartes jusque tard dans la nuit tandis que la tempête de neige se déchaînait à l'extérieur et se demanda avec angoisse si elle reverrait un jour Silas.

— C'est lié à ces flics ripoux que tu as dénoncés, n'est-ce pas ? demanda-t-elle.

Il la regarda. Visiblement, il hésitait à tout lui raconter.

— Cet homme que nous avons vu tout à l'heure… Est-il descendu en ville pour te tuer ? insista-t-elle.

— Non. Pour me mettre en garde.

Un gros poids tomba sur la poitrine de TJ.

— Tu ne peux pas en parler au shérif ?

Il secoua la tête.

— Je dois régler cette histoire moi-même.

— Oh ! Silas ! dit-elle en se tordant les mains.

De nouveau, il lui caressa la joue.

— Promets-moi d'être prudente.

— Toi aussi.

Les yeux dans les yeux, ils se regardèrent un long moment avant qu'elle ouvre la portière. Il n'y avait rien à ajouter.

Le cœur lourd, elle monta les marches du porche et pénétra dans la maison. Ses sœurs étaient dans le salon, en train d'ouvrir une bouteille de vin. Toutes deux levèrent les yeux vers elle alors qu'elle accrochait son manteau.

— Oh non ! tu n'as pas fait ça ! s'exclama Chloe.

TJ sentit son visage s'embraser même si elle le nia.

— Quoi ? Nous nous sommes embrassés et…

Sa sœur gémit.

— Oh ! laisse-la s'amuser, dit Annabelle.

TJ les rejoignit et se servit un verre. Elle se sentait au bord des larmes, tant elle était inquiète.

— Je l'aime.

— Nous l'avions bien compris, grommela Chloe.

— Tu devrais l'inviter au bal de Noël qui aura lieu à l'ancien gymnase, proposa Annabelle. Toute la ville sera là. Dawson et moi y allons, ajouta-t-elle en souriant.

— Vous me tuez, toutes les deux, avec vos amoureux, dit Chloe.

— Il n'y a donc aucun homme qui t'intéresse à ton journal ? demanda Annabelle.

Leur sœur haussa les épaules.

— Je suis sortie avec deux ou trois collègues, mais non, je n'ai pas encore rencontré l'élu, mon prince charmant…

— Qu'en sais-tu ? répliqua Annabelle en se retournant vers elle. Regarde Dawson et moi. Je l'ai quitté alors qu'il m'avait acheté une bague et qu'il avait demandé ma main. Je pensais qu'il ne me pardonnerait jamais de lui avoir brisé le cœur. Et puis…

Des larmes inondèrent ses yeux bleus.

— Et puis, nous nous sommes retrouvés, reprit-elle. Le destin nous a finalement réunis. Et toi, as-tu des nouvelles de Justin Calhoun, ton ancien amoureux ?

Visiblement mal à l'aise, Chloe se tortilla sur son siège.

— Il n'était pas exactement mon amoureux. En tout cas, beaucoup d'eau a coulé sous les ponts depuis cette époque. N'a-t-il pas épousé… Comment s'appelait-elle déjà ?

— Nicole Kent, répondit Annabelle. Mais il ne l'a pas épousée, finalement. Ils s'étaient fiancés mais ont rompu. Elle s'est mariée avec quelqu'un d'autre avant de divorcer, quelques années plus tard. Désormais, elle habite Whitehorse avec ses sœurs et leurs enfants.

— Tu es très au courant des potins locaux, constata TJ, en buvant une gorgée de son vin. Dis-moi, est-ce que Tommy n'a pas longtemps vécu avec sa mère ?

— Si. Elle est morte il y a quelques années. Il a vendu sa maison et en a acheté une autre près de la voie ferrée.

TJ regarda Chloe. Elle semblait perdue dans ses pensées. Songeait-elle à Justin ? Tous deux semblaient alors faits l'un pour l'autre mais Chloe était partie à l'université. La vie les avait séparés. Cela dit, TJ s'était toujours demandé si Nicole Kent n'avait pas été la raison pour laquelle ils ne s'étaient pas revus par la suite. Cette fille avait toujours été un problème entre eux.

Elles sursautèrent quand quelqu'un frappa à la porte. Cette fois, TJ se leva pour aller ouvrir.

— Vous devriez vraiment installer une boîte aux lettres, TJ, dit Carol en lui tendant une lettre. Je vais finir par avoir des ennuis.

— Merci de me l'avoir apportée mais si vous en recevez d'autres…

— Ne vous inquiétez pas, je vous les apporterai à chaque fois…

Comme Carol tournait les talons pour regagner son véhicule, TJ regarda l'enveloppe et s'aperçut que sa main tremblait.

— Laisse-moi l'ouvrir, dit Chloe en la lui prenant d'autorité.

Elle la déchira et en sortit un feuillet grisâtre.

Cette fois, True Fan ne se fatiguait plus à l'appeler par son nom.

*J'ai essayé de ne pas le prendre personnellement. Mais vous avez sciemment ignoré tous mes conseils. Vous semblez penser que vous êtes plus intelligente que moi. Vous refusez mon aide.*

*Toutes mes tentatives pour améliorer vos livres n'ont servi à rien. Vous n'avez rien voulu entendre. Vous me considérez sans doute comme une gêne dont vous ne savez pas comment vous débarrasser. Eh bien, nous n'aurons plus longtemps à nous supporter. La fin est proche. Bien plus que vous ne l'imaginez. Dieu m'est témoin que j'ai tenté de laisser tomber, de me désintéresser de vous. Mais en toute conscience, je ne peux pas vous laisser continuer à écrire de telles sornettes.*

*Je ne me considère pas comme une personne méchante. Mais quelqu'un doit vous arrêter. Cette fois, vous êtes allée trop loin. Vous auriez rendu service au monde en vous supprimant, mais je vais devoir m'en occuper moi-même. Il n'y a apparemment personne d'autre qui soit capable de le faire.*

True Fan n'avait pas jugé utile de signer.

Chloe jeta la feuille, dégoûtée.

— Ce cinglé dépasse les bornes. Je pense qu'il est temps d'en parler au shérif.

Elle se leva.

— As-tu gardé les autres lettres qui sont arrivées depuis que nous sommes ici ?

TJ acquiesça. La violence qui teintait cette dernière missive l'effrayait. À croire que True Fan avait atteint un point de non-retour.

Annabelle ramassa les verres et les emporta à la cuisine. Elle finissait de les laver quand on frappa à la porte.

Silas Walker se sentait rarement pris au dépourvu. Sa présence d'esprit et sa réactivité lui avaient plus d'une fois sauvé la vie. Mais maintenant, il se sentait perdu. Il se demandait qui était l'homme que ses anciens collègues avaient payé pour le tuer – à supposer que ce détail ait une quelconque importance.

Il aurait aimé croire que DeAngelo avait exagéré, que le tueur à gages n'était pas forcément un professionnel. Il espérait qu'il aurait affaire à un amateur. Ou du moins à quelqu'un qui lui donnerait une chance de s'en tirer, quelqu'un qui pourrait le rater. Mais il se doutait qu'il se berçait d'illusions.

Tout en roulant au milieu des flocons de neige, Silas considéra ses options. Il pouvait retourner à New York. Ou tenter sa chance au chalet. Il ne parvenait pas à chasser TJ de son esprit. Pourtant, en ce moment, il n'aurait dû ne penser qu'à sa survie.

Tout à l'heure, ils avaient failli faire l'amour dans son pick-up. Il l'avait désirée comme il n'avait jamais désiré une femme. TJ comptait plus à ses yeux que sa propre vie. La rencontrer maintenant, alors que sa vie n'avait jamais été à ce point menacée, semblait une blague cruelle du destin. Mais renforçait encore sa détermination à se défendre.

Il s'arrêta sur le tronçon de route où il savait pouvoir bénéficier d'une bonne couverture réseau pour son téléphone portable et appela son ami et patron.

— Je viens de recevoir une visite de mon ancien coéquipier du NYPD, dit-il. Les policiers corrompus que j'ai fait tomber ont embauché un tueur à gages pour me descendre.

Cal poussa un juron.

— Comment puis-je t'aider ?

— J'ai besoin de savoir qui est ce gars et s'il est déjà dans le Montana.

— D'accord, je vais me renseigner, voir ce que je peux trouver. Tes anciens collègues ne sont-ils pas en cabane ?

— Pas tous. Quelques-uns ont été remis en liberté mais la plupart sont toujours derrière les barreaux, oui. Pourquoi ?

— Ils connaissaient des petits délinquants, les truands ordinaires qu'ils arrêtaient régulièrement dans les rues de New York. Mais pas de tueurs professionnels. À mon avis, ils ont fait la connaissance du tueur à gages en prison et l'ont contacté à sa sortie de taule pour le charger du boulot. Laisse-moi regarder qui, parmi les gars qui ont l'habitude de tuer pour de l'argent, a récemment été libéré. Je te rappelle.

Plutôt que de retourner au chalet en espérant réussir à se connecter à un hypothétique réseau, Silas se rendit à Zortman, au bar, même s'il n'avait aucune envie de boire. Il se gara.

Le temps s'était dégradé. Silas dut affronter un violent blizzard pour atteindre l'établissement. L'endroit était bondé. Il dénicha une petite table près de la porte et s'assit de façon à pouvoir voir les gens entrer. Lorsque la serveuse s'approcha, il lui commanda une bière et un hamburger, se rendant compte qu'il n'avait rien mangé de la journée.

Il finissait son assiette quand Cal le rappela. Le volume du juke-box interdisait toute conversation téléphonique, c'est pourquoi il se leva. Il laissa un billet sur la table et gagna le couloir vers les toilettes pour avoir la possibilité de parler tranquillement.

Cal alla droit au but :

— Le directeur du pénitencier local est un ami. Il m'a expliqué que tes ex-collègues véreux ont tous été enfermés dans des cellules situées au dernier étage de la prison. Ils se retrouvent dans la cour à l'heure de la promenade mais n'ont presque aucun contact avec les autres détenus. Cependant, les gardiens ont surpris certains d'entre eux en grande discussion avec un dénommé Little Huey, qui a été récemment libéré. Ce truand a un casier long comme le bras, mais il n'est encore jamais tombé pour meurtre. Son vrai nom est Herbert Jones. Caucasien, un mètre quatre-vingts, il ne pèse pas soixante-dix kilos tout mouillé et est corrompu jusqu'à la moelle.

— Son petit gabarit doit lui poser des problèmes dans

la rue. Il évite sans doute les attaques frontales. Si c'est lui que mes anciens collègues ont engagé, il essayera de me tirer une balle dans le dos. Il est certainement du genre à faire les coups par en dessous, pas à affronter sa cible en face.

— Je le pense aussi. Tu ne le verras pas venir.

Le shérif McCall Crawford lut deux fois les lettres de True Fan avant de les remettre dans leurs enveloppes.

— Vous dites qu'il y en a eu d'autres ?

TJ hocha la tête.

— J'en ai reçu une douzaine au cours des six derniers mois.

— Aussi menaçantes que celles-ci ? demanda le shérif.

— Pas toutes. Au début, True Fan était charmant mais petit à petit son ton a changé. Il ne me pardonne pas de ne pas suivre ses conseils concernant l'intrigue ou le comportement de mes personnages.

— Et il a fini par vous suggérer de vous suicider ? demanda McCall.

— Fortement conseillé, oui. Pour rendre service à l'humanité. Une fois morte, je n'écrirai plus de livres, et le monde s'en portera mieux, voilà en tout cas son raisonnement, déclara TJ.

— Et mis à part le cachet de la poste, qu'est-ce qui vous fait penser que cette personne est du coin ?

TJ lui parla des rames de papier que Melinda Holmes avait vendues et qui de blanc étaient devenues grisâtres après avoir été stockées des années dans son sous-sol. Elle lui donna le nom de Nellie, de Dot et de Tommy, des personnes qui avaient acheté le papier dont Melinda se souvenait.

— Cette couleur est assez particulière et serait difficile à imiter, ajouta-t-elle.

— Je suis d'accord. À votre avis, votre fan est un homme ou une femme ?

— Parfois, je penche plutôt pour un homme. D'autres fois, pour une femme. Bref, je n'en ai aucune idée.

— Vous avez participé à une séance de dédicaces, l'autre jour. Au cours de cette séance, quelqu'un vous a-t-il paru suspect ?

TJ se mit à rire.

— Tout le monde m'a paru suspect. Mais je pense que True Fan a également des liens avec New York puisqu'il m'a envoyé une photo prise du trottoir en face de mon immeuble. Sans doute pour que je mesure bien à quel point il est proche.

Elle hésita à évoquer l'épisode sur le trottoir. Elle avait été poussée par quelqu'un et avait failli se faire écraser. Mais l'incident était peut-être accidentel, comme le croyait Silas. Elle décida donc de ne pas y faire allusion.

— Certaines personnes viennent à Whitehorse pour les vacances mais vivent à New York ou, au contraire, travaillent là-bas mais habitent ici, poursuivit pensivement McCall. D'autres se rendent à New York pour y faire du tourisme. Il serait intéressant de savoir qui aurait pu demander à quelqu'un de photographier votre immeuble. Votre adresse est-elle une information connue du grand public ?

— Non, mais comme Silas l'a suggéré, quelqu'un aurait pu me suivre à New York à la fin d'une séance de dédicaces. J'en ai fait quelques-unes près de chez moi et je suis rentrée ensuite directement. Je ne me méfiais pas. N'importe qui aurait pu me filer à mon insu, attendre dans la rue et me voir fermer mes rideaux et allumer la lumière au troisième étage.

Le shérif acquiesça.

— J'ai remarqué sur votre blog une photo de l'intérieur de votre appartement. Les rideaux étaient ouverts, et je pouvais voir non seulement votre salon mais aussi l'immeuble voisin du vôtre. Il ne faudrait sans doute pas longtemps à quelqu'un connaissant bien New York pour vous trouver.

TJ sentit un frisson glacé lui parcourir l'échine. Dans ses thrillers, elle mettait en scène des assassins qui pistaient leurs victimes avant de les tuer. Mais à présent, elle était devenue elle-même la proie d'un fou. Et penser qu'elle avait sans doute facilité les recherches de True Fan pour la localiser avec ses livres lui donnait la nausée.

— Ça vous ennuie-t-il de me laisser ces lettres quelques jours ? demanda McCall alors qu'elle se levait.

— S'il vous plaît, gardez-les, dit TJ. Vous partagez mon avis sur le fait qu'il s'agit de quelqu'un de Whitehorse, n'est-ce pas ?

— Cela semble très probable, oui. Donnez-moi un peu de temps pour voir ce que je peux faire. Si vous en recevez de nouvelles ou si vous pensez à autre chose, contactez-moi immédiatement, dit le shérif.

— Promis, merci.

TJ la raccompagna à la porte et resta sous le porche pour se protéger de la tempête.

Alors qu'elle commençait à retourner à l'intérieur, elle regarda derrière elle en se demandant si elle n'était pas, en ce moment même, surveillée par True Fan.

À la fin de sa conversation téléphonique, Silas renonça à traverser le bar bondé pour gagner l'entrée principale. Sortir par l'arrière semblait préférable pour éviter la cohue. Une fois dehors, il fit le tour de l'établissement pour rejoindre son pick-up. En attendant l'appel de Cal, il avait inspecté du regard les clients du bar, et aucun ne lui avait paru suspect. Little Huey ne s'y trouvait pas, il en était sûr. Il avait cherché un homme assis seul devant un verre. Même si Little Huey essayait de se fondre dans le paysage, il ferait forcément tache dans le Montana.

Silas l'avait compris dès la première fois où il était venu à Whitehorse. Même lorsqu'il était en jean et coiffé d'un stetson, on devinait facilement qu'il n'était pas d'ici.

Voilà pourquoi il savait que son assassin serait assis seul devant un verre. S'il était déjà arrivé en ville.

Alors qu'il sortait dans la neige, Silas essayait de se mettre dans la tête d'un tueur à gages, de raisonner comme un tueur. S'il pourchassait un homme comme lui dans un État qu'il ne connaissait pas, par où commencerait-il ?

Il se rendrait en avion jusqu'au Montana et, de l'aéroport, louerait un 4x4 ou un pick-up pour parcourir les trois heures de route qui séparaient Billings de Whitehorse.

Et ensuite ? Si un inconnu les bombardait de questions, les gens du coin s'en étonneraient et le signaleraient peut-être aux autorités. Il était donc indispensable pour le tueur de venir non seulement bardé d'armes mais aussi d'informations sur sa cible. Il s'était évidemment renseigné sur Silas pour ne pas avoir à interroger qui que ce soit.

Le tueur à gages savait donc que Silas vivait dans la montagne, à l'extérieur de la ville. D'ailleurs, la boîte aux lettres à son nom l'aiderait à ne pas se tromper d'adresse. TJ non plus n'avait pas eu beaucoup de mal à trouver son chalet, et en pleine tempête de neige. Silas regretta d'avoir ainsi facilité le travail du type qui allait le descendre.

Il grimpa dans son pick-up, démarra mais laissa le moteur tourner. La neige s'était posée en couche épaisse sur le pare-brise et avait gelé. Ses essuie-glaces étaient recouverts de glace. Il laissa le dégivrage opérer tout en réfléchissant.

Son futur tueur devait être prêt à affronter la météo. Un défi qui pourrait se révéler plus difficile à relever qu'il n'y paraissait. Il fallait s'être un jour retrouvé au milieu d'une tempête de neige dans le Montana pour le comprendre. Il n'était pas rare que la visibilité soit nulle dans le blizzard, sans parler des routes verglacées et du froid polaire. Le type avait dû acheter de bonnes bottes, un épais manteau, un chapeau, des lunettes de protection. Et malgré ces précautions, il risquait de se perdre dans la neige et de mourir de froid.

Pour être parés à tout, au pire, la plupart des gens du coin gardaient en réserve dans le coffre de leur voiture de la nourriture, de l'eau, des couvertures et des allumettes. Silas avait un sac de couchage à l'arrière de son pick-up. Il ne savait pas s'il n'en aurait pas un jour besoin mais préférait être prudent. Il avait également un fusil à pompe derrière lui et un pistolet sous son siège.

Qui ne le protégeraient pas si Little Huey lui tirait dans le dos.

Il s'aperçut qu'une partie de la neige avait fondu sur le pare-brise mais qu'il avait intérêt à gratter les vitres pour aider à la manœuvre. Il s'apprêtait à ouvrir sa portière quand il aperçut un homme qui sautait de son 4x4 pour se diriger vers l'entrée du bar.

Silas sentit son cœur se serrer.

Ses anciens collègues n'avaient pas engagé Little Huey.

# 17

Kenny Harrington, surnommé « Mad Dog » – le Chien Enragé – s'apprêtait à entrer dans le bar. Silas hésita à le héler et à mettre un terme à toute cette histoire. Grâce à la neige et à la glace qui recouvraient le pare-brise, Kenny n'avait pas remarqué sa présence.

Silas resta un instant immobile avant d'activer ses essuie-glaces. Ils chassèrent suffisamment de neige pour lui permettre de rouler.

Tout en quittant la ville, il ne cessait de regarder dans son rétroviseur. Mad Dog était-il déjà monté au chalet pour faire des repérages ? se demandait-il. Il le saurait bien assez tôt. En route, il s'efforça de réfléchir. Little Huey l'aurait attendu, dissimulé derrière les arbres pour lui tendre une embuscade et lui tirer dans le dos. Mad Dog était un criminel d'une tout autre trempe. Il attaquait ses cibles de front. Pour espérer arrêter ce fou furieux, Silas avait besoin de l'artillerie lourde.

Comme il s'engageait sur le chemin forestier qui menait chez lui, il remarqua les traces. Quatre traces de pneus dans la neige. Quelqu'un était venu et reparti. Mad Dog était bien monté au chalet. Ce qui signifiait qu'il reviendrait. Silas n'avait aucune idée du temps dont il disposait pour se préparer à affronter le tueur.

Il serra le volant. Ses neurones fonctionnaient à plein régime. Il gardait toujours un œil sur le rétroviseur mais pour le moment Mad Dog n'était nulle part en vue. Peut-être prendrait-il plusieurs verres au Mint avant de s'enfermer dans les toilettes pour sniffer quelques lignes de coke ou s'injecter des amphétamines. Silas savait à quel point il était difficile de neutraliser un drogué. Même criblé de balles, un junkie de la taille de Mad Dog serait presque impossible à maîtriser, surtout déterminé comme il l'était. Mais Silas n'avait pas le choix. À moins que…

Comme il arrivait au chalet, un plan commença à germer dans son esprit. Un plan plutôt risqué et même totalement fou. Mais cela valait le coup d'essayer, se dit-il en se garant. Il lui fallait faire vite. Il avait un atout dans son jeu : Mad Dog n'était pas très intelligent. De plus, il neigeait si fort que ses propres traces de pneus seraient rapidement effacées.

L'inquiétude de TJ pour Silas croissait d'heure en heure. L'imaginer seul dans sa cabane de rondins perdue en pleine montagne pour affronter un tueur la rendait folle d'angoisse. Pour se rassurer, elle se répétait qu'un ex-policier était certainement capable de se défendre.

— Peux-tu rester tranquille cinq minutes, à la fin ? la sermonna Chloe qui tentait en vain de lire. C'est Silas Walker qui te met dans cet état, n'est-ce pas ? Pourquoi es-tu si nerveuse ?

TJ n'avait pas l'intention de l'expliquer à Chloe. Sa sœur pensait déjà que Silas n'était pas pour elle. Si elle se doutait du danger auquel il était confronté en ce moment…

— Quelque chose est… dans l'air, répondit-elle avec sincérité. Et Silas ne ressemble pas à Marc, ajouta-t-elle sur la défensive.

— Pas du tout, en effet, précisa sa sœur, sarcastique.

— À propos de quoi vous disputez-vous, toutes les

deux ? demanda Annabelle en entrant dans le salon avec une assiette de biscuits. Quelqu'un aimerait-il du lait chaud ?

— Laisse-le pour le Père Noël, plaisanta Chloe. Et pour répondre à ta question, nous nous disputions à propos des hommes…

— Alors, qui est celui qui te rendra heureuse ? demanda Annabelle à Chloe. Qui est ton prince charmant ?

— Justin, évidemment, lança TJ, soulagée de changer de sujet. Vit-il toujours par ici ? Le sais-tu, Annabelle ?

— Malheureusement, il a quitté Whitehorse après avoir convolé en justes noces avec une star de cinéma aussi riche que célèbre.

Ravie de sa blague, Annabelle faillit s'étouffer de rire avant de recouvrer son sérieux.

— Non, je plaisante. En réalité, lorsque Nicole a rompu pour se marier avec un autre, Justin est resté longtemps célibataire. Mais il y a environ cinq ans, il a épousé Margie Taylor. Tous deux se sont installés à Bismarck, dans le Dakota du Nord, pour exploiter la ferme du père de Margie. Mais le mariage n'a pas duré.

TJ leva un sourcil.

— Je suis étonnée que tu sois déjà au courant de tous les potins du coin alors que tu n'es revenue vivre dans le Montana que depuis quelques semaines.

Chloe poussa un gémissement.

— Revenons à nos moutons. Nous ne parlions pas du désert de ma vie amoureuse. Mais de Silas Walker.

La sonnerie du téléphone portable de TJ se fit alors entendre, et elle se leva.

— Désolée, je dois absolument prendre cet appel.

— Sauvée par le gong ! s'exclama Chloe.

TJ regagna sa chambre pour répondre à son agent.

— Comment vas-tu ? demanda Clara.

— Bien, merci. Et toi ?

— Je voulais d'abord savoir comment s'était passée la séance de dédicaces. Y avait-il du monde ?

— Pas mal, oui.

— Super. Je t'appelle pour t'annoncer que tu es sur la liste des best-sellers du *New York Times* !

— Formidable, répondit-elle.

TJ savait qu'elle aurait dû paraître plus enthousiaste.

— Tu es moins bien placée dans le classement que la dernière fois mais ton roman vient tout juste de sortir. Les ventes vont progresser dans les jours à venir, j'en suis sûre.

TJ fut sidérée de l'indifférence avec laquelle elle accueillait ces nouvelles.

— Oui, c'est probable.

— Ton True Fan est-il revenu te tourmenter ?

— J'ai reçu de nouvelles lettres, mais je vais bien.

— Tu ne me sembles pourtant pas au mieux de ta forme, remarqua Clara. Espérons que ce cinglé te laissera tranquille pendant les fêtes. Quand rentres-tu à New York ?

— Je ne sais pas encore.

TJ n'avait pas pris de vol aller-retour. Trouver une place dans un avion pourrait se révéler difficile à cette époque de l'année. Mais cela ne l'inquiétait pas non plus.

— D'accord, je te laisse en décider. Mais si tu as besoin de quoi que ce soit…

— Je t'appellerai. Je te souhaite un très joyeux Noël, Clara.

En raccrochant, TJ se rendit compte qu'elle n'avait même pas demandé la place de son livre sur la liste du Times. « Moins bien placée que la dernière fois. » Cela lui suffisait comme information. Elle n'avait même pas la curiosité de consulter cette fameuse liste sur Internet. Alors que normalement elle étudiait de près la progression des ventes de ses romans au moment de leur sortie.

Quand TJ redescendit, Dawson Rogers, le fiancé d'Annabelle, était assis dans le salon. Il se leva pour l'embrasser. Lorsqu'il leur demanda si elles étaient prêtes à partir, elle se souvint qu'elles étaient invitées à dîner chez la mère de Dawson.

— Je suis passé vous chercher, dit-il. Je préfère vous conduire moi-même au ranch parce que, avec la tempête de neige, la visibilité est mauvaise et les routes très glissantes.

Un coup d'œil vers la fenêtre permit à TJ de mesurer la gravité de la situation.

— Je déteste jouer les rabat-joie, répondit-elle, mais je vais décliner cette invitation. Dawson, s'il te plaît, remercie ta mère et excuse-moi auprès d'elle de lui faire faux bond. Dis-lui que je passerai lui rendre visite dans la semaine.

Contrariées, ses sœurs protestèrent mais comprirent vite que TJ ne changerait pas d'avis. Elle avait l'estomac noué tant elle s'inquiétait pour Silas et ne s'imaginait pas dîner et converser poliment comme si de rien n'était.

Comme Dawson entraînait Annabelle et Chloe dehors, TJ remarqua qu'Annabelle avait laissé les clés de son 4x4 sur la commode de l'entrée. Sortir au milieu de ce blizzard était plus que risqué et pourrait même s'avérer suicidaire. Et se rendre au chalet de Silas alors qu'il avait manifestement un tueur à ses trousses était pire encore.

Elle hésita à appeler le shérif. Mais pour lui dire quoi ? Que des anciens collègues policiers de Silas projetaient de le tuer ? McCall ne pourrait rien faire. En tout cas, rien de plus que TJ.

Soudain, elle prit sa décision. Elle allait monter au chalet. Elle devait passer à l'action. Mais avant tout, il lui fallait s'habiller pour affronter le blizzard et surtout s'armer…

*Tu te comportes comme Constance Ryan dans l'un de tes livres*, se dit-elle en montant se changer.

Silas travaillait aussi vite qu'il le pouvait, compte tenu de la météo. Une nouvelle tempête de neige s'était abattue sur la montagne. Les flocons tournoyaient autour de lui, une bise glacée mordait sa peau, mais il ne ressentait que l'urgence de mettre en place de quoi se défendre. Lorsqu'il avait acheté ce terrain dans les Little Rockies et construit ce chalet de ses mains, il avait eu l'idée de sécuriser les lieux, d'installer des pièges pour être en mesure de faire face à une éventuelle attaque.

À l'époque, il s'inquiétait beaucoup de la réaction de ses anciens collègues. Il se doutait que, tôt ou tard, ils voudraient se venger. Par la suite, il s'était détendu. Il avait désamorcé ses pièges, craignant qu'un randonneur égaré ou un chasseur n'y tombe. Il aurait alors risqué des ennuis, un procès ou peut-être pire. De toute façon, il n'avait pas envie de vivre comme un fugitif traqué, toujours sur le qui-vive.

Il s'était dit qu'il serait toujours temps de s'inquiéter s'il voyait ses ex-collègues dans les parages. Il tenterait d'abord de discuter avec eux, de les raisonner, de les dissuader de le tuer. Et au fil des mois, il avait fini par cesser de s'en soucier. Le Montana avait cet effet sur lui. Il s'y sentait en sécurité. Il appréciait cette quiétude, tout en sachant que la situation pouvait se détériorer à tout moment.

Dès qu'il eut fini de poser le dernier piège, Silas tendit l'oreille. Le vent qui hurlait dans les pins empêchait d'entendre quoi que ce soit, et avec les flocons de neige qui tombaient de plus en plus fort et le ciel gris et bas, il était impossible de distinguer quoi que ce soit.

Mad Dog serait confronté au même problème.

Silas n'avait pas chômé depuis qu'il était revenu chez lui. Il se doutait qu'il n'avait pas beaucoup de temps devant lui. Lorsqu'il était monté au chalet pour faire ses repérages, Mad Dog avait certainement examiné les lieux et décidé de la manière dont il allait l'attaquer.

Maintenant, il ne restait plus à Silas qu'à attendre. La question était : où allait-il se cacher ? L'intérieur de la cabane était exclu. Il y serait une cible trop facile pour le tueur.

Ses pièges ne parviendraient certainement pas à bloquer Mad Dog. Mais il espérait que l'un d'entre eux le retarderait assez longtemps pour lui permettre de prendre la main.

TJ démarra le 4x4, mais alors qu'elle s'apprêtait à enclencher la première, elle se rendit compte qu'elle avait oublié de se munir d'une lampe-torche. Elle en avait besoin. Il ferait sombre quand elle arriverait au chalet. Laissant le moteur tourner, elle rouvrit la portière et retourna à la hâte dans la maison.

Son cœur battait la chamade. Elle était sur le point de se lancer dans une aventure qui se révélerait peut-être stupide et très risquée. Mais elle était la proie d'un mauvais pressentiment. Elle sentait que Silas avait besoin d'elle.

Elle trouva la lampe-torche. Comme elle refermait la porte, elle hésita à envoyer un texto à Silas pour lui annoncer sa venue mais il essayerait certainement de la dissuader d'agir, et maintenant elle tenait à aller jusqu'au bout.

Lorsqu'elle revint au 4x4, elle fut ravie de constater qu'une partie de la glace sur le pare-brise avait fondu. De sa main gantée, elle dégagea le reste. Les flocons tombaient de plus en plus fort.

Elle s'installa au volant, poussa le chauffage à fond et actionna les essuie-glaces avant de quitter la propriété.

Le chalet n'était pas si loin, se disait-elle. Une fois certaine que tout allait bien pour Silas, elle redescendrait à Whitehorse…

*Envoie-lui un texto*, lui soufflait une petite voix dans sa tête. *Ne t'aventure pas dans la montagne avec ce temps. En plus, Silas préfère que tu restes à l'écart pendant qu'il règle ses problèmes.*

Elle pensa à Marc. Quand elle l'avait supplié d'abréger sa mission, de rentrer aux États-Unis au plus vite, il avait refusé. Il s'amusait trop, lui avait-il expliqué. Il aimait frôler la mort, les décharges d'adrénaline provoquées par le danger. TJ l'avait entendu dans sa voix. Risquer sa peau le grisait.

Silas était différent. Il ne jouait pas avec sa vie. Elle se rappelait la peur sur son visage, un peu plus tôt.

*Il sait qu'il est mortel*, comprit-elle. *Il est fort, courageux, mais il ne cherche pas les ennuis.*

Elle arrivait à Zortman. Comme elle commençait à ralentir pour traverser le village, elle entendit du bruit sur la banquette derrière elle. Glacée de peur, elle vit Tommy se faufiler entre les sièges pour venir s'asseoir à côté d'elle.

TJ hurla. Le 4x4 dérapa de manière incontrôlée.

— Ne freine pas ! cria Tommy. Tu vas nous tuer ! Il ne faut jamais freiner sur du verglas.

Heureusement, il n'y avait pas d'autres véhicules sur la route, et TJ parvint à reprendre la maîtrise de sa voiture.

— Qu'est-ce que tu fais ici ? demanda-t-elle. Depuis combien de temps es-tu là ?

— Je suis monté quand tu es rentrée dans la maison pour y prendre ta lampe. J'étais certain que tu aurais besoin de mes conseils avisés et… manifestement, je ne me trompais pas.

— Tu étais assis à l'arrière tout ce temps et tu ne disais rien ? demanda-t-elle, furieuse.

— J'attendais de voir où tu te rendais, dit Tommy. Et je crois que je l'ai deviné…

— Qu'est-ce que tu veux ?

Il la dévisagea avec un calme surprenant.

— Pourquoi te risques-tu à rouler dans cette tempête ? Pourquoi t'aventurer dans la montagne par ce temps ? Parce que tu es inquiète. Tu penses qu'il est avec une autre femme dans son chalet, c'est ça ?

— Mais non, pas du tout ! Je suis sûre qu'il a des problèmes. C'est pourquoi tu n'aurais pas dû monter dans ce 4x4. Tu as tout gâché.

— Attends. Tu crois qu'un ex-policier a des problèmes et tu as décidé d'aller à sa rescousse ?

Tommy regarda le contenu du sac qu'elle avait apporté et, à la vue des armes de fortune qui s'y trouvaient, il secoua la tête.

— Je n'ai rien gâché, dit-il. Au contraire, c'est une vraie chance pour toi que je sois là.

— Qu'en sais-tu ?

Elle ne voulait pas l'entendre lui déclarer que venir jusqu'ici était une erreur. C'était peut-être la vérité mais elle ne supportait qu'il la lui dise.

En prendre conscience l'émut aux larmes. Elle les essuya avec colère avant de s'arrêter sur le bas-côté.

— Qu'est-ce que tu fais ? demanda Tommy.

— Demi-tour. Je te reconduis en ville.

Il posa la main sur son bras.

— Ne fais pas ça. Je peux t'aider.

Elle le regarda sans chercher à dissimuler son scepticisme.

Il insista :

— Je suis assez bien entraîné pour ce genre de situations.

— Vraiment ?

— Tu sais que j'ai fait l'armée, non ?

Le savait-elle ?

— Dis-moi juste une chose, poursuivit-il. Qui veut le tuer ? Les flics corrompus qu'il a dénoncés et mis en prison ?

Qu'il soit à ce point au courant la surprit. Elle se demanda si l'intérêt de Tommy pour Silas datait du retour de TJ à Whitehorse ou remontait à plus loin.

— J'en suis persuadée, répondit-elle. Un tueur à gages est en ville, chargé de le descendre.

Il opina.

— J'aurais préféré le savoir avant mais il n'est pas trop tard, ne t'inquiète pas. Fais demi-tour. J'ai un ami dans le coin. Nous allons nous arrêter chez lui pour lui emprunter des armes, de vraies armes. Sais-tu te servir d'un pistolet ?

Tout en manœuvrant, elle secoua la tête. Que Tommy prenne part à cette histoire la confortait dans sa démarche mais elle était consciente d'être mal préparée.

Tommy la guida dans Zortman.

— Arrête-toi ici et attends-moi. Je reviens.

Au moment où elle coupa le contact, il lui prit les clés.

— Ne m'en veux pas, dit-il.

Elle attendit, se demandant dans quoi elle s'était embarquée. Si Silas n'était pas en danger… Ou même s'il l'était, que penserait-il en la voyant arriver avec Tommy ?

Il revint avec deux armes de poing, un fusil et d'autres armes dissimulées sous son manteau. Il les jeta dans le 4x4 et se glissa à nouveau à côté d'elle, sur le siège passager.

— Allons-y, dit-il en lui rendant les clés. Je connais un raccourci.

TJ le dévisagea un moment, prenant conscience qu'elle ne connaissait pas ce Tommy-là.

# 18

Mad Dog surgit d'un bosquet et se précipita vers le chalet comme le fou furieux qu'il était. Il atteignait presque la porte quand il heurta le fil qui déclencha le premier piège. Une hachette le frappa à la cuisse, ratant son torse, ciblé au départ.

Lorsque la lame se planta profondément dans sa chair, il poussa un cri de douleur et se mit à saigner abondamment. Mais loin de l'arrêter, cette blessure ne fit qu'attiser sa rage. En rugissant, il chargea le porche, déclenchant le second piège qui fonctionna mieux encore que le premier. Un nœud coulant se referma sur sa cheville, et Mad Dog se retrouva suspendu, la tête en bas, au-dessus du sol. Silas apparut à ce moment mais n'eut pas le temps de brandir son fusil. Mad Dog ouvrait déjà le feu.

Une balle érafla la tête de Silas qui s'accroupit et se réfugia derrière le chalet. L'autre tirait tous azimuts en hurlant comme un forcené. Calmement, Silas visa et fit feu à son tour. Mad Dog riposta aussitôt, arrosant le secteur de balles.

La plaie à la tête de Silas saignait beaucoup. Mad Dog perdait du sang, lui aussi, mais pas autant que lui. Même pendu par les pieds, il ne cessait de canarder les alentours.

Silas recula pour s'abriter de nouveau derrière le chalet. Comme il essuyait ses tempes d'un revers du bras, il fut soudain pris d'un malaise. Il se sentait au bord de l'évanouissement. Des ombres se rapprochaient, menaçant de l'engloutir. Il fallait en finir d'une manière ou d'une autre, se dit-il.

Il entendit alors un bruit de chute et comprit que Mad Dog venait de couper la corde qui le retenait en l'air. Après avoir été touché autant de fois, il aurait dû être mort. Mais avec les drogues qu'il avait prises, il ne ressentait sans doute aucune douleur. Silas se demanda s'il parviendrait à l'abattre avant que Mad Dog le tue.

La nuit tombait. Peu à peu, les ténèbres envahissaient la montagne, diminuant encore la visibilité. Silas s'efforçait de rester debout. Mais il avait perdu beaucoup de sang et faiblissait rapidement. S'il ne réussissait pas à neutraliser très vite son adversaire…

Tommy ordonna à TJ de couper le contact.

— Nous descendons ici. Inutile d'annoncer notre arrivée.

Dehors, la tempête faisait rage, et TJ frissonna.

— Peut-être préfères-tu rester dans la voiture, dit-il. Je reviendrai te tenir au courant des événements.

Elle secoua la tête. Elle n'était pas allée si loin pour demeurer en arrière. Et maintenant qu'elle avait impliqué Tom, il n'était pas question de le laisser seul en première ligne.

Elle commençait à l'appeler Tom – et non Tommy, constata-t-elle.

Quand il lui tendit un revolver, elle refusa :

— Je ne suis pas très douée avec les armes à feu. Je risque de me tirer une balle dans le pied.

Elle se saisit d'une de ses armes à elle, simples à utiliser, prête à affronter ce qui les attendait.

Ils sortirent du véhicule, et Tom l'entraîna à travers les bois, lui recommandant d'être aussi silencieuse que possible. Elle n'entendait que le vent dans les pins et les battements de son cœur. Autour d'eux, le blizzard avait encore forci. Son instinct lui soufflait que Silas avait besoin d'aide. Mais si elle se trompait ? Ou s'il était trop tard ?

Projetés par le vent, des flocons glacés lui fouettaient le visage et s'insinuaient dans son cou. Elle enfonça son chapeau plus profondément sur son crâne. Lorsqu'ils aperçurent le toit du chalet à travers les arbres, Tom lui fit signe de rester derrière lui.

Ils atteignaient le cabanon des toilettes. Tom en fit le tour, TJ sur les talons. Elle repéra Silas la première. Il était affalé contre la cabane de rondins. À cette distance, elle n'aurait pu dire s'il était mort ou vivant mais la neige était rouge autour de lui. Comme elle s'apprêtait à s'élancer vers lui pour lui porter secours, Tom la retint.

Elle vit alors un type immense, énorme, un vrai géant, surgir de nulle part, un fusil à la main. Il s'approcha de Silas et se pencha vers lui. Au moment où il levait son arme pour l'achever, Tom fit feu. Il s'avança vers le tueur tout en continuant de tirer. Mais l'autre se retourna et se mit aussitôt à riposter.

Touché, Tom s'écroula. Comme le géant se dirigeait vers lui, TJ remarqua que lui-même était blessé et saignait beaucoup. Mais il était toujours debout et continuait de marcher, manifestement décidé à tuer les deux hommes.

Comme il s'apprêtait à tirer, TJ fit quelque chose que même Constance, son héroïne, n'aurait jamais fait.

Elle chargea.

Silas reprit connaissance et se rendit compte qu'il était assis dans la neige, son fusil à côté de lui. Il ignorait s'il était chargé ou non. Des flocons tombaient du ciel pour s'écraser mollement sur son visage. Il tourna la tête, se demandant s'il était victime d'hallucinations. Il avait du mal à en croire ses yeux.

À quelques mètres de lui, Mad Dog se tenait au-dessus d'un jeune homme étendu dans la neige. Alors que le tueur s'apprêtait à achever sa victime d'une balle dans le crâne, une silhouette surgit soudain en hurlant. Stupéfait, Silas reconnut TJ. Elle brandissait une batte de base-ball.

Se retournant lentement comme s'il n'était pas aussi assuré qu'il ne le paraissait, Mad Dog la regarda d'un air perplexe. Silas eut la même sensation. Elle semblait si petite, comparée à lui.

Silas tenta de s'asseoir mais sentit aussitôt sa tête tourner, alors il se rallongea. Retirer son arme de son holster à l'épaule lui demanda un tel effort qu'il faillit s'évanouir à nouveau.

Il parvint finalement à s'en emparer au moment précis où TJ balançait sa batte à la figure de Kenny. Elle le frappa de toutes ses forces. Un bruit d'os brisé se fit entendre. Du sang jaillit de la bouche de Mad Dog et se répandit sur la neige, laissant une traînée rouge vif.

Silas visa et vida son chargeur sur lui.

Pendant un long moment, Mad Dog ne bougea pas. TJ leva de nouveau sa batte, prête à lui assener un autre coup si nécessaire. Le voyant se préparer à la prendre pour cible, Silas cria son nom pour l'exhorter à se protéger. Mais comme il tentait de se lever, les ténèbres l'engloutirent, et il perdit de nouveau connaissance.

TJ comprit ce que le géant s'apprêtait à faire. Silas se vidait de son sang à l'angle du chalet. Tom était étendu dans la neige, un peu plus loin, gravement blessé. Plantant les yeux dans ceux du tueur, elle y vit briller tant de haine et de folie qu'elle frissonna. Quand il la visa et pressa la détente, elle sut qu'elle allait mourir.

Il y a eu un clic, puis un autre, suivi de deux autres,

mais aucun coup de feu. L'homme baissa les yeux sur l'arme qu'il tenait à la main, aussi surpris que TJ.

Le cœur de cette dernière battait la chamade. Elle avait vu la mort en face. Maintenant, elle n'avait plus peur de rien. Avec une violence qui l'étonna elle-même, elle le frappa de sa batte de base-ball. Cette fois, elle l'atteignit à la tempe. Il tomba comme un sac. Prête à lui assener un nouveau coup si nécessaire, elle retint son souffle. Elle tremblait si fort qu'elle tenait à peine sur ses jambes.

Mais le géant resta étendu dans la neige, les yeux ouverts, et après quelques instants elle lâcha son arme et sortit son portable. Comme elle composait le numéro des secours, elle entendit des sirènes. Comment était-ce possible ?

Elle se précipita vers Tom et Silas. Ils étaient blessés, en sang, mais respiraient. Ils étaient vivants !

Tom se redressa.

— J'avais appelé le shérif quand je suis allé chercher des armes chez mon ami, dit-il.

Puis il sourit.

— Tu as vraiment le courage de Constance, TJ.

# 19

La force de caractère de Constance, son héroïne, avait-elle vraiment fini par déteindre sur elle ? C'est la question que se posait TJ.

Elle eut largement le temps d'y réfléchir tandis qu'elle tournait en rond dans le hall de l'hôpital, attendant des nouvelles de Tom et de Silas. Elle n'arrivait toujours pas à croire ce qu'elle avait fait. Poussée par ses instincts, elle avait attaqué un fou furieux au risque de se faire tuer. Elle avait frôlé la mort. Si le tueur à gages ne s'était pas brusquement retrouvé à court de munitions…

Ses sœurs surgirent au bout du couloir et, dès qu'elles l'aperçurent, se hâtèrent à sa rencontre. Comme elles l'interpellaient avec bruit, elles se firent réprimander par l'infirmière en chef qui leur rappela qu'elles devaient respecter le repos des malades. En s'excusant, elles entraînèrent TJ dans une salle d'attente.

À la vue du sang sur les mains de leur sœur, Annabelle et Chloe écarquillèrent les yeux.

— Que s'est-il passé ? Que t'est-il arrivé ?

— C'est une longue histoire, commença TJ.

Elle leur raconta que des policiers corrompus du NYPD dont Silas avait dénoncé les agissements avaient engagé un tueur à gages pour le descendre. Et que, certaine que Silas avait des ennuis et besoin d'elle, elle avait décidé de monter au chalet pour lui porter secours.

— Es-tu folle ou quoi ? s'exclama Chloe, catastrophée.

— Je venais de m'engager sur la route de Zortman quand j'ai vu Tom à l'arrière du 4x4. Il y était monté et s'y était caché, attendant de comprendre où j'allais.

— Tom ? répéta Chloe.

— Il m'a dit qu'il avait fait l'armée et qu'il refusait de me laisser partir seule. Je lui avais expliqué pourquoi je tenais à aller aider Silas.

Glacée, TJ se remémora le géant, un vrai fou furieux, prenant Silas pour cible et Tom tirant sur lui.

— Si Tom n'avait pas été là, Silas serait mort à l'heure qu'il est. Tom s'est comporté en héros. Bizarrement, alors que le tueur était criblé de balles, il continuait à faire feu. Les urgentistes m'ont expliqué que sous l'emprise des drogues qu'ils s'injectent avant de passer à l'action, ces types ne sentent plus rien, ni douleur ni peur, et qu'il devient alors impossible de les arrêter…

Sa voix se brisa.

— Tom a été gravement blessé. Il est au bloc opératoire.

— Et toi ? demanda Chloe en prenant les mains de TJ dans les siennes. Le shérif nous a parlé d'une batte de base-ball.

TJ hocha la tête. En se remémorant la scène, elle avait presque l'impression que Constance Ryan avait sauté des pages de ses livres pour s'emparer de cette batte et frapper le géant.

— Le tueur à gages nous aurait tous descendus sans états d'âme, j'en suis certaine. Il m'a braquée. J'ai vu le canon pointé sur moi, son regard haineux…

Elle frissonna à ce souvenir.

— Mais son chargeur était vide. Il a pressé la détente encore et encore, mais aucune balle ne sortait. Il n'y avait que des *clic, clic*…

— Alors qu'as-tu fait ? demanda Annabelle, crispée au bord de son siège.

— Je lui avais déjà balancé ma batte de base-ball sur la tête une fois mais j'avais l'impression qu'il l'avait à peine sentie. Alors je l'ai frappé à nouveau de toutes mes forces, et cette fois… il s'est écroulé et ne s'est pas relevé. Tom avait appelé le shérif quand nous nous étions arrêtés chez un de ses amis à Zortman pour lui emprunter des armes à feu. Tom a fait preuve d'un sang-froid et d'une présence d'esprit incroyables. Je ne l'en aurais jamais imaginé capable.

— Et Silas ? demanda Chloe.

— Il va s'en tirer. Il a été blessé à la tête et a perdu beaucoup de sang mais le chirurgien m'a assuré que tout irait bien. En réalité, je m'inquiète surtout pour Tom. J'espère qu'il va s'en tirer. Je me sens responsable. S'il n'était pas venu avec moi, si je ne l'avais pas entraîné dans cette histoire, il ne lui serait rien arrivé…

Elle explosa en sanglots.

Ses sœurs la prirent dans leurs bras pour la réconforter au moment où le médecin apparaissait pour leur annoncer que Tom Harwood était sorti du bloc et se portait bien.

Silas battit des paupières. La pièce semblait trop blanche, trop lumineuse. Était-il mort ? Il promena les yeux autour de lui. Une chambre d'hôpital, il se trouvait dans une chambre d'hôpital. Pendant un instant, il fut incapable de se souvenir de ce qui s'était passé. Il toucha son crâne. Il était bandé et douloureux. Son regard tomba soudain sur TJ. Elle avait rapproché sa chaise du lit et s'était endormie, la tête sur ses couvertures.

Comme il la contemplait, des bribes des événements remontèrent peu à peu à sa mémoire, et il eut soudain peur pour elle. Était-elle vraiment venue au chalet, armée d'une batte de base-ball ? Ou avait-il rêvé la scène ? Il passa de nouveau la main sur son pansement et TJ se réveilla.

Ouvrant les yeux, elle repoussa des mèches blondes de son visage.

— Tu es réveillé. Comment te sens-tu ?

— Vivant. Je crois que c'est grâce à toi.

— En fait, c'est à Tom Harwood que tu dois la vie. Je te raconterai plus tard ses exploits, mais dans l'immédiat tes médecins m'ont bien recommandé de ne pas trop te parler, de te laisser te reposer.

— Il s'est passé quelque chose avec une batte de base-ball, non ? demanda-t-il, cherchant à comprendre les images qui remontaient à sa mémoire.

— Ne t'en soucie pas maintenant, dit-elle en évitant son regard.

— J'ai oublié le pourquoi du comment mais j'ai conscience que tu m'as sauvé. Et je t'en remercie. Je te dois tout.

Elle mêla leurs doigts et lui sourit.

— Nous en reparlerons plus tard, dit-elle. Dors.

TJ n'avait pas décoré de sapin de Noël depuis une éternité. À New York, elle se contentait de sortir d'un placard un petit arbre en plastique et d'y suspendre une guirlande lumineuse.

Elle se surprenait parfois à rêver aux Noëls de son enfance à Whitehorse. Elle se remémorait avec plaisir les descentes en luge, les batailles de boules de neige avec les garçons du quartier, le chocolat chaud que leur grand-mère leur préparait dans la cuisine et même le sapin en plastique hideux qu'elle installait chaque année dans la bibliothèque.

Aujourd'hui, la maison de Frannie embaumait des fragrances des biscuits au gingembre confectionnés par Annabelle. Celle-ci semblait incapable d'arrêter de cuisiner. Ses sœurs avaient dressé l'arbre rapporté des Little Rockies au milieu du salon. Instantanément, TJ avait eu l'impression d'être à nouveau dans la montagne, dans les bois. Dans le chalet de Silas.

— Tu t'exerces pour la vie conjugale ? avait demandé Chloe, moqueuse, quand elles avaient trouvé Annabelle en train de s'activer dans la cuisine.

Des odeurs de gingembre et de cannelle leur chatouillaient les narines, et TJ s'en enivrait avec délice.

Assises autour de la table de la cuisine, les trois sœurs se remémorèrent les Noëls de leur enfance et leur grand-mère avant de décider qu'il était temps de s'attaquer à la décoration de l'arbre.

TJ avait été la première debout. Avant même le lever du soleil, elle était passée à l'hôpital prendre des nouvelles de Tom. Il était réveillé et avait repris des couleurs. Il semblait en bien meilleure forme que la première fois qu'elle l'avait vu, à la sortie du bloc.

— Comment te sens-tu ? avait-elle demandé.

— Pas mal.

Il avait souri et ajouté :

— Tu as été formidable, TJ !

Elle s'était mise à rire.

— Je pourrais en dire autant de toi. Tu as sauvé ma vie et celle de Silas.

Il avait eu un haussement d'épaules, embarrassé.

— Ce n'était rien.

— C'était énorme ! Merci, Tom.

— Tom, avait-il remarqué en souriant. Tommy est-il donc derrière nous ?

— Définitivement, assura-t-elle.

— Je me demandais si tu étais amoureuse de cet ancien policier mais je n'en ai plus aucun doute désormais et je n'ai donc plus besoin de te poser la question. Cela signifie-t-il que tu vas rester à Whitehorse ? J'aimerais que nous soyons amis. Seulement amis.

— Je ne sais pas encore ce que je vais faire. L'avenir est un peu flou, en ce moment. Mais je serais ravie d'être ton amie.

Revenant au présent, TJ recula de deux pas pour admirer le magnifique sapin que ses sœurs avaient rapporté des montagnes. Une bonne odeur de résine emplissait la maison. Les branches étaient naturellement décorées de minuscules pommes de pin.

— Je suis si heureuse que tu n'aies pas jeté les décorations de Noël de grand-mère, dit TJ en fouillant dans les boîtes.

Elle brandit un ange en papier.

— Te souviens-tu de celui-là, Annabelle ? Tu l'avais découpé. Je te revois, tirant la langue en t'appliquant…

Chaque ornement ravivait un souvenir pour l'une ou pour l'autre. Voilà pourquoi il leur avait fallu tant de temps pour décorer l'arbre.

Comme quelqu'un frappait à la porte, elles se regardèrent avec inquiétude.

— J'y vais, dit TJ en se dirigeant vers la porte, s'attendant à y voir Carol du bureau de poste.

Mais ce n'était pas Carol.

— Silas ? Je pensais que tu ne serais pas autorisé à quitter l'hôpital avant demain.

— J'ai demandé au médecin de me laisser sortir plus tôt. Je devais te voir.

TJ le fit entrer dans le salon. Silas boitait, son crâne était orné d'un gros pansement mais il souriait et éclatait de vie. Ses sœurs lui dirent bonjour, prirent des nouvelles de sa santé avant de monter dans leurs chambres, par discrétion.

Dès qu'ils furent seuls, ils s'embrassèrent mais Silas ne tenait pas bien sur ses jambes, et TJ lui offrit un siège.

— Le shérif m'a raconté ce qui s'était passé, dit-il en s'asseyant. TJ, tu aurais pu te faire tuer ! ajouta-t-il, livide. Avais-tu perdu la tête ?

— Je sentais que tu étais en difficulté et que je devais venir t'aider. Ce sentiment était si fort qu'il était impossible de l'ignorer.

Il lui prit les mains.

— Je ne sais pas comment te remercier mais je t'en prie, promets-moi de ne jamais recommencer.

Elle sourit.

— Je ne peux pas te le promettre. Si je sens à nouveau que tu as besoin de moi…

Il se leva et la prit dans ses bras.

— J'ai besoin de toi, TJ. Mais qu'est-ce que je vais bien pouvoir faire de toi ?

— Je suis sûre que tu vas trouver, répondit-elle en riant.

L'étreignant avec force, il l'embrassa. Elle avait besoin de sentir son corps contre le sien.

— Es-tu d'accord pour m'accompagner au bal de Noël, TJ ?

Elle se mit à rire.

— Je n'ai pas dansé depuis des années, tu sais.

— Moi non plus. Mais il paraît qu'il y aura du gui…

— Es-tu sûr d'être capable de danser ? Tu sors à peine de l'hôpital…

Un grand sourire éclaira le visage de Silas.

— Je suis certain de pouvoir danser et faire bien davantage.

À ce moment, Annabelle dévala l'escalier pour se précipiter dans la cuisine d'où s'échappait de la fumée.

— J'ai oublié mes cookies dans le four ! cria-t-elle en les faisant rire.

Silas attira TJ à lui et l'embrassa, la plaquant contre le mur. Son regard se riva au sien.

TJ ne se rappelait pas avoir été un jour aussi heureuse. Elle avait envie de se pincer pour s'assurer qu'elle ne rêvait pas. Quand Silas la dévorait des yeux ainsi, elle en oubliait presque True Fan. Presque.

Dans l'ancien gymnase, décoré de guirlandes lumineuses et d'étoiles phosphorescentes, la fête battait son plein. La musique parvenait à peine à couvrir le brouhaha des conversations et des rires. Le bal de Noël était un événement majeur à Whitehorse. Toute la ville y assistait. Certaines personnes – les plus âgées –, restaient assises sur les gradins pour regarder les autres enchaîner des slows langoureux et des rocks endiablés.

Silas enlaça la taille de TJ pour la serrer contre lui.

Au début, Chloe n'avait pas voulu venir.

— Vous serez tous les deux avec vos amoureux. Je n'ai aucune envie de tenir la chandelle.

— Viens, lui avait dit Annabelle. Je te promets que tu t'amuseras.

Chloe avait finalement accepté de se rendre au gymnase au moins pour un petit moment. TJ l'avait vue danser avec trois cow-boys avec lesquels elles étaient allées au lycée.

Comme l'orchestre entamait une vieille ballade country, Silas entraîna TJ sur la piste. La tête sur son épaule, elle ferma les paupières. Elle aimait son odeur d'homme. Tandis qu'ils se balançaient au rythme lent de la musique, il l'étreignit plus fort. Elle était tellement bien dans ses bras qu'elle poussa un soupir de bien-être. Serrée contre lui, elle se sentait en sécurité mais aussi comblée, apaisée, pleinement heureuse.

Elle n'avait jamais pensé vivre un jour ce qui lui arrivait. Depuis l'enfance, elle était une solitaire. Elle n'en souffrait pas. Depuis toujours, elle n'avait jamais aspiré qu'à écrire.

Mais à présent, Silas lui donnait envie de davantage. Ouvrant les yeux, elle regarda autour d'elle et éprouva pour la première fois un sentiment d'appartenance à cette communauté. Les membres d'une petite ville étaient unis comme une grande famille.

À la fin de la chanson, quelqu'un la poussa violemment contre Silas. TJ se retourna et vit Joyce trébucher sur ses talons aiguilles avant de s'éloigner en la fusillant du regard. Visiblement, elle avait trop bu.

Silas surprit son expression.

— Tu la connais ?

— Je suis allée à l'école avec elle.

— Que lui as-tu fait ? demanda-t-il en riant.

— Rien dont je me souvienne. Parfois, je pense qu'elle fait erreur sur la personne.

Alors qu'ils regardaient tous deux Joyce fendre la foule et disparaître, TJ se demanda si Joyce pouvait être True Fan. Était-ce elle qui lui écrivait les lettres de menaces ? Elle semblait tellement la détester…

— Aimerais-tu boire un verre ? proposa Silas alors qu'ils quittaient la piste de danse.

Sa jambe devait le faire souffrir mais quand elle lui posa la question, il lui assura que non.

— D'accord, répondit-elle. Asseyons-nous quelque part.

Il lui sourit, caressant sa joue, les yeux dans les siens.

— Je vais chercher des bières, dit-il. Après cette fête, j'espère que nous trouverons un moment pour être tous les deux, en tête à tête.

Le cœur de TJ accéléra dans sa poitrine quand elle pensa au fait d'être seule avec lui. Elle en avait tellement envie ! La gorge serrée par l'émotion, elle ne réussit qu'à acquiescer. Elle le regarda s'éloigner. Manifestement, il s'efforçait de ne pas boiter.

Elle se dirigea vers l'endroit où ses sœurs se trouvaient.

— Avec qui dansais-tu ? demanda-t-elle à Chloe.

— Avec Cooper Lawson.

— Le meilleur ami de Justin au lycée, ajouta Annabelle.

— N'en tirez aucune conclusion, vous deux, d'accord ?

TJ se mit à rire.

— Ne lui as-tu pas au moins demandé ce que devenait Justin ?

Chloe lui lança un regard noir, mais TJ remarqua que sa sœur semblait plus heureuse qu'elle ne l'avait été depuis longtemps.

— Où est Dawson ? demanda-t-elle à Annabelle.

— Au bar.

TJ se tourna dans cette direction mais elle ne vit pas Silas.

— Oh non ! regardez qui vient d'arriver : Mme Brown !

Ester Brown se tenait en effet à la porte. Leur ancien professeur tapota son manteau pour retirer les flocons de neige qui y étaient accrochés.

— J'ai entendu dire qu'elle avait souffert de plusieurs petits AVC ces derniers mois, des AVC qui ont altéré sa personnalité, dit Annabelle.

— Peut-être est-elle devenue moins grincheuse qu'avant, dit Chloe en riant.

— Mais peut-être l'est-elle encore plus, répliqua Annabelle.

— Je me souviens que je l'énervais beaucoup en classe, poursuivit Chloe. Un jour, alors qu'elle s'apprêtait à écrire quelque chose au tableau, elle avait brisé sa craie et me l'avait jetée au visage avec un cri de fureur. Plus tard, je l'avais vue dans la salle des professeurs, en larmes. J'étais vraiment sa tête de turc, son souffre-douleur.

— Pas étonnant qu'elle ait été aussi désagréable avec moi par la suite, grommela TJ. Je suis persuadée qu'elle me confondait avec vous deux. Elle se montrait agressive alors que je travaillais bien. J'étais bonne élève.

Silas revint et lui demanda une dernière danse, car il s'agissait d'un slow.

— J'aime tant te serrer dans mes bras, dit-il en l'attirant à lui. L'idée de te laisser repartir à New York sans que nous ayons rien décidé pour la suite m'ennuie.

Il planta les yeux dans les siens.

— Je me demandais si tu aimerais passer quelques jours avec moi au chalet, après Noël.

— J'en serais ravie.

Il laissa échapper un soupir de soulagement comme s'il avait craint qu'elle refuse et lui sourit.

— Je pourrais même décorer le chalet pour l'occasion.

— Inutile. Il est parfait comme il est.

— Il te plaît, vraiment ? demanda-t-il, semblant un peu surpris.

Elle fronça les sourcils.

— Bien sûr. J'ai de si bons souvenirs… Je n'y ai passé qu'une nuit mais je me sentais comme si…

Le sourire de Silas s'élargit.

— Comme si nous nous connaissions depuis longtemps, depuis toujours. J'éprouvais la même chose. Je n'avais encore jamais ressenti cela. Avant toi, me préparer à un rendez-vous galant était toujours une épreuve…

— Particulièrement stressante, oui, et chaque fois je me disais que jamais je ne recommencerais.

— Exactement. Mais avec toi, tout a été différent… Comme une évidence.

À la fin de la chanson, il se pencha pour l'embrasser. Dans les bras l'un de l'autre, ils restaient sur la piste alors que les gens commençaient à s'éloigner. Silas finit par s'écarter d'elle comme s'il prenait conscience que la danse était terminée.

— Je vais chercher nos manteaux, dit-il, la voix rauque de désir.

TJ se dirigea vers les gradins où ses sœurs se tenaient avec Dawson et quelques amis. Ils avaient envie de se rendre dans l'un des bars de la ville pour y prendre un dernier verre. Mais elle préférait rentrer avec Silas.

TJ arrivait presque à leur hauteur quand quelqu'un lui attrapa le bras.

— Ma chère, cela vous ennuierait-il de me reconduire jusqu'à ma voiture ? demanda Ester Brown en lui serrant le poignet de ses doigts osseux. Je crains de ne pas y arriver seule.

TJ regarda le vestiaire et la longue file d'attente. Il faudrait du temps à Silas pour obtenir leurs manteaux. Ester Brown n'avait apparemment pas retiré le sien.

— Je me suis garée à deux pas, lui assura-t-elle, comme si elle devinait son hésitation. Ça ne vous prendra qu'un instant.

Elle tira le bras de TJ, et toutes deux se dirigèrent vers la porte.

TJ jeta un coup d'œil par-dessus son épaule vers ses sœurs. D'un geste de la main, elle attira l'attention d'Annabelle et lui lança :

— Dis à Silas que je reviens tout de suite.

— Silas, répéta Mme Brown alors qu'elles atteignaient la sortie. Est-il votre amoureux, maintenant ?

L'était-il ? Sans doute. Mais elle n'avait pas envie d'en parler avec son ancien professeur.

— Non, c'est juste un ami.

— Bien. Ma voiture est là-bas.

Elles traversèrent le parking dans l'air froid de la nuit. Contrairement à Mme Brown, qui était emmitouflée dans un épais manteau et chaussée de bottes fourrées, TJ ne portait qu'une robe de soirée et des talons hauts.

En sortant, TJ aperçut Joyce à l'ombre du bâtiment qui fumait une cigarette. Son ancienne camarade darda ses yeux noirs sur elle.

— Cette femme ne vous aime pas, remarqua Ester Brown en suivant son regard.

Elle serrait toujours le bras de TJ.

— Je ne comprends pas pourquoi.

Ester Brown se mit à rire.

— Peut-être lit-elle vos romans…

TJ se tourna vers elle, se demandant s'il s'agissait d'un échantillon de son humour.

Heureusement, Mme Brown ne semblait pas fatiguée au point de ne pouvoir marcher et parler en même temps. TJ pensait que son ancien professeur voudrait discuter de ses livres. Après tout, elle avait été son professeur de littérature. Mais elle n'y fit aucune allusion. Apparemment, elle était en bonne forme, malgré les petits AVC dont elle avait souffert. Cela dit, elle semblait essoufflée lorsqu'elles atteignirent sa voiture.

— Vous savez, je ne me sens pas vraiment en état de conduire, dit-elle. Je déteste m'imposer, mais cela vous ennuierait-il de me reconduire chez moi, ma chère ? Bien entendu, vous reviendrez au volant de ma voiture. Elle est à votre disposition.

— Je peux marcher. Ce n'est pas un problème.

TJ était déjà gelée mais comment refuser de l'aide à

une vieille dame manifestement épuisée ? Et si elle était sur le point d'avoir un autre accident vasculaire cérébral ? TJ ne voulait pas lui laisser le volant.

— Vous êtes adorable, dit Ester Brown tandis que TJ l'aidait à prendre place du côté passager.

La maison d'Ester Brown se trouvait à quelques rues de là. Les flocons dansaient dans les airs pendant qu'elles roulaient dans la nuit claire et froide. TJ avait hâte de la déposer chez elle et de retourner à l'ancienne salle de sport pour retrouver Silas. Elle rêvait de retrouver ses bras chauds et musclés.

Elle pensait laisser la voiture dans l'allée mais Mme Brown avait déjà enclenché l'ouverture automatique de son garage.

— Je préfère la laisser à l'intérieur, dit-elle alors que la porte s'ouvrait.

TJ rentra le véhicule, surprise que Mme Brown referme aussitôt le battant roulant derrière elles. Elle coupa le contact et se tourna vers la vieille femme.

À la vue de ce qu'elle tenait à la main, elle sentit son cœur s'accélérer dans sa poitrine.

— Mais… ? Que… ?

— Pour une femme qui se prétend écrivain, vous manquez plutôt de vocabulaire, ma chère, jeta son ancien professeur d'anglais en agitant son arme.

Ester Brown semblait toujours respirer avec difficulté mais tout à fait capable de presser la détente.

— Au cas où vous vous poseriez la question, je sais me servir de ce pistolet. Je tire à la perfection. Sortez de la voiture. Je ne veux pas vous tuer dans mon garage mais je le ferai sans hésiter si vous ne faites pas exactement ce que je dis. Ce sera une première pour vous.

— Pourquoi faites-vous ça ? cria TJ.

— Parce que je ne peux pas vous laisser écrire un autre

de vos horribles livres, répondit Ester Brown. Vous étiez pourtant pleine de promesses. Quel gâchis !

Elle secoua la tête.

— Au fil des ans, les parents de mes élèves me reprochaient de plus en plus d'être dure avec les enfants. Mais les élèves ont besoin d'honnêteté. C'est d'ailleurs ce que j'ai essayé de vous donner : des conseils sincères. M'avez-vous écoutée ? Bien sûr que non.

TJ la regarda fixement.

— Vous êtes True Fan.

— Plus maintenant, répondit la vieille femme. J'ai dit que je le serais jusqu'à la fin. Eh bien, l'heure de mettre un point final à vos histoires a sonné. Maintenant, sortez de la voiture, Tessa Jane. Si vous aviez suivi mes cours avec un peu plus d'assiduité… Mais il est trop tard pour les regrets, n'est-ce pas ? Vous ne m'ennuierez plus.

Ester Brown enfonça le canon de son arme dans le dos de TJ et la poussa vers la maison.

Tout en traversant la cuisine pour rejoindre le salon, TJ réfléchissait à toute vitesse. Qu'est-ce que Mme Brown avait l'intention de faire ? Elle avait dit qu'elle ne pouvait pas la laisser écrire un autre livre. Avait-elle l'intention de la tuer ?

Tout en avançant, elle chercha quelque chose qu'elle pourrait utiliser comme arme. Mais elle ne vit rien qui puisse lui permettre de se défendre ou de désarmer la vieille femme.

Elle essaya de se calmer, se répétant que ses sœurs finiraient par se rendre compte qu'elle ne revenait pas. Silas était allé prendre leurs manteaux. Quand elles lui diraient ce qu'elle était allée faire, il partirait à sa recherche. Pourvu qu'Annabelle se souvienne de ce qu'elle lui avait dit en partant. Elle voulait croire qu'ils la retrouveraient – que quelqu'un la retrouverait avant qu'il soit trop tard.

Ester Brown lui indiqua une porte devant elles.

— Maintenant, nous allons descendre au sous-sol.

TJ sut qu'elle devait faire quelque chose. Discrètement, elle enleva son bracelet d'argent. Silas l'avait admiré, tout à l'heure. Il était gravé de minuscules sapins. Elle l'avait acheté la veille, car il lui rappelait le chalet de Silas dans les bois.

— Mme Brown, vous ne pouvez pas faire ça, dit-elle assez fort pour couvrir le son de la chute du bijou qui tomba à côté d'une des chaises du salon.

Si quelqu'un découvrait le bracelet, il saurait que TJ était dans la maison.

— Je l'ai déjà fait ! cria Ester Brown en ouvrant la porte qui menait au sous-sol.

Avant que TJ puisse réagir, Ester Brown la poussa en avant, et TJ bascula dans l'escalier en poussant un hurlement de terreur.

# 20

Quand Silas revint avec leurs manteaux, il chercha TJ des yeux mais elle n'était en vue nulle part. Ses sœurs bavardaient près des gradins. La plupart des gens étaient déjà partis, mais certains traînaient encore dans l'ancien gymnase.

— Nous avons envie d'aller prendre un dernier verre en ville, annonça Annabelle en le voyant. Vous voulez vous joindre à nous, TJ et vous ?

Silas, qui rêvait de passer un peu de temps en tête à tête avec TJ, chercha un prétexte pour refuser sans blesser personne. Il demanda :

— Où est TJ ?

— Elle est sortie raccompagner notre ancien professeur d'anglais jusqu'à sa voiture, répondit Chloe. Venez avec nous au Mint, poursuivit-elle. Cela nous donnera la possibilité de faire davantage connaissance.

Silas faillit éclater de rire. Il savait que Chloe se méfiait de lui et qu'elle aurait préféré que TJ tombe amoureuse de quelqu'un d'autre. Sa proposition était donc plutôt ironique.

— Je suis amoureux de TJ, dit-il.

Chloe secoua la tête comme si elle n'y croyait pas.

— Je l'aime et je veux l'épouser, insista-t-il. Je pensais lui demander sa main à la Saint-Sylvestre, poursuivit-il. Mais peut-être est-ce trop tôt. Je ne veux pas lui faire peur.

— Vous songez sérieusement à l'épouser ? Mais vous vous connaissez à peine ! protesta Chloe.

— Je la connaissais à travers ses livres avant même de la rencontrer.

Chloe secoua la tête.

— Vous croyez que Constance Ryan est le clone de TJ ? Vous vous trompez. Contrairement à son héroïne, TJ est réservée, craintive, pudique. Elle est surtout…

— Elle est plus courageuse que vous ne le pensez, répliqua-t-il, se remémorant la femme qui lui avait sauvé la vie. Constance et elle ont beaucoup en commun.

— TJ a déjà souffert à cause d'un homme qui aimait le danger.

— Elle m'a parlé de Marc. Je n'ai rien à voir avec lui.

Il se rendit compte qu'il tenait toujours leurs manteaux. Il regarda vers les portes du gymnase.

— Elle devrait être revenue, maintenant, vous ne croyez pas ?

— Mme Brown est probablement en train de lui reprocher ses tournures de phrases ou des fautes de grammaire qu'elle a repérées dans l'un de ses livres, répondit Annabelle. Vous souvenez-vous de toutes ces règles de grammaire qu'elle nous obligeait à retenir ? Qu'Ester Brown lise ses romans n'est pas drôle pour TJ. Et pourtant, elle était l'une de ses meilleures élèves autrefois. Elle doit être fière que TJ soit devenue écrivain et vive de sa plume.

Silas se tourna vers Annabelle, en proie à une soudaine inquiétude.

— Depuis combien de temps sont-elles parties ?

— Depuis pas mal de temps, répondit Chloe en fronçant les sourcils. Nous ferions mieux d'aller à sa rencontre.

Silas enfila son manteau et, prenant celui de TJ sous le bras, lança par-dessus son épaule :

— Je vais les rejoindre sur le parking. Pendant ce temps, allez jeter un coup d'œil au bar, au cas où.

Il se dirigea vers la sortie mais s'immobilisa soudain pour demander :

— Quel type de voiture Ester Brown conduit-elle ?

— Je ne sais pas mais c'est un vieux modèle. Aussi gros qu'un tank, répondit Annabelle. Et bleu, je crois.

Silas avait beau se répéter que TJ allait bien et ne risquait rien en compagnie de son ancien professeur, tous ses instincts lui disaient le contraire. Il se souvint des rames de vieux papier grisâtre. Melinda Holmes leur avait dit qu'elle avait vendu l'une d'elles à quelqu'un de l'école. Mais à qui ? À l'un des enseignants actuels ? À un ancien professeur ?

Une fois dehors, il regarda autour de lui. Quelques personnes allaient et venaient. Il ne repéra aucune voiture bleue. TJ avait-elle décidé de reconduire Mme Brown chez elle ? Il retourna en courant dans l'ancien gymnase demander à Annabelle l'adresse de cette dernière. Dès qu'il obtint le renseignement, il fonça vers son pick-up.

Il tentait de se persuader que TJ serait capable de maîtriser une vieille femme comme Ester Brown si cette dernière devenait menaçante. Mais encore fallait-il qu'elle ait la possibilité de voir venir l'attaque…

Lorsqu'elle reçut un verre d'eau froide à la figure, TJ poussa un cri. Elle ignorait combien de temps elle était restée assommée. Elle avait mal partout et poussa un gémissement. Comme elle reprenait peu à peu conscience, elle se rendit compte qu'elle était ficelée sur une chaise. Ester Brown lui avait attaché les chevilles et les mains avec de la corde. Une ampoule se balançait au plafond, distillant une lumière lugubre. Ses bras et l'un de ses genoux saignaient.

Elle leva les yeux vers le visage fermé de son ancien professeur, sans parvenir à croire ce qui venait de se passer. Mme Brown l'avait poussée dans l'escalier du sous-sol. C'était un miracle qu'elle ne se soit pas tuée dans sa chute. Pourtant, Ester Brown ne semblait pas le moins du monde inquiète. Probablement parce qu'elle prévoyait de la tuer à la fin, de toute façon.

TJ promena le regard autour d'elle. Elle se sentait toujours sonnée. Elle repéra un petit bureau sur lequel trônait une vieille machine à écrire manuelle. À côté, il y avait un bloc ouvert de feuilles grisâtres. Mme Brown était bien l'enseignante qui avait acheté ce vieux papier en prétendant en avoir besoin pour ses élèves.

Elle écrivait donc dans son sous-sol les lettres qu'elle signait du nom de True Fan. Mais TJ comprit vite que son ancien professeur ne se servait pas uniquement de cette machine pour ses lettres de menaces. À la vue de dizaines de feuillets dactylographiés, elle devina qu'elle rédigeait également un livre. Travaillait-elle sur un roman ? Pourquoi écrire ici et pas en haut, dans de meilleures conditions ? Pourquoi garder secrètes ces activités littéraires ?

En voyant qu'elle nettoyait les marches de l'escalier, sans doute pour effacer les traces de sang, TJ se sentit blêmir. Combien de temps allait-elle la garder dans ce sous-sol ? Avait-elle l'intention de la tuer et de l'enterrer ici ? Elle se doutait forcément qu'elle n'avait aucune chance de s'en tirer. Tôt ou tard, elle serait démasquée et devrait rendre des comptes à la justice.

En proie à une panique croissante, TJ s'efforça de se libérer des liens qui lui emprisonnaient les poignets. Par chance, Ester Brown n'avait pas bien serré les nœuds. Si elle réussissait à glisser son doigt sous la dernière boucle…

Comme Mme Brown s'approchait d'elle, TJ vit briller dans ses yeux la folie qui l'habitait. Elle ne s'inquiétait pas de s'en tirer ou pas. La tuer pour l'empêcher de publier d'autres thrillers était la seule chose qui lui importait.

— Saviez-vous que j'écrivais moi-même ? lança-t-elle soudain.

TJ la dévisagea, se demandant si elle ne rêvait pas.

— Je l'ignorais, réussit-elle à balbutier.

— Évidemment. Moi, j'avais du talent mais je n'ai jamais eu la possibilité d'écrire. Je devais gagner ma vie.

Son ton était amer, teinté de douleur et de regret.

— Je rêvais de vivre de ma plume et de devenir célèbre comme vous, ajouta-t-elle.

Sa voix se brisa sur ses derniers mots.

TJ ne savait pas quoi dire.

— Maintenant que vous êtes à la retraite, rien ne vous empêche de…

Ester Brown secoua la tête.

— C'est trop tard.

TJ préféra ne pas lui faire remarquer qu'elle aurait eu la possibilité d'écrire lorsqu'elle était professeur. Si elle avait vraiment été motivée, elle aurait trouvé le temps de rédiger un roman.

Mais visiblement, Ester Brown avait envie de faire porter le chapeau à TJ. Si elle n'avait pas pu devenir écrivain, riche et célèbre comme elle en avait toujours rêvé, TJ en était l'unique responsable. Tout était sa faute.

TJ se remémora l'époque où, pour gagner sa vie, elle avait dû accepter un emploi de dactylo. Alors qu'elle n'aspirait qu'à écrire. Mais dès qu'elle rentrait chez elle, elle s'installait devant sa machine et travaillait sur son roman. Écrire lui était aussi indispensable que respirer.

Pendant des mois, des années, elle se levait tôt le matin pour rédiger un chapitre avant de partir au bureau. Elle travaillait aussi la nuit sur ses textes. Ils n'étaient pas toujours formidables. Elle avait conscience de ses lourdeurs de style, de ses répétitions, des longueurs inutiles de certains passages. Mais elle s'était accrochée. Puis elle se dépêchait pour arriver à l'heure. Son emploi l'ennuyait à mourir mais tant qu'elle ne vivrait pas de sa plume, il lui fallait gagner sa vie.

— Voilà pourquoi vous êtes tellement en colère contre moi, dit TJ.

Tessa Jane Clementine avait eu l'audace de devenir romancière alors qu'elle n'en avait pas eu la possibilité, empêchée, croyait-elle, par ses responsabilités de professeur.

— J'avais du talent, répéta Ester Brown. Lorsque j'enseignais, j'ai essayé de faire profiter mes élèves de mes dons. Des élèves comme vous ou vos sœurs. Mais vous vous en moquiez. Mes conseils ne vous intéressaient pas. Quand je vous ai envoyé ces lettres, je me doutais que vous ne les prendriez pas au sérieux si vous saviez qu'elles émanaient de moi. Voilà pourquoi je ne les signais pas. J'espérais seulement vous aider…

Ainsi, au lieu d'écrire ses propres livres, elle avait espéré réécrire ceux de TJ.

TJ devina qu'elle devait répondre quelque chose. Mais quoi ? Ester Brown semblait confuse, comme si maintenant qu'elle l'avait enfermée, elle ne savait pas très bien quoi faire d'elle. Avait-elle uniquement voulu lui apprendre la vérité ?

— Madame Brown, je suis contente que vous m'ayez finalement dit que ces lettres venaient de vous. Je n'avais pas compris que vous essayiez de m'aider.

Ester Brown la regardait fixement.

— Comment avez-vous pu ne pas le comprendre ? True Fan était très clair et…

— Mais comment aurais-je pu faire confiance à ce True Fan dont je ne savais rien, que je ne connaissais pas ?

— Comme si vous m'auriez écoutée, si vous aviez su qu'il s'agissait de moi ! Déjà en classe, autrefois, vous n'écoutiez rien.

— Vous me confondez avec ma sœur Chloe, ou peut-être avec Annabelle. Madame Brown…

— Cessez de m'embrouiller. J'ai besoin de réfléchir.

Soudain, elle semblait agitée. La main qui tenait l'arme tremblait.

— En vérité, vous ne voulez pas me faire du mal, poursuivait TJ. Laissez-moi partir, et oublions, l'une et l'autre, ce moment d'égarement. Vous avez mené avec brio votre carrière d'enseignante. Ne gâchez pas tout.

Ester Brown gémit.

— À quelle reconnaissance ai-je eu droit après tant d'années de bons et loyaux services, après tant de dévouement ? Personne ne s'est cotisé pour m'offrir un cadeau d'adieu. Le directeur s'est contenté de me proposer un pot de départ. Minable. Et j'ai été remplacée par un jeune enseignant qui ne connaît pas la grammaire et qui se fiche de ses élèves.

— Je suis désolée, balbutia TJ, ne sachant pas quoi dire de plus.

Toute sa vie, Ester Brown avait eu l'impression de ne compter pour personne.

— Je vous dois beaucoup, vous savez, poursuivit TJ. J'ai beaucoup appris dans vos cours. Je n'aurais pas tant de succès sans vous et vos précieux enseignements.

Ester Brown pencha la tête comme si elle essayait de deviner si TJ était sincère.

Tout en parlant, cette dernière s'efforçait toujours de se libérer de la corde qui liait ses poignets.

— J'adorais les sujets des rédactions que vous nous

donniez autrefois, poursuivit-elle, tentant de se remémorer certains d'entre eux qu'Ester Brown pourrait également avoir gardés en mémoire.

Les années de lycée remontaient à loin mais pas pour Ester Brown qui enseignait encore, quelques mois auparavant. Il n'était pas étonnant qu'elle ait fini par confondre ses élèves avec le temps, d'autant que TJ ressemblait beaucoup à ses sœurs.

Annabelle lui avait dit qu'elle avait souffert de petits AVC, dernièrement. Ils expliquaient peut-être son étrange comportement.

— Je me rappelle qu'un jour vous nous aviez demandé de rédiger un texte mettant en scène des personnages d'un roman que nous avions étudié en classe… Mais dans un autre contexte. J'avais beaucoup aimé ce travail. Vous en souvenez-vous ?

— Bien sûr, répondit son ancien professeur. Je donnais ce sujet dans toutes mes classes. C'est un excellent exercice.

— J'aimais tellement écrire ces dialogues que je vous en avais rendu deux alors que vous n'en demandiez qu'un. Et vous aviez lu mes copies en classe. J'étais fière, bien sûr. Vous êtes la première à m'avoir fait comprendre que je pouvais réussir dans le domaine de l'écriture.

Ester Brown sourit, et TJ reprit espoir, même si son ancien professeur visait toujours son cœur de son arme.

— Je m'en souviens, déclara-t-elle.

De nouveau, elle paraissait un peu perdue.

Son regard croisa celui de TJ.

— Tessa Jane Clementine, vous étiez l'une de mes meilleures élèves, oui.

— J'ai toujours voulu écrire, et en lisant mes rédactions en classe, en soulignant les qualités de mes textes, vous m'avez encouragée, donné confiance et espoir. Je vous en serai éternellement reconnaissante.

Ester Brown hocha la tête, les larmes aux yeux.

— Moi aussi, je rêvais d'écrire, de vivre de ma plume.

— Il n'est pas trop tard, croyez-moi. Mais maintenant, laissez-moi partir. Vous ne me voulez aucun mal, en réalité. Il s'agit d'un malheureux malentendu.

Mais Ester Brown secoua la tête.

— Je ne peux pas.

Ester Brown habitait à quelques pâtés de maisons de l'ancien gymnase. Lorsque Silas s'arrêta devant le pavillon, il ne remarqua aucune lumière à l'intérieur. Ni aucune voiture bleue dans la rue. Mais un garage se trouvait devant le bâtiment.

Silas n'était même pas certain que TJ soit avec son ancien professeur. Cela dit, Annabelle et Chloe l'avaient vue partir avec Ester. Et TJ était si gentille qu'elle avait pu l'emmener à la station-service faire le plein. Ou même à l'épicerie pour lui acheter du lait et du pain.

Pourtant, les petites antennes de Silas lui soufflaient qu'il n'en était rien. En proie à une angoisse grandissante, il sauta du pick-up et courut vers le garage. Il jeta un coup d'œil à l'intérieur et y découvrit une berline bleue. Il monta les marches du perron, sonna et frappa la porte du poing. Comme il n'obtenait aucune réponse, il essaya de l'ouvrir. Elle était fermée à clé.

Où diable étaient-elles passées ?

Il s'efforça de se calmer. Mais quelque chose n'allait pas, il le sentait. Il avait appris à faire confiance à son instinct.

Ramassant une pierre, il la jeta contre la vitre de la porte pour la briser. Il glissa alors un bras à l'intérieur pour déverrouiller la serrure.

*
* *

Au son du verre brisé, Ester Brown sursauta et, craignant qu'elle ne presse accidentellement la détente, TJ enfonça la tête dans les épaules. Toutes deux tendirent l'oreille, retenant leur souffle. Quelqu'un pénétrait dans la maison.

Esther Brown lui fit signe de se taire sous la menace de son arme. Elle la baîllonna ensuite rapidement avec du ruban adhésif.

— Restez ici, ordonna-t-elle avant de gagner l'escalier, l'arme au poing.

Comme si TJ avait la possibilité de s'en aller ! Mais elle avait réussi à desserrer la corde sur ses poignets. Elle attendit qu'Ester Brown disparaisse en haut des marches pour s'activer frénétiquement sur ses liens. La personne qui était entrée – pour la sauver, certainement – ne s'attendait pas qu'Ester Brown soit armée.

Silas pénétrait prudemment dans la maison quand Ester Brown apparut. Elle était toujours vêtue de son manteau comme si elle venait de rentrer chez elle. Elle avait les mains enfoncées dans ses poches.

— Que faites-vous ici ? demanda-t-elle d'une voix qui rappela à Silas un professeur qu'il avait eu au collège.

— Où est TJ ? répliqua-t-il.

— TJ ? répéta-t-elle en fronçant les sourcils comme si ce nom ne lui disait rien.

— Tessa Jane. Elle vous a aidée à regagner votre voiture, peut-être vous a-t-elle également reconduite chez vous ?

— Eh bien, oui, mais la dernière fois que je l'ai vue, elle était sur le parking en train de bavarder avec Joyce Mason.

Silas se remémora Joyce Mason qui avait heurté TJ, sans doute intentionnellement, alors que celle-ci dansait dans ses bras. Il avait vu l'expression de Joyce, la haine qu'elle éprouvait à l'encontre de TJ. Déstabilisé, il se demanda s'il ne s'était pas trompé de coupable. Mais comme il posait les yeux par terre en se grattant la nuque, il remarqua un bracelet d'argent sur le tapis. Il le reconnut aussitôt. Il s'agissait de celui de TJ.

Ester Brown, qui avait suivi son regard, comprit qu'il l'avait démasquée. Son visage s'empourpra de colère.

— Partez ! ordonna-t-elle.

Au lieu d'obéir, il la saisit par le bras.

— Qu'avez-vous fait de TJ ?

Il se mit à crier :

— TJ ? TJ ? M'entends-tu ?

— Elle ne peut pas vous entendre.

Il s'apprêtait à passer devant elle quand elle brandit un pistolet. L'arme semblait tellement incongrue dans sa main maigre et ridée qu'un bref instant il crut à une blague.

Mais en croisant son regard, il comprit vite qu'elle ne plaisantait pas. Son cœur se serra, alors qu'il imaginait déjà le pire.

— Comme je l'ai dit à Tessa Jane, poursuivit-elle. Je sais me servir de ce pistolet et je n'hésiterai pas à tirer.

Sa voix était si calme qu'il se pétrifia. Il n'était pas assez proche d'elle pour espérer la désarmer. Et elle ferait feu si elle se sentait menacée, il en était certain.

— Où est TJ ? répéta-t-il.

— Vous la verrez bientôt, répondit-elle. Fermez la porte. Vous devrez me dédommager pour cette vitre que vous avez cassée. Sauf si vous êtes mort, bien sûr.

TJ avait entendu Silas l'appeler. La peur la saisit, et elle sentit des larmes brouiller sa vue. Quand elle était montée, Ester Brown avait son pistolet à la main. Son ancien professeur était petite et fluette. Elle semblait vulnérable, fragile. Silas ne l'imaginerait certainement pas armée et déterminée à tuer.

TJ avait sous-estimé Ester Brown. Mais s'il commettait la même erreur, Silas ne bénéficierait pas d'une seconde chance.

*Et moi non plus*, pensa-t-elle, le cœur battant.

Elle tendit l'oreille mais ne perçut aucun bruit en haut de l'escalier. Pas de coup de feu. Ester Brown ne l'avait pas tué. Pas encore.

De nouveau, TJ s'activa à tenter de se libérer des liens qui emprisonnaient ses poignets. Elle tirait dessus avec énergie, devinant que le temps était compté. Tout à l'heure, elle avait entendu quelqu'un sonner à la porte plusieurs fois et une vitre se briser.

*Silas*, avait-elle pensé, certaine qu'il venait la sauver. Bien sûr, il venait la chercher.

Ce qui la terrifiait était qu'Ester Brown paraissait savoir qu'elle ne s'en tirerait pas mais semblait aussi s'en moquer. Elle se comportait comme si elle avait décidé de tuer TJ et Silas avant de mourir. Mme Brown avait l'air déterminée à aller jusqu'au bout de sa folie, même si cela n'avait aucun sens.

TJ avait perçu la colère dans les lettres de True Fan. Ester Brown en voulait au monde entier mais sa fureur avait fini par se cristalliser sur TJ.

Enfin, elle réussit à se libérer de ses liens. Ses bras saignaient, ses poignets lui faisaient mal mais elle n'y prêta pas attention. Un sentiment d'urgence la tenaillait.

Arrachant son bâillon, elle hésita à crier, à appeler Silas pour le prévenir du danger mais comprit qu'une telle initiative risquait de l'exposer davantage.

Mais si Ester Brown lui disait qu'elle n'était pas là ? Et qu'il la croyait ? Et s'il partait ?

Elle défit rapidement les liens qui retenaient ses chevilles et se releva, cherchant des yeux quelque chose qui pourrait lui servir d'arme avant de se précipiter vers l'escalier. Elle grimpa les marches quatre à quatre.

Ester Brown semblait essoufflée, mais elle tenait toujours le pistolet d'une main ferme et paraissait capable de tirer et de le tuer. Silas sentait qu'il avait compliqué le plan que Mme Brown avait ourdi pour se débarrasser de TJ. Il voyait presque les rouages de son cerveau se mettre en branle tandis qu'elle lui faisait signe de suivre le couloir.

— Où allons-nous ? demanda-t-il, marchant lentement.

— Vous le verrez bien, dit-elle. Continuez d'avancer.

Il aperçut une porte à gauche, la cuisine ouverte à droite. La tension était à son comble.

Manifestement, Ester Brown réfléchissait à plein régime, ce qui rendait Silas nerveux.

Il parvenait presque au bout du couloir lorsqu'il entendit des pas. Quelqu'un montait l'escalier du sous-sol.

Ouvrant la porte, TJ fit soudain irruption.

Silas n'eut qu'un instant pour décider de ce qu'il devait faire. Se retournant brusquement, il lança son pied vers Mme Brown, frappant violemment sa main. Tout se passa très vite, mais elle tenait le pistolet avec une telle force qu'il ne parvint qu'à détourner le canon.

Un coup de feu claqua.

Jouant le tout pour le tout, Silas se jeta sur elle et lui tordit le bras. Il l'entendit crier et accentua sa prise dans l'espoir qu'elle lâcherait son arme. Mais elle ne desserrait pas les doigts. Elle était beaucoup plus forte que ce à quoi il s'attendait. Il était difficile de la maîtriser. Il réussit finalement à la plaquer brutalement contre le mur.

Sa tête heurta la cloison et, sonnée, elle resta un instant immobile. Il en profita pour la désarmer.

Il se rendit compte alors qu'il n'avait pas entendu TJ dire un mot. Sans quitter Mme Brown des yeux, il lança :

— TJ ?

Pas de réponse.

Repoussant Ester Brown, il se précipita dans le couloir. Il découvrit la femme dont il était tombé amoureux, affalée par terre. Elle avait une main sur le côté, du sang coulait entre ses doigts.

— TJ ! cria-t-il.

Il se jeta à côté d'elle, tout en sortant son téléphone portable pour appeler les secours. Tout en donnant l'adresse à l'opérateur, il s'efforça de juguler l'hémorragie.

— Tout ira bien, continua-t-il à répéter, priant pour que ce soit vrai. Tout ira bien, mon amour.

Il la serrait dans ses bras quand des hurlements de sirènes remplirent l'air.

# 21

Après avoir été prise pour cible, TJ perdit connaissance. Par la suite, elle ne se rappela pas grand-chose, sauf les bras de Silas qui l'enserraient dans la maison d'Ester Brown, leurs doigts mêlés dans l'ambulance. Elle garda aussi en mémoire le hurlement des sirènes, le sang, la certitude que tout était fini, que personne n'en sortirait vivant. Toutes ces images semblaient extraites d'un mauvais rêve. Ou des dernières pages de l'un de ses livres.

Dans un état second, elle aperçut vaguement ses sœurs à son arrivée à l'hôpital. Toutes deux pleuraient. Chloe la suppliait de ne pas mourir. Annabelle lui disait quelque chose à propos de Noël. À côté d'elle, Silas avait le visage crispé. Mais TJ n'avait pas la force de leur dire un mot. Et des aides-soignants poussaient déjà son brancard jusqu'au bloc opératoire où l'attendaient le chirurgien et l'anesthésiste.

Lorsqu'elle se réveilla au milieu de la nuit, une infirmière se penchait vers elle.

— Tout va bien, lui dit-elle. Vous êtes en sécurité ici.

Plongée dans un semi-coma, TJ ne savait plus où finissait le rêve et où commençait la réalité. À un moment, elle devina la présence d'un chirurgien dans sa chambre d'hôpital. Il parlait à quelqu'un, à Silas. Elle sentit sa main prendre la sienne et retomba dans l'inconscience.

Quand elle sortit de nouveau de sa torpeur, il faisait

encore sombre, et elle entendit Chloe se disputer avec l'infirmière devant sa porte sans comprendre pourquoi.

Mais peut-être avait-elle tout rêvé. Lorsqu'elle refit finalement surface, il faisait jour, et TJ pensa que toute l'histoire n'avait été qu'un cauchemar. Mais elle était allongée dans un lit d'hôpital, assommée de médicaments, et elle souffrait. Elle savait donc que ses blessures étaient bien réelles et que Mme Brown avait bien tiré sur elle.

Silas était assis sur une chaise près de son lit. Quand il vit qu'elle était réveillée, il se leva et s'approcha d'elle.

— Comment te sens-tu ?

Elle essaya de parler mais sa bouche était sèche. Il lui offrit un peu d'eau et une paille pour boire plus facilement. Le chirurgien entra alors dans la chambre et demanda à Silas de sortir pour lui permettre d'examiner sa patiente.

— Je serai à côté, dans le couloir, dit Silas avant de partir.

— Vous avez eu beaucoup de chance, dit le médecin après avoir défait ses pansements pour regarder sa blessure. J'ai réussi à extraire la balle. Elle n'avait touché aucun organe majeur. Un vrai miracle. Avec du temps et de la patience, vous devriez vous rétablir. Des questions ?

TJ secoua la tête parce qu'elle en avait trop à lui poser. Certains de ses souvenirs étaient remontés à sa mémoire, mais elle avait oublié ce qui s'était passé après qu'Ester lui avait tiré dessus. Tout s'était déroulé si vite…

Peu après le départ du chirurgien, ses sœurs firent irruption dans la chambre. L'infirmière vint les avertir qu'elles ne pourraient pas rester longtemps pour laisser TJ se reposer. Chloe debout d'un côté du lit, Annabelle de l'autre ; toutes deux la dévisagèrent avec inquiétude.

— TJ, ça va ?

— Oui, je vais bien, répondit-elle dans un murmure.

— Cette vieille folle de Madame Brown, reprit Chloe. Qui aurait imaginé qu'elle était la coupable ?

— Elle était si méchante avec moi en cours d'anglais que j'aurais dû le comprendre plus tôt, se reprochait Annabelle. J'avais peur d'elle au lycée.

— Elle ne tournait pas rond, dit TJ.

— Elle aurait surtout pu te tuer, dit Chloe. Si Silas n'était pas arrivé à temps… Mais tu ne risques plus rien. Tu es en sécurité maintenant, et toute cette sombre histoire est derrière toi.

— D'après le médecin, tu sortiras de l'hôpital avant Noël, poursuivit Annabelle. Mais s'il décidait de te garder quelques jours supplémentaires, nous retarderions évidemment Noël de façon à le fêter avec toi à la maison.

— Cesse de lui parler de Noël, idiote ! s'emporta Chloe. Elle s'en moque comme de l'an quarante. Elle vient d'échapper à la mort. Crois-tu vraiment qu'elle a envie de parler foie gras et champagne ? Regarde-la. As-tu mal, TJ ?

Elle souffrait mais secoua la tête pour ne pas les inquiéter inutilement.

— Si tu as mal, il te suffit d'appuyer sur ce bouton, reprit Annabelle. Le personnel soignant te l'a dit, non ?

Peut-être l'avait-il fait. TJ ne s'en souvenait pas. Épuisée, elle luttait pour garder les yeux ouverts.

Comme si elle l'avait deviné, une infirmière apparut à la porte pour chasser ses sœurs de la chambre.

— Il faut la laisser se reposer, maintenant, dit-elle.

TJ baissa les paupières. Quelques instants plus tard, elle entendit la porte s'ouvrir et se fermer doucement. Elle sut qui était là avant même qu'il mêle les doigts aux siens. S'abandonnant à la chaleur de sa main, elle se laissa happer de nouveau par l'obscurité.

*
* *

Les médecins insistèrent pour que Silas rentre chez lui et dorme. Il finit par céder. Il avait besoin de se doucher, de se raser et d'enfiler des vêtements propres. Il avait aussi besoin de quelques heures de sommeil. Il n'avait pas dormi depuis deux jours.

Mais dès qu'il fermait les yeux, il entendait les coups de feu, il revoyait en boucle la scène chez Ester Brown, TJ dans une mare de sang. Il ne parvenait pas à sortir de ce cauchemar.

Ces images terrifiantes l'empêchaient de s'assoupir.

Il n'avait jamais eu aussi peur de toute sa vie. Même Mad Dog ne l'avait pas effrayé comme Ester Brown l'avait fait. Lorsqu'il l'avait regardée en face, il avait compris qu'elle était folle et n'avait plus rien à perdre. Elle avait l'intention de les abattre tous les deux, cette nuit-là. Et d'ailleurs, elle avait failli tuer TJ.

Mis au courant de l'affaire, Cal l'avait appelé.

— Sais-tu quand tu vas revenir à New York ? lui avait demandé son ami à la fin de leur conversation.

— Je n'en ai aucune idée et, honnêtement, je ne suis même pas sûr de rentrer un jour.

— As-tu peur que les policiers corrompus que tu as dénoncés engagent un autre tueur à gages pour te descendre ?

— Non, cela ne risque pas de se produire. Mad Dog m'a rendu service sans le vouloir, dit Silas avec un petit rire.

Il avait enregistré leurs conversations concernant mon assassinat, y compris ses échanges avec mon ancien coéquipier de NYPD. Kenny Harrington était peut-être fou mais il était moins bête qu'ils ne le pensaient. Mad Dog craignait qu'ils ne se débarrassent de lui. En effet, s'il avait été arrêté par la suite pour un autre crime, il les aurait dénoncés sans états d'âme pour obtenir du juge une remise de peine. Mad Dog se disait avec raison que ses donneurs d'ordre l'auraient fait assassiner tôt ou tard pour minimiser les risques.

— Mais puisque Mad Dog est mort, comment as-tu appris l'existence de ces enregistrements ?

— Il en avait fait plusieurs copies et s'était assuré que l'une d'elles me revienne. Il me l'avait laissée au chalet. Je ne l'ai découverte qu'en rentrant chez moi. Apparemment, il voulait que je sache qui l'avait engagé pour me tuer. Ainsi, si jamais mes ex-collègues de NYPD s'amusent à tenter quoi que ce soit contre moi, les bandes d'enregistrement referont automatiquement surface. J'en ai fait moi aussi des copies que j'ai déposées dans plusieurs endroits sûrs. Elles me servent d'assurance-vie. Je t'en ai envoyé une, d'ailleurs, ajouta Silas. J'ai mis bien sûr mes anciens collègues au courant. Ils ont intérêt à se tenir à carreaux s'ils ne veulent pas retourner en prison, non pour corruption mais pour tentative de meurtre, cette fois.

— Tu t'es donné beaucoup de mal pour assurer ta tranquillité, remarqua Cal. Je suppose que tous ces efforts sont liés à une femme. Non ?

Silas se mit à rire.

— N'est-ce pas toujours le cas ?

Lorsque TJ se réveilla, elle trouva le shérif McCall Crawford assis près de son lit.

— Le médecin m'a autorisée à vous poser quelques questions, si vous êtes d'accord.

Elle opina.

— Ester Brown ?

Avant même d'entendre la réponse, elle comprit en voyant l'expression de McCall.

— Elle a eu une attaque. Elle n'a pas survécu.

TJ en éprouva une profonde tristesse. Certes, cette femme l'avait terrorisée pendant des mois et avait failli la tuer, mais elle se sentait pourtant désolée pour elle.

— Toute sa vie, elle a eu le sentiment de n'avoir jamais été appréciée à sa juste valeur, d'avoir dû sacrifier ses rêves dans l'indifférence générale… D'où sa colère.

Le shérif sortit son carnet et son magnétophone.

— Pourquoi ne pas me raconter ce qui s'est passé ?

TJ lui résuma tout ce dont elle se souvenait mais lui expliqua que dès qu'une balle l'avait touchée, elle avait perdu connaissance.

Lorsqu'elle termina son récit, McCall referma son calepin et éteignit l'appareil.

— Nous avons trouvé la machine à écrire manuelle et le papier dans son sous-sol. Ester Brown était bien la personne qui vous envoyait les lettres de menaces.

TJ hocha la tête.

— Je sais, elle me l'a dit. Vous avez dû découvrir aussi d'autres feuillets dactylographiés. Elle rédigeait un roman. Serait-il possible que je récupère son manuscrit ?

Le shérif hésita.

— En principe, il doit revenir à ses proches. Cela dit, j'ai essayé de retrouver des membres de sa famille. En vain, jusqu'à présent.

— Ester Brown rêvait plus que tout d'être publiée, déclara TJ. Je ne sais pas si elle a même terminé le livre sur lequel elle travaillait mais si oui, j'aimerais m'en charger pour elle.

McCall sourit.

— Je veillerai à ce que tout ce qu'il y avait dans son sous-sol vous soit remis, comptez sur moi.

# 22

TJ rentra à la maison pour Noël. Elle était encore faible et, avant de la laisser partir, le chirurgien lui avait fait promettre de se ménager. Mais elle était heureuse de passer le réveillon en famille. À Noël, Annabelle était toujours comme une gamine dans une boutique de bonbons. Elle avait confectionné des dizaines de gâteaux, et sa future belle-mère avait apporté de quoi nourrir un régiment.

— Willie m'apprend à cuisiner, avait expliqué Annabelle. Mais j'ai du chemin à faire avant d'être capable de servir des plats aux êtres humains. En attendant, les cochons au ranch adorent ma cuisine, ajouta-t-elle en riant.

— Attendez, dit TJ, se rappelant tout à coup une réflexion de sa petite sœur. Belle, tu ne devais pas épouser Dawson à Noël ?

Annabelle secoua la tête.

— Pas question de me marier sans toi.

— Je ne veux pas que tu repousses tes noces à cause de moi, protesta TJ. Je sais à quel point Dawson et toi avez hâte de vous passer la bague au doigt.

— Ce n'est pas si grave. Nous convolerons le jour du Nouvel An, ce sera très bien aussi. Nous avons prévu une cérémonie intime, avec quelques proches, rien d'extravagant. Willie insiste pour que la réception ait lieu au ranch. Elle tient à s'occuper de tout. J'ai la belle-mère la plus formidable de tous les temps.

Heureuses d'être réunies, les trois sœurs se régalèrent d'un délicieux repas pour le réveillon, échangèrent des cadeaux et se mirent à évoquer le bon vieux temps, les Noëls d'autrefois avec leur grand-mère.

— J'aimerais que Frannie soit là, soupira TJ.

— Moi aussi. J'aurais quelques questions à lui poser, dit Annabelle.

Chloe se leva pour ajuster l'une des guirlandes du sapin.

— Ce qu'Annabelle a découvert sur Frannie, comme ce que TJ a subi de la part de Mme Brown, prouve qu'on ne connaît jamais vraiment les gens. Qui sait quels secrets cachent les autres habitants de cette ville ?

— Et voilà comment je gagne ma vie, déclara TJ. Comme tout le monde a des secrets, je ne manque pas d'idées de roman.

— As-tu lu celui de Mme Brown ? demanda Chloe.

— Oui, oui. Le shérif m'a dit qu'aucun parent ne s'était présenté. Elle n'avait plus aucune famille. Alors, une fois sa succession réglée, je serai autorisée à publier son livre sous son nom.

— Est-il bon ? demanda Annabelle.

TJ hésita, déclenchant l'hilarité de Chloe.

— Sens-toi libre de dire qu'il est nul !

— Après tout, elle a essayé de te tuer, ajouta Annabelle, qui fut rapidement réprimandée par Chloe pour avoir évoqué le sujet, la veille de Noël. S'il n'y avait pas eu Silas, TJ serait…

— Son thriller n'est pas très bon, c'est vrai, mais c'était son premier, rappela TJ.

— Et son dernier, constata Chloe.

— Vous trouvez sans doute idiot que je le publie.

— Non, répondit Annabelle. C'est sympa de ta part, surtout. Cette vieille chipie n'en mérite pas tant.

— Et toi, TJ ? Es-tu prête à écrire la suite des aventures de Constance ? demanda Chloe.

— Je le serai bientôt.

Annabelle sourit.

— Je crois que, dans l'immédiat, TJ a d'autres choses en tête…

— À propos de Silas, déclara Chloe. J'espère que vous deux avez prévu de passer un peu de temps ensemble… pour mieux vous connaître avant d'envisager d'aller plus loin.

TJ se mit à rire.

— D'aller plus loin ? Que veux-tu dire ?

— Laisse-la tranquille, intervint Annabelle. Elle fait ce qu'elle veut. C'est sa vie, et Silas est…

— À la porte, dit TJ en entendant frapper.

Elle alla le chercher.

— Bonsoir, dit-il en entrant dans le salon. Je ne veux pas vous déranger.

— Vous ne nous dérangez pas, répondit Annabelle, se levant et faisant signe à Chloe de la suivre. Nous étions sur le point de monter.

Elle entraîna Chloe dans l'escalier.

— Je ne voulais pas les chasser, dit Silas en s'asseyant.

— Ne t'inquiète pas. Nous venons de terminer l'ouverture de nos cadeaux. Elles commençaient à me dire ce que je devais faire, et ça m'agaçait.

— Alors c'est bien que je sois arrivé, dit-il avec un sourire. Comment te sens-tu ?

— Encore un peu fatiguée mais d'après le médecin je cicatrise bien.

— Et moralement ? Tu as subi des épreuves, ces derniers jours… De quoi être traumatisée, lui rappela-t-il.

— Ce n'était pas rien, c'est sûr, mais désormais je ne

recevrai plus de lettres de True Fan. Je ne vais donc pas tarder à me remettre à travailler, d'autant que la date de remise de mon manuscrit approche à grands pas…

Silas prit ses mains dans les siennes.

— Es-tu assez en forme pour envisager de passer quelques jours au chalet avec moi ?

Elle sourit.

— Avec toi pour prendre soin de moi, je ne peux que me rétablir.

— Je viendrai te chercher demain matin. Disons, à 9 heures ? Tes sœurs seront d'accord ?

— Je n'ai pas besoin de leur permission.

— Et de leur bénédiction ? En tout cas, j'aimerais leur plaire parce que… Bon, à demain, ajouta-t-il sans en dire plus.

Elle le reconduisit à la porte et lui fit signe de la main tandis qu'il s'éloignait. L'idée de passer quelques jours avec lui, dans les montagnes, loin du monde, la rendait follement heureuse.

Elle s'approcha du pied de l'escalier pour crier à ses sœurs :

— Vous pouvez descendre !

Elle savait qu'Annabelle et Chloe n'avaient pas perdu une miette de leur échange.

Toutes deux semblaient excitées comme des puces.

— Il espère nous plaire parce qu'il veut t'épouser, dit Annabelle. J'en suis sûre.

— Pour vivre à deux dans un chalet d'une pièce ? répliqua Chloe en levant les yeux au ciel. C'est une plaisanterie !

TJ secoua la tête.

— Mêlez-vous de vos affaires et cessez de faire des plans sur la comète.

Ses sœurs éclatèrent de rire.

— Alors pourquoi rougis-tu ? demanda Annabelle. Tu es amoureuse de lui, et il est fou de toi. Mais assure-toi d'être revenue le 1er janvier pour mon mariage.

— Je ne manquerais cet événement pour rien au monde.

# 23

TJ faillit ne pas reconnaître Silas quand il vint la chercher. Il s'était rasé la barbe et coupé les cheveux. Il ne ressemblait plus à un homme des montagnes.

— Tu vas bientôt repartir travailler à New York ? demanda-t-elle, croyant que c'était pour cela qu'il avait changé d'apparence.

Il secoua la tête.

— J'ai seulement pensé que tu aimerais peut-être voir à quoi je ressemblais vraiment.

Elle se mit à rire, stupéfaite qu'il puisse être encore plus beau, rasé de près. Elle lui caressa tendrement la joue.

— Quel que soit ton look, tu me plais tel que tu es.

Il sourit en l'embrassant.

— C'est exactement ce que j'espérais entendre.

Il l'attira vers lui.

— Prête à passer quelques jours au chalet avec moi ?

— Plus que prête ! Enchantée !

Silas conduisit son pick-up à travers le paysage enneigé des Little Rockies. La journée était belle comme l'étaient souvent les matins d'hiver dans le Montana. Pas un nuage n'obscurcissait le ciel bleu, le soleil brillait, et sous ses rayons la neige étincelait comme un champ de diamants.

TJ se sentait bien, détendue. Elle était revenue à Whitehorse dans l'espoir d'échapper à True Fan et de se réconcilier avec ses sœurs. Au lieu de quoi, elle s'était jetée dans la gueule du loup. True Fan l'attendait dans le Montana. Le shérif lui avait dit qu'Ester Brown avait demandé à certains de ses anciens élèves, vivant à présent aux quatre coins du pays, de poster ses lettres, et en particulier à une jeune femme qui habitait maintenant New York.

— C'est elle qui a pris la photo de votre appartement, lui avait dit McCall. En pensant qu'Ester Brown était simplement fan de son auteur de thrillers préféré.

Quand elle songeait à Mme Brown, TJ ne ressentait à présent qu'une immense tristesse.

— Quel gâchis ! avait confié TJ au shérif. Et le pire est que j'étais sincère en lui disant qu'elle m'avait aidée à devenir écrivain. Elle avait le sentiment qu'elle n'avait jamais été utile à personne alors qu'elle a joué un rôle majeur dans mon histoire. Je regrette de ne pas l'avoir remerciée de ce qu'elle avait fait pour moi avant qu'il soit trop tard.

— Mais vous le lui avez dit, avait protesté McCall. Heureusement, tout s'est bien terminé. Vous auriez pu être tuée. D'après le médecin, les AVC dont elle avait été victime ces derniers temps expliquaient en partie son comportement. Elle n'avait sans doute pas bien conscience de ce qu'elle faisait.

Revenant au présent, TJ admira le paysage féerique de la montagne sous la neige, soulagée que toutes ces épreuves soient derrière elle. Elle avait passé un merveilleux Noël avec ses sœurs dont elle se sentait plus proche que jamais. Comme elle observait Silas à la dérobée, elle dut convenir qu'Annabelle avait vu juste. Elle était amoureuse de cet homme hors du commun.

— Je ne pense pas que je retournerai à New York, poursuivit-il en se tournant vers elle. Financièrement, je suis à l'abri du besoin et je rêve désormais de me consacrer à l'écriture. Pour te dire la vérité, je n'ai plus aucune envie de quitter le Montana.

TJ se mit à rire parce qu'elle-même renâclait à retourner à New York.

— Je te comprends très bien. J'adore être ici. Et comme tu me l'as fait remarquer un jour, j'ai la chance d'avoir un métier que je peux exercer partout. Je vais rendre mon appartement de New York. Chloe y retournera bientôt pour reprendre son travail. Quant à Annabelle, elle se mariera le jour du Nouvel An et emménagera ensuite au ranch de Dawson. La maison de notre grand-mère sera donc vide, et Annabelle est d'accord pour que je m'y installe quelque temps.

Il lui sourit.

— Tu n'imagines pas à quel point ta décision me rend heureux.

Il semblait soulagé.

— Je compte passer le plus de temps possible au chalet, mais je pense l'agrandir ou en construire un autre à côté, plus grand.

— Mais tu ne vendras pas le tien, n'est-ce pas ? demanda-t-elle.

— Non. Jamais. Depuis que tu m'y as rejoint une nuit, en pleine tempête de neige, il est devenu pour moi un endroit mythique.

Alors que Silas s'engageait sur le chemin forestier qui montait à sa cabane de rondins, TJ vit qu'il avait allumé le poêle à bois avant de descendre la chercher. En effet, de la fumée s'échappait de la cheminée et se promenait entre les pins couverts de neige. Elle avait hâte d'entrer. Mais alors qu'elle ouvrait la portière de son pick-up, Silas l'arrêta.

— Il y a quelque chose que j'aimerais faire d'abord, dit-il, en tirant un écrin de la poche de son manteau.

TJ sentit son cœur tressaillir de joie.

Il planta les yeux dans les siens.

— Je sais que c'est idiot mais dès que nous serons à l'intérieur, avec le lit au milieu de la pièce, j'aurai envie de te faire l'amour et j'oublierai le reste, poursuivit-il. Je suis peut-être vieux jeu mais je préfère faire les choses correctement.

Il se déplaça dans l'étroit habitacle pour trouver un moyen de se mettre à genoux.

— Tessa Jane Clementine, veux-tu m'épouser ?

Un grand sourire éclaira le visage de TJ tandis que des larmes brûlaient ses paupières.

— Oui. Oh oui !

Quand Silas glissa la bague à son doigt, TJ admira, émerveillée, le diamant qui étincelait de mille feux. Elle se jeta dans ses bras pour l'embrasser avec passion. Ce baiser symbolisait la vie qui les attendait. À s'aimer, à s'endormir blottis dans les bras l'un de l'autre, à disputer des parties de cartes, à se régaler de petits pains faits maison, à être l'un pour l'autre des amis, des amants, des époux que seule la mort séparerait un jour.

Mais aujourd'hui, TJ ne rêvait que de se serrer contre lui en écoutant le vent souffler dans les grands pins et le craquement du feu dans le poêle. Elle se sentait chez elle dans ce petit chalet perdu dans la montagne avec cet homme merveilleux à ses côtés.

Retrouvez en juin 2019,
dans votre collection

BLACK ROSE

**Une étrange collaboration, de Angi Morgan - N°537**

SÉRIE ENQUÊTES EN EAUX TROUBLES 3/3

Collaborer avec Heath Murray ? Pour Kendall, agent du FBI, l'idée de s'associer le temps d'une mission avec l'homme dont elle vit séparée depuis des mois semble une épreuve insurmontable. Pourtant, le jour où Skylar, leur petite fille âgée de quatre ans, est enlevée par les criminels sur lesquels elle enquête, c'est sans hésiter qu'elle accepte cette troublante alliance. D'abord parce qu'elle sait que sur le terrain il n'y a pas de meilleur professionnel que Heath. Ensuite – et surtout – parce que, au fond d'elle-même, elle espère qu'en surmontant ensemble cette épreuve, ils sauront ranimer la flamme de leur amour…

**La double menace, de Julie Miller**

*Il faut retrouver Samantha…* Pour Jason Hunt, spécialiste du secours en montagne, la mission semblait simple. Pourtant, après avoir localisé la planque des ravisseurs et libéré la jeune femme qu'ils retenaient prisonnière, il comprend que le plus dur reste à faire. Car non seulement leurs ennemis les poursuivent impitoyablement à travers monts et forêts, mais le froid et la neige ralentissent leur course. Seule bonne surprise dans cette épreuve : Samantha, la fragile héritière, fait preuve d'une résistance et d'une force de caractère hors du commun. Autant de qualités qui rassurent Jason et le troublent au plus haut point…

---

**Au piège du doute, de Jennifer D. Bokal - N°538**

Luttant contre la migraine, Petra tente de rassembler ses souvenirs. A-t-elle tué par accident Joe Owens, la star du football dont elle l'était l'agent ? Pourquoi a-t-elle été retrouvée, inconsciente, auprès du corps du sportif ? Hantée par le doute, elle ne trouve rien à opposer aux accusations de la police et, en désespoir de cause, se tourne vers un homme : Ian Wallace. Ian qu'elle a quitté trois ans auparavant mais qu'elle n'a jamais cessé d'aimer en dépit de leurs désaccords. Ian dont elle sait qu'il l'aidera à éclaircir cette sombre affaire…

**La révoltée d'Eagle Mountain, de Cindi Myers**

Penché vers la femme qu'il vient d'arrêter dans sa course, Rob Allerton s'efforce d'ignorer son parfum fleuri et lui murmure : « Ne vous inquiétez pas, je suis là pour vous protéger… » Mais alors qu'elle relève la tête, il la reconnaît soudain : Paige Riddell ! Il ne l'a pas vue depuis deux ans, date à laquelle il a fait condamner son frère pour trafic de drogue et n'a jamais oublié la chevelure blonde et les yeux gris de cette ardente écologiste. Des yeux qui le fusillent à présent et semblent le sommer de quitter le territoire où il est venu enquêter, et où Paige, de toute évidence, se livre à des activités clandestines…

Retrouvez en juin 2019, dans votre collection

BLACK ROSE

**Cacher Chloé, de Janice Kay Johnson - N°539**

Les yeux écarquillés par la surprise, Trina fixe Chloé. Pour la première fois depuis des mois, la petite fille de trois ans qu'elle a recueillie après le meurtre de ses parents vient de parler… Pourtant la joie de Trina est de courte durée, car elle sait qu'à l'annonce de cette nouvelle, la police voudra interroger l'enfant, unique témoin du drame. Elle sait aussi que le mutisme de Chloé la protégeait de ceux qui ont tué sa famille. Décidée à garder le secret, elle accepte l'aide d'un ami de son frère, Gabriel Decker, un séduisant cowboy, prêt à les accueillir dans son ranch non loin de la ville…

**Cruelle séduction, de Janie Crouch**

Depuis des années, Ren traque sans succès le criminel Damien Freihof… Et voilà que le hasard met sur son chemin la première épouse de Freihof : Natalie, portée disparue depuis six ans. Aussitôt, Ren pense à l'utiliser comme appât pour attirer son ennemi dans un piège. Dans le train qui emmène Natalie vers la côte Est, Ren prend place à côté d'elle et engage discrètement une manœuvre de séduction à son égard. Une tactique qui le met bientôt mal à l'aise. Car l'attitude de Natalie laisse à penser qu'elle est terrifiée et que, loin d'être l'alliée de son ex-mari, elle est simplement en train d'essayer de lui échapper…

---

**Unis face au danger, de Paula Graves - N°540**

Mariah en est persuadée : jamais Jake, son mari, ne lui pardonnera de lui avoir menti. Quand elle l'a épousé, trois ans plus tôt, elle lui a en effet caché qu'elle venait d'échapper à un meurtre et avait changé d'identité. Et aujourd'hui, alors que resurgit ce passé qu'elle pensait oublié à jamais, elle voit sa vie se transformer en cauchemar... Logan, l'homme qui a essayé de la tuer, vient de sortir de prison et va chercher à accomplir son forfait. Cela, en s'en prenant à elle, mais aussi – et surtout – à Jake, l'homme qu'elle aime plus que tout au monde et qui, sans le savoir, ignore tout d'elle...

**La disparue de Billington, de Alice Sharpe**

Un gouffre noir, sans fin... Quand Mary se réveille dans une ruelle froide et déserte, elle ne sait ni où elle se trouve, ni ce qu'elle fait là... Mais il y a pire : car elle ignore même qui elle est... Secourue par Travis MacGuilt, un détective privé aussi séduisant que rassurant, elle découvre avec horreur les bleus qui constellent son corps. Mais aussi, sur son ventre, les marques d'une grossesse récente. À son doigt, une alliance. Et, sous ses vêtements en lambeaux, une luxueuse lingerie. Ce sont là ses seuls indices... Dès lors, elle n'a plus qu'un but : non seulement recouvrer la mémoire, mais aussi, et par-dessus tout, retrouver l'enfant qu'elle a mis au monde...

Composé et édité par HarperCollins France.

Achevé d'imprimer en avril 2019.

CPI
BLACK PRINT

Barcelone

Dépôt légal : mai 2019.

FSC
www.fsc.org
MIXTE
Papier issu de sources responsables
FSC® C108412

Pour limiter l'empreinte environnementale de ses livres, HarperCollins France s'engage à n'utiliser que du papier fabriqué à partir de bois provenant de forêts gérées durablement et de manière responsable.

*Imprimé en Espagne.*